让爱国主义旗帜
高高飘扬

——东京奥运会媒体精彩报道选集（上）

★中国体育报业总社有限公司 编

北京体育大学出版社

策划编辑：曾　莉
责任编辑：张志富　吴海燕
责任校对：王泓滢
版式设计：张程凯

图书在版编目（CIP）数据

让爱国主义旗帜高高飘扬：东京奥运会媒体精彩报
道选集 / 中国体育报业总社有限公司编. -- 北京：北
京体育大学出版社，2023.12
　　ISBN 978-7-5644-3812-8

　　Ⅰ. ①让… Ⅱ. ①中… Ⅲ. ①新闻报道—作品集—中
国—当代　Ⅳ. ①I253.4

中国国家版本馆CIP数据核字(2023)第000615号

让爱国主义旗帜高高飘扬——东京奥运会媒体精彩报道选集
RANG AIGUO ZHUYI QIZHI GAOGAO PIAOYANG——DONGJING AOYUNHUI MEITI JINGCAI BAODAO XUANJI

中国体育报业总社有限公司　编

出版发行：北京体育大学出版社
地　　址：北京市海淀区农大南路1号院2号楼2层办公B-212
邮　　编：100084
网　　址：http://cbs.bsu.edu.cn
发 行 部：010-62989320
邮 购 部：北京体育大学出版社读者服务部 010-62989432
印　　刷：河北盛世彩捷印刷有限公司
开　　本：787mm×1092mm　　1/16
成品尺寸：185mm×260mm
印　　张：69
字　　数：880千字
版　　次：2023年12月第1版
印　　次：2023年12月第1次印刷
定　　价：298.00元（全三册）

前　言

在党中央、国务院的坚强领导和习近平总书记的亲切关怀下，中国体育代表团高举爱国主义伟大旗帜，克服疫情挑战，圆满完成东京奥运会参赛任务，实现了运动成绩和精神文明双丰收。东京奥运会期间，中央及地方新闻单位充分发挥各自优势，推出了大量精彩的报道，全方位、全过程展现了中国体育健儿在奥运赛场上团结协作、顽强拼搏、勇于挑战、超越自我的良好精神风貌。

《让爱国主义旗帜高高飘扬——东京奥运会媒体精彩报道选集》一书，经过向多家中央主流媒体、各省区市新闻单位征集后，精选各单位报送的东京奥运会赛前、赛中、赛后的重点报道，结集成书，并在收录时根据时间节点等进行了优化与修正，力求讲好中国体育故事，展示中国体育力量，弘扬爱国主义精神。

2022 年 8 月

目　录

通讯篇

第三十二届夏季奥运会今日开幕，
中国体育代表团
——"我们已经准备好了！"

人民日报　刘硕阳　季芳

第三十二届夏季奥运会 7 月 23 日大幕开启。由于赛会延期一年，又有多项测试赛取消，中国体育代表团各支队伍在按计划陆续抵达东京后，都在争分夺秒适应场地，进行赛前热身。经过 5 年的等待，每一次登场机会都显得格外珍贵。

这是中国第十次派团参加夏季奥运会，也是中国体育代表团境外参赛人数最多、规模最大的一次。777 人的阵容，自信坚定，从容赴约。面对从未遇到过的挑战，中国队要比出竞技水平，更要展现意志决心和精神面貌。"全力拼搏、为国争光"的誓言嘹亮，激励着代表团全员奋力前行。

阵容新老结合，东京奥运会上需全力以赴

中国体育代表团共派出 431 名运动员参加东京奥运会，刷新境外参加奥运会的规模和人数纪录。尽管疫情为训练备战带来诸多变化，但东京奥运周期，中国队选手的表现稳中有升：在东京奥运会 33 个大项、47 个分项上取得了 30 个大项、41 个分项的参赛资格。

奥运新手成为此次参赛的主力。据统计，中国体育代表团运动员平均年龄 25.4 岁。刚满 21 岁的射击选手杨倩将与队友王璐瑶共同承担夺取奥运首金的重任；14 岁的全红婵在代表团中年龄最小，将在女子跳水 10 米台赛场完成奥运首秀。敢打敢拼、冲劲十足，运动健儿诠释着当代年轻人的青春气质。

赛场老将也是队伍中不可或缺的财富。他们自律、勤奋、信念坚定，在各队发挥着"定盘星"的作用。铅球运动员巩立姣、跆拳道运动员吴静钰、射击运动员庞伟、蹦床运动员董栋都将第四次踏上奥运之旅。"目标就是争取最好的表现，不给自己留下遗憾。"对东京之行，董栋充满期待。据统计，此次中国队有11个项目的24名奥运会冠军参赛，其中19人曾在里约奥运会登上冠军领奖台。

乒乓球、跳水、举重等中国传统优势项目期待再续辉煌。女子举重队主教练张国政在结束 20 日的训练后表示："要冲向最高领奖台！"有"梦之队"美誉的跳水队以老带新，10 名运动员将参加 8 个小项的争夺。有的队伍则蓄势待发，誓要打出漂亮的"翻身仗"。射击队上届奥运会仅收获一金，此次参赛，力争奥运首金并非唯一目标，多点开花、捍卫荣誉，全队将共同努力。皮划艇（静水）队此次参加全部 12 个项目的角逐，这是队伍除北京奥运会外首次全项目参赛，亦将全力以赴。

"摆在我们面前的必将是从来没遇到过的苦战硬仗，短兵相接、狭路相逢，比的不仅是竞技水平，更是我们的意志决心和精气神。"在中国体育代表团成立大会上，国家体育总局局长苟仲文如此说道——中国队，已经做好了"打硬仗"的准备。

备战主动应变，携手国际奥委会直面挑战

正如国际奥委会主席巴赫在第 138 次全会上的开幕致辞："经历了焦虑和失眠，我们终于来到这里！"本届奥运会和中国体育代表团迈进的每一步，都与挑战做伴。

2020 年 3 月 24 日，国际奥委会和东京奥组委共同宣布，东京奥运会延期至 2021 年举行。不确定性，是运动员的第一反应。继续坚持还是急流勇退，成为很多原打算东京奥运会后退役的老将必须做出的抉择。国际大赛推迟或取消，叠加国际旅行限制等因素，让不少项目惯常的"走出去，请进来"模式难以为继，跨栏名将谢文骏与外教长期远程合练的情况并非个例。

化挑战为机遇、变被动为主动，恰是竞技场上强者的必备素质。又一年的付出与汗水，被刘虹和吴静钰等"妈妈运动员"视为寻找状态的良机。缺少高水平赛事练兵，举重、乒乓球等队伍便举办奥运模拟赛，尽可能补上强度。2021 年，国际体育赛事逐渐恢复，中国女排便前往意大利参加了世界女排联赛，抓住机会考察队员、磨合阵容。

奥运会虽然推迟，中国队选手并未松懈。"备战节奏被打乱，国际比赛数量减少，相互之间缺少了解，这种情况对于各国运动员是公平的。在疫情防控背景下，我国运动员仍然创造了一批好成绩。"中国体育代表团秘书长刘国永说。

国际奥委会在设项和规则上的调整，也是中国队必须积极应对的新课题。2016 年 8 月，国际奥委会表决通过，滑板、冲浪、竞技攀岩、棒垒球和空手道等 5 个大项进入东京奥运会。此外，柔道、射箭等增设混合团体项目，拳击、游泳等也新设小项。吸引年轻人和性别平等两个原则，在奥运设项中的体现愈发明显。对此，中国队阵中，空手道选手龚莉、攀岩选手宋懿龄等年轻人也已做足了准备。

各队顺利抵达，力争展示新时代健儿风采

7 月 22 日一大早，中国射击队来到东京郊区的朝霞射击场，进行适应性训练。24 日，女子 10 米气步枪参赛选手将全力以赴，冲击在这里产生的奥运首金。

随着开幕式临近，中国各项目运动队陆续抵达东京，随即投入最后阶段的备战。在未来 17 天里，在赛场内外，中国队选手将力争展现新时代

健儿风采。

20日，里约奥运会冠军中国女排进行了抵达后的首次训练。"5年了，终于有机会再次踏上奥运赛场"，主教练郎平说。球队会全力以赴，一场场去拼。虽然部分队员参加过里约奥运会，但是本次比赛的情况与当年完全不同，对手都在进步和成长，对于中国女排，一切要从零开始，郎平说："中国队这次会去冲击对手，而不是等对手的冲击。"

抵达东京的第二天，中国女篮开始了赛前训练。据主教练许利民介绍，球队近期状态非常好。虽然之前跟腱受伤，此次带队出征，许利民表示仍将全力以赴，带队打好每一场球，"首要目标是发挥出水平，力争小组出线"。虽然仅有少数球员参加过奥运会，但正是这支年轻队伍，在此次奥运会资格赛上三战全胜、昂首晋级。

中国赛艇队在出发前已经做足准备，提前了解比赛场地的气温、水温条件，还专门带上冰背心、冰手套、冰围脖，以应对炎热天气。教练徐权说，对重点项目，队伍都准备了两套器材，按照"一艇一保障"原则安排训练、康复等方案。

5年等待，自信赴约。正如中国跳水队领队周继红所说，队伍将尽最大努力争取最好成绩——"我们已经准备好了！"

五环　将你我紧密相连

——第三十二届夏季奥运会开幕式侧记

人民日报　范佳元　李硕

一团火光，吸引世界的目光。

途经上千公里，经过万人传递，奥林匹克之火跨越重重障碍，终于抵达梦想彼岸。

希望之火，照亮前行之路。经过又一年的等待，这一点火光迎来绽放——7月23日晚，第三十二届夏季奥运会开幕式在东京新国立竞技场举行。

团结于五环旗下

竞赛的号角已经吹响，光荣的时刻已经到来。

虽然分处世界各地，但人类社会并不是孤岛——体育运动，扫除疏离与孤独；奥运盛会，将你我紧密相连。

在 6 名运动员代表的护送下，奥林匹克五环旗帜冉冉升起，来自五大洲的优秀运动员齐聚一堂。过去的"4+1"年里，运动员们努力训练，以拼搏的姿态振奋人心；未来的 16 天中，运动员们将继续以卓越的表现激励世界。

体育，拥有改变生活的力量，是跨越文化的语言。在开幕式致辞中，国际奥委会主席巴赫强调了奥林匹克的价值：体育团结一切的力量。这给了所有人继续前行的希望，让我们团结在一起。

共情于命运相连

这是东京继 1964 年之后第二次举办奥运会，在当时的主体育场原址基础上，日本建筑师隈研吾进行重新设计，改建新国立竞技场。"一走进会场，我希望观众立刻被大量的、巨大的木头横梁所吸引，为木材所特有的温润而感动。"隈研吾这样解释自己的创意。

在东方文化中，木材是将人与自然结合在一起的优良载体。木结构的体育场、木制的舞台、木工的劳动号子，甚至巨木制成的奥运五环，在开幕式现场一一呈现。

人与自然和谐相处，全人类和合共生，共同面对全球挑战。经过半个多世纪的风雨洗礼，体育场重焕生机，以奥运之名，全世界"情同与共"。

伴随着雄壮的交响乐，运动员开始入场，中国体育代表团第110位走进会场。

女排队员朱婷和跆拳道选手赵帅共同高举五星红旗走在队伍最前方。来自女排、女篮、游泳等队伍的约90人参加了开幕式运动员入场仪式。这是自1984年以来中国体育代表团第十次参加夏季奥运会，777人组成的阵容，也是中国体育代表团境外参赛规模最大的一次。

笑容，终将穿破层层阻碍；自信，在行进间尽情挥洒。"奥运会的开幕意味着人类的决心和努力，我们心中充满自豪和爱国情怀。"首次参加奥运会开幕式的女篮队员邵婷说。

作为奥林匹克大家庭的一员，中国始终是奥林匹克运动的坚定参与者，更是奥林匹克价值的积极推动者。北京冬奥会半年后就要开幕，这一份期待，势必加深人与人之间的感情；这一份荣耀，必将在奥运史册上接力书写。

奋进于希望之路

东京奥运会的大幕徐徐升起。我们坚信，世界将变得更加精彩。

日本柔道名将野村忠宏和女子摔跤名将吉田沙保里两人手擎同一火炬，进入主体育场。

圣火点燃环节激动人心，经过现场 14 名火炬手传递之后，火炬来到日本女子网球选手大坂直美手中，她向着富士山造型的主火炬台拾阶而上，台上花骨朵般的圆球缓缓打开，仿佛正在全力张开花瓣。大坂直美将火炬引向"花蕊"，东京奥运会圣火就此点燃！

体育场内的圣火熊熊燃烧，代表奥运会五环色彩的绚烂烟花点亮夜空，体育场外，东京水域梦之桥的火炬台同时点亮，这是奥运历史上首次在主会场外设计火炬台，奥运圣火的荣光，超越赛场，超越时空。

"今天，无论你在世界哪个角落，我们都共同分享这个时刻。"巴赫感慨地说。未来16天，拼搏与奋斗、竞争与友谊、欢笑与泪水、庆祝与告别，都将在这片舞台激情上演。

一枪和一剑，
悬念都在最后一刻揭晓

人民日报 孙龙飞 季芳 刘硕阳 刘峣

一"击"制胜、一"举"成名、一"剑"封喉。7月24日，三枚金牌被中国代表团收入囊中。

这是东京奥运会开幕后首个比赛日，射击选手杨倩、举重选手侯志慧和击剑选手孙一文三位巾帼给我们带来的惊喜。

这一天，《义勇军进行曲》早、中、晚三次在东京赛场奏响，亿万国人一次又一次热血沸腾，高呼"中国队 YYDS！"（永远的神，也可理解为永远得胜）

因为人们知道，金牌的背后，是惊心动魄的较量。在射击赛场和重剑赛场的枪声剑影中，观众们悬着的心直到最后一刻才放下。中国选手的"大心脏"，在关键时刻压住了胜负，经起了波折，让来之不易的金牌显得弥足珍贵。

奥运首金，历来是人们关注的焦点。首金意味着什么？中国射击队最熟悉不过。2000 年悉尼奥运会以来，每届奥运会的首金都在射击女子 10 米气步枪赛场上决出。

中国女枪手们创造过辉煌，也有过遗憾。2004 年雅典奥运会，杜丽夺金后的回眸一笑，易思玲在伦敦奥运会赛后流下的泪水，都定格成为中国体育的经典画面。

这一次，中国代表团夺取奥运会首金的任务落在杨倩和王璐瑶两位年轻姑娘的身上。这场硬仗，她们的压力不言而喻。

资格赛，赛前夺冠呼声最高的世界纪录保持者——印度选手昌德拉及新秀瓦拉里万都因前半程用时过长，发挥不佳，被拦在了决赛门外。而王璐瑶打出 625.6 环成绩，仅排在第十八位，未能走得更远。

杨倩在资格赛中的发挥也算不上理想，仅以第六名的身份进入决赛。但她并无退路，只能扛起一把枪，孤军奋战。

与以往资格赛成绩带入决赛不同的是，这次决赛为淘汰赛，8 名选手将站在同一条起跑线上，从零开始。尽管所有枪手都只是瞄准自己的靶子，但每一枪都是看不见硝烟的殊死搏斗。

最后两枪开始前，场上只剩下杨倩和俄罗斯奥运队选手加拉希娜。此前，两人都打出了超高水平，杨倩枪枪都在 10.5 环以上，却发现自己依然在落后。激烈的竞争让现场的空气都仿佛凝固。

一声枪响后，杨倩打出了 10.7 环，这样高的分数在决赛最后阶段已尤为难得，但对手出乎意料地打出 10.8 环，将领先优势扩大到 0.2 环。

最后一发子弹成了杨倩追赶对手的唯一机会。"当时特别紧张，"杨倩说，她不停地深呼吸，调整自己，努力让心情平静下来。

射击场上的较量瞬息万变，选手们比的是技战术，更是心理。现场的紧张空气，显然击穿了加拉希娜的心理防线，最后一枪她仅打出 8.9 环！

失误，在奥运会这样的顶级赛场，无异于将取胜的机会拱手让人。

机会来了！千钧一发之际，杨倩顶住巨大的压力，只见她面不改色，稳稳地扣动扳机。尽管只有 9.8 环，但这个成绩足以助她锁定胜局，为中国代表团顺利摘得本届奥运会首枚金牌。

随着五星红旗在朝霞射击场冉冉升起，"中国加油"的欢呼声响彻赛场。

同样的故事，当晚在重剑赛场上又上演了一番，只是脚本中多了几分

"豁出去"的敢想敢拼。

女子个人项目决赛，29岁的中国选手孙一文迎战头号种子、世界个人排名第一的罗马尼亚队名将波佩斯库。胶着的局面一直延续到最后一刻。终场前3秒，波佩斯库一剑将比分扳成10平，金牌将以刺激的"决一剑"方式产生。

观众们紧张地屏住呼吸，与场边中国击剑队外教Hugues的气定神闲形成了鲜明对比。因为他心中有数：根据他的统计，孙一文在所有"决一剑"的比赛中，胜率达到了惊人的80%。这一招险棋看似"剑走偏锋"，实则有备而来。

果然，孙一文刺出致胜一剑，赢得了中国女子重剑个人项目在奥运会上的首枚金牌。她和冲上剑道的教练紧紧相拥，二人激动地共同展开五星红旗，对着镜头挥洒自己的喜悦。

孙一文赛后说，获胜源自"决一剑"中"赌"成功的运气。的确，最后一击充满风险和挑战。

2016年里约奥运会，孙一文在自己的奥运首秀中获得女重团体银牌，但同时也在个人赛中留下遗憾。当时她在半决赛痛失好局，"决一剑"中负于两届世锦赛冠军、意大利名将菲亚明戈，最终摘得铜牌。

彼时，孙一文还不敢幻想奥运金牌，因为在她眼里，那是实力超过自己的前辈们都未能完成的任务。但遗憾始终挠抓着她的内心，她渴望能够突破瓶颈，更进一步。

"很多时候我甚至都不知道自己的技术动作是否标准，只是凭借节奏感来把自己的动作带起来。"

千锤百炼后，孙一文口中的"运气"有了实力的底色。她的拼搏化作"决一剑"中孤注一掷的勇气和魄力，帮助她穿越赛场上的惊涛骇浪，抵达胜利的彼岸。

走上奥运赛场，没有哪一个运动员不渴望胜利。展现最好的自己，需要日积月累地苦练和打磨，也需要以超越自我的心态不懈奋斗。

"专注做好自己，稳定情绪，不去想结果"，是杨倩的平常心；而"敢想自己能夺冠，敢拼最后一击"则是孙一文的坚定决心。这些都是一个优秀运动员身上鲜明的特质，让他们能在悬念揭晓的那一刻绽放出胜利的微笑。

谌利军反超 1 公斤夺冠　李发彬领先 11 公斤摘金

中国力士　举重若轻

人民日报　李硕

　　随着中国队选手谌利军的一声大吼，187 公斤的杠铃被高高举过头顶，3 盏白灯同时亮起，现场被巨大的欢呼声淹没。抓举落后 6 公斤，挺举第二把直接加重 12 公斤，7 月 25 日，谌利军用完美的上挺完成反超，以 332 公斤的总成绩获得男子 67 公斤级冠军，其中挺举和总成绩双双刷新奥运会纪录，为中国举重队赢得开赛以来的第三金。当日早些时候，他的队友李发彬以抓举 141 公斤、挺举 172 公斤、总成绩 313 公斤获得男子 61 公斤级冠军。

　　5 年前的里约奥运会，留下了谌利军最伤痛的时刻。由于赛前抽筋，在男子 62 公斤级比赛中，保持着总成绩世界纪录的他甚至没能留下成绩。"这一路走来很多心酸，一直憋着一口气，就想拿奥运冠军。"谈到里约的遗憾，谌利军几度哽咽。

　　谌利军走向东京的路程也颇为不易。2020 年 10 月全国锦标赛上，他遭遇右臂伤病，手术后胳膊上留下了一道将近 15 厘米的伤疤。"那对我也是很大的打击，但我没有放弃。"术后半年，他就在 2021 年亚锦赛以抓举 153 公斤、挺举 180 公斤和总成绩 333 公斤赢下金牌，为出征奥运会累积了足够的信心。

　　但赛场处处有意外。时隔 5 年，再次站上梦想中的赛场，谌利军紧张了。重压之下，他两次抓举试举失败。当对手率先以挺举 180 公斤、总成绩331公斤结束比赛时，谌利军的落后重量达到10公斤。"第一次打这么被动的比赛"，赛后谌利军心有余悸。

上场前，教练于杰告诉谌利军："上去拼了，你要对得起那么多年的努力！说什么也要把187公斤举起来，不能辜负你自己！"

有实力，才有自信，有勇气，才有胜利。"上挺感觉挺轻的，那口气一直顶在上面！"谌利军成功了！反超对手1公斤，拼下了这枚金牌。

"非常惊险，比我们预想的要惊险得多。"中国举重协会主席周进强赛后表示，"能在巨大的压力下反超，这让我们所有人都非常感动，也为后面出战的队员树立了很好的榜样。"

在之前进行的男子61公斤级比赛中，李发彬第一把抓举失败，但随后两把试举，他顺利地举起137公斤和141公斤，在抓举比赛结束时领先印尼队选手伊拉万4公斤。

挺举比赛，李发彬第一把试举166公斤，举起杠铃后重心不稳，用"金鸡独立"的方式调整重心，最终稳稳站定。随后他又成功举起172公斤，而伊拉万两次试举177公斤失败，尽管李发彬最后一把试举178公斤失败，还是以313公斤、领先对手11公斤的成绩摘得金牌。

"我以前比赛也做过这个动作，这其实是一个错误的动作，可不建议模仿。"李发彬谈及"金鸡独立"时说："多亏我力量比较强，硬扳回来了。今天也是比较紧张，动作可能没那么顺畅，基本靠蛮力举起来的。"

一个失误，却成为整场比赛的转折点，这不仅体现了他优秀的调整能力，更展现了李发彬扎实的个人能力。

一骑绝尘的轻松夺冠、"金鸡独立"的惊险夺冠、破釜沉舟的惊天逆转，两天三金，中国举重队在东京奥运会的开场可谓完美。"后面还有5个项目。我们不能骄傲自满，目标就是取得应该取得的好成绩！"周进强说。

崔晓桐、吕扬、张灵、陈云霞 夺得中国赛艇第二个奥运冠军

——这一金 来之不易

人民日报 郑轶

东京海之森水上竞技场起风了。出发前，4个姑娘抓紧最后的时间讨论战术。登上赛艇，朝夕相处两年多的她们，彼此的默契再不需言语。目标只有一个：冲！

2000米的比赛距离，她们只花了6分05秒13，中国赛艇却等了13年。7月28日的赛艇赛场，女子四人双桨冠军属于中国选手，世界记住了她们的名字：崔晓桐、吕扬、张灵、陈云霞。

这是一枚如此宝贵的金牌。2008年北京奥运会，女子四人双桨项目实现中国赛艇奥运金牌零的突破。而今，中国姑娘以刷新世界最好成绩的卓越表现，在赛艇领域再度挥洒耀眼的"中国红"。

姑娘们大声欢呼、呐喊，尽情释放内心的激动。当五星红旗升起，她们与现场观战的中国赛艇队全员合唱国歌。这一幕，让许多人热泪盈眶。

本场比赛，中国队优势明显。出发一马当先，划桨速率远高于对手。冲线的电视画面中，看不到其他艇的存在。最终，中国队以领先亚军6秒23的成绩夺冠。

从2019年组队至今，她们在世界赛场上保持着不败战绩，甚至从未在一场比赛中落后过。实力超群，让这次夺金看起来并不意外。但吕扬却

说："背后有多不容易，只有我们自己知道。"

中国赛艇运动起步较晚，在北京奥运会上夺金后，中国赛艇队在伦敦奥运会和里约奥运会均与金牌无缘。

前路在哪里？中国赛艇队把女子四人双桨项目作为突破口。姑娘们每天从天亮练到天黑，从岸上测功仪到水面训练，把最美好的时光都挥洒在了训练上。

这4个平均身高1米8的姑娘各有优势和长处。吕扬、张灵参加过里约奥运会，崔晓桐从单桨转项过来，陈云霞获得过亚运会单人双桨金牌。把她们凝聚在一起，不仅需要苦练，更需要彼此信任。"坐在一条艇上，只有心往一处想，劲儿才能往一处使。"陈云霞说。

从下水第一桨就把动作做规范，打磨技术细节，锤炼团队配合，成了姑娘们每天的常态。日复一日，风吹日晒，但一想到心中的梦想，姑娘们每一步都走得坚定而踏实。

中国赛艇队也逐渐找到发力的方向。引入科学训练理念、恶补体能短板、"一人一艇一方案"……一整套"组合拳"为赛艇再创佳绩铺就基石。

2019赛季，中国女子四人双桨组合一举夺得世锦赛、世界杯等多项赛事冠军。自信随成绩同步提升。2021年世界杯第二站，姑娘们的夺冠成绩比两年前的世锦赛又缩短了9秒多。

本届奥运会，受台风影响，女子四人双桨决赛推迟举行，但姑娘们依然保持着极高的专注度。比赛前一晚，她们还照常写好训练日记。"我们不怕有压力，也不怕任何对手。"张灵说，大家都记着教练的嘱托——打奥运会这场硬仗，要大胆自信，做好自己，划好过程。

汗水浇灌的花朵在夺冠一刻绽放，女子四人双桨为中国水上项目开了个好头。赛后站在岸边，4个姑娘搭着肩，竖起"第一"的手势。"我想过赢，但没想到赢得这么漂亮。"崔晓桐扭头对队友说："我们真棒！"

东京奥运会赛程过半，中国选手发挥出色

后半程期待更多精彩

人民日报　刘硕阳　季芳　李硕

当地时间 7 月 31 日，东京奥运会进入第八个比赛日，中国选手继续奉献上佳表现。中国体育代表团在本届奥运会中的金牌数上升至 21 枚。

当日比赛结束，东京奥运会赛程也随之过半。中国奥运健儿在这一天的表现，就像整个上半程的缩影：在举重等传统优势项目中保持稳定发挥的同时，又在帆板等项目中不时带来惊喜。东京奥运会迈入"下半场"，中国选手继续进发。

传统优势地位稳固

7 月 24 日一早，体育世界便记住了一位名叫杨倩的姑娘。在东京奥运会女子 10 米气步枪决赛中，这名 21 岁的中国选手以创奥运会决赛纪录的成绩夺得冠军，射落东京奥运会"首金"的同时，也为中国体育代表团取得了开门红。

射击是中国体育代表团的传统优势项目，在过往的奥运会比赛中多次承担争取"首金"的重任。在杨倩成为东京奥运会的首位冠军之后，中国的"神射手"们在接下来的比赛中继续着神勇的发挥，姜冉馨、盛李豪等小将表现抢眼，35 岁老将庞伟也不甘落后。截至目前，中国选手共射落 3 金 1 银 5 铜。

在举重赛场上，中国队选手表现同样精彩。"不管对手怎么样，我的目标就是破纪录！"7月28日，石智勇以破世界纪录的成绩夺得男子73公

斤级金牌——收获奖牌的同时，中国的大力士们还肩负着挑战各种纪录的重任。在东京，侯志慧、李发彬和谌利军等选手都留下了破纪录的佳绩。

和举重、射击等项目一样，中国队选手在乒乓球、跳水等项目中实力强大。在本届奥运会比赛中，中国选手已在跳水项目中获得3金1银，乒羽赛场上也上演了包揽冠亚军的精彩表现。

惊喜与遗憾并存

7月31日下午，捷报从遥远的江之岛游艇码头传来。在女子帆板RS:X级比赛中，中国选手卢云秀夺得金牌。仅仅1小时后，毕焜又在男子帆板RS:X级比赛中夺得一枚宝贵的铜牌，实现了中国男子帆板奥运奖牌零的突破。在一些过往并非优势项目的比赛中，中国奥运健儿用一次次突破带来惊喜。

7月28日的东京海之森水上竞技场，陈云霞、张灵、吕扬、崔晓桐4个姑娘以显著的优势夺得了赛艇女子四人双桨项目的冠军，为中国赛艇队夺回了这枚阔别13年的金牌。张亮和刘治宇也收获了赛艇男子双人双桨的季军，为中国赛艇队夺得历史上首枚奥运男子项目奖牌。

7月28日，中国女子三人篮球队在铜牌赛中击败法国队，收获季军。惊喜同样蕴藏在奖牌之外，首次站上奥运赛场的中国女子橄榄球队敢打敢拼，获得第七名。"顽强拼搏的比赛气质是中国女橄突破的关键，未来我们还要全面提升实力，才能有与世界一流强队抗衡的底气。"中国橄榄球协会主席陈应表表示。

比赛中也有一些遗憾。吴静钰、肖若腾和董栋等名将，与各自项目的冠军无缘。"站上这个赛场就是成功，我并不后悔。"正如吴静钰所言，努力过，便无悔。

田径、跳水等看点满满

7月31日，张雨霏同队友们共同赢得了男女4×100米混合泳接力的银牌，她本人在本届奥运会上的总奖牌数也达到 4 枚。同一天，苏炳添以 10 秒 05 的成绩晋级"飞人大战"半决赛。

在即将开始的"下半场"，中国选手的表现同样值得期待。

作为两届世锦赛女子铅球冠军得主，巩立姣的"荣誉室"里一直缺少一枚奥运金牌。8 月 1 日上午，这位铅球名将或将迎来圆梦的时刻。8 月 6 日，刘虹、杨家玉和切阳什姐则将在札幌大通公园携手展现中国田径在女子 20 公里竞走项目中的实力。

在举重、跳水、乒乓球等项目中，延续此前的良好势头是中国选手的目标。在男子、女子单打决赛之后，马龙等国球健儿将"强强联合"，为实现团体项目的卫冕而努力。在举重项目最后两个级别比赛中，汪周雨和李雯雯将尝试为中国举重队的东京之旅画上圆满的句号。东京水上运动中心，施廷懋还将和队友们向剩余金牌发起冲击。

7 月 30 日战胜强大的澳大利亚女篮之后，提前晋级八强的中国女篮将继续前行的脚步。

接下来的赛场或许充满未知，但只要无所畏惧、全力以赴，奥运旅程便会有所收获。

刷新亚洲纪录，跑出九秒八三晋级男子百米决赛

苏炳添，真帅！

人民日报　刘硕阳

苏炳添能否闯入男子100米决赛？是否能达成运动生涯10次跑进10秒的目标？在本届奥运会开始之前，人们对这位32岁的老将抱有诸多期待。在8月1日晚进行的男子100米半决赛之后，这些疑问都有了答案。人们更多是在憧憬：他还能给我们带来怎样的惊喜？

作为本届奥运会的主体育场，日本东京新国立竞技场见证了苏炳添在奥运赛场的出色表现。当地时间19时31分，本届奥运会男子100米最后一组半决赛的发令枪鸣响，苏炳添从罗尼·贝克和希姆宾等名将的包围中脱颖而出，率先冲过终点。

9秒83！苏炳添成功晋级男子100米决赛，成为首位闯入奥运会男子百米"飞人大战"决赛的中国运动员！在奥运会的赛场上，苏炳添将男子100米亚洲纪录带入9秒90之内。

当地时间21时50分开始的男子100米决赛出场仪式上，苏炳添享受着本届奥运会的灯光秀，而两年前在多哈田径世锦赛上，他遗憾地错过了当时的出场仪式。中国选手在奥运会男子100米决赛中首度亮相，成为万众瞩目的焦点。最终，苏炳添以9秒98的成绩第六个冲过终点，意大利选手雅各布斯以刷新欧洲纪录的9秒80的成绩夺得冠军。

人们从未停止对苏炳添的期待，因为他从未停下前进的步伐。2015年，苏炳添在钻石联赛男子100米比赛中首度突破10秒大关；2018年，苏

炳添跑出9秒91，追平了男子100米亚洲纪录；如今，他又将亚洲纪录大幅提升了0.08秒。在大赛争金夺银的比拼中，他也频频给人们带来惊喜：2015年世锦赛上，他和队友夺得男子4×100米接力亚军；2018年亚运会上，他战胜各路高手摘得男子100米金牌。竞技场上，苏炳添总是拼劲十足。

此番男子100米决赛开始前，2004年雅典奥运会男子110米栏冠军刘翔为苏炳添送上祝福，苏炳添在赛后表示了感谢。"刘翔在大赛中的出色表现，带给我们自信。只要付出更多努力，我们也能站在奥运会决赛的直道前。"如今，苏炳添又将这份期待传递给年轻运动员，"希望我取得的第六名成绩能够带给年轻运动员更多激励，在训练中不懈努力，也能够打开10秒大关"。

短跑项目中的100米比赛通常被称为"飞人大战"。当苏炳添2015年冲破10秒大关时，他被誉为"中国飞人"。当他2018年追平9秒91的亚洲纪录时，苏炳添被誉为"亚洲飞人"。如今，当他以半决赛所有选手中第一名的身份闯入奥运会男子100米决赛时，"飞人"之前已无须再加任何限定词。他，就是"飞人"苏炳添。

赛场唱响青春之歌

中国"00后"选手闪耀奥运舞台

人民日报 刘硕阳 季芳

随着东京奥运会步入下半程，大部分中国选手已经在赛场上完成亮相。这其中，一群"00后"年轻人在多个项目中成为闪耀赛场的焦点。

优异的成绩、阳光的外表、开朗的性格……这些都成为观众被"圈粉"的原因。这些20岁上下的姑娘、小伙儿们，不仅逐渐在比赛中挑起大梁，更是让世界看到了中国年轻人的风采。

比赛中挑起大梁

2016年的里约奥运会上，当时年仅15岁的任茜夺得跳水女子单人10米台冠军，摘得了中国"00后"选手的第一枚奥运金牌。当时，"00后"选手在中国体育代表团中还只是凤毛麟角。而在5年之后的东京，已有50余名未满22岁的年轻运动员出现在中国代表团名单中，他们中的不少人已在赛场上担负起争金夺银的使命。

当地时间7月27日下午，当35岁的庞伟和21岁的姜冉馨代表中国队出战10米气手枪混合团体决赛时，许多人不禁为姜冉馨捏了一把汗：与身旁已参加四届奥运会的庞伟相比，这位出生于2000年的小姑娘能否顶住压力，还是未知数。然而，随后的比赛让这种担忧烟消云散：决赛中，姜冉馨多次打出10.5环以上的佳绩，其中包括一次10.9环的满分。在至关重要的最后两枪中，她更是连续打出10.7环的好成绩，为中国队赢得该项目奥运会史上的首枚金牌立下大功。

射击、跳水等中国代表团的优势项目，是"00后"少年英雄的大本营。截至目前，在东京奥运会赛场上，杨倩、王宗源等多位年轻选手登上了领奖台。这些年轻人不仅能传承优势，还能创造此前未曾有过的壮举。7月29日，在女子4×200米自由泳接力决赛中，中国队夺得冠军，并打破了该项目的奥运会纪录。4名选手中，杨浚瑄、汤慕涵和李冰洁都是"00后"。

"伊藤依然很优秀，作为同龄人，我一直觉得和她比赛很有乐趣。"29日，20岁的孙颖莎击败日本选手伊藤美诚，与队友陈梦会师乒乓球女单决赛。赛后接受采访时，孙颖莎的回答也非常大气。大将之风和过硬实力，共同构成了中国"00后"运动员的赛场形象。

赛场外绽放青春

7月24日上午，东京奥运会首个比赛日开启。刚度过21岁生日的杨倩以出色的发挥获得冠军，摘得了本届奥运会的首枚金牌！和优异表现同样被人铭记的，还有她领奖时的"比心"动作，让无数观众忍不住大呼："萌！"她爱笑，爱美食，对生活充满热情。杨倩的精彩亮相让人们发现，中国的"00后"已经长大，他们正在用自己的方式登上时代舞台。

摘得首金之后，杨倩不仅让世界记住了自己精湛的射术，同时也让大家记住了自己对油焖大虾的偏爱。被家人喊"回家吃饭"成为不少"00后"选手的待遇。"是山药，山药排骨汤。"王宗源透露家人准备的"私房菜"时还有些害羞。

8月2日，21岁的李雯雯夺得了举重女子87公斤以上级的冠军。小姑娘在奥运村内的"吃播"更是受到热捧，让更多人看到年轻人走下赛场后的另一面。年轻运动员用自己的青春活力吸引人们对奥运会的关注，场上的英姿已不再是唯一的话题。

年轻脚步不停歇

东京奥运会的每一个比赛日，年轻人都在不断制造着惊喜。8月2日，中国体育代表团收获的 5 枚金牌中，同为"00 后"的张常鸿和李雯雯就占据了其中 2 枚。8 月 3 日下午，两位"00 后"选手管晨辰和唐茜靖双双战胜美国体操名将拜尔斯，包揽了女子平衡木项目的冠亚军。

本届奥运会赛场上，吴静钰、庞伟等仍在坚守的老将令人动容，年轻选手的涌现同样值得称道。"年轻人都起来了。"这是巩立姣等不少冠军老将的一致感慨。中国体育代表团的 431 名运动员中，300 多名"90 后"已成为中坚力量，而"00 后"的人数也达到了 50 余名。在赛场内外，他们都为中国体育源源不断地注入活力，向世界展现着中国年轻人的精神风貌。

7 月 27 日的体操女子团体决赛中，出生于 2000 年的芦玉菲在高低杠项目中重重地摔在了垫子上，人们还没来得及为她揪心，芦玉菲已经爬了起来。"我可以再翻吗？"得到教练肯定后，她立即重新投入到比赛中。更加阳光自信是这些"00 后"在场上的风貌，但前辈们顽强拼搏、永不放弃的品质同样牢牢印刻在他们体内。

7 月 26 日，女子滑板街式赛决赛中，16 岁小将曾文蕙获得第六名。作为本届东京奥运会的新增大项，滑板比赛有不少"00 后"甚至"05 后"运动员。而在攀岩项目中，潘愚非和宋懿龄均是 20 岁出头的小将。未来的奥运赛场上，期待更多中国年轻选手唱响属于自己的青春之歌。

竞技的舞台　交流的平台

人民日报　郑轶　李硕　范佳元

奥运会是一次五环旗下的真情聚会。来自世界各地的运动员在奥运赛场竞技交流，你陪伴我进步，我激励你前行，向着"更快、更高、更强"的目标迈进，携手用温暖的行动诠释着奥林匹克新格言——"更团结"。

心与心相连 情与情相通

无论铸就辉煌，还是失落低迷，彼此感同身受，这是属于运动员之间的"情感密码"。奥运赛场不只有激烈的拼争，更有藏在胜负背后的温情。

当中国铅球选手巩立姣终于圆了奥运冠军梦，第一个走上来拥抱她的是新西兰名将亚当斯。4次奥运之行，她们是对手，更是一路走来的见证者。"亚当斯一直拿冠军，这次终于轮到我了。"老将之间，毫不掩饰彼此的欣赏。

羽毛球男单决赛后，获胜的丹麦名将安赛龙哭得像个孩子，在中国选手谌龙眼里，仿佛看见了5年前里约奥运会夺冠后的自己。赛后，两人相互祝贺，并交换了球衣。安赛龙还用中文发微博对谌龙喊话："无论输赢，你都是无数羽毛球迷的偶像，我也该向你学习。"

赛场上拼尽全力，是对竞争对手最大的尊重。经历过对手所经历的，才愈加懂得对方的努力和坚持。

第三次参加奥运会的中国游泳选手汪顺，终于将曾经的铜牌换成金色。夺冠后，他没有马上庆祝，而是走向匈牙利老将切赫，握着他的手鞠躬致意，对方也报以热烈回应。汪顺和切赫并非旧相识，汪顺却能感受到对方与金牌擦肩的落寞。这个致意，代表着对同场竞技对手的尊重与敬意，更是对奥林匹克理念的传承。

奥运会赛场，拼搏是不变的底色。得知中国女排无缘小组出线，韩国女排队员金软景特意来到场边，安慰中国女排主攻朱婷。体育搭建了心灵交流的平台，运动员的情感在此刻相通。

为努力加油 为友谊喝彩

奥运赛场定格了许多精彩瞬间，不只是夺冠后的笑与泪，还有一些"温暖的拥抱"令人动容。

完成女子4×100米混合泳接力比赛后，中国选手张雨霏一直等在原地，只为和日本选手池江璃花子说句话。她们曾是旗鼓相当的对手，但一场白血病险些让池江璃花子告别泳池。此番重逢，深情相拥。张雨霏说："我们约定，2022年杭州亚运会赛场再见！"

体操女子平衡木决赛，当中国小将管晨辰稳稳落地后，台下的美国选手苏妮莎跳起来为她鼓掌。她们之前在比赛中相识，结下真挚的情谊。管晨辰夺冠后，苏妮莎热情拥抱了她，还把两人的合照发到社交平台，直呼"我太骄傲了"。

奖牌轮冲过终点后，中国帆板选手卢云秀锁定了女子帆板 RS:X 级冠军。她跳入海中，与身边的国外选手轮番拥抱。姑娘们在水中牵手欢庆。卢云秀感慨："我们都完成了挑战，每个人都了不起。"

本届奥运会绝大部分赛场现场没有观众，但参赛运动员互相加油的场景频频出现，为对手的出色表现喝彩，互相激励，共同奔向"更快、更高、更强"的目标，此情此景让人倍感温暖。

场上是对手 场下做朋友

出于疫情防控需要，保持社交距离的要求让本届奥运会的运动员不能离得太近，但大家总有办法让彼此的心靠在一起。

中国女子重剑选手孙一文，第一次站上奥运会最高领奖台，很想和亚军、季军来张合影。于是，3个姑娘伸长手臂，用手中的花束接龙。这张特殊的"牵手照"，成为很多人难忘的记忆。

作为中、日两支乒乓球队的后起之秀，孙颖莎和伊藤美诚的每次交手总能吸引球迷的广泛关注。场上的激烈较量，并不影响她们场外的友好交流。孙颖莎说："和伊藤美诚打球非常有乐趣，不论输赢，我们都能激发对方的斗志。"互相激励、共同成长，让她们遇到更好的自己。

中国羽毛球女双组合陈清晨/贾一凡这次奥运之旅没能拿到金牌，但这两名年轻的姑娘很快收起沮丧情绪，为获胜的印尼队组合真诚喝彩。运动员之间的真情互动，为奥运赛场增添了别样的温馨。

成绩更优异，能力更全面，我奥运健儿
——比出高水平 赛出新风采

人民日报 范佳元 李硕

迎着台下热切的目光，中国女篮选手韩旭落落大方地用英语回答记者们的提问，眼角，泪迹依稀可见，语调中却透着坚定。

平和地看待胜负、自信地与外界交流——穿梭奥运赛场，中国运动员的形象让人耳目一新。这既有中国优化体育人才培养模式的原因，也是奥林匹克运动促进人的全面发展的生动体现。

体教融合，优势互补

中国女篮在奥运会上的表现出色。走下赛场，她们温和从容的气质也令人印象深刻。在北京体育大学备战期间，女篮姑娘们白天训练，晚上读书。"大学里方便借书、看书，我们就想充分利用这个资源来弥补知识结构的不足。"女篮队长邵婷说，她求学于北京师范大学，训练之余她一直保持着良好的阅读习惯。

获得本届奥运会及中国代表团"首金"的杨倩是清华大学射击队的一员。兼顾学习和训练，她走出了一条让很多人赞叹的道路。射击队负责老师董智认为，这是清华大学重视体育的体现。目前，清华大学射击队共有22名队员，每学期选修射击课的清华学子更是达到上千名之多。"普及与提高并重，高校培养高水平竞技人才的空间广阔，未来可期。"董智说。

参加东京奥运会的运动员中，像韩旭、邵婷、杨倩这样的"复合型运动员"不在少数，体教融合正进一步发挥深远的影响力。武汉体育学院教授柳鸣毅表示，培养有文化素养和优异运动成绩的运动员是我国竞技体育事业始终坚持的目标。国家队或地方队与高校合作成为多元化人才培养的重要方式之一，在文化学习、训练场馆、优质教练员等方面形成资源互补。

社会参与，合作共赢

本届奥运会，三人篮球、滑板、攀岩等新增项目中也不乏中国运动员的身影。中国体育代表团依靠社会力量提前布局，坚持"开门办体育"，充分调动起各方参与的积极性。

中国三人篮球男、女队之所以能直接取得奥运会参赛资格，有赖于全国各地雨后春笋般的三人篮球赛事和大量篮球爱好者的参与，这是中国队积攒"直通东京"积分的重要来源。"希望借此机会，吸引更多的三人篮球专业人才涌现出来。"中国篮协国家队管理部部长柴文胜说。

与滑板运动普及较广的国家相比，中国滑板运动起步较晚。但曾文蕙首次参加奥运会的比赛就闯进女子街式项目决赛，获得第六名，张鑫参加女子碗池项目获得第十五名。中国滑板队相关负责人蔡永军介绍说，2017年，国家集训队刚成立的时候，面临着选材困难的情况，"我们改变思路，从武术、跳水、杂技、体操、蹦床等项目中挑选出身体素质好、心理素质强、具有上板天赋的运动员参与训练，选拔进入国家队的运动员"。

在举国体制和市场机制相结合的改革目标驱动下，各级体育部门大胆尝试，进一步探索政府主导，社会、市场和学校积极参与的合作模式，具有中国特色的运动项目发展格局正在形成。

以体育人，激励大众

奥运会是世界体育盛会，也是一场文化活动。大众既关注运动员们的竞技表现，也为他们坚持不懈的故事而感动。

"你是怎么做到'无水花'的？""练的。"跳水运动员全红婵率真质朴的回答令人动容。没有一块奖牌来得容易，这背后的付出让人感佩。

中国举重队在东京奥运会上交出 7 金 1 银的出色答卷，创造了奥运会参赛史上的最佳战绩。在金牌之外，8 位运动员更凭借个人魅力得到很多人的喜爱，给举重项目带来前所未有的关注度。

长期以来，举重项目总被认为和苦与累、汗与泪紧密相连，其自身的魅力却常被忽视。随着东京举重赛场不断上演顽强拼搏的奋斗故事，中国举重运动员的标签不再只是奖牌获得者，他们的个性和风采同样让人着迷。借助现代传播手段，他们向世界展示了独特的力量之美。乐观而积极地应对各种挑战，也让人们看到他们对生活的热爱。

百年奥运历史，优秀选手辈出，他们追求卓越、尊重对手的赛场表现激励了无数青少年。"来自世界各地的人共聚一堂，进行竞赛和交流，这本身就是全人类不畏艰难、携手共进的表现，体现了奥林匹克促进人的全面发展的宗旨。"柳鸣毅说。

十大看点　值得期待

人民日报　李硕　范佳元

一、本届奥运将交出怎样的答卷？

受全球新冠疫情影响，延期一年开幕的 2020 东京奥运会注定将不同于历史上的任何一届奥运会。绝大多数比赛在"无观众"的形式下进行，一些项目的比赛规则也进行了调整……可以预见，拥有 125 年历史的现代奥林匹克运动会将以前所未有的面貌呈现在我们面前。

对于东道主来说，这是 1964 年之后东京再次承办夏季奥运会，它承载了日本在重振经济活力、扩大民生福祉、提高国民士气等多方面的期许。

二、"无观众"意味着比赛"静悄悄"？

鉴于目前的防疫形势，东京奥运会绝大多数比赛很大程度上将在全程"无观众"的情况下举行。人们不免有些担心：没有了现场观众的助威和欢呼，是否会影响运动员的发挥，是否会削弱比赛的精彩程度？对此，国际奥委会和东京奥组委也采取相应举措，力争将不利影响减至最小。

利用先进的音响和虚拟成像技术，比赛现场可以即时播放来自世界各地的体育迷的"欢呼地图"和"六秒自拍视频"，一些运动员赛后还会得到和家人、朋友视频连线的机会，上届奥运会的现场声音也被还原加以利用。

三、竞争格局发生哪些变化？

因东京奥运会延期，运动员和运动队需调整长期以来形成的奥运备战模式、状态调整方式，甚至比赛技战术都需做出改变，这一切都给运动成绩、奖牌归属以及世界体坛竞争格局带来了不小的变数。

乒乓球、跳水、举重等依然是中国代表团的传统优势项目，但东道主也不容忽视，日本代表团不仅在中国队的部分优势项目上具备冲击力，而且在空手道、攀岩、冲浪等新增项目上也拥有夺金实力。

四、谁能一鸣惊人？

奥运赛场从不缺少一鸣惊人的新鲜面孔。在如此盛大的舞台上绽放青春，新的体坛偶像就此诞生，这是属于奥运会的梦幻故事。在东京，众多"00后"运动员登上奥运赛场，运动成绩之外，他们的青春朝气也会给古老的奥林匹克带来更多活力。

中国奥运代表团的 431 名运动员中，首次参加奥运会的有 293 人，占运动员总数的 67.98%，14 岁的跳水运动员全红婵是其中年龄最小的选手。中国跳水队的 10 位参赛选手中，有 7 位是第一次参加奥运会。中国射击队中有 6 位"00后"运动员。在奥运选拔赛超世界纪录的杨倩将在女子 10 米气步枪比赛中向东京奥运首金发起冲击。

五、哪些奥运选手或将创造新历史？

奥运会成就了无数体坛传奇，在竞争最激烈的赛场，他们展现出最强大的实力。来到东京，他们将继续追求极限，创造历史。

美国游泳选手莱德基将向她的第六块奥运金牌发起冲击；在里约双双夺冠的英国场地自行车伉俪劳拉·肯尼和杰森·肯尼有望卫冕；塞尔维亚名将德约科维奇在斩获本年度三个网球大满贯后，将在东京力争实现金满贯；中国乒乓球运动员马龙将力争成为奥运会历史上卫冕男单冠军的第一人。

六、哪些纪录将被改写？

升国旗、奏国歌是各国运动员参加奥运会的目标，而打破世界纪录更是践行奥林匹克内涵的最佳演绎。5 年前的里约奥运会，共有 27 项世界纪录和 91 项奥运会纪录被打破。

2021 年以来，全力备战的运动员们已经展现出火热的状态。6 月，荷兰选手哈桑和埃塞俄比亚选手吉迪在 48 小时内连破女子万米世界纪录，美国铅球名将赖安·克鲁泽以 23 米 37 的成绩打破了尘封 30 多年的世界纪录。中国举重队在 4 月的举重亚锦赛上，6 人 9 次打破了 8 项世界纪录。他们都将登上东京奥运会的舞台，期待出现更多佳绩。

七、传奇巨星如何告别？

每一届奥运会，都会迎来传奇名将的告别。面对奥运延期，众多老将选择了坚持。

46 岁的乌兹别克斯坦体操名将丘索维金娜迎来了她的第八届奥运会。在中国体育代表团中，女子田径运动员巩立姣、女子跆拳道运动员吴静钰、男子射击运动员庞伟和男子蹦床运动员董栋都是第四次参加奥运会，东京很有可能是他们的最后一届奥运会。热爱，让他们扛过伤病痛苦、克服无数艰难，全力以赴逐梦东京。无论结果如何，踏上又一次奥运征程，他们已经诠释了坚持的伟大。

八、新项目怎样展现青春风采？

东京奥运会新增 5 个大项，空手道和棒垒球是东道主的传统优势项目，而滑板、冲浪和竞技攀岩作为年轻一代喜爱的项目，洋溢着满满的青春气息。运动员在奥运赛场的卓越表现，也将为这些项目带来更广阔的参与群体、注入更长久的生命力。

"更年轻化、都市化，并吸引更多女性参与。"国际奥委会主席巴赫明确了奥运会新增项目的方向，共有 9 个男女混合项目将首次亮相东京。2020 年，中国游泳队打破了男女 4×100 米混合泳接力世界纪录，许昕、刘诗雯组合将为中国乒乓球队争夺奥运会史上首枚混双金牌。男女混合项目的精彩将在东京迎来绽放。

九、奥运会改革有哪些新趋势？

"更快、更高、更强——更团结"，国际奥委会第 138 次全会通过了新的奥林匹克格言。在飞速变化的国际体坛，团结是奥林匹克大家庭最诚挚的心声。

走过 125 年的现代奥林匹克运动会从未停止改革的脚步。2014 年发布的《奥林匹克 2020 议程》，以降低奥运会申办和运行成本、可持续发展为核心。2021 年 3 月通过的《奥林匹克 2020+5 议程》，又新增多条改革建议，以更好应对疫情的挑战。

由于延期一年，东京奥组委缩减预算约 3 亿美元。随着布里斯班通过国际奥委会执委会提议，最终获得 2032 年夏季奥运会举办权，奥运会申办方式也迎来了新风。

十、新科技如何闪耀奥运赛场？

当奥运会真正在东京展开画卷，不少"黑科技"将给参与人群带来全新体验。各类机器人的出现，为奥运会服务增添有力支持；体操 AI 技术打分辅助系统，通过红外线追踪选手的动作且实时转换成三维立体图像，让裁判拥有技术支撑；为了给电视观众提供更丰富的观赛体验，3D 运动员跟踪技术将创造全新转播方式，比赛期间的数据都可以向观众实时显示。

当一项项精彩的赛事拉开大幕，更多新科技将为东京奥运会涂上绚烂的色彩。

陈梦、孙颖莎分获乒乓球女单冠亚军

新生力量延续国乒荣光

人民日报　范佳元

7月29日，拥有多年历史的东京体育馆见证了青春风采。首次参加奥运会的中国乒乓球选手陈梦和孙颖莎胜利会师女单决赛。最后，陈梦4：2获胜夺得金牌，孙颖莎摘银。

这是中国乒乓球队在本届奥运会的首枚金牌。获胜后的陈梦第一时间奔向自己的主管教练马琳，与他紧紧拥抱在一起。"这枚金牌是对长期付出的最好回报，在奥运会的舞台圆了我多年的梦想。"陈梦说。

作为国乒女队的主力队员，陈梦早在2014年就随队参加了东京世乒赛，获得了自己的第一个世界冠军，并在2019年布达佩斯世锦赛获得亚军之后，长期位居世界第一。

在东京奥运会决赛中，队友孙颖莎向金牌发起了强力的冲击，一度将大比分扳成2：2平。"我一直告诉自己没关系，2：2可以从头再来。"信念坚定的陈梦将注意力集中到技战术上，最后连胜两局，锁定冠军。

实际上，对于中国乒乓球队来说，任何个人的胜利都源自整个集体的力量。国乒女队主教练李隼透露："这是我们一直在准备的比赛。过去5年来，每一堂训练课、每一个球，可以说都是在为今天做准备。"

自1988年乒乓球正式成为奥运会比赛项目以来，面对来自世界好手的各种挑战，国乒始终没有让这块女单金牌旁落，这一次发起挑战的是于梦雨和伊藤美诚。

半决赛中，小将孙颖莎无惧挑战，4∶0完封对手，再次展示了中国乒乓球的雄厚实力。在关键的第二局，面对3∶9的不利局面，孙颖莎没有放弃，连得8分直接逆转拿下这一局。这成了整场比赛的分水岭，孙颖莎越战越勇，对手伊藤美诚无论是变化发球，还是突击搏杀，都没有办法摆脱被动局面。"要想取胜，一定要自己敢于发挥，不能等着对手失误。孙颖莎在意志力上更胜一筹。"李隼道出了孙颖莎的取胜关键。

首次参加奥运会，国乒两位女将便出色完成了任务，同时也宣告了以陈梦和孙颖莎为代表的新生力量，已经接过了中国女乒的光荣接力棒。

本届奥运会，
中国射击队共斩获 4 金 1 银 6 铜

毫厘之间　尽显风采

人民日报　季芳　刘军国　岳林炜

男子 50 米步枪三姿决赛进入淘汰阶段，中国"00 后"选手张常鸿依旧稳扎稳打。最后三枪，他打出了 10.9、10.3、10.3 环，将领先优势扩大到 1.8 环。当 466 环的总成绩出现在大屏幕上，张常鸿不仅收获了一枚宝贵的金牌，还将新的世界纪录定格在奥运赛场。

2 日，东京奥运会射击项目迎来最后一个比赛日，中国选手在出战的两个项目中均有所斩获。在张常鸿夺冠之前，32 岁的老将李越宏在男子 25 米手枪速射决赛中获得铜牌。

射击赛场竞争激烈，选手们需要有足够精湛的技术和强大的内心才能从高手云集的资格赛中脱颖而出。男子 50 米步枪三姿资格赛第二轮，39 名参赛选手中只有 8 人可以晋级决赛。"可能是大赛激发了潜能。"张常鸿打得顺风顺水，排在第二位晋级。

和决赛场上的对手们相比，张常鸿的履历或许并不显眼：他在世青赛、青年世界杯、亚锦赛上曾收获冠军，但参加成年组国际赛事的经历却并不多。东京奥运会，对他而言或许是第一场真正意义上的国际比赛。

"他的大赛经验并不丰富，但却在比赛中将自己性格中有韧性的一面发挥到了极致。"中国射击队教练杜丽这样评价小将带来的惊喜。

的确，从决赛开局，张常鸿就显现出了与年龄不相符的稳健和老成。第一组5发结束后，他就上升到第一的位置。虽然站姿阶段出现了些许波动，但他很快就重新找回了状态，排名也重回榜首。

"也会紧张，但我一直在告诉自己要平静下来。"张常鸿说。强大的内心让张常鸿经受住了考验，一步步向冠军靠近，并在新的世界纪录旁写下了自己的名字。

50米步枪三姿是射击比赛中最考验运动员体能和专注度的项目之一。平时训练中，张常鸿常常端着枪，在靶前一站就是一整天。"坚持不住的时候，就告诉自己一定要打得更好，这种信念支持着我，给我力量。"他说。

让国歌在奥运赛场奏响，是张常鸿也是中国射击队全体的共同心愿。男子50米步枪三姿金牌，是中国射击队在本届奥运会中取得的第4枚金牌。从赛事开幕后成功射落首金以来，队伍此次共获得4金1银6铜，成绩远超里约奥运会。

射击队中的年轻选手们给人留下了深刻印象。获得首金的杨倩、在决赛中坚持到两两对决的16岁小将盛李豪、以打破世界纪录的方式赢得胜利的张常鸿，都以足够出色的表现证明，"00后"选手可以在关键时刻扛起责任。时隔13年，四战奥运会的老将庞伟终于收获了自己的第2枚奥运会金牌，用坚持写下拼搏与无悔。折戟里约奥运会的杨皓然以1金1铜的成绩，重新找回自己。还有那些虽然没能站上领奖台却依然为了梦想拼搏的运动员们，都值得收获掌声。

射击奥运冠军杨凌认为，中国射击队在本届奥运会展现出了扎实的人才基础，队员们打出了应有的气势和状态，"备战过程准备充分，提升了决赛能力，在关键时刻稳得住，也拼得出来"。

"龙虎"受困群雄逐鹿
千禧一代闪耀东京

新华社 朱翃 周畅 王子江

为期 4 天的东京奥运会跆拳道项目于 7 月 27 日结束了所有项目比赛，男女项目共 8 枚金牌各归其主。本届赛事，中、韩作为跆拳道强国遭遇困境，名将如林却都没有金牌入账；欧美势力强势崛起，在金牌榜上实现"西风压倒东风"；以拉什托夫为代表的"千禧一代"豪取三金，"00后"们在东京奥运舞台上宣告自己时代的来临。

龙困虎乏 缺实战还是被针对?

上届里约奥运会，中、韩两国各有两枚跆拳道金牌入账，展现了在该项目上"中华龙""太极虎"与其他代表团"二分天下"的豪横。然而风水轮流转，本届奥运会中、韩两国媒体记者在现场最多的一句话是："天啊，这是什么情况!"——中、韩两国跆拳道队均在本届赛会创造了奥运会史上最差成绩：无金入账。

中国跆拳道队本届赛会历史性地有男、女共 6 名运动员拿到入场券，既有两届奥运会金牌得主吴静钰这样的老将，也有里约奥运金牌得主赵帅、郑姝音这样的中生代，还有张梦宇、周俐君等奥运新人。但比赛中，老将新秀均折戟沉沙，仅赵帅收获一枚铜牌。

中国跆拳道队教练孔繁桃赛后接受记者专访时表示，运动员在场上找不到感觉，因为有一年多的时间没有打过大赛，"到了场上想兴奋，劲提不起来，场上应变能力明显差了"。

同样失意的还有"太极虎"。把跆拳道尊为"国术"、本届也派出6名选手的韩国队，最终只收获一银两铜，被韩国媒体大呼"是跆拳道盟主的耻辱"。

对此，韩国队教练与中方教练的原因分析不谋而合。李雅凛的指导教练赛后接受采访时说，受到疫情影响，韩国队缺少实战来磨炼队伍，队内训练赛达不到实战的压力效果。他还表示，其他国家和地区的跆拳道发展水平不断提升，韩国、中国等强队的战术打法被欧美对手反复研究，"而我们对对手的研究并不到位"。

从上届里约的"两金"到此番东京的"无金"，中韩跆拳道队陷入历史战绩最低谷，必将好好总结反思；但中韩毕竟底蕴犹存，卷土重来犹未可知。

群雄逐鹿 欧美势力强势崛起

中韩两国表现疲软，给了其他队伍争金夺银的好时机，尤其是欧洲势力表现抢眼，在金牌数量上完全压制亚洲。

克罗地亚的尤里奇、塞尔维亚的曼迪奇、意大利的德尔阿奎拉以及两位俄罗斯运动员分别在各自项目上夺魁，加上女子57公斤级冠军、美国人佐拉蒂奇，欧美势力本届奥运会拿下了跆拳道项目总计8枚金牌中的6枚，欧美旋风席卷东京奥运会跆拳道赛场。

但这股欧美旋风中也有失意者，那就是欧洲势力的代表英国队。本届赛会，他们同样一金难求。两届奥运会金牌得主杰德·琼斯止步十六强，奥运三连冠梦碎东京；世锦赛冠军威廉姆斯和辛登都在决赛中告负，两届世锦赛冠军沃克登收获一枚铜牌。

亚洲势力只剩下泰国选手翁巴达纳吉和乌兹别克斯坦选手拉什托夫两人"撑门面"。翁巴达纳吉是吴静钰的老对手，现世界排名第一，拿到这枚金牌也算在情理之中；而小将拉什托夫却扮演了黑马角色，在男子68公斤级决赛中，面对2019年跆拳道世锦赛冠军辛登，小伙子敢打敢冲，首局就给世界冠军13：8的下马威，并最终以34：29力克对手，为祖国夺得本届奥运会的首金。

曾经的"非洲力量"在本届奥运会上也表现平平，最好成绩是突尼斯选手詹达比的一枚银牌，里约奥运会金牌得主西塞此番颗粒无收，科特迪瓦名将巴比和埃及选手伊萨分别收获一铜。

整体来看，世界跆拳道势力格局发生了较大的变化：没有绝对强者，且看群雄逐鹿。

新星闪耀 千禧一代闪耀东京

东京奥运会跆拳道赛场，见证了"千禧年"一代的横空出世，年轻、勇敢、更具冲击力的他们，无惧强手与名将，初登奥运会舞台便一飞冲天。

奥运会跆拳道项目男女共 8 个级别、总计 32 枚奖牌（每个级别有 2 枚铜牌），本届赛会拿到奖牌的"00 后"运动员共计 9 人，占比近三分之一。其中，斩获金牌的有 3 人，分别是意大利德尔阿奎拉、美国佐拉蒂奇和乌兹别克斯坦的拉什托夫。

除了金牌选手，其他"00 后"小将也可圈可点。战胜吴静钰的西班牙17 岁小将塞雷佐，拿下了女子 49 公斤级银牌，她也是所有奖牌获得者中年龄最小的。吴静钰赛后评价她说："（塞雷佐）打得真的很好。泰国人前几年罕逢对手，现在终于有人能挑战她了。这个级别又出现一个新人。"中国台北 19 岁小将罗家翎拿下女子 57 公斤级的铜牌，她先后战胜了韩国李雅凛、加拿大斯凯拉和尼日尔的优素福等一众好手，展现了不俗的实力。以东京奥运会为开端，相信未来一段时间跆拳道赛场将有更多千禧一代站到聚光灯下。

赛场有新人，项目同样也有更新。本届赛会，跆拳道混双团体赛首次以表演赛的性质进入奥运会大家庭。混双项目是跆拳道世界杯的正式比赛项目，经过三年混双团体赛的检验，从赛制到竞技已相对成熟。

　　本届奥运会上的混双团体赛共有五支队伍参与，除了日本队以东道主身份参赛外，还有中国队、科特迪瓦队、俄罗斯队和伊朗队，后四者是世界杯团体赛的前四名。在7月27日的决赛中，中国队以45∶25战胜伊朗，摘得表演赛冠军。据悉，跆拳道混双项目有可能成为2024年巴黎奥运会跆拳道的正式比赛项目。

乒乓球综述：中乒迭代日本进击 "世界乒乓"未来可期

新华社 张寒 苏斌

从 7 月 24 日开幕第二天，到 8 月 6 日闭幕前两天，2020 东京奥运会乒乓球赛走完了它在东京体育馆的全部赛程。

这 14 天里，位于"奥运遗产区"腹心之地的这座 1964 年东京奥运会时的体操馆，见证了日本乒乓球的历史性突破，也见证了"可爱、可敬、永远让国人自豪"的中国乒乓球队续写辉煌……如果建筑会说话，东京体育馆大概会骄傲地讲述乒乓球项目如何在这"最特殊的一届奥运会"上涂画浓墨重彩。

国乒的光荣与传承

如果建筑会说话，纯正日本基因的东京体育馆，这 14 天里说的却可能是中国话。

五场决赛，除了混双的结尾略有遗憾，中国乒乓球队在这里摘得四枚金牌、三枚银牌，为女团夺冠的还是三名"奥运新生"。

在允许每个协会最多两名运动员参赛的男、女单打项目上，马龙和樊振东，陈梦和孙颖莎，两场"会师"凝固经典，而孙颖莎作为"00 后"，女单半决赛阻击伊藤美诚，一战成名。

翻开历史的相册，你会惊奇地发现，这一幕对于奥运会乒乓球赛场来说已经是习以为常，2016 年的里约，2012 年的伦敦，更毋庸说 2008 年北京奥运会，三面五星红旗两次同时升起。

还不仅是在球场里。从2008年的北大馆，到2021年的东京，从运动员、教练员、官员，到国际组织、奥组委工作人员，志愿者、媒体记者和转播团队，国歌奏响时都有人跟唱——"前进！前进！前进！进！"

而对于乒乓球馆的更多人来说，"中国"二字也许不止是血脉里刻下的印记。

中国对阵德国的女团半决赛，有人笑称"场上八个人，七位来自中国"，但看德国教练施婕指导索尔佳从世界排名第一的陈梦手里赢下一局，你会忽然被别的什么东西击中，而这，不过是中国乒乓球向世界散播影响力的一个缩影。

中国乒协主席刘国梁回答路透社记者提问时说："中国队不是这一届强大，是一直都很强大，我们强大的理由是一直有着光荣的传统和传承，是每一代乒乓人的共同努力。"

国际乒联集团首席执行官史蒂夫·丹顿则说："中国是乒乓球世界极为重要的一员，他们向世界展示极致的专业和超强的实力之余，也通过输送教练、组织训练、举办赛事，帮助其他协会取得进步。"

日本乒球进击的新一代

东道主日本队是除了中国之外，在本届奥运会上收获最丰的乒乓球队。26日的混双决赛中，水谷隼、伊藤美诚在两局落后的不利情况下，顽强上演逆转好戏，最终以4：3掀翻中国的世界冠军组合许昕、刘诗雯，赢得日本乒球历史上首枚奥运金牌。

接下来的比赛中，日本队也显示了超强的战斗力。女单有年仅20岁的伊藤美诚摘取铜牌、三届元老石川佳纯打到八强，女团日本队只在决赛输给了最终成功卫冕的中国，日本男团则在半决赛2：3惜败于德国队之后，铜牌赛3：1小胜韩国队，为东道主再添一枚奖牌。

如果说2017年杜塞尔多夫世乒赛上日本队看似突然的"爆发"还只

是预告，那么刚刚过去的这个奥运周期便见证了他们在世界乒球，特别是女子乒坛的全面进击，连刘国梁都毫不避讳地指出，中国、日本女乒实力显然更为接近，别的协会"还是稍微欠了一点"。

来自四大洲的男单八强和12岁的扎扎

刘国梁说这话时前面还有一句——"现在的形势是'世界打中国'，来自世界不同地方的选手这次拼中国拼得非常凶，给我们带来巨大的压力和挑战。三年以后的巴黎奥运会，竞争会更激烈，特别是男子乒乓球。"

和女单打到四分之一决赛就只剩韩莹一支欧洲独苗相比，男单八强组成的多样性令国际乒联的几位高层感到尤其自豪。

除了占据一、二号种子席位的中国选手，以及韩国选手郑荣植、德国名将奥恰洛夫这样的熟面孔，人们还看到斯洛文尼亚"黑马"达科·约奇克，年仅19岁的中国台北对手林昀儒，巴西小子雨果·卡尔德拉诺，以及来自埃及的奥玛尔·阿萨尔。

国际乒联秘书长劳尔·卡林说："一届奥运会乒乓球赛的八强阵容中有来自四大洲的选手，这是以前从没发生过的，我们为之感到非常骄傲。"

丹顿也以此为国际乒联近年来在推动项目全球化工作上的成绩背书："如果说混双决赛让中国以外的其他协会看到参与奖牌竞争的机会，那么本届奥运会上非洲、大洋洲和美洲球队、选手所取得的进展，则表明我们这项运动正在朝着世界更大范围的普及度进发，而不仅仅再限于欧亚称雄。"

成绩讲话的同时，"参与"是另外的层次。当58岁的老将倪夏莲邀约"巴黎再见"，记者还曾惭愧地掂算，相比倪阿姨对入选卢森堡下一届奥运阵容的信心，三年之后自己还跑不跑得动。

和老骥伏枥一样鼓舞人心的，还有新一代的朝气，从12岁、来自叙利亚的史上最年轻奥运乒乓球选手扎扎，到17岁的韩国少女申裕斌，奥運賽場从不缺少"新鲜血液"。

疫情下的奥运乒台新体验

吹球，禁。擦台，禁。混用毛巾桶，开赛前握手，混采区"聚集"……禁。疫情给东京奥运会带来的不止是"推迟一年"，具体到乒乓球赛场，一系列为防疫而确立的新规，让已经一年半没太多球可打的运动员们，又要被迫改掉很多下意识的习惯动作。

实力超群如马龙，都体验过热身赛上因违反防疫规定被出示黄卡、打断节奏的不适应，许昕直到站上奥运赛场还发生过"欲吹还休"的小尴尬，这届奥运会有多特殊，身在其中的人多少都有些体会。

不过14天赛程走完，东京乒台留给人们的更多是经验和信心。

2020年在中国的帮助下"重启"乒乓球国际赛事的丹顿说："疫情对体育赛事的影响是巨大的，数以千计的赛事因为疫情停摆、推迟，包括东京奥运会。2020年在中国'重启'的系列赛帮助我们探索了疫情下办赛的可能性，而在东京我们也看到类似的情形。"

"事实证明，日常化检疫检测、防疫'泡泡'、防护措施和流程控制等是疫情下办赛所必要而有效的，能尽可能地最小化人们因为赛事举办而感染病毒的危险。国际乒联也会在疫情结束前继续采取严格措施，把'安全'放在第一位。"

"相信2021年的休斯敦世乒赛和年底之前计划中的另外5或6项乒乓球赛事都能如期举行，也希望随着疫情所带来的困难和复杂性被逐一解决，我们能逐渐把体育赛事带回正轨。"他说。

水花为啥比下饺子小?

——中国跳水"梦之队"的成功密码

新华社　周欣　夏亮　吴书光

"你是怎么练出压水花绝技的?"每次国际大赛,都有外国记者这样问中国跳水运动员。

然而,不同中国运动员的回答永远是一个字:"练。"

同样的问题,中国教练员的回答可能会多说点:"就这么练。"

跳水堪称"2秒钟的艺术",在2秒内,运动员的起跳高度越高,才有越多的时间在空中完成翻腾、转体、展开、入水等一系列动作。

你看见没有水花的2秒,是运动员经历过无数惊涛骇浪的2秒;

你看见完美的2秒,是运动员纠正过千万次失误后的2秒;

你看见万众瞩目的2秒,是无数人默默无闻幕后接力完成的2秒。

为了让"水花比下饺子小",每一个中国跳水人在庞大的系统工程里贡献力量,从运动员选材、基础训练、大小赛事、输送机制到科技助力、内部竞争、选拔机制、心理保障等多个小细节的环环相扣和良性运转,才打造出中国跳水"梦之队"的成绩与辉煌——从1984年,中国体育代表团参加洛杉矶奥运会至今,跳水健儿已经斩获47枚奥运金牌。

冠军选手的"身体密码"

从奥运冠军选手的发展经历来看,中国跳水在运动员选材上"独树一帜",无论男女都是身材瘦小修长、弹跳力出众、协调性好。从"跳水女皇"高敏、伏明霞、郭晶晶、陈若琳到施廷懋,再到东京奥运会女子10

米台的"三小天鹅"：张家齐从小就喜欢蹦跳，三四岁时就把家里的席梦思床跳"散架"了；陈芋汐出自体操世家，小时候的玩具是弹网，游乐场就是体操房；获得10米台单人冠军的全红婵凭借跳房子和跳皮筋的轻盈动作，吸引了下基层选苗子的湛江市体育运动学校跳水教练陈华明的注意。经过测试发现，当时身高1米2的全红婵，跳远达到1米76。

一名运动员的身体条件是否有天赋，教练员看过几次就基本有数了：身体素质、协调性好是天生的。孙淑伟、熊倪、郭晶晶、陈若琳、陈艾森等人一直被概括为"内在力强"的选手，力量与协调性并存。在东京奥运会大放光彩的全红婵也是上下肢力量强大。

郑观志是我国的第一批跳水运动员、电影《女跳水队员》的故事原型，她说："从10米台跳下来，重力加速度产生巨大的冲击力，如果运动员的上肢力量不够，入水的那一瞬间双手就会被水冲开，影响入水效果，也就是水花大。全红婵却可以在入水很深之后才松手，入水姿态始终保持得很好。"

广东跳水队教练何威仪指出，全红婵对自己身体有"超强的感知力"。他说："每次做完动作，我一说，全红婵就知道自己哪里出了偏差，怎样去改。"

"身体语言"是冠军选手共通的"制胜法宝"。很多时候，运动员在起跳时有一点点偏差，但凭借出色的身体感觉，在空中下意识调整动作、然后完美入水，施廷懋、曹缘、谢思埸等身经百战的名将都曾在比赛中有过类似的经历。

"伯乐"的"淘"宝密码

曾经带出过陈琳、王睿、陈若琳、胡亚丹、刘蕙瑕、张家齐、陈芋汐等女子跳台冠军选手的"幕后英雄"任少芬教练在北京队执教起步时，靠"千里走单骑"的方式"大海捞针"，转遍了北京远近城区，以及密云、平谷、门头沟等郊区，除了正规小学，她还找到体操、武术、杂技、舞蹈等团体，共走访了200多个地方。每到一处，她都先挑选出瘦小的孩子，掀起裤腿看腿型，挑身材比例好、脑子灵、接受力强、胆子大、内在力强等诸多条件好的孩子，老师们纷纷咂舌惊叹："你这是万里挑一啊。"

陈华明每年都会到湛江市的五县四区小学里寻找跳水人才，重点是农村基层小学，7岁的全红婵就是从麻章区迈合村小学"淘"来的宝贝。

就这样，基层教练们在全国各地编织起巨大而细致的"人才筛选网"。

"伯乐"们日复一日、年复一年地精心培养，"千里马"经过区、市、省、全国各级青少年培训和比赛，逐渐脱颖而出。运动员一旦参加全国冠军赛和锦标赛，就到了国家队教练的"人才网"中，表现出色者就会接到国家队邀约，迅速"打包"入队。

最初接到国家队调令时，在北京队的张家齐正在陆上训练倒立的环节，倒立完立刻被"打包闪送"到国家队；在上海队的陈芋汐本来计划着和队友们出国训练，结果"泡汤了"；全红婵教练则是在周六接了一个电话，周日她就出现在了北京。

运动员们进入国家队后还要经过训练和严格的选拔，才有机会获得国际比赛资格。

多管齐下善用"外脑"

"国家队每个人都特别拼。"这是全红婵进队后的感受。事实也是如此，由顶尖教练员和冠军运动员组成的团队，时刻都在用工匠精神精雕细琢，无论是队里的"大姐大"施廷懋和王涵，最年轻的几位女子跳台选手，还是带伤训练的谢思埸、曹缘、陈艾森等男选手，每个人的每一堂课都在教练指导下挑战自我。

在国家队，医生的康复保障和心理辅导非常到位，还有最先进的科技助力。中国跳水队多年来始终秉承创新发展的理念，积极探索、不断尝试科技助力提升训练水平的新方法。

2021 年，百度智能云打造国内首个"3D+AI"跳水训练系统，和中国跳水队协同推进人工智能与体育跨界合作，让训练系统"看得清""看得准""看得全""看得懂"，协助解决运动员的技术难题。

据国家队教练反映，系统先进实用，真正融入队伍日常训练，场馆内的 iPad、超大屏、电视机联动在一起实时播放训练动作，让教练和运动员的训练更加科学高效。

"我们跳完动作后3秒就可以看到自己的动作完成情况，切换不同的角度抠动作细节。晚上回到宿舍还可以随时研究训练视频，对自己的技术动作思考总结，不断提高。"凭借两届奥运会4枚金牌加冕新一任"跳板女皇"的施廷懋说。

在各个地方队，除了常规的弹网、拉保护带，还有翻腾器等"黑科技新武器"。何威仪透露，全红婵在翻腾器上练得特别专注，再加上刻苦努力，才打下了腾飞的基础。

9 月，在陕西举行的第十四届全国运动会上，中国跳水也许将迎来又一批掌握"水花消失术"的新星。

所以，再有人问中国跳水运动员"水花秘诀"时，你知道该怎样回答了吧。

中国跳水队

"全华班"+精准备战+中国原创

——中国花样游泳腾飞揭秘

新华社　周欣　夏亮　吴书光

谁说花样游泳仅仅是美的享受？还有力量、速度、编排、出水高度、队形变化、水域游动范围等多方位比拼。

东京水上运动中心，由孙文雁、黄雪辰、呙俐、梁馨枰、尹成昕、冯雨、肖雁宁和王芊懿组成的中国花样游泳队以刚柔并济、英姿飒爽的《巾帼英雄》捧得集体项目银牌。

花样游泳从80年代初在中国起步，经过几代人的努力和不断突破。2008年北京奥运会中国姑娘们历史性突破获得铜牌，此后在伦敦奥运会、里约奥运会、东京奥运会连续三届摘银，稳坐第二把交椅，在东京还缩小了和六连冠霸主俄罗斯的差距，2.5669分，让对手无奈、让世界惊艳。

从默默无闻到世界顶级强队，是什么原因让中国花游迅速跻身世界前列？

"全华班"教练睥睨世界

如果说中国花游的发展阶段是摸索期，那么，从2008年至2016年可谓成熟期，三届奥运会由中外教练合作，完成了与世界对接，夯实基础、开阔视野、增强自信，找准方向的蜕变。里约奥运会归来后，国家队开始调整方向，确定走"自己的路"，打造"全华班"教练阵容。

国家队教练组由四人组成，来自北京队的"60后"资深教练汪洁担任主教练，统揽全局，两位"70后"教练各有分工，江苏队教练王芳侧重集体技术自选，上海队教练张晓蕾专攻双人；来自北京队的 2008 年奥运会铜牌得主张晓欢是"80 后"，队内学历最高，英语流利，参与日常训练并在国际交流等场合大显身手。

"在中国花样游泳的早期发展和水平薄弱阶段，我们从外教身上学到了先进的训练理念和手段，提高了基本技术和体能训练。但是当我们的实力全面提升后就一定要强大自己，走自己的路，让中国教练站在世界之巅！"国际泳联花样游泳技术委员会委员刘岩说。

以国家队教练团队为中心，借助在全国比赛之际开办教练员培训，把先进的训练方法、理念辐射到国内各支队伍，提高整体水平，同时加强和世界沟通，"请进来、走出去"短期邀请国外专家交流，促进中国花样游泳水平的共同发展。

"中国花游需要传承，把国家队教练组的顶级理念和经验传播给各地方，新一代的运动员们才会更加优秀，形成良性循环、积蓄力量。"刘岩说。

狠抓体能、精准备战

3000 米山路拉练、瑜伽、舞蹈、50 米潜泳、夹球转体、双人成套、集体成套、水中拔河……都是姑娘们为了东京奥运会而进行的"新花样"体能训练，涉及基础体能、专项体能、专项技术和成套动作能力，5 年来她们在体能训练采取前三年"滴水蓄力"，后两年"全面灌溉"，展示出了中国花游的整体力量和速度变化。

队伍早在 2020 年 1 月中旬通过奥运选拔确定了 10 人名单，包括正选 8 人，平均年龄 25.3 岁，替补 2 人，随之"精准备战"，狠抓基础体能向高水平专项体能转化，狠抓基本技术向高质量实战成套动作转化。

姑娘们在东京奥运会比赛实现了"难、新、快、美、齐、高、脆、稳、准、狠"的制胜规律，变化多、难度大、队形紧密、造型整齐、动作高稳、编排衔接快。

"疫情这一年让我们更加强大，没有体能的支撑，任何技术都无法完成，更充沛的体能让我们高质量、高难度地完成全部比赛。"汪洁指出，基于强大的体能保证，同是31岁的队长孙文雁和黄雪辰才能连续出战双人和集体两项比赛，而且是所有参赛队伍中唯一参加全部赛前训练和比赛的选手。

收获两届奥运银牌和世锦赛冠军的年轻运动员呙俐说："我们现在更有信心了，只要一步一个脚印地提高，就一定有机会站上最高领奖台。"

坚持"中国原创"

无论是以琵琶为主奏乐器、表现穆桂英大破天门阵的《巾帼英雄》《我爱你中国》，还是选自电影《红海行动》音乐的《追梦》，中国队在东京奥运会集体和双人比赛中，每一次亮相都充满了中国元素。

刘岩总结花游五要素为"音乐编排是灵魂，技术是核心，专项体能是基础，托举是突破重点，艺术表现来点睛"。很多队伍曾经迷信外国知名编导，甚至竞相高价购买编排，中国花游却始终坚持"中国原创"，越来越被世界接纳。

2017年布达佩斯游泳世锦赛，古老的沃伊达奇城堡见证了中国花游的里程碑时刻：凭借气势磅礴的《怒海争锋》，中国队首次登上世界冠军领奖台，这是飞跃，是突破，就此开启"中国原创"的腾飞阶段。

汪洁指出，中国花游近年来经常承办并参加国际赛事，通过与国际裁判、外籍教练和运动队的交流沟通，"中国原创"更加国际化。

"随着年轻一代教练员的迅速崛起，他们一定会为'中国制造'注入新的活力和生机。"汪洁说。

中国花游队

奇兵创奇迹！中国女子接力 "水姑娘" 组合展示中国力量

新华社 夏亮 周欣 吴书光

女子 4×200 米自由泳接力冠军，原本被锁定为澳大利亚的囊中之物。四位名字中有水的中国 "水姑娘" 杨浚瑄、汤慕涵、张雨霏和李冰洁却迸发出强大能量，以 7 分 40 秒 33 的成绩夺得 "看似不可能" 的金牌，改写由澳大利亚和美国队保持的世界纪录和奥运会纪录。

过去六届奥运会女子 4×200 米自由泳接力比赛，都是美国和澳大利亚分享胜利。按照正常实力分析，中国队可以冲击铜牌。

然而，竞技体育的赛场不相信纸面数据，只有硬碰硬的实力对抗才是真章。中国游泳教练组彻夜研究出来的接力阵容让中国力量得以全部释放。

比赛前夕，杨浚瑄、汤慕涵和李冰洁观看了张雨霏的 200 米蝶泳夺冠过程，激动得热血沸腾。下水后出任第一棒的杨浚瑄表现出色，50 米过后帮助中国队取得领先。交棒时，她的 200 米时间定格在 1 分 54 秒 37，甚至超过了澳大利亚选手蒂特马斯，而后者 28 日刚刚在 200 米自由泳比赛中摘得金牌。

"因为我是第一棒，需要给队友创造比较大的优势，这样她们可以更好游一点，所以比赛中我全力去拼。" 杨浚瑄说。

出战第二棒的小将汤慕涵顶下了 200 米继续保持领先，在她交棒时，中国队的领先优势从 0.14 秒扩大到 0.45 秒。

"杨浚瑄第一棒游得那么好，我下水的时候就想'不能拖后腿'，毕竟我的能力、经验都没有大家好，我一定要稳住，我也没想到，最后 50 米我真的冲上去了。"汤慕涵说。

刚刚以全新奥运纪录赢得 200 米蝶泳奥运冠军的张雨霏是整个团队中最后一个知道自己入选接力的人。"我今天早上做完了蝶泳比赛准备活动后，教练才通知我要上接力。我还意外呢，平时都没有怎么练自由泳，一上来就让我参加奥运会接力决赛的比赛。"其实此前她曾经在 5 月的全国游泳冠军赛 200 米自由泳预赛上游出了不俗战绩。直到比赛后，张雨霏才意识到了种种苗头。"早上她们三个人看到我，没有一个人跟我提接力的事情，李冰洁还冲我做了一个加油的手势，我心里想，200 蝶，加油吧。"

临危受命，但不辱使命。"我想，不管三七二十一，下水就拼吧，展示出我们的中国力量来。"在她游完之后，中国队领先排名第二的澳大利亚队 0.41 秒。

担任最后一棒的李冰洁被队友们看作是"定海神针"，已经收获本届奥运会的 400 米自由泳铜牌。她确实稳得住，顶住了美国队最后一棒莱德茨基的反扑，游出了个人最好成绩。冠军！世界纪录！这是中国游泳首次赢得这个项目的奥运会冠军。

"在检录室的时候，看到霏姐升国旗奏国歌，我的眼泪都出来了，斗志一下就激发出来了，接力拼了！"李冰洁说。

中国游泳队

于无声处听惊雷 中国游泳不迷信数据

新华社 周欣 夏亮 吴书光

　　根据世界排行榜、相关数据显示……中国游泳在奥运会前被外媒预测"金牌数字为零"。然而，竞技体育的赛场只有硬碰硬的实力对抗，中国游泳在东京打破了"数据迷信"。

　　截至第六个决赛日，四位名字中有水的"水姑娘"杨浚瑄、汤慕涵、张雨霏、李冰洁和男队大哥汪顺，打破欧美选手垄断的赛前预测，先后拿下两块金牌，再加上夺标热门张雨霏在女子 200 米蝶泳中如愿封后，中国游泳以 3 金 1 银 1 铜总共 5 块奖牌，暂列游泳项目奖牌榜第四位。

　　是什么让中国泳将打破"迷信"，一飞冲天？

　　女子 4×200 米自由泳接力被认为是美国和澳大利亚的囊中之物，美国赢得过去六届奥运会的五次冠军，中国"水姑娘"们却不服输，以 7 分 40 秒 33 挑战"不可能"，改写由澳大利亚和美国队分别保持的世界纪录和奥运会纪录。

　　"我是最后一个知道要参加接力的人，都不知道怎么游 200 米自由泳，但是既然教练组相信我，不管三七二十一，下水就拼吧，展示出我们的中国力量来！"刚拿下 200 米蝶泳冠军的张雨霏在两个小时内拼得两金。

　　"最后一棒我无论如何也要顶下来！"出任接力最后一棒的李冰洁压力山大，但她犹如定海神针，顶住了美国名将莱德茨基的疯狂反扑，为中国女子接力赢得奥运第一金。

　　男子 200 米混合泳历来是美国选手的地盘，从菲尔普斯到罗切特，美国人一直是这个领域的"王者"。汪顺却从美国选手的夹击中杀出，为中国男选手实现混合泳的奥运突破。汪顺说："我的心愿就是在东京奥运会升国旗、奏国歌，从来没有改变过。不管赛前数据怎么样，比赛中我没有想过对手，只是游出自己。"

对镜头和对手露出灿烂笑容、比心卖萌，中国运动员以"不怕输、不认输"的心态，用微笑去面对所有的困难和压力。勇于向全世界展示青春自信的背后，是中国游泳卧薪尝胆后的实力提升。

新冠疫情让奥运会延期一年、全部比赛停摆，游泳队的教练员、运动员在封闭训练期间加大了对技术和体能的钻研，高度重视东京奥运会游泳上午决赛的"反常态"时间安排，在每一次队内测验和从 2020 年 10 月至 2021 年 6 月的多次全国游泳比赛中照搬"东京时间"，帮助运动员渐渐找到"上午爆发点"。

不满 16 岁的浙江小将余依婷说"现在非常适应上午比赛出状态"，张雨霏甚至有"奥运会决赛竞争还不如全国比赛激烈"的感觉。反观美国、澳大利亚、英国等强国的奥运选拔赛忽视上午决赛对运动员的影响，还是按照以往晚上决赛的老节奏，导致不少世界排名第一的选手在奥运会决赛中失意而归。

成为奥运冠军后的汪顺还特别感谢队伍、恩师朱志根以及郑珊教练和闫子贝的大力帮助，让自己恶补以往的"瘸腿"项目蛙泳；徐嘉余等人也在加入张雨霏组后在技术和精神状态方面有所恢复。

"数据是帮助我们备战的目标，做好自己是我们的要求，中国游泳的团队力量，让一切变得皆有可能。"张雨霏的教练崔登荣这样说。

中国游泳队

中国泳军 3 金 2 铜 1 银收官！

19 岁"天才少女"一鸣惊人
"天才少女"游过山丘

新华社 夏亮 周欣 吴书光

一次打破世界纪录，和队友们一起站上最高领奖台，改写美国和澳大利亚队连续包揽六届奥运会女子 4×200 米自由泳接力金牌的历史；两次打破亚洲纪录，在女子 400 米自由泳比赛中逆转摘得铜牌，拿到中国女子中长距离项目的首枚奥运奖牌。

这是首次参加奥运会的李冰洁交出的成绩单。19 岁的她，在越过山丘之后，终于追上了那个曾经被寄予厚望的自己。

"天才少女"横空出世

父母曾是游泳运动员，李冰洁在中长距离项目上的天赋，从小便开始显露。

2015 年在福州举行的首届青运会上，年仅 13 岁的李冰洁在女子 400 米自由泳比赛中摘得金牌，同时还创造了个人最好成绩，成为那届青运会游泳项目上的一大亮点。

尽管一年后的里约奥运会预选赛，李冰洁因为经验不足发挥失常，未能取得参赛资格，但这丝毫没有影响她的上升势头。

错过里约奥运会，等来游泳世锦赛。在布达佩斯，首登世界大赛舞台的李冰洁，迎来了人生中的第一次高光时刻。

比赛中，她接连夺得 400 米自由泳铜牌和 800 米自由泳银牌，还创造了新的 800 米自由泳亚洲纪录。同时，她还在女子 4×200 米自由泳接力比赛中夺得亚军。

就这样，一颗明日之星在布达佩斯冉冉升起，李冰洁的游泳天赋也开始为人所知。

不过，真正让她大放异彩的，还是随后在天津举行的全运会。那届全运会游泳比赛，李冰洁接连拿下了 400 米自由泳、800 米自由泳、1500 米自由泳及女子 4×200 米自由泳接力 4 枚金牌，并刷新 400 米自由泳和 1500 米自由泳亚洲纪录。风头之盛，一时无两。

对于这位连续打破女子 400 米自由泳和 1500 米自由泳亚洲纪录的小将，前美国游泳队总教练、世界知名游泳教头马克·舒伯特也给出了高度评价："李冰洁绝对是中国游泳未来的希望，她内心非常强大，未来可期。"

"天才少女"横空出世，一举成名天下知。

那一年，李冰洁 15 岁。

陷入低谷"向阳而生"

就在人们惊呼，中国游泳又一位"天才少女"诞生时，李冰洁的低谷却不期而至。

受身体发育、伤病等因素影响，雅加达亚运会后，李冰洁状态开始下滑。国内比赛，她被年龄相仿的王简嘉禾长期压制，很多人担心"天才少女"就此淡出。

李冰洁崩溃过，但从没想过放弃。"低谷时候也很失落，我尽量让自己不表现出来。我觉得不甘心，只要找到问题所在，就一定会回来，不能这样放弃。"

爬坡阶段，李冰洁恶补体能短板，每天至少进行1万米的游泳训练，有时候甚至游2万米。为了节约时间，她甚至吃饭都不上岸，吃完饭，继续游。"包子在水里吃真香"，她这样自嘲。

此外，她每周还要进行三堂陆上训练课，跑得好时 10 圈、15 圈，跑不好就要被罚 100 圈，相当于跑了马拉松。"以前我是自己擅长什么就练什么，现在我是哪里不行就强化恶补。有时候从早晨跑到中午，一边跑一边哭，但是我要看到自己的提高。"

这样的"魔鬼训练"，让李冰洁不但逐渐走出了情绪上的低谷，体能、心肺功能等也越来越好，训练成绩不断提升，信心也越来越足。

在 2021 年年初的首届中国游泳争霸赛上，她在 1500 米自由泳中刷新个人最好成绩；东京奥运会前夕的全国游泳冠军赛 400 米自由泳决赛，她以 4 分 02 秒 36 的 2021 年世界第二好的成绩夺冠——这一成绩距离她自己所保持的亚洲纪录只差 0.61 秒。

"奥运会争取把目标定得更高一点。"她当时说。

越过山丘"冠军等候"

站上东京奥运会的领奖台，是李冰洁的目标。或许她自己也没有想到，她会以两破亚洲纪录的成绩来达成心愿。

4 分 01 秒 08！

继预赛刷新亚洲纪录后，李冰洁在女子 400 米自由泳决赛中再次改写亚洲纪录并收获铜牌，实现了站上领奖台的夙愿。

赛后，她趴在浮标上喘着气，"太累了！幸亏我之前一直在跑马拉松，要不真顶不下来！"站上奥运会的领奖台，李冰洁由衷感谢曾经那么努力的自己，辛酸已化为动力。

然而，更大的惊喜，还在后面。

女子 4×200 米自由泳接力，原本被视为澳大利亚和美国队的囊中之物，毕竟她们共同包揽了过去六届奥运会所有的金牌，并分别手握世界纪录和奥运会纪录。

比赛中，四位名字中有水的中国"水姑娘"杨浚瑄、汤慕涵、张雨霏和李冰洁迸发出强大能量，以7分40秒33的成绩夺得"看似不可能"的金牌。

担任最后一棒的李冰洁，被队友们看作"定海神针"，她顶住了美国队最后一棒莱德茨基的反扑，游出了个人最好成绩。

冠军！世界纪录！这是中国游泳首次赢得这个项目的奥运会冠军。

"在检录室的时候，看到霏姐（张雨霏）升国旗奏国歌，我的眼泪都出来了，斗志一下就激发出来，接力拼了！"她说。

"时间是让人猝不及防的东西，晴时有风阴时有雨，争不过朝夕，又念着往昔。"在李冰洁人生最低谷的时候，她曾回过布达佩斯。坐在班车上，戴着耳机，看着窗外，她思绪万千。"我一直还记得，这是梦开始的地方。"她说。

如今，梦已成真。越过山丘之后，等候她的，依然是那个曾经被寄予厚望的自己。

东京奥运会·东京之星
一夜听"春雨"赛场响惊雷

——王春雨晋级奥运女子 800 米决赛侧记

新华社　周畅　朱翃　岳冉冉

当王春雨带着笑容和满身的汗水走进媒体混采区时，中国记者情不自禁为她鼓起了掌，还有一名外媒记者带着好奇向她发问，"你是怎么做到进入决赛的？"

这一夜，创造了历史的王春雨，让中外媒体都记住了这个名字。

在 31 日晚结束的东京奥运会田径项目女子 800 米半决赛中，王春雨以 1 分 59 秒 14 的成绩获得小组第二，成功晋级女子 800 米决赛。

这个成绩，不仅刷新了她的个人最好成绩，也创造了中国选手首度晋级奥运会女子 800 米项目决赛的历史。

"我做到了！虽然来的时候目标就是这个，但对我来说还是有点难的，今天我证明了自己。"赛后的王春雨一边喘气一边说，"没有想到能够拿到小组前两名，这个是在我意料之外的。决赛我会全力去拼！"

从王春雨奥运会达标的那一刻，她的目标就是进入奥运会前八、进入女子 800 米的决赛、跑到第三枪。

在东京奥运会女子 800 米预赛中，王春雨的成绩是 2 分 0 秒 05。"但昨天预赛一直是在二道跑，没有进过一道，其实两圈多跑了十几米，所以换算下来我成绩应该在 1 分 59 秒多。"因此，王春雨在半决赛中，决定"主动一点"。

半决赛一开始，王春雨就迅速并道，并处在领跑位置。之后，面对其他选手的反超，王春雨没有退缩，牢牢保持在领先集团中，并在最后发起冲刺时一度领先。尽管最后时刻被英国选手反超，但王春雨和第一名的差距只有 0.02 秒，并排在了半决赛晋级名单的第五。

"昨天没有去争，也很怕和别人碰撞到一起，但是我今天起码不害怕碰撞，我也做到了。"王春雨说。

当外媒记者表示，之前并没有听过太多这个中国选手的名字，好奇她是怎么做到进入决赛时。王春雨说："首先是能力提高了很多，还有就是自信心，心里一直觉得自己可以进决赛，也许没有那么肯定，但我有这个目标。"

奔着这个目标来的王春雨，在预赛和半决赛中，都在头上戴了一个红色的发带，"预赛是想有个好兆头，今天继续戴是延续好兆头"。王春雨还透露了激发自己的"小秘诀"，就是给自己设定"目标奖励"。

"我告诉自己，如果进决赛了，就去做奥运村里的美甲。"王春雨笑着说，她之前经常给自己定下"目标奖励"，比如在国内比赛时，就会跟自己说，如果跑到什么成绩就去买包，"但是几乎都没有买，因为我觉得我有更远大的目标。"

这句话，让现场的记者都笑了起来。

尽管听起来轻松，但只有王春雨自己知道，完成这些"小目标"需要付出多少。"跑 800 米，就是要看自身的努力和付出有多少，不是随随便便就可以进决赛，不是随随便便就可以拿冠军。付出很重要，成绩足以证明我的付出。"

对于许多学生来说"很头疼"的800米跑步，王春雨坦言"没有诀窍"，"对于零基础的人来说，800米很难，对我自己来说，也觉得800米是最难的。因为距离太短、只有两圈，速度也要特别快，还有四个弯道，所以对速度、体力、战术要求都特别高"。

对于决赛，王春雨说："哪怕我跑不动了，走下来也是第八，但我觉得我在决赛不可能是第八名，决赛上我想拼个更好的名次！"

王春雨

中国艺体"五朵金花"
在东京演绎"敦煌飞天"

新华社　卢美婷　叶珊

恰似那一抹丹青墨绿，揉碎了紧张到凝结的空气，将中国汉唐之美呈现在世界面前。中国"五朵金花"闪耀东京奥运会艺术体操赛场，成功演绎"敦煌飞天"，在8日团体全能决赛中夺得第四名，创境外奥运会参赛最好成绩。

2008年北京奥运会夺得银牌之后，中国艺术体操队在接下来的两届奥运会中成绩都不太理想。2018年底，艺术体操队破釜沉舟组建了一支全新的队伍，开启了备战东京奥运会之路。

前往敦煌采风、深入芭蕾舞团学习……中国艺术体操队势必要在东京惊艳亮相，将中国传统文化之美、东方古风之美淋漓尽致地展现出来。郭崎琪、郝婷、黄张嘉洋、刘鑫、许颜书，五位平均年龄不到22岁的中国姑娘，在东京创造了历史。

在7日的女子团体资格赛中，中国队率先登台表演，一袭墨绿色的体操团服成为全场焦点。《飞天月舞》的伴奏响起，沁人心脾，悠扬大气。选手们踏着古典舞步，完成了一系列优雅流畅的动作，尽显古风神韵又不失现代气息，一轮华丽丽的表演过后，拿到了41.600分。

第二套圈棒表演，"五朵金花"换上了代表性的"中国红"服装，在《天地英雄》的节拍中，挥洒出中国武术、京剧的大气恢宏与典雅，尽显大国之美。两套动作总分83.600，排名第五，闯进决赛，实现了中国艺术体操在奥运史上的一次飞跃。

8日，一日本主流媒体报纸用大半个版面刊登中国姑娘们在比赛中的照片，配文大意为：那一瞬间，白玉枝头，笑靥如花。中国艺术体操离开世界舞台中央已经太长时间，差点让人遗忘。而资格赛的惊艳亮相，无疑又让世界重新认识了中国艺术体操。

决赛当天，中国姑娘们又重新演绎了这两套优美的动作，比前一日的表现更为精彩，拿到了84.550分，仅落后于老牌劲旅保加利亚、俄罗斯和意大利队，与领奖台只有一步之遥。

"我们的队伍从组建到现在，从默默无闻到让人眼前一亮，真的很不容易。"国家体育总局体操运动管理中心主任、东京奥运会中国艺术体操队领队缪仲一说，"以前出去参加比赛，水平不行，根本没有人来看你、关心你，但是这次我强烈地感受到，所有运动员、教练员都会主动打招呼，我们在练成套的时候，他们会关注，甚至会拿出手机来录。"

经过几年卧薪尝胆，中国艺术体操队在东京赛场上的表现，既取得了历史性的重大突破和进步，也向外界传递了奥运拼搏精神。

2019年4月，国家体育总局根据东京奥运会备战工作需要，将一些实力不足的运动队从备战名单中调整出去，艺术体操队就是其中一支。这对于当时成立不到半年的队伍来说，打击非常大。但姑娘们没有气馁，一鼓作气拿下了当年艺术体操世锦赛第七名，获得了奥运会资格，成为第一支重返备战名单的队伍。

绝地反击之战由此打响，中国艺术体操立志要在东京为自己正名。大漠敦煌，流淌着飞天月舞的传说，此处是灵感之地，也是腾飞之谷。艺术体操队在这里采风、锤炼，将古老的东方神韵搬上赛台。

"以前我们编排的时候特别片面化，编出来的成套可能会比较薄。但是我们去采风，真的接触到上千年遗留下来的文化，感觉很不一样。队员们以前只是单薄地做动作，现在知道这个动作是从墙上的哪一帧画面拓下来的，会让成套的艺术性更饱满。"教练孙丹说。

在真正备战奥运的一年多时间里，姑娘们每天起早贪黑地训练。教练组对她们的要求也越来越严苛，临近比赛还在反复修改动作，精益求精。"这对我们来说可能有点压力，但最后还是听教练的，只要我们多练，敢做，就一定不会失望。"队长刘鑫说。

成功的背后怎么少得了汗水和泪水。姑娘们说，练习累了倦了，大家可能会边吃饭边哭、边洗澡边哭，但是每个人都要对自己负责，对团队负责，第二天醒来又是全新的一天，全力以赴把每一天练好。

"一个良好的队伍，首先要有一种良好的精神状态，一种良好的训练作风，把训练工作扎扎实实地抓下去，才能够在技术上有所进步，投入和付出多了，比赛才可能有收获。"体育总局体操运动管理中心艺术体操部部长张莹说。

对于在东京取得的成绩，五名队员一致表示："太棒了！"希望这是一针强心剂，让姑娘们带着信心和勇气，冲击三年后的巴黎奥运会。

也希望这是一剂催化剂，让艺术体操这项小众化项目走进更多人的视野，让更多人参与其中，爱在其中。

父母心有光芒 孩子必带芬芳

——看两位"00后"奥运冠军的家教

新华社 岳冉冉 周万鹏 卢美婷

在奥运摘金的高光时刻，全红婵和孙梦雅分别在第一时间拨通了家里的电话，与父母分享夺冠的喜悦。其中，全红婵那句"要挣钱给妈妈治病"，更是感动了很多人。一位跳水冠军、一位皮划艇冠军，两位家庭境遇相似的"00后"女孩，有着怎样的家教？

全红婵来自一个七口之家。母亲在2017年遭遇车祸后失去劳动能力，整个家庭的收入来源几乎全靠父亲。2019年全红婵家被纳入低保，每月按国家规定领取低保金。

少小离家学跳水，常人可以想见的难舍，于全红婵已云淡风轻："刚开始是有点辛苦，想家，但是我太喜欢跳水了，爸爸鼓励我，让我坚持。"她的妈妈叮嘱得则更细："听教练的，好好训练，小心点，别受伤，多看点书，多学点文化。"

在父母眼中，全红婵"听话懂事"，是个好女儿。难得休息回家，她会跟着爸爸在果园里干活，给橘子树施肥。

"爸爸很辛苦却从不说困难。"全红婵觉得自己的性格"像爸爸"，"冷静、孝顺、永不放弃，他永远是我的榜样"。

虽然不常回家，全红婵却心疼爸爸从早忙到晚、照顾一家老小。每次接到爸爸的电话，她都报喜不报忧，"挑练得好的事情告诉他，练得不好就不说了，不想让他着急担心"。

"家里的事情不用操心。"女儿一战成名，父亲全文茂接过了献花，却婉拒了其他馈赠。

"奖牌是最好的礼物。"这是全家人一致的心声，也是全红婵继续攀登的动力。

2001年出生的孙梦雅是山东枣庄人，14岁进入枣庄市体校，开始皮划艇专业训练。

母亲潘存娟说，孙梦雅从小就是开朗活泼的孩子，性格外向，爱动爱玩，适应环境能力强。

"梦雅常和我说，训练累的时候睡不着，我就安慰她别给自己太大压力。"在母亲印象中，孙梦雅从进入体校开始，每年回家一次，最多待一星期。"回到家后，她就忙着做农活和家务，洗碗、扫地都包了。"

2016年孙梦雅父亲在外地务工时受伤致残，住院需要母亲陪护。为了不影响孩子正常训练，母亲隐瞒了实情，说自己到父亲务工的地方看看，几天就回来，但一走就是三个月。

父亲生病后，母亲成了家里顶梁柱。孙梦雅得知这个消息，心理波动很大，想回家照顾家人，有了放弃的想法，母亲制止了她。"我当时就告诉她，一定要坚持下去，这是她热爱的，不要想家里的事，把训练搞上去，拿到好成绩，就是对家里最好的回报，家里有妈妈。"

但父亲的受伤，还是让以种地为生的一家人失去了主要经济来源。"梦雅懂事，生活上也勤快节俭，为了给我减轻负担，她每个月都会寄生活费，家里条件逐渐改善。"母亲说。

也正是妈妈的鼓励和坚持，让孙梦雅更坚定了选择。为了不辜负天赋和父母支持，她发愤努力。她知道，回馈父母最好的方式，就是加倍训练，赢得冠军。

"那天（8月7日），家里来了很多亲戚朋友，我们一起看电视，当时我的心跳加快。夺得金牌后，梦雅第一时间视频通话来报喜。她说，'妈妈，我拿到奥运会金牌了！'女儿是最棒的，我为她感到骄傲和自豪。"

全红婵和孙梦雅的父母都是农民，家里都遭遇过变故与逆境，但他们对孩子的教育无疑是成功的，一些育人经验值得总结和借鉴。

首先，父母要发现并抓住孩子天赋，让他们为热爱去燃烧，哪怕遇到挫折、摔倒，也不要轻言放弃，做孩子最坚强的靠山，让他们明白，人生没有白走的路。

其次，不要因为贫穷，让孩子把家庭顾虑看得比天重。越是难和苦，越要活得坚韧。只有强大自己，才有可能带领家庭走上坡路。

最后，父母的一言一行、一举一动都在影响孩子成长。孩子勤劳、孝顺、充满正能量，正是大人品质和状态的镜像。家长要让孩子学会乐观面对一切，哪怕有变故和困难，也要扛起自己的责任。给孩子一个阳光的心态，或许是做父母最有远见的做法。

从两位"00后"奥运冠军的父母身上，我们可以看到，家庭教育是孩子成长的底色。父母心有光芒，孩子必带芬芳。

穆桂英、一字扣、风油精……
——东京奥运赛场的"中国风"

新华社 岳冉冉 卢美婷 张泽伟

从花样游泳池中的"杨门女将",到艺术体操场上的"敦煌飞天",从领奖服上的"一字扣",到举重场上的"风油精"……东京奥运会上,处处可见"中国风":中国音乐、中国色彩、中国服饰、中国文学、中国医药,伴随着中国健儿的笑脸,展现在世界面前。

泳池中的"先锋女将"

无论是《巾帼英雄》《我爱你中国》,还是选自电影《红海行动》的《追梦》,中国花样游泳队在东京奥运会集体和双人比赛中,每一次亮相都融入了大量中国元素。

其中,表现穆桂英大破天门阵的《巾帼英雄》,展现了女性保家卫国的爱国情怀和巾帼不让须眉的豪迈气概。乐曲以琵琶作为主奏乐器,队员们的手部加入了兰花指、"小五花"手型、弹琵琶等动作,腿部也做出了中国瓷瓶造型,凸显了"国风"。表演时,队员们时而澎湃激昂、时而轻柔婉约,把东方女性刚柔并济的气质展现得淋漓尽致。

国家队领队、国际泳联花样游泳技术委员会委员刘岩表示,很多队伍曾经迷信外国知名编导,甚至竞相高价购买编排,中国花游却始终坚持"中国原创",越来越被世界接纳。

艺术体操场上的"敦煌飞天"

在 8 月 7 日的艺术体操女子团体资格赛中,中国队率先登台,一袭孔雀绿体操服夺目亮眼。《飞天月舞》伴奏响起，沁人心脾，悠扬大气。选手们踏着古典舞步，完成了一系列优雅流畅的动作，尽显飞天仙女的惊艳之美，古风神韵中不失现代气息。

第二套圈棒表演，"五朵金花"换上了代表性的"中国红"服装，在《天地英雄》的节拍中，姑娘们挥洒出紧张激烈的侠义之风。服装、音乐和编排的完美结合，彰显了中国武术、京剧的恢宏与典雅，尽显大国之美。

第二天，一日本主流媒体报纸用大半个版面刊登中国姑娘们在比赛中的照片，配文大意为：那一瞬间，白玉枝头，笑靥如花。中国艺术体操离开世界舞台中央已经太长时间，差点让人遗忘。而资格赛的惊艳亮相，无疑让世界重新认识了中国艺术体操。

服装上的"传统设计"

东京奥运会上，我国健儿一次次站上了领奖台，他们身着的领奖服也在向世界展示中国服饰传统设计与缝制工艺之美：一字扣，我国传统布艺纽扣形式，外观呈"一"字形，通过打结的纽头和纽襻相系相解；立领造型，极富传统特色，内敛庄重，突出修饰颈部；肩部的轮廓及修身的腰线，加之上半身呈现出的三角形，视觉上斯文有礼、气度不凡。

让人印象深刻的还有女子蹦床决赛场上朱雪莹、刘灵玲的服装。她们的运动服巧妙地再现了我国传统民族纹饰的灵动和温婉。红色为主色调，前身是飞翔着的银色凤凰。改良版的旗袍元素，加配盘花扣，不仅修饰出她们纤巧曼妙的身材，更展现了东方女子优雅知性的气质。

举重场上的"中医药瑰宝"

风油精、刮痧、火罐……并非刻意亮相奥运赛场，而是凭实力"出圈"，正是凭借简易、便捷、灵验的力量，传统中医药帮助奥运健儿快速消除疲劳，一路过关斩将。

女子举重49公斤级决赛，侯志慧在场下休息，教练给她递去保温杯，喝水间隙，教练又将风油精递到了侯志慧鼻子前，给她提神。"保温杯、热水、风油精"一夜成名，被网友称为"夺冠三件宝"。

男子举重73公斤级决赛，石智勇登场时额头上紫红色"刮痧痕"格外吸睛。接受采访时他说，由于日本天热，吃饭地方离住地远，中午有点中暑，队医在他脑门上使劲揪了几下，感觉就不晕了。

除了风油精和刮痧外，赛场内外，中外运动员身上或深或浅的拔火罐印也彰显了中医药的受欢迎程度。

流传了千年，惊艳了岁月，东京奥运会上留下的中国元素，值得世界赞叹。

奇迹难再　中国女排巅峰急跌
信心未失　女排精神从不过时

中国青年报　慈鑫

　　7月31日，日本东京，东京奥运会女排小组赛第四轮中国队对意大利队，中国女排姑娘们在赢球后庆祝。虽然已无缘小组出线，但在这场为荣誉而战的比赛中，女排姑娘们奋力比拼，最终以3：0赢得胜利。

　　在最后两轮比赛尚未开打的情况下，中国女排7月31日下午被宣布"突然死亡"。由于俄罗斯队今天上午以3：0大胜美国队，土耳其队今天下午也以相同的比分战胜阿根廷队，俄罗斯队和土耳其队就此双双确保了小组出线资格。这对于中国女排来说是一个噩耗，俄、土两队的上岸，意味着中国女排已经提前失去了晋级淘汰赛的可能，即使最后两轮均以3：0战胜对手，也将于事无补。

　　这是自1984年洛杉矶奥运会以来，中国女排第二次未能从奥运会小组赛出线。作为上届奥运会女子排球项目的冠军，两年前又刚刚蝉联世界杯冠军的夺冠大热门，中国女排怎么会在东京奥运会落得如此下场？中国女排的惨败，毫无疑问成为中国体育代表团在2020东京奥运会上让人难以接受的意外。

　　从中国女排在本届奥运会上以0：3负于土耳其队开始，中国女排总教练郎平一直表示，朱婷的腕伤加重对队伍的影响很大。的确，在中国女排接连负于土耳其队、美国队、俄罗斯队的比赛上，很容易看到朱婷不敢发力、不敢拦网的无奈。朱婷作为中国女排最主要的攻击点，她的实力大减对中国女排无疑是致命的打击。据郎平的介绍，朱婷的伤早在2019年就已经出现，但因为当时距离东京奥运会仅有不到1年时间，只能采取保守治疗。而随着东京奥运会延期1年，如果对朱婷的腕伤采取手术治疗的方案，她依然可能赶不上奥运会，因此只能继续保守治疗。原本1年的保守治疗，变成了两年。郎平说，朱婷的伤看上去恢复得还可以，但到了这次比赛才发现，她的伤比预想得严重得多。

问题是，在朱婷因伤导致状态大受影响的情况下，中国女排却缺少应对的办法。

这几年，中国女排的国家队大名单里陆续有新人进出，比如2021年中国女排参加世界女排联赛时，栗垚的表现就非常抢眼。但是总体来说，中国女排在2016年里约奥运会之后，新人培养的力度远不如2016年之前。目前中国女排阵容中，2016年之后涌现的新人只有21岁的李盈莹，这与中国女排在2013年由郎平执教后的最初3年，接连发掘、培养出朱婷、袁心玥、张常宁、龚翔宇等年轻队员，新人辈出的局面形成了鲜明对比。

7月29日，郎平在中国女排爆冷负于近年来几乎从未输过的俄罗斯队后，郎平表示，也考虑过变阵，比如让张常宁和龚翔宇打主攻，这样可以替换下朱婷，但是那场比赛中，龚翔宇的状态不佳，导致变阵方案无法实施，朱婷只能继续留在场上。

变阵方案的受阻，依然反映出中国女排在人员布阵上的捉襟见肘。

一支队伍的核心竞争力就是运动员，不管是2016年中国女排在里约的奇迹夺冠，还是近两年意大利、土耳其等队伍的崛起，都与强有力的新人冒出有关。不过，中国女排在2016年里约奥运会之后的人才培养力度减弱，也不完全是队伍的长远发展缺乏规划所致，因为目前这支中国女排队伍中，朱婷、袁心玥、张常宁、龚翔宇、王媛媛、王梦洁等大多数主力队员，平均年龄在25岁上下，正是当打之年。实际上，按照排球界在东京奥运会之前对现在这支中国女排队伍的评价，实力应该比夺得 2016 年里约奥运会的那支队伍更强，以朱婷、袁心玥、张常宁为核心的中国女排，也被称为"白金一代"。任何拥有这样一套豪华阵容的队伍，都很难不挤压年轻队员的成长空间。

冰冻三尺非一日之寒，中国女排的人才问题绝不是刚刚显露。

在 2021 年 5 月至 6 月举行的世界女排联赛上，中国女排二队阵容与主力阵容实力的悬殊差距，其实已经预示着队伍的一个巨大危机——一旦主力阵容出现问题，中国女排根本没有水平相当的替补阵容可换。

从 2016 至今的 5 年里，是中国女排"白金一代"更趋成熟的 5 年，2019 年世界杯成为这支队伍的巅峰，如果东京奥运会不延期，这支队伍未必不能再创辉煌。但身处巅峰的时刻永远是短暂的。一年的时间，对于一支成熟而非成长中的队伍来说，也往往意味着衰落的开始。

中国女排在 20 世纪 80 年代的五连冠时期迎来第一个黄金时代，但紧跟着的就是 20 世纪 90 年代的低谷；中国女排在 2003 年至 2004 年连夺世界杯、雅典奥运会冠军时，迎来了第二个黄金时代，随后遭遇 2008 年北京奥运会之后至 2014 年女排世锦赛夺取亚军前的又一次低谷；2015 年世界杯、2016 年里约奥运会夺冠，开启了中国女排第三个黄金时代，至今已延续 6 年左右的时间，这差不多也是一代球员黄金期的跨度。

今天，网上也有对中国女排承接商业活动过多的议论，认为女排实力的下滑与不务正业有关。但这个说法很难成立，中国女排每年的封闭集训时间超过世界上其他任何一支女排强队。2016 年里约奥运会夺冠之后，中国女排承接的商业活动确实与日俱增、远超以往，但作为一名世界级的职业教练，郎平不可能不知道队伍备战与商业活动之间的主次关系，更何况，中国女排之上还有中国排球协会。

女排精神是当代中国人的精神图腾，但它之所以能长久地、深刻地影响国人，绝不是因为这支队伍能够长期处于巅峰，而是因为女排在每一次跌倒后都能重新站起来。

在中国女排处于低谷的那些年，那种刻骨铭心的痛从未击倒过中国女排，她们终究会在历经暴风骤雨的摧残后再见彩虹、在冰与火的考验后涅槃重生。

从刘长春到苏炳添　跨越 89 年的中国速度

中国青年报　梁璇

　　2021 年 8 月 1 日，东京奥运会男子百米飞人大战决赛，中国人不再只是看客，在半决赛中以第一名晋级的中国飞人苏炳添站在了象征着"C 位"的第六道。最终，苏炳添以 9 秒 98 的成绩完成了中国运动员在奥运百米决赛上的首秀。

　　1932 年 7 月 30 日，第十届奥运会在美国洛杉矶举行，在海上颠簸了整整 22 天的短跑选手刘长春站到男子 100 米赛道上，没有训练场、晕船严重，状态大打折扣的刘长春无缘决赛，但作为中国第一位参加奥运会比赛的运动员，他已经用 10 秒 7 的成绩为中国速度按下启动键。

　　0.87 秒，中国田径从孑然一身到惊艳世界，跨越了 89 年的历史，这不仅是中国速度的突破，也是亚洲速度的崛起。

　　9 秒 98 的决赛成绩，这是苏炳添在以 9 秒 83 打破亚洲纪录两个小时后创造的，对于尚在追逐世界速度的亚洲选手而言，一天之内连续跑进 9 秒区，这已然是历史留名的时刻。

　　"在这么短的时间还能够突破 10 秒，其实我觉得已经非常开心了。我自己的目标也是这样，因为我们做任何事情还是要有一个循序渐进的过程，不可能说我刚才跑了 9 秒 83，就要奔着奖牌去，其实我和团队没有想过这个问题。"赛后，苏炳添十分坦诚，对于每天为了加快 1 秒甚至 0.1 秒的百米选手而言，认清运动规律才是真正能够提速的关键。

　　尽管，疫情影响下，东京新国立竞技场空空荡荡，但被全球记者填满的媒体席依然为苏炳添在半决赛中跑出的 9 秒 83 爆发出一片惊呼。

这是本届奥运会男子 100 米晋级决赛选手中最好的成绩，更是能被记入中国体育史册的成绩。这个数字让苏炳添已经实现了赛前"站上奥运会百米决赛场"的目标，更成为奥运会男子百米决赛跑道上，首位中国选手以及进入电子计时时代后的首位亚洲选手。而这个创造了新亚洲纪录的 9 秒 83，排在该项世界历史成绩第 12 位。

"其实我没有来的时候，我没有说过自己要跑 9 秒 9，但我非常确信，我们能够跑到 9 秒 85。即便我自己做不到，也希望后面的人能做到。"苏炳添把兴奋全部宣泄在赛场，当面对镜头，他不断用谦逊强调沉淀，"但我觉得先要接近 9 秒 85 这个成绩，不可能说一下子就有一个非常大的提高，但今天我的状态确实到了。"他回想起比赛的瞬间，"脚感很妙，和跑道、起跑器非常黏合，我觉得我的机会来了，所以听到枪声就第一个蹿出去，做到最好的自己就好。"

做到最好的自己，于苏炳添和中国短跑都是一个日积月累的过程。

作为中国短跑的旗帜人物，苏炳添从 2015 年开始在不断刷新历史，当年 5 月，国际田联钻石联赛美国尤金站，他跑出 9 秒 99 成为首个突破男子百米 10 秒大关的亚洲选手，这让他在北京田径世锦赛上的表现备受期待。而在家门口作战，他又成为首个进入世锦赛男子百米大战的亚洲选手。

当时，中国田径"请进来，走出去"的战略正在实施，短跑项目的集体发力已有成效。在登上世锦赛决赛跑道后，苏炳添坦言，去国外除了让训练更加细致、系统外，最大的改变是能和高水平选手同场竞技，"以前看见一些世界知名选手心理上会胆怯，但训练比赛接触多了，真正站上大赛跑道时就不会有恐惧感，慢慢进步，以后我们就不会害怕他们，也许我们站在跑道上晃来晃去，成绩越来越好，以后慢慢能让他们害怕我们亚洲选手"。

不是信口开河。2018年，马德里挑战赛，苏炳添在男子百米决赛中以9秒91（风速为+0.2m/s）的成绩强势夺冠，再次刷新了亚洲选手的百米纪录。该成绩也追平了卡塔尔选手奥古诺德的亚洲纪录。"飞人"的不断爆发让"破10"这个短距离项目上的标志性关卡，于他而言早已不再是难题。

事实上，在跑出9秒91的成绩前，已成为老将的苏炳添一度陷入瓶颈，他甚至想过退役，除了家人的支持，还有外教兰迪的帮助，才让他坚持至今。"作为我们田径队的外教，兰迪无论在跳跃项目还是短跑项目上都有很多先进的想法。他给我提出了一些改进的建议，有了之前改技术的经验，我有信心去消化这些建议。我开始试着先改两点，当我能够接受这两点而且尝到甜头的时候，我才继续去消化其他的建议。"本来，苏炳添认为极限跑出9秒95就好，但9秒91让他有了坚持下去的动力，"好像不制定9秒90的目标，都对不起自己。听起来0.01秒很少，但是提高0.01秒要付出很多的努力，我愿意去尝试"。

可作为老将，伤病不可避免地成为困扰，2018年两次跑出9秒91的苏炳添，在次年多哈世锦赛后，便遭遇了18个月的伤病困扰，腰伤新愈，又添肩伤，加之疫情背景下缺少以赛代练的机会，复出并尽快找回比赛状态是这位老将时刻都在面对的挑战。

他伤情如何？是否仍在巅峰？众人都在等待答案。

2021年6月，全国田径冠军赛暨奥运会选拔赛，苏炳添以9秒98的成绩夺得冠军，职业生涯第7次突破10秒大关，此时，距离东京奥运会仅剩40多天，而就在两个月前，他也在另一项国内赛事中跑出9秒98，这个在他看来"还凑合"的成绩，证明了他已经为东京奥运会做好准备。

当东京奥运会田径赛事拉开战幕，在男子百米预赛中第四组出场的苏炳添发挥出色，甚至在最后20米，一骑绝尘的他还往身后看了一眼，在确定可以晋级后，脚步明显收缓，最后以10秒05的成绩小组第二直接晋级。

极为轻松的状态让苏炳添的"回头望月"登上热搜，"苏神"被寄予跑进决赛的厚望。

当晚的半决赛中，苏炳添在第三组出场，赛前他就表示，自己比5年前里约奥运会时更加成熟，能力与实力也有所提升，"但和国际一线运动员相比还是有差距，自己还是要努力一下。进入决赛我就完成任务了，我尽可能发挥自己，半决赛就是我的决赛"。

强手如云，但苏炳添以小组第一强势挺进决赛。赛后，"中国飞人"刘翔转发了苏炳添比赛的微博，以"封神"来致敬另一位"中国飞人"。

"其实我跟翔哥一直都有联系，他也不断地在鼓励我、支持我，他每年过生日那天，我都会给他祝福。我第一次突破10秒大关的时候，翔哥也在现场。所以说翔哥对我来说，不光是我的偶像，也可能是我的幸运之神。所以说，我非常感谢他，因为他确实对我们中国田径队来说是一个开路人。"苏炳添记得，2012年，下着雨的川崎，刚刚跑完接力还要去跑百米的他情绪失落，但当时场上正在上演刘翔的第一站室外赛，"他一下跑出了13秒09的成绩。要知道，他当时经历了一次大的伤病，在又一个奥运年里能够重新回到巅峰，太不容易了"。此后，苏炳添像充了电，在比赛中超风速跑到10.04秒的成绩，"我很意外，最关键的是，同场竞技，我居然第一次赢了美国选手"。

"要是没有刘翔出现的话，可能很多人都没有这种想法说，我们要站在奥运会的决赛线上，我们亚洲人也能够拿到奥运会冠军。"苏炳添表示，如今，接力棒到了自己手中，"我今天跑到了奥运会第6名，希望也能给更年轻的运动员的体育之路带去鼓励。让更多年轻中国选手更快地突破10秒大关"。

为了奥运 中国滑板"从零开始"

中国青年报 梁璇

奥运会历史上首个滑板女子碗池项目的赛场，23 岁的张鑫今天代表中国选手亮相，虽最终未能进入决赛，但与各国滑板高手同场竞技还是让张鑫有所收获，她已开始准备学校的论文选题《中外女子滑板碗池项目发展的比较》。

"先进入决赛，再争取更好的成绩。"张鑫在赛前给自己定下了目标，如果把愿望放到 4 年前，她对自己未来的规划还是毕业后做个啦啦操教练或当体育老师，"从未想过自己离奥运会这么近"。

2016 年，国际奥委会正式宣布棒垒球、空手道、滑板、竞技攀岩和冲浪等 5 大项目成为 2020 东京奥运会的正式比赛项目。"传闻成真，其实有些意外。"黄强记得，这是中国滑板为备战奥运"白手起家"的启动键。

2017 年，作为中国轮滑协会秘书长，黄强迎来了前所未有的挑战，"一个面向群众体育的部门突然要为一个全新的项目进行奥运备战，不仅没经验，也没有经验可以借鉴"。他在接受中青报·中青网记者专访时表示，通常竞技体育项目的备战，需要专业教练组、科研和医疗保障团队、训练基地等，可当时于滑板项目而言，"一切从零开始"。

黄强回忆，为了备战，跨项选材就成了一条推动中国滑板运动发展的"捷径"。张鑫和本次闯入女子街式奥运决赛的曾文蕙均是通过跨项选材加入滑板队的。2017 年，作为南京体育学院表演专业啦啦操专项的学生，喜欢尝试新鲜事物的张鑫，抓住了滑板递来的橄榄枝。

啦啦操项目中对身体的控制、协调能力以及空中的感觉让张鑫很快在碗池项目上找到优势，但进入正式训练后，站在碗池边上"要下 45 米"，一度让张鑫情绪崩溃。可这是她成为碗池选手最关键的一步，无法逃避。慢慢尝试，她挑战成功，也认识到了自己还有未知的潜力。

与张鑫一样，黄强也在不断试错中慢慢接近滑板。当时国内没有场地，在体彩公益金支持下，15 个省份建造了 15 块场地；想组织比赛，但项目没有竞赛规则，在滑板圈内人的助力下，2017 年 5 月便探讨出了一份项目规则；滑手很少有专职教练，通常会根据圈内高手的视频不断练习，可备战奥运，必须有专业的教练作保障；最关键的是，滑板的比赛场地鲜有统一标准，每次大赛的赛场设计也是大赛"创意"的一部分，"我们习惯了田径场 400 米跑道、足球 12 码罚球点（距离球门线 11 米的点球点），但滑板赛场很少有固定的标准，这也是项目一大特点"。黄强表示，每次比赛场地的设计图也不会提前很早公布，为的是降低给选手"模式化准备"的机会。

为了让中国选手的滑板呈现的不只有技巧，张鑫等队员得到了赴美国训练的机会，"洛杉矶的场地非常多，一个小镇上就有好几块场地，形式多样，非常利于训练。"黄强记得，最关键是当地的滑板文化和氛围，能让从其他项目跨项过来的选手直面滑板的魅力，也懂得这项运动最可贵的创新能力。

害怕奥运会让滑板文化"变质"正是民间滑手们发自内心的担忧。随着对滑板项目了解的增加，黄强强调，不同于其他奥运项目有高度统一的标准，滑板除了看中技术动作的难度和完成度，还看中选手的创意和风格，而这一部分，虽然是容易产生主观影响的空间，更是滑板"街头文化"不可退让的阵地，"可以看出来，国际奥委会在维护滑板文化内核方面作了不少努力"。

在确信和怀疑间徘徊，这也是张鑫长期面临的困境。直到雅加达亚运会上，她出乎意料地拿到了铜牌，创造了中国滑板在亚运会上的历史，张鑫才在内心认定这是其滑板生涯的明确起点，而此时，她练习滑板才 8 个月。

"其实我们和很多高水平选手还有差距。"张鑫时刻都在寻找学习的机会，例如在美国训练期间，滑手们在各种各样的道具上翻飞，炫目的技巧外还能瞥见颇具创意的"神来之笔"，这种融入身体的"临场发挥"往往能获得满堂彩。震惊之余，张鑫也开始尝试自己的演绎。

同样，在全新的竞赛舞台，中国选手的出现，让很多国际资深滑手也感到新奇，"她们会问我们滑了多久，知道答案后，很多人都觉得不可思议"。2021 年 5 月，最后一场奥运积分赛结束，张鑫的奥运排名进入全球前 20 位，成功闯入东京奥运会。

尽管，滑板让塞满衣柜的连衣裙变成宽松 T 恤，喜爱的长靴只能在休息日为了"仪式感"才能出现，但 4 年间磨坏的数百双滑板鞋和为了当专业选手而放弃爱吃的猪肉，张鑫已经在细枝末节的改变中做出了选择，"我希望能在奥运赛场有所突破，也希望今后能在滑板这条路上走得更远一些"。

中国奥运代表团首次聘用外部律师随团出战

——奥运会"第二战场"亦有硝烟

中国青年报　郭剑

北京时间今天上午，中国女排、中国女篮、中国跳水队、中国举重队等奥运代表队离开国家体育总局训练局前往东京征战奥运会，中国女排志在卫冕，中国跳水队和中国举重队则要全力延续"梦之队"美誉，随着各项目奥运代表队陆续抵达东京，中国军团艰难的奥运之旅就此进入攻坚阶段。

考虑到此番征战东京的困难因素，国家体育总局局长苟仲文在谈到参赛目标时未提金牌数量，只提3个确保：确保在金牌榜和奖牌榜上保持在第一序列；确保不发生兴奋剂事件及赛风赛纪问题；确保代表团不发生新冠肺炎疫情传播。

在"确保不发生兴奋剂事件及赛风赛纪问题"层面，从此前历届奥运会的"零容忍"到本届奥运会的"零出现"，中国奥运军团反兴奋剂的决心与举措达到最高等级。来自反兴奋剂中心的数据显示，截至7月4日，自2018年11月以来，针对东京奥运备战国家队运动员的检查多达15571例，其中甚至包括400余例干血点检查——干血点检查是最新检测技术，采取被检查人员极微量指血样进行检测，中国于6月11日正式启动干血点兴奋剂检查工作，成为世界最先开展干血点检查的国家之一。

　　"确保中国运动员干干净净出国参赛"，是中国奥运军团所有出征人员必须符合条件的"红线"。反兴奋剂中心提供的《备战东京奥运会和北京冬奥会兴奋剂问题"零出现"工作方案》和《国家队兴奋剂风险防控体系建设最佳实施模式》，正在帮助各项目中心建立健全国家队兴奋剂风险防控体系，而目前 36 个夏奥项目国家运动项目管理单位中，已有 26 个成立专门反兴奋剂部门，无专门部门的单位也配置了专职人员。此外，多达 2636 人参加了反兴奋剂教育考试（积分准入制），其中运动员 1423 人，辅助人员 1213 人，实现了"奥运全覆盖"。

　　如此"严防"之外，中国奥运代表团还将首次聘用外部律师随团出战——天达共和律师事务所宫晓燕律师将作为中国奥运代表团随行律师，在东京奥运会期间为中国奥运代表团提供必要的法律服务。据记者了解，与"反兴奋剂"和"体育仲裁"紧密相关的法律事务，将是这位特聘律师最有可能发挥作用的领域。

　　一周之前，中国体育仲裁制度的构建专题研讨会在中国政法大学学院路校区召开，40 余名来自法律界、体育界的专家学者，以及国家体育总局下属多个项目中心与单项协会相关负责人参会——多位专业人士提到，体育仲裁应具备专业性和自治性，尤其是在反兴奋剂领域，我国建立体育仲裁制度的目的，已不仅仅是简单解决体育纠纷，更涉及对体育规则的解释权，以及制定体育规则的主导权。

　　中国反兴奋剂中心主任陈志宇表示，要用法治思维和法治方式去引导推进反兴奋剂工作，"中国反兴奋剂中心 2012 年成立了专门听证委员会，但目前仍然面临缺乏终局性争议解决渠道，以及世界反兴奋剂机构的合规性审查等问题"，"我们希望一要确保仲裁机构的独立性，二要注意仲裁规则与国际规则的衔接，三要注重体育仲裁人才的培养"。

　　具有反兴奋剂斗争丰富经验的国家体育总局游泳运动管理中心副主任

赵健强调："中国承办大量国际赛事，这要求我们用国际标准、国际视野来处理体育争议，体育争议特别是兴奋剂案例急需我们建立国内的体育仲裁制度，国内体育仲裁可以考虑先从解决兴奋剂争议角度推进。"

大多数专家认为，厘清《体育法》与《仲裁法》的界定范围极为重要（如职业球员合同适用于《体育法》抑或《劳动法》长期存在争议），"要充分考虑体育仲裁案例的特殊性"。

作为全国政协委员，李大进律师在全国政协会议期间提交了关于《体育法》修订及构建体育仲裁制度的提案——《体育法》的修订正在推进当中，但"体育仲裁是否独立成章"还在讨论——李大进认为，在从体育大国到体育强国的建设过程中，"体育仲裁恰恰是一个好的抓手"。

"中国需要开辟体育领域的第三方争端解决路径，推进国际仲裁规则，通过体育仲裁逐步扩大我们在体育领域的国际影响力。"李大进说，"《体育法》颁布实施20多年来，体育仲裁制度迟迟未能建立，国内体育纠纷解决体制混乱，与国际体育仲裁制度严重脱节，各参与主体普遍不熟悉体育仲裁机制，既不利于公正、迅速、有效解决纠纷，也不利于体育治理体系和治理能力的发展。"

《体育法》和《仲裁法》的修改完善，是我国体育仲裁机构建立的前提条件，"迷雾重重"的东京奥运会，亦给呼吁早日构建独立仲裁机构的专家学者及相关人士提供了一个最好的观察平台——中国运动员要在奥运赛场保持金牌数目第一序列，中国体育更要清楚知晓国际体育规则、在世界体育大舞台上拥有国际视野：毕竟孙杨因"破坏反兴奋剂检测取样"而被禁赛4年3个月的教训，实在太过惨痛了。

她们相聚一艘赛艇
一切都是最好的安排

中新社记者　岳川

"让她先说，她老说我抢她的话说！"

面对镜头，姑娘们嘻嘻哈哈"拌"起了嘴，只为让其他人先回答问题。虽然戴着口罩，但依然能从她们的双眼中感受到一种抑制不住的笑意。此刻，她们胸前已经挂上奥运金牌。

在当地时间28日进行的东京奥运会赛艇女子四人双桨决赛中，崔晓桐、吕扬、张灵、陈云霞以6分05秒13获得冠军。四位姑娘创造了该项目世界最好成绩，把第二名远远甩在了身后。

这是中国赛艇队在奥运会上收获的第二块金牌。上一枚，已是13年前的北京奥运会了。

"今天不仅拿到了金牌，还刷新了最好成绩，真的很开心。"崔晓桐说，赛前她有预想过这样一马当先的过程与结果。"因为从2019年到现在，我们的实力大家都能看到，一直很强。但比赛中，最重要的还是做好自己。"

赛场上所展现出的绝对实力，源于平日训练中一点一滴的累积。为备战奥运会，四位姑娘之前在武汉封闭集训时，每天5点多就要起床，6点准时出发，开始"魔鬼"训练。

每一天的训练都很艰苦，"不练了"的想法也曾冒头，总要有些动力才能说服自己坚持下去。感觉难的时候，四位姑娘就用教练常提起的一句话勉励自己："把每一天做好，把过程做好，结果不会差的。"

她们相信，有些事不是因为看到希望才去坚持，而是坚持了才会看到希望。

配对两年，大赛不败。对于这四位二十多岁的姑娘，再没有比乘风破浪更贴切的形容。张灵说，她们四人各有长处，在一起相互弥补，是完美的搭档。

年龄相仿、朝夕相处、志趣相投，友谊的种子自然而然在这条赛艇上"野蛮"生长。当被问起，为何是她们最终相聚于此，陈云霞想都没想就回答，"是缘分啊。"

其实陈云霞练过田径，吕扬从射箭"起家"……四位姑娘的成长经历各不相同。但相同的目标，让她们最终坐在了同一条赛艇上。

2019 年 5 月，四位姑娘在组队参加的首个国际比赛中就赢得了世界杯分站赛冠军，大赛不败的纪录也从那一刻开始，包括世锦赛在内的一个又一个冠军被她们收入囊中。奥运会，成为她们乘风破浪的下一站。

然而由于疫情，东京奥运会延期。想得却暂时不可得，用崔晓桐的话说，那种感觉挺煎熬。"奥运会推迟意味着要再练一年，神经再绷紧一年，心态多少都会受到影响。"

不过这样的日子没有持续太久。四个人彼此鼓励、相互扶持，再加上绝对的实力与自信，她们很快回归正轨。

在多人赛艇这项只有通力协作、相互信赖才能抵达终点的运动中，四位姑娘彼此间的默契与信任，如顺流一般推动她们冲向前方。

等待一年，她们终于来到东京。不过，赛前又发生了一段插曲。女子四人双桨 A 组决赛原定于 27 日进行，但由于天气原因延期。她们登上最高领奖台的愿望，不得不又推后一天。

天有不测风云，可比赛没有意外，决赛最终成为中国姑娘的独角戏。

后程的转播镜头中，对手已被远远甩开，只能看到中国队的赛艇。当她们划过终点，时间定格在 6 分 05 秒 13，世界最好成绩。

尽管登上最高领奖台的时间推迟了一年又一天，但这枚金牌，终究还是被她们挂在了胸前。

她们做好了过程，她们得到了结果。

上岸后，四位姑娘紧紧抱在一起。崔晓桐说，一切都是最好的安排。

比想象中"重"得多的游泳金牌

中新社　张素

从领奖台走下来，汪顺把胸前的金牌托在手上，翻来覆去地看了许久。这一天，他在东京奥运会男子 200 米个人混合泳决赛夺冠。1 分 55 秒整，他把自己的最好成绩提高了 1 秒多。

这也是该项目的历史第二成绩，仅次于美国"飞鱼"菲尔普斯的纪录。

金牌很沉。"这是对我这么多年的认可，我要仔仔细细地看着它。我在想，我为了什么，我就是为了它。"汪顺对中新社记者说，它的分量比想象中还要重得多。

这枚金牌，代表着老将坚守

27 岁的汪顺是奥运会"三朝元老"。里约赛场，他曾在男子 200 米个人混合泳项目拼下一枚铜牌。当时冠军是菲尔普斯，亚军是来自日本的萩野公介。

五年过去，"飞鱼"退役，群雄逐鹿。作为东道主选手的萩野公介和濑户大也，不仅占尽"地利"之便，也有为日本泳军在本届赛会男子项目打破"金牌荒"的急切。来自英国的斯科特在男子 200 米自由泳项目有银牌入账，风头正劲。

饱受伤病困扰的汪顺在赛前并不为众人所看好。尽管他自己说，比完男子 400 米个人混合泳项目后心里就"有底了"，但就连站在看台上的其他中国队员，也是看到"顺哥"第三个 50 米游到边时才觉得"你有了"。

汪顺说，赛后他听到这句话时，不知怎的，眼泪"啪"地就掉了下去。

这枚金牌，浓缩了过往人生

汪顺从 5 岁开始接触游泳，17 岁就在上海世锦赛与队友拿下男子 4×200 米自由泳接力铜牌。时光荏苒，曾在伦敦赛场追着哥哥姐姐跑的他，成了兵发东京的中国游泳队内年纪最大的选手。

一路走来，他的表现并不像名字那般"顺"。刚开始接触系统训练，他没有其他队员那般专注刻苦，长达 6 年徘徊在一线之外，随时可能被"打包回家"。后来目睹别人在国际赛场争金夺银，他立志要在奥运赛场达到人生巅峰。

近些年，中国游泳队尤其星光熠熠，汪顺并不突出。累计获得的十余枚铜牌，很容易"湮没"其中。"我觉得都是对我的一种磨炼，老天爷可能就是让我注定在奥运会上获得它（金牌）。"汪顺倒是看得很开，"虽然晚了，但是它总会来的"。

汪顺夺冠后，国际奥委会官方微博发文表示祝贺，"因为坚韧，所以'汪顺'"。他自己说，希望这种在泳池里不服输的精神能够感染队内其他人，大家继续在赛场为国争光。

这枚金牌，饱含了师徒情深

当年看中这个小孩的身体条件，游泳名帅朱志根为其申请到编制。这对师徒在一起的时间，比汪顺年龄的一半还要久。汪顺感念于朱指导的爱护，说起一个细节：奥运村隔音条件一般，昨日直到深夜，朱指导都坐在门口，就怕其他人吵到弟子休息。

生性顽劣的弟子遇到不苟言笑的师父，不是没有争执，甚至赌气说过"不练了"。随着时间推移，看到两鬓斑白的师父仍在坚持，弟子越发明白这份苦心。今日，汪顺把这枚沉甸甸的金牌为朱指导戴上。

这枚金牌，预示着新的未来

展望巴黎奥运会，届时将"三十而立"的汪顺还会去吗？

"一定会的，我们 2024 年再见。"他不假思索地说。

已达到历史第二成绩，还有什么追求？

"在获得好成绩的情况下，先让我自己享受一会儿喜悦。"汪顺喘着气说，后面会再与教练商量接下来的训练安排，看哪些环节还能提高以达到"那个高度"。

他的志向不仅是在泳池。正在北京体育大学深造的他已着手准备硕士毕业论文，主题关于新冠肺炎疫情对运动员训练的影响及对策。他还计划读博。

这样一位从泳池走出的勇者，想来无论去哪里，也会越走越顺。

国羽混双为什么这么强？

中新社　邢翀

阔别国际赛场 18 个月，再战就是奥运会，但国羽两对混双组合 30 日还是强势地包揽东京奥运会金银牌。

"决赛中有四名中国队员上场，我们四人共同奉献出了一场精彩的对决，充分展现了中国羽毛球混双强大实力。"夺得冠军的王懿律赛后如是说。

"但是你们为什么这么强？"赛后新闻发布会上，不少日本媒体提出这样的疑问。

羽毛球混双自 1996 年成为奥运会正式比赛项目以来，中国队曾在 2000 年、2004 年和 2012 年三届奥运上拿下冠军，张军 / 高崚在悉尼、雅典完成两连冠，张楠 / 赵芸蕾与徐晨 / 马晋在伦敦会师决赛，国羽混双创造了前所未有的辉煌战绩，成为奥运会上最稳定的单项。

其实在里约奥运周期，国羽混双同样占据世界一流地位，也同样被认为是夺金概率最高的单项。由于种种原因，里约奥运会上张楠 / 赵芸蕾和徐晨 / 马晋双双止步半决赛，导致国羽未能实现奥运会混双四连冠。

东京奥运周期内，年轻混双组合迅速涌现，强势崛起的郑思维 / 黄雅琼与王懿律 / 黄东萍长期霸占世界排名前二席位。郑思维 / 黄雅琼自 2017 年底配对以来，拿到了包括两届世锦赛、一届亚运会和一次总决赛在内的 21 项国际赛事冠军，王懿律 / 黄东萍也多次与队友会师决赛，成为国羽混双在国际赛场上最稳定的"双保险"。

回答日本媒体提问时，两对中国组合都谈到了"配合"。"我们俩一路搭档走到现在，郑思维对我的帮助很多，场上当我退缩时，他经常会鼓励我，我俩在性格上也很互补，包容对方，我让他别着急，他让我多提升信心。"黄雅琼如是回答。

黄东萍则透露，与王懿律的搭档起初并不顺利。"其实我俩一开始矛盾比较多，但后面磨合得越来越好，一直相互鼓励地走到现在。"

从技术上来看，羽毛球混双确实更讲究"配合"。有别于单打对体能和技术全面性的看重，双打则更注重双方配合及场上观察力，可以说单打和双打在球场意识和打法套路上都相差巨大。

另外，混双中女选手的重要性尤为突出，比如郑思维打法多变，后场杀球力量大，黄雅琼网前技术细腻，移动迅速，能够弥补郑思维重杀球后的连贯性，更加发挥其后场进攻的威力；而黄东萍犀利的封网和灵活的跑动，配合王懿律有效的进攻，也常常让对手毫无反击之力。

四人还透露，受疫情影响的一年多时间，国羽虽然没有参加国际赛事，但一直在系统训练中，训练强度和后勤保障与疫情前并无区别，这是他们能够保持竞争力的原因所在。

王懿律和郑思维也特别感谢了各自搭档。王懿律坦言，混双中两人互补最为重要，体现在技术上和性格上，一人状态低迷时另一个多帮助，在场上才能有更好的表现。

获得银牌的郑思维喊话黄雅琼"这不是终点"。"我们在 2017、2018、2019 年都很顺利，2020 年至今经历起伏但是并没有相互怀疑，对参加奥运会抱着很大决心，最后虽然是银牌，但我们很感激对方陪伴，这不是我们的终点，我们还会携手共同前进。"

着眼于未来，四人都表示相信中国羽毛球混双会发展得越来越好。黄雅琼说，运动员在场上打好每一分是对混双项目发展的最好推广。"我相信今天看了我们决赛的人会喜欢上混双，通过奥运会，更多人会了解混双、爱上混双。"

国羽混双

突破！中国田径展现速度与力量

中新社　邢翀

2金2银1铜，中国田径在东京奥运会上以此收官。虽然金牌数与上届里约奥运会持平，但"突破"却是本届奥运会中国田径最闪耀的关键词。

不可阻挡的中国力量

本届奥运会中国田径取得的两枚金牌均来自女子投掷，巩立姣、刘诗颖分别在铅球、标枪项目中摘下中国队该项目首枚奥运金牌，这也是中国首次在奥运田赛项目上斩获金牌。

"四朝元老"巩立姣在东京奥运周期女子铅球领域具有超强统治力，拿下两届世锦赛冠军。东京奥运会她得偿所愿，第一投就确立绝对领先优势，最后一投又掷出20米58，刷新个人职业生涯最好成绩。

与巩立姣强势夺冠的剧本类似，刘诗颖在标枪决赛中同样一投制胜。第一投她就掷出66米34，此后再无人超越这一成绩。

老将王铮在女子链球上收获一枚银牌，追平了中国选手在奥运会女子链球比赛中的最好成绩。

本届奥运会还有两名小将进入铅球决赛，吕会会在标枪比赛中排名第五，显现出中国女子投掷发展厚度。可以预见，女子投掷将是今后中国队重要夺金点。

另外，在男子三级跳决赛上，朱亚明以17米57刷新个人最好成绩，获得亚军，创造了中国选手在该项目上的奥运会最好成绩。

不断爆发的中国速度

在需要极强爆发力的短跑项目上，以往中国人，乃至亚洲人都难以涉足。让外界惊喜的是，中国队在本届奥运会径赛多个项目上都创造了历史。

第三次征战奥运会的苏炳添成功晋级男子百米决赛，成为史上首个进入该项目决赛的中国选手，他在半决赛跑出惊人的 9 秒 83 更是创造了新的亚洲纪录。

中国女子百米同样取得突破，葛曼棋以 11 秒 20 晋级女子 100 米半决赛，她是进入半决赛的唯一一名亚洲选手，也是奥运会史上首个跑进女子百米半决赛的中国选手。谢震业也成为史上首个站上奥运会男子 200 米半决赛跑道的中国人。

女子中长跑在经历数十年低谷后也迎来突破。王春雨成为首个进入奥运会女子 800 米决赛的中国选手，决赛中她跑出的 1 分 57 秒创下个人最好成绩，最终获得第五。

带来惊喜的还有男、女接力，中国男、女 4×100 米接力双双晋级决赛，这在历史上还尚属首次。女队最终获得第六，创造历史最好成绩，男队第四，也追平了上届奥运会创下的最好成绩。

不容小视的中国田径

田径被称为"运动之母"，相较于乒乓球、体操、跳水等项目，以往中国队在这一基础大项上表现并不突出。如今实现井喷式突破的中国田径已然不容小视。

中国田径的突破早有预兆。东京奥运周期内两届世锦赛上，中国队表现相当亮眼：2017 年斩获 2 金 3 银 2 铜，2019 年获 3 金 3 银 3 铜，此外 40% 参赛运动员、48% 参赛项目都获得前八名成绩。这为东京奥运会"多点开花"埋下伏笔。

北京奥运会后中国田径开启"走出去、请进来"发展之路，通过聘请高水平外教，建立国外训练基地等合作方式，力争从"一枝独秀"到"多点开花"。

东京奥运周期中国田径队更是聘请了多达 17 名高水平外教，在先进训练理念下中国运动员迅速向国际一流靠拢。比如美国教练兰迪·亨廷顿指导过苏炳添、王春雨等运动员。外教的引入也促进了国内教练在训练理念等方面向国际高水平看齐，有助于形成内部良性竞争格局。

疫情前中国田径队签约的海外训练基地有 22 个，常年在外训练的队员近 60 人，方便选手就近参加国际大赛，与国际高手同场竞技，进而以赛代练不断提升水平。

本届奥运会中国田径还出现首位归化运动员参赛，1998 年出生于加拿大的郑妮娜力在女子七项全能中排名第十，是中国队在奥运会该项目上的最好成绩。郑妮娜力的外婆是中国田径首位世界纪录创造者郑凤荣，在外婆为国争光精神感染下她选择代表中国参赛，弥补了中国田径在奥运会女子七项全能上的空白。

唯一遗憾的是，在传统优势项目竞走上中国队仅收获一枚铜牌。但不可否认的是，中国男、女 20 公里竞走集团优势相当明显，参赛队员都具备拿牌甚至冲金实力，人才梯队建设也较为完备，假以时日定能重新站上最高领奖台。

中国田径队

东京奥运中国军团的"封神之作"

中新社　王祖敏

东京奥运会 8 日闭幕。这届因为疫情而在奥运史上首次延期的奥运会，精彩并不打折。

在诠释着奥林匹克格言"更快、更高、更强——更团结"的各个赛场，又一批经典赛事和高光时刻将被载入奥运史册，其中当会包括中国军团的这些"封神之作"。

苏炳添男子百米半决赛 9 秒 83——百米 9 秒 83，这个此前在全球只有 11 人能触摸到的"神绩"，如今也属于中国人。

在展示人类速度极限的男子百米跑道上，他不断改写着中国人乃至亚洲人的历史。6 年前，他是首个跑进 10 秒大关的中国人，如今他是第一个跻身奥运男子百米决赛的中国人，也是首位在电子计时器时代闯进奥运百米决赛的亚洲人。他在半决赛中创造的 9 秒 83，不仅是新的亚洲纪录，更是一个有关中国短跑的传奇。

乒乓球男单卫冕，马龙实现"双圈"大满贯——当他获得乒乓球男单金牌时，一连串的纪录已经在他挥拍嘶吼时诞生：他是第一位蝉联奥运乒乓球男单冠军的球员、是将所有世界和国际大赛金牌拿过两次或以上的乒坛第一人、是世界冠军最多的乒乓球选手……在 8 月 6 日收获男团冠军后，他又成为国际乒坛获得奥运金牌最多的运动员。

但于他而言，这一切都不足为奇，因为他叫马龙，更因为他来自中国乒乓"梦之队"。

巩立姣首获女子铅球金牌（20米58）——在资格赛中，她10秒"打卡"，第一投就轻松超过达标线。决赛时，她的5个有效成绩中，最差的是19米80，而银牌得主的成绩是19米79。这也意味着她有效成绩中的任何一投，都足以赢得金牌。

在曾被欧美人垄断的女子铅球赛场，已迎来新的霸主，她是来自中国的"姣"傲。

"金鸡独立"破纪录，李发彬获得男子举重61公斤级金牌——在奥运赛场，破纪录并不鲜见，但他却在打破奥运会纪录时，留下了一个绝对"限量版"的标签。

在一次举起杠铃时，他居然抬起右腿，以这一令人叹为观止的"金鸡独立"姿势，诠释着什么叫作"艺高人胆大"。赛后他认真呼吁大家"不要模仿"，网友也诚恳回复：能模仿的，都在东京参加奥运会。

最小选手全红婵完美夺冠——14岁的她是中国代表团参加本届奥运会年龄最小的选手，却在东京留下了最完美的奥运首秀。

在女子跳台跳水决赛中，她的5个动作3个获得满分，最终的夺冠成绩466.20分，领先总分最高的外国选手近95分。

在本届奥运会跳水比赛中，跳水"梦之队"的"神作"远不止于此：女子单人跳板奥运九连冠、女子双人跳台六连冠（从双人跳水进入奥运会后，金牌从未旁落），还有在单人项目上的披金挂银，以至于外界评论：只要有两名中国选手参加的跳水比赛，于其他参赛选手而言，就是铜牌争夺战。

最后一枪绝杀，杨倩获奥运首金——"00后"小将有颗大心脏。在产生赛会首金的女子10米气步枪赛场，她在最后一枪前还落后对手的险境中，冷静沉着地实现逆转，并以251.8环创造奥运会决赛纪录。

在随后的10米气步枪混合团体赛中，她与队友再夺一冠，成为中国体坛"00后"奥运双金第一人。东京成名的她在社交媒体上这样介绍自己："我是杨倩，就是那个趁清华（大学）放暑假，来东京拿两块金牌的同学……"

邹敬园"断层"高分获得男子双杠金牌——在体操男子双杠决赛中，邹敬园以本届奥运会体操赛场的最高分夺冠。

16.233分，超过银牌得主逾0.5分。在锱铢必较、精确到小数点后三位数的体操评分中，0.5分的差距堪称一个巨大鸿沟。但他并不满足，认为最完美的表现将会在三年后的巴黎。

赛艇女子四人双桨以创世界最好成绩夺冠——什么叫作"一骑绝尘"？中国赛艇队的4位姑娘在东京海之森水上竞技场用行动作答。她们以6分05秒13夺冠，比第二名快了6秒多，以至于电视镜头在稍微拉近时，会将其他赛艇甩在画面之外。

2008年北京奥运会，中国赛艇实现奥运金牌"零的突破"，带来突破的恰是女子四人双桨项目。

女子举重李雯雯碾压式夺冠——在女子举重87公斤以上级赛场，其他选手的结束才是她的开始。无论抓举还是挺举，她第一把的重量都已超过其他选手的最后一举。

抓举140公斤、挺举180公斤，她在最后只剩下她一个人的赛场独孤求败。总成绩320公斤，超过银牌得主、英国选手37公斤！这个来自中国的"00后"已将女子87公斤以上级抓举、挺举、总成绩的世界纪录和奥运会纪录统统收入囊中。

吹尽狂沙始到金

解放军报　马晶

13年的等待，13年的坚守，更确切地说，应该是13年的拼搏……终于，中国赛艇队又一次站上奥运会的最高领奖台。

在东京海之森水上竞技场的水面上，一艘两侧印有五星红旗的赛艇一骑绝尘。率先撞线后，水面上金色的朝霞，映衬着姑娘们灿烂的笑容。

由陈云霞、张灵、吕扬、崔晓桐组成的中国队以6分05秒13的成绩加冕冠军，为中国体育代表团夺得本届奥运会的第10金。这一成绩不仅领先第二名6秒之多，也创造了新的世界最好成绩。

四位姑娘的成长经历各不相同。陈云霞之前练习跳远，吕扬是从射箭项目"起家"，崔晓桐曾是赛艇单桨选手……但相同的目标，让她们最终坐在了同一条赛艇上。"一条艇，只要劲往一块使，所有的问题都会迎刃而解。"经过两年多的磨合和历练，她们成为最默契、最亲密的战友。金牌，是对她们坚持和努力的最好回报。

赛艇的较量，占据优势的向来是欧美队伍。不过，这几年形势开始发生逆转，中国姑娘们强势崛起。从2019年初配艇后，四位姑娘就成了中国赛艇队当之无愧的王牌组合。她们在所参加的十多场比赛里无一失手，全部拿到冠军，直至站上东京奥运会的最高领奖台。

看似毫无悬念的比赛背后，却有着太多不为人知的艰辛。

除了技术以外，赛艇运动对选手的身体素质要求更高。运动员不仅需要拥有出色的肌肉力量和爆发力，还需要有强大的肺活量来作为保障。因此，在很长一段时间里，中国乃至亚洲选手想要挤进前八都很难，站上领奖台更近乎是一种奢望。

2008 年北京奥运会上，中国赛艇队取得历史性突破，在女子四人双桨项目上拿到金牌。这是中国赛艇队拿到的首枚奥运金牌，打破了欧美人在这个项目上多年的垄断。然而，在过去的十多年里，中国赛艇队一直没能在奥运会、世锦赛等大赛上有出色的表现。中国赛艇人一直在蓄力。

四年前，中国赛艇协会、中国皮划艇协会提出了一个宏伟的计划——两支国家队要在东京奥运会上实现金牌数和奖牌数的历史性突破。在外人眼中，这是一个可望而不可即的高度，但中国赛艇人偏不信这个邪。

目标既定，便风雨兼程。为了实现飞跃，国家队将士在总教练的率领下，敢于突破常规，恶补体能短板。

一分耕耘，一分收获。在 2019 年春天举行的全国陆上赛艇公开赛中，国手们打破多项全国纪录，充分体现了冬训期间强化体能训练的成效。

"我不'折磨'你们，到了赛场'折磨'你们的就是对手。"诚如四位姑娘的教练所言。备战奥运会的五年里，女子四人双桨的姑娘们始终瞄着这枚金牌。冬训期间，她们常常在清晨 6 点就借着微微的晨光，在只有零摄氏度左右的千岛湖上"摸黑"训练。虽然看不清动作细节，但是队员们能更好地感受拉桨的动作、培养发力感。

来到东京前，四位姑娘一直在武汉进行集训。酷暑、湿热，她们在江城经历了"魔鬼集训"。当其他队伍的运动员都在抱怨日本燥热的天气时，四位中国姑娘还觉得这里挺凉快的。

来到东京奥运会的赛场，她们肩负着再创辉煌的使命。"把每一天、每一堂课、每一桨都练到完美、划到极致"，这是她们对自己的要求。

经过 13 年的努力，中国赛艇队终于迎来了属于她们的第二金。同样是在今天，中国赛艇人已经为国人交出一份出色的答卷——稍早之前的比赛中，张亮／刘治宇勇夺男子双人双桨铜牌，这是中国赛艇历史上男运动员斩获的第一枚奥运奖牌！

从 2008 年实现金牌零的突破，到今天续写传奇，中国赛艇人还将砥砺前行，载着梦想，乘风破浪。

岩壁上的芭蕾

解放军报　仇建辉

攀岩，是一项"勇敢者的游戏"。攀岩运动是指选手在岩壁向上攀爬，并需要在不同高度、不同角度的岩壁上，连续完成转身、引体向上、腾挪，甚至跳跃等惊险动作，集健身、竞技、娱乐于一身，被称为"岩壁上的芭蕾"，备受年轻人的追捧。

其实，说到攀岩的起源，还跟军事有着深厚的渊源。20世纪中叶，攀岩从苏联军队的一个体能训练项目里衍生出来。1948年，苏联举办了世界上第一个攀岩比赛。随后，攀岩运动逐渐在欧洲盛行，以难度攀登为主的现代竞技攀岩比赛也开始兴起，并引起人们的广泛关注。

然而，当时的攀岩运动也遇到了不小的难题。

虽然攀岩运动吸引了众多的爱好者，但地处远郊的自然岩壁因交通、时间等因素给攀岩者带来了诸多不便。工业技术的进步，给攀岩运动带来了新的发展机遇。1985年，法国人弗朗西斯·沙威格尼发明了可以自由装卸的人造岩壁，实现了人们在城市里攀岩的梦想，由此也极大地推动了攀岩运动的发展。

1987年，攀岩运动被引进我国，并经历了一个较长时间的缓慢发展期。直到2016年，国际奥委会宣布攀岩、滑板、冲浪、空手道、棒垒球成为2020东京奥运会正式比赛项目，攀岩运动一下子火了起来。

奥运会为何要加入攀岩、滑板、冲浪等项目？吸引年轻人对奥运会的关注，是主要目的。国际奥委会主席巴赫说："对于体育项目，现在的年轻人有很多的选择，我们必须要主动去吸引他们参与，从而提高奥林匹克运动可持续发展的能力。"

世界在变，奥运会也在变。只有不断变化，增加更多的新鲜元素，才能充分展现奥运会的魅力，吸引年轻人的关注，促进奥运会的可持续发展。

东京奥运会的攀岩比赛分为男子全能和女子全能两个项目，包括速度攀岩、攀石和难度攀岩，每位参赛者都要参加这三个小项的角逐，最后以三项的总成绩来决定冠军归属。来自全球各地的 20 名男选手和 20 名女选手获得了参赛资格，两位中国选手潘愚非和宋懿龄也拿到了前往东京的门票。

2000 年出生于广州的潘愚非，是一位实力不俗的年轻小将。他 8 岁就在国内赛场崭露头角，被视为中国攀岩的"希望之星"。随后，他在亚青赛勇夺冠军。转战成人赛场后，他同样战绩不俗，在攀岩世界杯拿过难度赛的亚军。

2001 年出生的宋懿龄，在这几年成绩飞速提升，不断实现突破。2017 年世青赛上，她拿到速度赛的亚军。2018 年，雅加达亚运会上，她摘得铜牌。2019 年，宋懿龄在攀岩世界杯莫斯科站勇夺女子速度赛的桂冠。两个星期后，在攀岩世界杯重庆站中，宋懿龄以 7.101 秒的成绩打破女子速度赛的世界纪录并夺冠。

不过，在东京奥运会的赛场上，两位年轻的中国选手表现只能说中规中矩。8 月 3 日出战的男选手潘愚非在速度赛中出现重大失误排名垫底，尽管此后在攀石和难度赛中奋起直追，但最终排名资格赛第 14 位，无缘决赛。因为疫情影响，中国攀岩队近两年时间没有参加国际赛事。久疏赛场的潘愚非直言，重回国际赛场有点陌生和不适应，自己也没能完全发挥出水平。

8 月 4 日，宋懿龄出战攀岩女子全能资格赛。结果，她在自己的主项速度赛中表现不俗，排名第三位。在自己并不擅长的攀石赛中，宋懿龄经过 5 次尝试才到达区域点，排名第 19 位。最后一项难度赛中，宋懿龄在初始阶段表现不错，顺利完成前面 10 个岩点的攀爬后，在第 13 个岩点向上冲击的时候，出现失误。最终，她总排名第 12 位，止步资格赛。

虽然，两位中国选手都未能闯进决赛，但他们能够站上东京奥运会的舞台，就已经是一个成功。

对于中国攀岩来说，通过奥运会的舞台，可以让大家去感受它的魅力和激情，吸引更多的人走向户外、走进自然，在攀岩的过程中去体验运动的乐趣，去挑战自我、挑战不可能。

作为一项与军事渊源颇深的体育运动，我们也期待，攀岩运动能受到越来越多官兵的青睐。

中国攀岩，未来一定会更好。

"刘"星划破长空

解放军报　仇建辉

8月6日，在东京奥运会田径赛场上迎来意外惊喜——中国选手刘诗颖在女子标枪决赛中，凭借第一投66米34的成绩勇夺金牌，实现了我国在该项目上奥运金牌零的突破，也为中国女子标枪书写了新的历史。

东京奥运会前，中国田径的冲金榜单上排名第一的无疑就是巩立姣的女子铅球，而排名第二的就是吕会会的女子标枪。毕竟，作为亚洲纪录保持者，吕会会2021年的状态上佳。

然而，在今天的比赛中，刘诗颖脱颖而出。按照比赛的出场顺序，吕会会第一个进行投掷，62米83。刘诗颖压轴出场，结果她第一投就是66米34的好成绩。吕会会凭借第三投63米41的成绩，获得第5名。波兰名将安德烈捷恰克以64米61摘得亚军，澳大利亚选手巴贝尔以64米56拿到季军。

勇夺金牌，创造历史。赛后，刘诗颖频频表示，自己真没想到。"还是挺意外的！赛前没有过多的想法，但是第一枪投出来后，我还是很开心，也很激动。"刘诗颖坦言夺冠是"意外"惊喜。

1993年出生的刘诗颖，是个山东姑娘。13岁时，刘诗颖进入烟台体校，自此与标枪结缘。

女子标枪，可谓是我国田径运动中一项具有传统优势的项目。1991年东京田径世锦赛上，来自浙江的徐德妹投出了68米68，摘下中国田径史上唯一的女子标枪世锦赛金牌。

不过从 1999 年开始，国际田联采用了新式标枪，中国女子标枪的成绩一直处于爬坡的阶段——有潜力，但不具备在世界大赛中站上最高领奖台的实力。相比女子铅球、链球和铁饼等项目，女子标枪的成绩稍显逊色。

过去几年，中国田径队为了取得突破，请来了外教，这也让中国女子标枪运动迎来了一个新的机遇。这些年，她们的水平稳中有升，在大赛中的发挥也越来越好。东京奥运会中国女子标枪拿到了满额参赛席位，3 名队员吕会会、刘诗颖、余玉珍来到东京，形成了一定的集团优势，向着奖牌发起冲击。

第三次参加奥运会的吕会会最被看好。这两年，她的状态也非常不错。2019 年多哈世锦赛前，吕会会参加了大大小小的 13 场比赛，拿到 12 冠 1 亚的好成绩，多次刷新亚洲纪录。东京奥运会延期时，吕会会坚定地表示："我唯一能做的就是走好眼前的每一步，一切自会水到渠成。"

无奈，32 岁的吕会会在东京奥运会的赛场上并没能发挥出最佳状态，以第 5 名的成绩结束了自己的第三次奥运之旅。

欲戴王冠，必承其重。过去几年，刘诗颖一直在厚积薄发，不断提升自己。雅加达亚运会上，刘诗颖以 66 米 09 站上最高领奖台。2019 年田径世锦赛中，刘诗颖以 65 米 88 夺得亚军，显示出不俗的状态。

东京奥运会延期一年，刘诗颖也曾焦虑过，不过她很快调整好自己，选择在这一年中磨砺自己，提升能力。东京奥运会前的国内比赛，刘诗颖一出手就是 64 米 56，创造了 2021 年世界最好成绩。再回首她过去几年的表现，两次投出超过 67 米的成绩，让她有了冲击奥运奖牌的底气和实力。

大赛前夕，刘诗颖不断提醒自己，做好过程，比出状态，期待结果就好。只要能确保稳定发挥，在奥运赛场上取得突破是完全有可能的，毕竟她已经有了这样的实力。

最终，刘诗颖做到了，梦想成真。3 年后的巴黎，中国女子标枪依然值得期待。

让奥林匹克精神闪耀世界

——写在东京奥运会闭幕之际

解放军报　仇建辉

熊熊燃烧了 16 天的东京奥运圣火在新国立竞技场缓缓熄灭。今晚，第 32 届夏季奥林匹克运动会在激情的狂欢和不舍的离别中落下帷幕。盛会落幕，一幕幕精彩瞬间成为永恒；奥林匹克正式进入冬奥时间，让我们相约北京。

在圣火的照耀下，16 个难忘的日日夜夜里，来自全世界的体育健儿尽情追逐"更快、更高、更强——更团结"的梦想。虽然新冠肺炎疫情依然肆虐，但病毒无法阻断奥林匹克梦想；口罩拉开了人们之间的距离，却遮挡不住真情流露。奥运五环旗下，来自 206 个体育代表团的运动员在这里挥洒汗水、顽强拼搏、超越自我、激情飞扬，书写力与美、速度与激情的华美乐章。

作为史上最为特殊的一届奥运会，东道主克服重重困难，搭建了一个盛大的舞台，与全世界的体育健儿一起分享对于美丽新世界的无限憧憬。

奥运会之所以牵动人心，不仅在于摘金夺银的高光时刻，更在于挑战极限、超越自我的顽强意志，在于公平竞争、重在参与、尊重对手的体育精神

8 月 8 日，东京奥运会闭幕，中国体育代表团收获 38 金 32 银 18 铜，共计 88 枚奖牌，位居奖牌榜第二位，38 金也追平了在 2012 年伦敦奥运会上创造的境外参赛最好成绩。

在东京奥运会赛场上，中国体育健儿顽强拼搏、挑战自我，创造了众多辉煌战绩，并以自信、开放、阳光的形象，展现了中国青年一代"使命在肩、奋斗有我"的精神风貌。

中国军团的传统优势项目，表现依然强势。在东京表现最为抢眼的无疑要数中国举重队和中国跳水队，双双斩获 7 金，创历史最好成绩。中国乒乓球队拿下除混双外的 4 枚金牌。中国射击队一扫在里约时的颓势，斩获 4 金 1 银 6 铜，金牌数达到境外参赛的最高水平。体操赛场，中国军团斩获 3 金 3 银 2 铜，打了一个漂亮的翻身仗。中国羽毛球队强势归来，5 个单项均闯进了决赛，斩获 2 金 4 银。这 6 大传统优势项目，共斩获 27 金，占金牌总数的 71%。

基础大项，进步明显。中国游泳队拿下 3 金 2 银 1 铜，女子 4×200 米自由泳接力打破世界纪录夺冠，获金牌人数创历史之最。田径赛场多点开花，女子铅球巩立姣、女子标枪刘诗颖夺冠，实现田赛项目奥运金牌的突破。更值得一提的是，苏炳添以 9 秒 83 半决赛第一的成绩闯进奥运会百米大战的决赛。

中国军团的最大突破来自水上赛场。中国赛艇队在东京收获 1 金 2 铜，创造历史。中国皮划艇队同样表现不俗，斩获 1 金 2 银。中国帆船帆板队拿下 1 金 1 铜，追平历史最好成绩。

此外，中国军团在举重、射击、游泳、自行车等项目中，打破 4 项世界纪录，创造 21 项奥运纪录。

老而弥坚，勇创佳绩

从初出茅庐，到中流砥柱，终成定海神针，奥运赛场见证他们一路成长。数次为国出征，在奥林匹克的旗帜下奋力拼搏、突破自我，他们让奥林匹克精神熠熠生辉。

锲而不舍，中国体育健儿超越极限、追求卓越的脚步永不停息。32

岁的巩立姣，前三次出战奥运会都遗憾没能站上领奖台。在东京，她用毫无争议的表现，以20米58的个人最好成绩勇夺女子铅球金牌，圆梦奥运赛场，让五星红旗在东京高高飘扬。

坚持不懈，追逐内心的梦想。同样32岁的马龙在东京再续辉煌。击败世界排名第一的樊振东，勇夺乒乓球男单金牌，马龙成为奥运史上卫冕男单第一人。刘国梁称赞道："他从来没让人失望过，是现役运动员的榜样，也是中国体育一笔宝贵的财富。"

最后不得不提的是，31岁的苏炳添。他在男子百米半决赛中跑出了9秒83的成绩，创造了新的亚洲纪录，并成为首位站上奥运会男子百米决赛的中国人。苏炳添的出现，让中国体育迷"男子百米站上领奖台"的期待成为一种可能。

此外，东京奥运会的赛场上还有黄雪辰、庞伟、董栋、刘虹、李振强、丘索维金娜、加索尔、斯科拉等老将，他们都是各自队伍的骄傲和榜样。

奖牌，并不是我们在东京收获的全部——青春无敌，未来可期

江山代有才人出。奥运赛场上，人才辈出是亘古不变的旋律。在竞技体育的最高殿堂上，每一届盛会都有小将涌现、新星闪耀，让奥林匹克的精神世代传递。

这里有意气风发的希望。21岁的杨倩，凭借超乎常人的冷静和沉着，在决赛最后一枪上演大逆转，摘得东京奥运会首金。颁奖仪式上，这位小姑娘双手举过头顶比心的形象，更是风靡网络。仅3天后，她又与搭档杨皓然再夺10米气步枪混合团体赛金牌，成为中国第一位"00后"奥运双金得主。

这里有一飞冲天的突破。年仅14岁的全红婵，在女子单人10米台决赛中，五个动作拿下三个满分，以历史最高分夺冠。如此惊艳的表现，"天

才少女"的名号不胫而走。展望未来,全红婵还有很长的路要走,期待她能在赛场上再造辉煌。

这里有朝气蓬勃的团队。女子体操赛场,中国军团也掀起了青春风暴。16岁的管晨辰和18岁的唐茜靖击败美国名将拜尔斯,包揽女子平衡木的冠亚军,为中国体操队的东京奥运之旅画上一个圆满的句号。

8月8日,对于中国人来说是个特殊的日子。13年前的这一天,北京奥运会在一场气势磅礴的开幕式中盛大开启。8月8日也是中国的"全民健身日"。当马拉松火遍大江南北,当冰雪运动"南展西扩东进",追求强健的体魄和健康的生活方式,成为中国普通老百姓拥抱奥林匹克梦想的最佳方式。

东京奥运会已正式落下大幕,再见东京,感谢东京。再过6个月,冬奥圣火就将在北京燃起。中国正张开双臂,迎接来自世界各地的冰雪健儿。让我们激情相约——2022,北京再见。

中国举重再创奥运史经典瞬间

——谌利军上演惊天大逆转

中国体育报　袁雪婧

当谌利军在抓举中仅成功一把，成绩只有 145 公斤，落后对手哥伦比亚选手莫斯奎拉多达 6 公斤进入中场休息时，东京国际论坛大厦内的中国举重队和中国记者陷入沉寂。

此时，中国举重协会主席周进强与中国男举主教练于杰说了些什么。

"中场休息时有个小插曲，有人给我发短信说：'周主任，不要着急。'我回了四个字：'挺举拿下！'我对谌利军一直充满信心。"周进强赛后告诉记者。

很多人对占旭刚在 2000 年悉尼奥运会上的惊天大逆转印象深刻，2016 年龙清泉打破举重神童穆特鲁保持 16 年的世界纪录神奇逆转同样经典，中国举重选手创造了很多奥运史上的经典瞬间。这一次，谌利军复刻了前辈的传奇。

挺举，莫斯奎拉和谌利军开把都举起175公斤，莫斯奎拉第二把冲击180公斤失败，第三把他举起这个重量，但疑似支撑时间不足3秒，最初被裁判判罚失败。如果是这样，谌利军只需要举起182公斤就能反超对手拿下金牌，这个重量对他来说手拿把攥。但哥伦比亚队选择申诉，并且成功，他们以为金牌到手了，开始庆祝。

此时，谌利军与莫斯奎拉的总成绩差距达到 11 公斤。按照本周期最新的举重比赛规则，他必须加重 12 公斤才能取胜。眼见对手改判并庆祝，谌利军压力陡增。187 公斤，他只在 2019 年世锦赛时举起过这个重量，此后两年，完全没有碰过。

现场所有人都屏住了呼吸，只见谌利军翻站非常轻松，杠铃都没有调整直接完成试举。现场燃起来了！中国队的欢呼声响彻场馆，教练于杰和张量冲上台拥抱谌利军。又一个中国举重和奥运史上的经典瞬间，就此定格。

举协主席赛后"解密"

"我们开了很长时间的预备会，没想到对手会有这么强的实力。抓举本来预设的是至少成功两把，没想到只成功一把，给我们增添了巨大的压力。"国家体育总局举重摔跤柔道运动管理中心主任、中国举重协会主席周进强点评了谌利军的表现，表示他一直充满信心。"谌利军的挺举还是有实力的，在中场休息的时候，我专门跑去给他加油。我说得很明确，挺举必须拿下。最后他也很争气，在巨大的压力下能够逆转，这让我们所有中国举重人都非常感动。"

开赛前两日"举无不胜"摘下三金，这是整个团队的胜利。周进强表示，中国举重队在东京奥运周期一直贯彻科学训练，这是制胜的重要法宝。"谌利军今天到比赛的后半段能有这样的表现和成绩，与他平时的体能训练有很大的关系。原本他的平衡能力、小肌肉、支撑能力等稍微弱一点，在这个周期都得到了强化。"周进强表示，团队保障也是中国举重队的重要支撑。

里约终于翻篇了

"这个拥抱，包含了太多东西。五年了！"谌利军赛后数度哽咽，五年前的里约奥运会，他因急降体重导致突发抽筋，比赛失常，以一个"0"结束了第一次奥运之旅。当时，与他一起背负"骂名"的，还有中国男子举重队主教练于杰。

117

两个人卧薪尝胆了五年，其间，谌利军的状态和成绩几经起伏。2020年全国锦标赛，他还经历了肘部肌腱撕裂，进行了手术。五个多月，在谌利军本人、于杰和保障团队的共同努力下，他恢复到历史最高水平，在4月塔什干亚锦赛上成功夺冠并拿下奥运资格，创造了不大不小的"奇迹"。

"有过害怕，因为举重生涯没动过手术，我怀疑手术之后自己还行吗。也灰心过，但这个团队没有放弃我。"2020年11月，国家举重队转训宁波时，第一次拆下右臂纱布和固定板后，谌利军的手臂就像一根老树枝一样，皮肤干枯、肌肉干瘪。"那时肌肉已经退化，瘦了一圈，两条胳膊一粗一细。"

艰难的重塑过程，一切从零开始。创口康复、体能强化、力量积累、专项提升，按照团队预想的节奏一步步进行，谌利军的信心随着训练系统化慢慢提了上来。从宁波转训到五指山，也就是2021年年初，谌利军能摸杠铃了。"动完手术第一次触碰杠铃，我不敢举。但举起来后，发现手臂没什么反应，心就落了地。虽然举得少，但每周都在积累和进步，一点点往上走。"他开始疯狂与时间赛跑，只争朝夕。"不能浪费时间，每周的训练推进都要把握住，然后把成果建立到信心上。"

举起187公斤后，于杰对谌利军说："你真争气！"

赛后接受采访时，于杰为谌利军点赞，"本来他最近的训练是抓举比较好，但今天这个情况确实没想到，有些失常。在这种情况下，挺举只能拼命举上去，真是拼了。我对谌利军说，你要对得起自己那么多年的努力，不能辜负自己，说什么也要把187公斤举起来。我告诉他上去就拼命，谌利军真拼出来了，我为他骄傲！"

五年前的阴霾，被奥运金牌驱散。"里约的失误，终于在东京纠正了。一路走来很多心酸，我感觉也不容易。拿下这块金牌，圆了自己的梦。里约，终于翻篇了！"谌利军说。

谌利军

朱婷赵帅成为奥运双旗手实至名归

中国体育报　苏畅

　　7月17日，中国体育代表团通过中国奥委会官方微博宣布，朱婷、赵帅将担任东京奥运会开幕式中国体育代表团旗手。消息发布后，迅速成为舆论焦点，引发网友热议。在为朱婷和赵帅送上祝福的同时，网友们也期待中国体育代表团能在东京奥运会上创造佳绩。

　　中国跆拳道队18日一早从北京启程赴东京。动身前，赵帅表达了担任旗手的激动心情。他说，因为之前很长时间没有比赛，这次终于可以奔赴赛场，让他有些"小激动"。谈及东京奥运会的目标，他坦言有卫冕的想法，但在比赛打响前，仍要心无旁骛，完成赛前训练，做好准备。谈到成为中国体育代表团的旗手，赵帅说自己非常开心，也感谢代表团对他的信任，"我会以此为动力，继续在赛场上为国争光。祝愿代表团所有运动员能够取得好成绩！"

　　中国女排将于19日前往东京。朱婷说，这份荣誉是代表团对女排、对她的肯定与信任。担任旗手既是一份荣誉，也是一份责任，让她更有动力去做好每一天、走好每一步，"大赛将至，我们要保持平常心，全力以赴。我们的目标是升国旗、奏国歌"。

　　在东京奥运周期，国际奥委会和东京奥组委大力倡导男女平等。东京奥运会上，女性运动员的比例接近49%，这是历届奥运会女性运动员参赛比例最高的。在国际奥委会和东京奥组委的倡议下，各代表团将首次在开幕式上派出一男一女两名旗手。中国奥委会在公布朱婷和赵帅成为本次中国体育代表团双旗手时也介绍了确定原则，综合考虑了运动员的代表性和赛程安排等因素，经多方征求意见、慎重考虑，最终确定了旗手人选。

朱婷和赵帅被确定为中国体育代表团的双旗手可谓实至名归，消息公布后引来社会各界的关注与热议。据不完全统计，截至 18 日 12 时，由中国奥委会微博主持的话题"朱婷赵帅担任中国奥运旗手"阅读量达 2.3 亿，峰值时登上微博热搜榜第二名。此外，后续话题"赵帅回应担任中国代表团旗手""朱婷成为夏奥中国开幕式首位女旗手"等也均登上微博热搜榜。网友评论表达最多的是祝福和赞扬，评论关键词多为"朱婷实至名归""赵帅为跆拳道争光""中国体育代表团加油""这届旗手令人惊喜"等。

朱婷　　　　　　　赵帅

"妈妈选手"站上赛场就是成功

中国体育报　苏畅

上场前，吴静钰大喊一声，给自己加油，也给自己鼓劲。

7月24日中午的幕张国际会展中心B馆，2020东京奥运会跆拳道女子49公斤级比赛激战正酣。34岁的老将吴静钰，第四次站上了奥运会的赛场。

里约奥运会之后，吴静钰一度淡出赛场。2017年夏天，她有了一个可爱健康的女儿侯小钰。但在女儿出生之后，吴静钰有了复出的念头，并很快付诸实施。

7月24日的第一场比赛，吴静钰的对手是难民奥林匹克运动员代表队的博尔扬尼斯。面对名不见经传的对手，吴静钰的优势非常明显，她以24比3的比分取得胜利。

吴静钰曾经坦言，生育后复出，瞄准东京奥运会的她面临的最大问题并不完全是体重和身体机能方面的恢复，更重要的是怎样获得奥运会的入场券。

由于两年多没有参加任何奥运积分赛，吴静钰的奥运积分排名一度低至42位。要想获得东京奥运会的参赛资格，吴静钰必须付出极大的努力。

从2019年在富查伊拉公开赛上获得金牌取得复出后的第一个冠军开始，吴静钰随后仅仅用了10个月就把自己的世界排名从第42位提高到第6位，顺利获得了东京奥运会入场券。其中的酸甜苦辣，只有她和教练能够深刻体会。

7月24日首轮顺利过关，经过两个小时的休整，吴静钰与年仅17岁的西班牙小将伊格雷西亚狭路相逢。两人的身高相似，年龄相差一倍。面对两届奥运冠军吴静钰，伊格雷西亚毫不怯场，从比赛开场就展开了暴风骤雨般的进攻。前两个回合，吴静钰以2比33落后。第二回合比赛结束，伊格雷西亚就凭借巨大的比分优势淘汰了吴静钰。

赛后，吴静钰难掩失落的表情，但她还是平静地走过混合区。面对媒体，吴静钰礼貌地说自己有些累，是否可以休息一些时间。"我的比赛还没有结束……"吴静钰说。伊格雷西亚随后在半决赛轻松淘汰土耳其选手，与该级别世界排名第一的泰国选手翁巴达那吉争夺金牌，这也给了吴静钰参加复活赛的机会。但在复活赛中，面对塞尔维亚选手博格丹诺维奇，吴静钰还是以9比12告负，给自己的第四次奥运会之旅，画上了一个不算圆满的句号。不过对于这位有着四届奥运会经历的"妈妈级"运动员而言，能够站上东京奥运会的赛场，就是成功！

因为从选择产后复出，到站上东京奥运会的赛场，这些年里，吴静钰让我们看到的是她在训练场上累到哭，也不放弃；无论积分落后多少，也不放弃。吴静钰说，支撑她的，除了身为母亲要给女儿树立一个榜样，就是作为国家队运动员，始终不渝为国而战的初心。

虽然这一次吴静钰没能收获奖牌，但是她这一路拼搏向前的征程，并不缺乏奋斗者的荣光。

吴静钰

让爱国主义旗帜高高飘扬

不能否定女排备战的艰辛努力

——郎平复盘东京奥运征程

中国体育报　苏 畅

　　8月2日，结束了东京奥运会女排小组赛最后一场比赛的中国女排离开了有明体育馆。总教练郎平终于有时间全面地对中国女排在本次东京奥运会的备战和参赛进行梳理与总结。在郎平看来，中国女排此次东京奥运会的结果出人意料，但最终成绩并不能够否定中国女排在东京奥运周期备战工作中所付出的艰辛和努力。

　　回顾东京奥运会，郎平坦言此次奥运征程充分体现了奥运会比赛的残酷性和不确定性。在她看来，中国女排在东京奥运周期面临了许多困难，特别是2020年得知奥运会受疫情影响延期一年，中国女排运动员、教练员内心仍然非常渴望东京奥运会能够如期举办，但"（东京奥运会）一会说有，一会说没有，大家的心情不是很定"。郎平介绍说，在这种情况下，中国女排一如既往进行着东京奥运会的全力备战，大家付出了很多努力，尤其在2020年长达7个月的封闭集训期间，运动员们面临着身心两方面的诸多压力，没有国际大赛可打，球队在观察对手、收集对手情报等各方面也遭遇了巨大的困难。但在重重困难下，队员们始终没有放弃，教练员们也做了大量的工作，所以在东京奥运会上，中国女排最终无缘八强的结果，让郎平坦言出乎意料。

　　"我们本身（进行了）这么长时间的训练，队员们的状态其实挺好的。可为什么到了小组赛前两场，就一直没有发挥出自己最好的水平？"

对于萦绕在心头的这个问题，郎平认为，队员们的思想包袱太重了。在郎平看来，队员们此次东京奥运会，一旦在比赛中打顺了可能还行，但若遭遇不顺，或者场上局面不是像大家想象的那样，队员们就会产生一些"钻牛角尖"的想法，就会开始怀疑自己，或者精力不够集中。

郎平还表示，朱婷伤病的起伏是中国女排在东京奥运会上没有能够取得理想成绩的又一重要原因。她透露，中国女排教练组早在2020年就对朱婷的伤病有所准备。在当时宣布东京奥运会延期一年举行后，中国女排就迅速跟医疗专家商量如何治疗朱婷手腕的伤病，"是整个韧带撕裂，需要手术还是怎么样治疗？最后医生说，做手术可能来不及了，还是要保守治疗。所以在2020年的整个集训当中，朱婷和肩部有很大损伤的颜妮一直都在进行保守治疗"。郎平说，当时两名伤员要接受医生安排的各种治疗、康复，而2021年两人可以正式跟队训练，教练组觉得她们整体的伤势恢复情况还可以，"朱婷不像以前下球的速度快，但是我们觉得还不至于不能打"。

郎平回顾说，尤其在 2021 年的世界女排联赛之后，中国女排教练组认为朱婷的状态尚可，但是现在回想，其实中国女排并未在世界女排联赛中遇到真正的挑战。在来到东京奥运会之后，当朱婷在比赛中发大力正常扣球的时候，大概过一两局她的整个手就麻木没有感觉了，对球的控制也会很差，"而且朱婷平时的防守和一传都很好，她也不敢接一传了，因为一压手腕就不行。所以我们在场上也让龚翔宇等其他位置的队员分担朱婷的一传压力，在很多的位置上我们做了调整"。郎平表示，出现了朱婷伤病反复的突发情况，中国女排教练组很希望其他进攻点能够协防，能够多承担一些进攻，也尝试让李盈莹和张常宁共同担当。但是很遗憾，中国女排的其他攻手表现得也不理想。最终，中国女排遗憾地错失了在关键比赛中取胜的机会。

小组赛第三场面对俄罗斯女排的苦战失利，回想起来是中国女排最终未能顺利出线的转折点。郎平也对那一场比赛深感遗憾。她表示，与俄罗斯女排的比赛伊始，中国女排打得并不顺利，但通过顽强拼搏，中国女排一直顶到了第四局。然而关键时刻的"卡轮"，造成了中国女排最终遗憾告负。

　　郎平认为，东京奥运会给中国女排留下了太多遗憾，这也是她执教生涯中前所未有过的经历。因为以往中国女排的成绩和日常训练的付出基本能够成正比，但在东京奥运周期，中国女排的训练同样很苦很扎实，却没有收获好的结果，"我觉得不能否定我们这一两年当中，尤其是疫情期间的训练，我们确实是全力以赴，而且疫情期间我们所有的教练员、运动员都是在全封闭的环境中全力以赴地训练……"郎平的遗憾之情溢于言表。

朱婷

"空降"奥运会　强敌环伺

——国羽如何交出满意"答卷"

中国体育报　周圆

18 个月没有参加国际比赛，直接"空降"奥运会；14 名参赛队员中只有谌龙 1 人有奥运会经验；主场作战的日本队目标豪取 3 金以上……这些是中国羽毛球队在出征东京奥运会前面临的大环境。太多的不确定性，让国羽东京的前景并不被看好。但中国羽毛球队用 2 金 4 银，5 个单项全部闯入决赛的成绩，交出了一份满意"答卷"。

加强思想建设 提升意志品质

"什么是爱国主义，怎样做才是为国争光？"里约奥运会后，一批年轻人升入国家羽毛球一队，他们对这些问题还没有深刻的认识，就要肩负为国争光的使命，参加各种国际大赛。成绩起伏，比赛关键时刻顶不下来的情况时有发生。2017 年中国队无缘苏迪曼杯 7 连冠，这批年轻人流下了泪水。

"困境更能磨砺心志，我们羽毛球队以往大赛取胜往往都赢在关键分，关键分的比拼更需要依靠队员的意志品质和胸中的爱国情怀。"中国羽毛球协会副主席、国羽单打主教练夏煊泽告诉队员。

东京奥运周期，在国家体育总局和总局乒羽中心的坚强领导下，国羽加强了队伍的思想建设教育，以"不忘初心、牢记使命""祖国在我心中"两大主线开展思想建设，进一步增强队伍的使命感、责任感、荣誉感。引导全队坚持祖国利益至上、牢固树立祖国培养意识，为备战东京奥运会坚定了信心。

127

2019 年，同样是这批年轻人，经过两年的洗礼和磨炼，他们用自己的力量，重新夺回了苏迪曼杯。在总结夺冠的经验时，中国羽毛球协会主席、国羽双打主教练张军直言：年轻队员思想认识、意志品质、责任心的提高是赢球的关键。

因为心中有祖国，于是在东京，我们听到了陈雨菲："再困难，也不能放弃。"王懿律："往死里打，我们没有退路。"黄东萍："一定要有信念，一定要大胆。"而陈雨菲、贾一凡、黄雅琼等，这些都是在东京奥运周期国羽培养的新党员。

重视体能训练 注意防伤防病

"太棒啦！祝贺雨菲，决战大捷，开心！"

"谢谢李老师，最后就靠这能力顶了！"

东京奥运会夺冠后，陈雨菲收到了一则特殊的祝贺信息，发送人是北京体育大学李春雷教授。由于训练效果出色，参与了四届奥运会羽毛球队体能训练服务保障工作的李春雷被聘为国家羽毛球队体能训练专家。

羽毛球比赛往往一场就需要 70 至 100 分钟，扎实的基础体能和专项体能更为重要。东京周期国羽指定专人负责队伍体能训练整体规划，并根据各组不同的技战术需求，量身定制个人独特的专项计划。除了李春雷这样的体能训练专家，队伍还有多名体能教练，最多时队里能够达到 10 名。

2018 年从北京体育大学研究生毕业后，刘杰一直担任国羽体能教练，并作为保障营成员前往东京。"羽毛球项目的体能要求是全方位的，既要有基础力量、爆发力，还要有耐力。"

东京奥运会上，国羽在很多项目上并不具有绝对优势，也出现了三局（决胜）的情况，但三局获胜率比以前提高不少。减重 16 斤的何冰娇在东京奥运会 1/4 决赛面对以体能、耐力、跑动见长的日本名将奥原希望，三局逆转获胜。

"每天早晨五六点起床去场馆帮队员治疗，凌晨一点多回到奥运村。"这是国羽队医宋立伩在东京奥运会的作息时间。2011年后，他开始担任国羽队医至今，这次是代表团名单里唯一一名国羽队医。"能够让队员在东京奥运会上有出色的发挥，我们再辛苦也值得。"宋立伩说出了所有国羽队医的心声。

打磨技战术 研究制胜规律

在东京，几乎每位国羽队员都要被外国记者问起："18个月都做了什么？"其实答案很简单——训练。进入东京周期，世界羽联对赛事体系进行了改革，国际赛事增多，一年的比赛有几十站，多数情况下队伍只能以赛代练。疫情发生后，在国家强有力的保障下，国羽有了更多的训练时间，进一步完善技战术演练，深入研究羽毛球制胜规律。

东京奥运会女单决赛，陈雨菲敢于和对手多拍相持，这是一场通过拉吊控制的打法寻找对方的破绽，从而获得比赛胜利的经典赛事。这也是教练组根据陈雨菲的特点，在东京周期不断打磨的技战术方向。"陈雨菲的爆发力差一点，但耐久力会好，所以更多地打拉吊，这是更合理地运用战术。"国羽女单组主管教练罗毅刚在陈雨菲夺冠后分析道。

长期缺席国际比赛，观看比赛录像、分析对手，对国羽就显得更为重要。2018年开始，国羽建立了比赛视频数据库，国家队国内外比赛视频，包括主要对手的比赛视频，都会被集中放在一个平台上进行管理，供运动员、教练员随时观看。

2019年6月，中国羽毛球协会与上海体育学院共同组建中国羽毛球协会羽毛球学院。羽毛球学院执行院长盛怡完成的《国家羽毛球队单打比赛的数据采集及技战术统计分析》课题，为国羽备战奥运的针对性训练和应对国外主要竞争选手提供数据参考和技术支撑。学院还组建了专业科研团队，致力于国家队重点队员及主要对手的技战术统计与分析工作，为奥运攻关提供充足的科研保障。

此外，成都体育学院、北京体育大学等团队，也在体育科技服务领域为国羽备战贡献了自己的力量。

实战实训 全方位模拟

"我看着比较惨，但还能坚持。"在东京奥运会女单决赛后，陈雨菲坦诚的回答逗笑了周围的人。陈雨菲口中的"坚持"，来源于平日的积累，以及实战实训的成果。

虽然18个月未能站上国际舞台，但在国内，国羽队员参加了多场比赛。2020年全国锦标赛女单决赛，陈雨菲和王祉怡联手奉献了一场长达104分钟的精彩对决。而之后的几次国内比赛，陈雨菲、何冰娇、王祉怡每次交手的时间都至少有70分钟。这样的经历，让陈雨菲、何冰娇在奥运舞台上不怕拉锯战。

"这个场馆和我们在成都模拟赛的场馆太像了，简直一模一样！"走进东京奥运会羽毛球项目场馆，国羽队员们都会由衷地发出这样的感叹。2021年6月，国羽在成都凤凰山体育公园综合体育馆进行了为期三天的奥运模拟赛，对标"六个"东京，模拟赛从场馆选址、场馆布置、赛程安排、赛前热身、临场实战、赛场氛围等多方面进行了相当细致的模拟演练。

东京奥运会羽毛球比赛场地东京武藏野之森综合体育场距离奥运村33公里，一个小时左右的车程。7月28日，谌龙打完小组赛最后一场球已经是深夜，凌晨1点回到奥运村，做完治疗吃完饭睡觉，已经是凌晨3点。但这并没有影响他第二天的比赛。7月29日，谌龙2比1战胜马来西亚劲敌李梓嘉，闯入八强。这样的"折腾"，国羽也早已提前演练过。

国羽"一条心" 全国"一盘棋"

东京奥运会羽毛球项目淘汰赛开始，国羽老大哥谌龙脚上就磨了一层血泡，随着比赛越来越激烈，双脚的血泡越来越大、越来越疼，影响了自己的移动，但谌龙始终没有拿伤病做借口。"这不是决赛输球的原因，比赛输了就是输了。"

这一年来，郑思维持拍手的伤病加重，身上的伤病也反反复复。但他依然坚持来到了东京，与黄雅琼站在了东京奥运会决赛赛场。而为了完成决赛，郑思维打了两针封闭坚持到了最后。虽然没有拿到金牌，但他尽了自己全部的力量。

国羽包揽了混双项目的冠亚军，两对组合也在相互成就。"感谢郑思维、黄雅琼，我们两对组合是良性竞争的关系，一直是你追我赶的状态。有了他们的存在，我们才有目标，让我们每天训练不能松懈，因为我知道我要追赶他们，一刻不能放松。真的很感谢他们。"获得冠军的王懿律在赛后主动感谢了队友。

曾经"大大咧咧"的陈雨菲，也在不知不觉中有了强烈的团队意识。"有了中国羽毛球队，才会有陈雨菲，没有中国羽毛球队，你就什么都不是。所以在我们心里，团队冠军更加重要。"

这是一支有勇气、有担当、有责任，团结一致、众志成城的国家队。备战奥运会，国羽全队上下"一条心"，而全国羽毛球界也是上下"一盘棋"。

备战东京奥运会期间，葛菲、孙俊、高崚、傅海峰、王跃平等专家组成员，在战术、心理、团队的凝聚力等方面发挥了重要作用。张军将这些专家组成员看作是国羽的宝贵财富。

在张军看来，东京奥运会国羽的良好表现是全国羽毛球人集体的力量，"这个周期我们在成都、陵水、厦门、晋江等地集训，各个地方给了我们很大的支持。还有浙江、江苏、湖南、湖北等地方队，我们国家队需要医生、需要体能教练，他们就无私地支持，第一时间选派最好的医生和体能教练支持我们"。

这是中国羽毛球协会实体化后迎来的第一次奥运会，中国羽协为球队的备战提供了最强有力的保障。2019年，为充实国羽的教练员团队，聘请原韩国国家队主教练姜京珍、韩国前男双名将柳镛成协助队伍进行双打训练；聘请国内资深男单教练李矛协助队伍男单进行训练。为克服疫情影响，中国羽协在2020和2021年成功举办了上百场次的对抗赛、奥运模拟赛、羽超联赛、全国锦标赛、全国冠军赛、全运会资格赛等一系列赛事，让运动员延续比赛状态。"在保证运动员安全的情况下，创造良好的竞赛环境，我们要为国家队备战奥运做强大的保障。"中国羽协副主席兼秘书长王伟说，"国家队今天的成绩，是在低谷的时期取得的，给我们带来了希望，这个成绩也是所有中国羽毛球人的成绩。"

从里约的2金1铜到东京的2金4银，有惊喜，也有遗憾，但年轻一代的队员们用自己的拼搏，让国羽在低谷中重新崛起。面对"群雄并起"的世界羽坛格局，接下来的比赛，年轻的国羽也许会有波动，但经历了奥运会的历练，他们已然成长，有能力担当国羽的重担。

东京奥运会初试锋芒

中国女橄将矢志不渝继续奋斗

中国体育报　扈建华

东京奥运会结束后，世界橄榄球联合会评选了男子、女子各3名"突破球星"，中国女子橄榄球队的王婉钰位列其中。作为一名首次参加奥运会的新人，作为唯一当选的亚洲运动员，王婉钰获得"突破球星"意义重大，这不仅是对王婉钰的肯定，也是对中国女子橄榄球的肯定、对亚洲女子橄榄球的肯定。

3天、6场比赛，17次达阵、拿下99分，在东京奥运会上，首次参赛的中国女橄拼到最后一秒。她们在东京29比0大胜东道主日本队，从公认的"死亡之组"杀出，排位赛22比10击败俄罗斯奥运队，最终位列第七名，在世界面前完成了精彩亮相。

牢记祖国培养　矢志为国争光

"身披国服、为国出战，是每个运动员为之奋斗的目标，也是每个运动员的梦想。"在总结自己的奥运之行时，队员杨飞飞这样写道。

王婉钰在奥运会结束后说："感谢强大的祖国。祖国是我们最坚强的后盾，她给了我们勇气让我们勇敢面对。"

在东京奥运会的备战、参赛过程中，中国女子橄榄球队始终坚持"思想建队"，充分发挥国家队党支部的战斗堡垒作用。牢记祖国培养，矢志为国争光，这一信念已经深深镌刻在中国女子橄榄球队每一名成员的心底。

中国女橄始终把思想政治教育摆在重要位置，深入开展"祖国在我心中"主题教育，充分利用训练驻地开展教育，先后10余次赴南京雨花台烈士陵园、茅山新四军纪念馆、南湖革命纪念馆等地进行革命传统教育，让运动员、教练员在对革命历史、优秀红色文化的理解和接受中培育爱国主义情感，打牢爱党爱国的思想根基。

在各类重大比赛、活动中，中国女橄也不失时机地开展教育，将爱国情愫渗透心中、融进血脉。每名运动员都以身为国家队队员感到无比自豪，"拼倒争第一，站着升国旗"成为大家的崇高追求，并把这种热情转化为刻苦训练、精心备战的实际行动。

全队始终牢固树立"以人民为中心"的理念，真心实意地在"察实情、办实事、送实惠"上下功夫，把关怀送到运动员最柔软、最贴心的地方，切实解决后顾之忧。对于国家队的每一个运动员，中国橄榄球协会主席陈应表都进行了家访，把组织的温暖送到运动员的心坎上。

进入全媒体时代，中国女橄党建工作紧紧跟上，持续不断地向运动员开展正面教育，随时解决运动员的思想问题，不断校正她们的思想观念。在实际工作中，全队十分注重汲取经验教训，注重加强团队精神培育，运动员以队为家，事业大爱、姐妹情谊逐渐形成，"一条心、一盘棋、一股劲、一家亲"的氛围日渐浓厚，全队发展态势持续向上、向好。

锻造体能长板　赛场克敌制胜

"比赛开始后，我们快速进入比赛状态，渐渐地发现，其实我们拿着球，美国队防守我们也是很困难，扑搂也扑不倒我们，我们也可以跟公认的身体强悍的美国队打抗传连接得分。上半场比分持平，我们越打越有信心。"在总结东京奥运会之行时，中国女橄场上队长杨敏这样写道。

和美国队的比赛，是中国女橄在奥运会的第一场比赛。虽然因为疫情，很长时间没能和国外球队交手，但奥运会比赛打响，姑娘们发现自己和美国、澳大利亚、法国这些世界强队硬碰硬时，也有了敢于正面对抗的资本。

究其原因，强化体能、恶补短板正是其中最重要的一点。

橄榄球是一项对于体能要求非常高的运动。在备战东京奥运会的过程中，中国女橄始终牢记"体能是竞技赛场入场券"的要求，始终坚持强化体能训练，探索出了一套符合自身、行之有效的方法。

首先，在统一思想上下功夫。橄榄球项目风吹日晒，皮肤被晒黑是常态，大腿、胳膊练粗是常事，如何调动这些20岁出头的姑娘们的积极性？中国女橄在队中展开了"什么是美"的大讨论，大家一致认为，"奋斗的青春最美""为国家作贡献最美""赛场上的欢笑最美""成功最美"。解开了思想疙瘩，队员们也由被动练转变为主动练，大家都在比谁的胳膊更强壮、谁的肤色更健康。按教练的话讲，她们都练疯了。

其次，在狠抓基础体能上下功夫。基础体能训练十分枯燥，中国女橄在基础体能训练上配强团队，邀请举重教练来抓力量、短跑教练来抓速度，在体能教练的带领下进行全方位训练。全队每周都对体能进行测试，并制定新的目标。正是由于这样的扎实训练，形成了"比、学、赶、超"的浓厚氛围，才能使基础体能训练水平不断提高，使体能"蓄水池"蓄满了水。

基础体能提高，还要在专项体能转化上下功夫。如何把基础体能有效转化为专项体能，如何进行有针对性、效果佳的专项体能训练，女子橄榄球队克服困难，把体能真正变成"长板"，变成克敌制胜的"坚盾利矛"，积累很重要，转化更重要。奥运会赛场上，对阵美国队、澳大利亚队，在比赛结束前的最后一刻，中国女橄都完成了达阵，能够在和强大对手的比拼中坚持到最后时刻，体能训练起到了至关重要的作用。

克服疫情影响　做好奥运备战

2019年11月，在广州举行的东京奥运会亚洲区资格赛中，中国女子橄榄球队以 5 战全胜的战绩拿到奥运入场券，球队即将首次登上奥运舞台。

2019 年 12 月，中国女橄赴新西兰陶朗加进行冬训，准备参加世界系列赛，为奥运会积蓄力量。随着 2020 年初疫情暴发，东京奥运会延期一年，中国女橄的备战也面临了巨大的挑战。

疫情暴发初期，中国女橄不得不延长了在新西兰集训的时间，按照体育总局"防疫情、保备战"的要求，在当地体育机构和友好人士的支持下，全队更加集中精力投入到备战之中。

回国之后，全队进入封闭集训。虽然奥运会延期一年，但对于年轻的中国女橄来说，这给了全队一个难得的弥补短板、提升自身的机会。在这一点上，全队认识高度统一，多出来的一年，大家格外珍惜，训练也分外投入，在南京、在海口、在日照，处处都留下了女橄姑娘们拼搏的身影。

体能训练、技战术训练、心理辅导、生化指标测评、个性化训练方案……教练组最大限度利用训练时间，队员们就像海绵一样，如饥似渴地从每一天的训练中吮吸着能量。前期比赛暂停，女橄采用队内对抗赛的方式来帮助队员检验训练成果，保持比赛状态；后续国内比赛陆续恢复，队员们也回到各自省队，参加了全国冠军赛、全国锦标赛。在比赛中，国家队队员都起到了核心骨干的作用，展现了良好的竞技状态和精神面貌。在 2021 年 6 月的全运会资格赛期间，中国女橄分成红、黄两队进行对抗赛，为教练组挑选最终奥运阵容提供了重要的参考。

在长期封闭集训中，如何调动运动员的训练积极性？在这方面，体育总局小球中心、中国橄榄球协会下了很大力气，邀请江苏、山东等队青年男子橄榄球队员加入到中国女橄的对抗赛中，以男陪女练的方式，模拟国外高水平对手、增加比赛强度，给女橄队员带来新的刺激点。在南京、在海口，组织了多场男陪女练对抗赛。

在海口集训时，除了正常的体能训练、场地训练之外，球队大胆创新、敢于尝试，把早操改在海滩沙地上，进行脚步速率练习，在山地进行登山竞速比赛，因地制宜利用各种环境开展训练，同时组织了橄榄球模式的篮球、手球对抗赛，针对个别运动员开展跳、爬、跑等个性化训练。新的训练环境、训练方式，运动员们的训练积极性被充分调动起来。

在日照集训期间，中国女橄和中国女子水球队组成"水橄联盟"，两队运动员住在一起、训在一起，互相学习、相互促进提高，这样的创新训练模式在其他项目中很难见到，也给女橄、女水训练带来了新的活力。女橄队员刘潇倩就说，自己从水球队员身上学到了很多，"她们在训练中非常拼，负重踩水、水中冲刺，体能训练更是十分刻苦，为我们树立了很好的榜样"。

东京崭露头角　未来仍需努力

东京奥运会女子橄榄球项目分组确定后，中国女橄所在的 C 组有里约奥运会冠军澳大利亚队、近年来迅速崛起的美国队两支种子队，还有一直和我们在亚洲竞争激烈的东道主日本队。按照规则，3 个小组前两名和两个成绩最好的第三名进入八强。赛前很多预测认为，中国队从"死亡之组"突围十分困难。

7 月 29 日比赛开始，前两场小组赛中国队 14 比 28 不敌美国队、10 比 26 不敌澳大利亚队。这是两场意料之中的失利，但姑娘们打出了出人意料的过程，更重要的是，以往对阵这两个强敌中国队经常是大比分输球，但这两场加起来输分不多，这是全队力拼到底的结果，也为后面大胜日本队晋级八强奠定了基础。

29 日的比赛后，澳大利亚队、美国队两战全胜，中国队、日本队两场失利，因此和日本队一战，中国队必须取胜，而且还要拿到足够的净胜分才能在竞争中胜出。

7月30日的比赛，法国队上午9点30分迎战加拿大队，中国队与日本队的比赛10点开始。最终法国队31比0战胜加拿大队，这样中国女橄需要净胜日本队19分以上才能晋级。不过，这一切正在准备比赛的女橄姑娘们并不知道。

"其实我们是不知道这个分数的，本来想着要最少赢30多分吧。"赛后队员陈可怡说。

实际上，比赛上半场中国女橄就19比0领先日本队，全场更是以29比0大胜，徐晓燕、杨飞飞、唐铭琳、王婉钰、陈可怡先后得分，这也是这么多年来中国队赢日本队最多的一次。

比赛结束后，队员们才知道晋级八强的结果，她们几乎不敢相信自己的耳朵。"真的吗？真的进了吗？！真的进八强了吗？！"姑娘们一再确认着，眼泪已经夺眶而出。

1/4决赛就在30日晚间进行，中国队不敌实力强大的法国队，但放下了包袱的队员们拼尽全力，唐铭琳完成两次达阵，大家展现出的无所畏惧和拼搏精神让人感动。

7月31日的排位赛首战，中国队再次负于美国队。在争夺第七名的比赛中，中国队在开局两分钟0比10落后的不利局面上上演大逆转，22比10战胜俄罗斯奥委会队，最终位列奥运会第七名。

奥运会后，亚洲橄榄球联合会主席凯伊斯发来视频。他告诉姑娘们："你们代表的不仅仅是中国女青年。你们在奥运赛场的突出表现，是亚洲女性的一面旗帜，代表着亚洲女青年的形象。你们的拼搏精神，将成为激发亚洲女性追求独立、自由的精神动力。"

陈应表带队参加了东京奥运会。他表示，中国女橄是一支刚刚成型的队伍，这里没有球星，有的是一帮情同姐妹、骨肉相连，高度团结、悍不畏死，勇于担当、不计付出，"傻劲"十足、魂魄忠诚、国家至上的新时代运动员。每个人的努力，构成了中国女子橄榄球队这道绚丽多姿的风景。陈应表说："中国女橄在东京奥运会上取得了可喜的成绩，但球队建队时间短、底子薄，仍然不具备和世界强队相抗衡的能力。未来的路很长，充满挑战，全队将继续努力拼搏，争取以优异成绩回报祖国和人民。"

女子橄榄球　　　　　女子橄榄球

顶住压力　拼下首金

最好礼物献给建党百年

中国体育报　扈建华

最后一枪前，杨倩落后俄罗斯奥委会选手安娜斯塔西亚 0.2 环。这枪过后，东京奥运首金就将产生。

杨倩与安娜斯塔西亚准备的时间都很长，这一刻，朝霞射击场的空气仿佛已经凝固……终于，安娜斯塔西亚率先击发，在巨大的压力下，她只打出 8.9 环。杨倩随后击发——9.8 环——反超对手，以总成绩 251.8 环射落首金。

颁奖仪式上，国际奥委会主席巴赫将放有金牌的托盘递到杨倩面前，杨倩从托盘中拿起金牌挂在脖子上。随后，她还俏皮地双手放在头顶"比心"，这一刻，她严肃的脸上绽放出灿烂笑容……

资格赛艰难突围

7 月 24 日 8 点 30 分，东京奥运会射击比赛女子 10 米气步枪项目资格赛在朝霞射击场打响。60 发射击，虽在训练中已做过无数次，但中国队杨倩、王璐瑶的表现仍然起起伏伏。

打到第八枪时，教练将王璐瑶叫到身边，"比赛紧张是正常的，没关系，把前面的放掉，后面一枪一枪咬上去"。教练叮嘱后，王璐瑶重新上场，大约过了两分钟才再次扣动扳机，10.3 环、10.9 环、10.6 环……她的情绪逐渐稳定下来。

杨倩的发挥同样不太稳定，她一直在调整，"失误时多给自己一些积极的心理暗示，告诉自己是可以的，抛开杂念，投入动作中"。杨倩赛后回忆资格赛的表现时说。

这样的调整起了作用，杨倩最终排名资格赛第六，进入决赛。王璐瑶发挥不理想，排在第十八位，遗憾出局。

"她今天的成绩不高，参照平时的成绩，没有发挥出来。她参加世界大赛不多，这也算正常。"杨倩的教练葛宏砖说，"我开始还以为资格赛都会有危险，打完了我刻意不让她看成绩，减轻她的压力，只告诉她进决赛了，放开打。"

资格赛爆出不少冷门，赛前被看好的世界排名第一的印度选手埃拉维尼尔、近年来表现不错的中国台北小将林颖欣都没进入决赛，挪威小将珍妮特·海格资格赛排名第一，世界排名第二的美国选手卡洛琳位列第三，两名韩国选手分别排在第二和第四。从资格赛的成绩看，杨倩的走势并不乐观。

顶住压力射落首金

本届奥运会，气步枪决赛规则相比上届发生了较大变化，前 10 发射击过后进入淘汰轮，每两枪会淘汰一名成绩最低的选手，直至冠军产生。这样的赛制对运动员的综合能力提出了更高要求。

决赛开始后，杨倩在 10 发射击后总成绩排在第一。此后，她大部分时间保持在前两位，安娜斯塔西亚则同她紧紧咬在一起，并一度占据优势。18 枪过后，杨倩落后安娜斯塔西亚 0.2 环；20 枪过后，杨倩落后 0.5 环；22 枪过后，杨倩追上一步，落后 0.1 环；第 23 枪，杨倩打出 10.7 环，安娜斯塔西亚打出 10.8 环，还剩最后一枪时，两人的差距是 0.2 环……

"当时，我紧紧握着拳头，手心全是汗。我一直在心里为她加油！"说起最后一枪，葛宏砖赛后仍十分激动。

"我没有过多关注成绩，但不可避免地能听到报靶。没有想太多，还是专注自己的动作。虽然特别紧张，但尽力控制好自己的心情。"回忆那关键的最后一枪，杨倩说。

其实，安娜斯塔西亚的压力也很大，之前打得很准的她，最后一枪瞄了很长时间，失常地打出 8.9 环。稍后击发的杨倩打出 9.8 环，完成绝杀，将东京奥运会首金握在手中。

为国争光意识深植在心

拿下首金对中国射击队来说意义重大。里约奥运上，中国射击队成绩不理想，东京奥运周期，队伍提出打翻身仗的目标。毫无疑问，首金是中国队极为重视的。

拿下首金对中国体育代表团同样意义重大，对于后面即将投入比赛的中国各项目运动员来说，首金是巨大的激励，会为他们增添更多信心。

"拿下首金，我们后面仍会全力以赴。"中国步枪射击队领队王炼说，首金的取得，主要得益于祖国非常好的疫情防控措施，让运动员踏踏实实训练，"今天的决赛打出了这一年多封闭训练对她的要求，我们背后是全国人民对我们的支持与付出。通过这枚金牌，能够体现出防疫情、保备战的成果。"

"对于最后一枪，我们平时模拟得非常多，今天把成果体现出来了。"王炼说。

在 2021 年 4 月连续 4 站国家队选拔赛中，杨倩的状态非常好，一直稳居第一，早早锁定女子 10 米气步枪个人和气步枪混团两个项目的参赛席位。不过选拔赛后，杨倩有一段时间陷入状态低谷。回想起来，葛宏砖也认为那是一段艰苦的时光，为帮助杨倩调整状态，各方面都在努力。

"我们不停地完善方案，反复落实，给她一个宽松环境，从运动员的角度出发，尽量减轻压力，做好保障。"葛宏砖和杨倩都来自浙江，现在浙江省体育局射击射箭自行车运动管理中心主任朱启南曾参加过 4 届奥运会，拿到过雅典奥运会男子 10 米气步枪金牌，他也通过自身的经验为杨倩减压。

为了弥补不能出国参赛的损失，国家队运动员在奥运会前参加了全国冠军赛、全国锦标赛，以赛代练，保持比赛状态。在平时的训练中，加强了决赛模拟训练，贴近正式比赛流程，让大家在压力下熟悉比赛。

在做好专项训练的同时，国家队的思想教育也没有丝毫放松，通过"祖国在我心中"主题教育，不断加强运动员爱国主义思想，牢固树立祖国培养意识，树立崇尚荣誉、珍惜荣誉、赢得荣誉的鲜明导向，增强运动员的使命感、责任感、荣誉感，打造能征善战、作风优良的国家队。

在奥运会前，射击队全体队员参观了射运中心荣誉室，观看了电影《许海峰的枪》，杨倩当时说："更坚定了我作为射击运动员的信念。从第一天拿起步枪训练的那一刻，我心中就有了站上领奖台为国争光的梦想。"

走下领奖台从零开始

如今，站上奥运最高领奖台为国争光的梦想实现，但对杨倩来说，东京奥运会的征程并没有结束，27日，她还将参加10米气步枪混团比赛的争夺。

混团比赛是东京奥运会新增设的项目，谈到接下来的计划，葛宏砖表示："还有两天时间，我们会调整一下，做好训练，最重要的是思想上要放下来，走下领奖台就要从零开始。"

虽然是首次参加奥运会，又顶住压力拿下首金，但杨倩对接下来的赛程有着清醒的认识。"我还要更加努力，不能因为取得了短暂的胜利而放松警惕，还要继续投入训练，为接下来的比赛做好准备。"

完成了争夺奥运首金的重任，杨倩说："这枚金牌对我来说非常重要，我感到非常自豪和开心。2021年是建党100周年，这是献上的最好的礼物。"

其实不仅是杨倩，还有许多同她一样心怀祖国、为梦想奋斗的运动员、教练员、工作人员，他们都在孜孜不倦地努力着。首金的故事还在继续，这份荣誉会不断传承……

传承为国争光信念　国乒长盛不衰

中国体育报　李雪颖

中国乒乓球为何能够长盛不衰？这是东京奥运会中国乒乓球队斩获4金3银后，外国媒体记者频频抛出的问题。

"传承"是中国乒协主席刘国梁和国乒教练员、运动员们一致的答案！

根植于国球基因的是为国争光的信念

本届东京奥运会，中国乒乓球队不仅夺取了4金3银的佳绩，更创造了男单四连冠、女单九连冠以及男团、女团四连冠的新纪录。迄今为止，中国乒乓球队在世界三大赛（奥运会、世界杯、世乒赛）上共斩获248枚金牌，以傲人的战绩继续领跑世界乒坛。

刘国梁道出了国球强大的原因："这是极其特殊的一届奥运会，不管是最终取得的成绩还是整个过程都让人非常难忘。中国队强大的缘由是一直有着光荣的传统和传承，我们不是这一届强大，而是一直都很强大，这是每一代乒乓球人的共同努力。"

1959年，容国团在第25届世乒赛斩获男单冠军，成为新中国体育史上第一个世界冠军，也翻开了世界乒乓球史崭新的一页。他喊出的"人生能有几回搏"激励了一代又一代中国体育人。2019年布达佩斯世乒赛上，马龙实现男单三连冠时喊出了振奋人心的"我是中国制造！"，这是时隔60年两代乒乓球人的"隔空"对话，是"不问终点，全力以赴"的代代传承。容国团等老一辈乒乓球国手在国际赛场屡创佳绩，种下了中国乒乓球长盛不衰的基因，一代代乒乓球人接续奋斗，续写辉煌。

秉初心，为国战。队伍的党建工作始终贯穿备战的各方面及全过程，从协会换届之初组织全员赴南梁、延安开展爱国主义教育，到深入开展"不忘初心、牢记使命"和"祖国在我心中"主题教育，再到组织军训、参观铁道兵纪念馆、献歌建党100周年，学习和弘扬抗疫精神、抗美援朝精神、载人航天精神等，将为祖国荣誉而战的情怀与担当深深植入国乒全队基因之中。

东京奥运会女团决赛前夜，刘国梁给队员们做赛前动员，他的话语铿锵有力："不要给自己任何理由！就是一条路：冲！杀！拼！搏！我们的队伍就是向前，进攻！为国争光！"每一位国乒队员在东京赛场拼尽全力，展现了中国体育健儿的青春风采，赛后，他们不约而同地感谢了强大的祖国。女单、女团两枚金牌得主陈梦感慨道："过去几年不容易，得益于祖国的强大、队伍的强大，我们可以在疫情期间完成训练，在全世界面前展示中国乒乓球队的水平，最终实现目标、赢得奥运金牌，这是团队共同努力的结果。"

以改革保备战　促备战　强备战

2018年12月，中国乒协举行了换届选举，刘国梁当选新一届乒协主席，标志着东京奥运周期备战进入新阶段。协会与球队万众一心，凝聚合力，协会改革的红利也被进一步激发和显现。

协会制定了备战东京奥运会战略体系，涵盖国家队、指挥部、参谋部、保障部四部分。王楠、张怡宁、李晓霞等大满贯得主入选参谋部，成为国乒东京奥运会备战的"高参"。在东京奥运会参赛阵容选拔的过程中，多位"高参"就发挥了积极作用。

堪称"史上最严"的教练组绩效考核标准及奖惩办法同期发布，进一步激发了新一届国家队教练组成员的危机意识、责任意识和创新意识，让大家拧成一股绳抓备战。此外，还推出了运动员队内积分排名，并与世界乒乓球职业大联盟大满贯赛事、休斯敦世乒赛以及乒超联赛的准入资格挂钩，进一步调动了运动员的积极性，也让备战提质增效。

东京奥运会举办期间，协会依托中国奥委会保障营为队伍备战保驾护航，在技战术分析、心理疏导、体能训练、伤病康复等方面提供了高标准的精准服务。比赛过程中，刘诗雯因肘伤退出团体比赛，替补队员王曼昱临危受命。在保障营的主管教练肖战充分利用5年备战期间与王曼昱建立的信任与默契，协助女队主教练李隼做好赛前心理准备和技战术辅导工作，帮助王曼昱及时适应比赛氛围和节奏，最终与陈梦、孙颖莎合作获得女团冠军。保障营还配备了多名左右手及各类打法的陪练运动员，帮助参赛运动员熟练应用各类技战术，迅速进入比赛状态。与此同时，体能教练、科研人员等各司其职，提供了全方位的服务保障。功能全面的保障营为队伍备战提供了精准服务，成为打好东京奥运会的关键制胜因素。

多年来，协会围绕"保备战、促备战、强备战"进行了多项改革创新，实现了以备战促改革，以改革强备战的目标，激发了运动员、教练员的内生动力，帮助他们不断提升竞技状态，同时促进了项目的高水平、可持续发展。

强化体能　科技助力　提供个性化服务

东京奥运周期，队伍强化体能训练，加强科技助力，更好地发挥了复合型团队的作用。

随着国际乒联积分规则改变以及球体增大致使乒乓球的技战术随之改变，乒乓球比赛对体能的要求越来越高。刘国梁表示："体能不仅是技战术训练和成绩提高的基础，是承受大负荷训练和高强度比赛的基础，也是防伤防病、消除疲劳和延长运动寿命的关键所在，更是奥运会等高水平比赛最重要的制胜因素。队伍通过抓基础体能的方式提升了运动员身体机能和专项技战术能力，同时将体能训练的成果转化到每一板球上，全面提升队伍整体实力的厚度和连续作战的能力。"

全队统一思想，正确认识"强化体能、恶补短板"目标，体能教练与专项技术教练、医务和康复团队团结协作，互相促进，注重分类施策，为运动员提供个性化服务。日常训练中，队伍引进了智能动态训练台、气阻训练器、红外速度测试仪、纵跳训练垫等数字化体能器材，帮助运动员精准高效地提升体能。

日复一日的科学化、个性化体能训练，让运动员们看到了积极的变化。此次东京奥运会收获 1 金 1 银的樊振东表示获益良多："我们每个人都有个性化的训练方案，我也会和体能教练沟通，结合专项的需求进行安排。体能的提高对于精力的提升很有帮助，在场上打到关键时刻时，我能够一直专注在比赛中。"对于 31 岁的老将许昕来说，体能练得"狠"为他赢得了延长运动寿命的底气。"现在我能够更加主动地加练体能。身体好能够多打几年，对我来说只有好处。2019 年年初时我的膝盖有伤就加强了膝盖的康复和力量训练，练了 8 个月后基本上就免受膝盖伤病的困扰了。这是体能训练给我带来的最大收获。"

科技助力是项系统工程，各个科技手段的有效整合在备战中产生了积极的"化学反应"。

作为队伍"定海神针"的大满贯得主马龙 2018 年因伤暂离赛场，并在 2019 年接受了手腕和膝关节手术。在东京奥运会备战过程中，球队加强了对马龙的训练监控和康复保障，注重科学、合理安排技术和体能训练，成效十分显著。马龙的步伐移动能力、爆发力等得到明显提高，同时有效控制了伤病。在技战术方面，加强了前三板的落点变化和质量，提高反手相持变线能力，细化单板球的精度和准度，进一步丰富了技战术体系。马龙最终在东京奥运会上摘得男单与男团双冠，并成为首个成功卫冕奥运会乒乓球男单冠军、首个实现乒乓球男单"双满贯"的运动员。

在东京奥运会上表现极为抢眼的"00后"小将孙颖莎收获了1金1银。斩获佳绩之外,更为重要的是,她实现了对主要对手的"双杀",极大鼓舞了队伍士气。在女单半决赛中,孙颖莎4比0战胜主要对手日本名将伊藤美诚,与陈梦成功会师决赛,为队伍提前锁定女单金牌。之后的女团决赛中,孙颖莎一鼓作气,再次击败伊藤美诚,凭借出色的表现在世界乒坛掀起了青春风暴。在备战东京奥运会的过程中,孙颖莎不断巩固优势、补强短板,提高了接发球抢攻的击球质量,在相持中加强了跑动、防守转攻和周旋的能力,形成了特色鲜明的技战术风格。

所有这些国乒队员竞技水平的综合提升都离不开科技的助力,正是多方的通力合作、密切配合使得国乒在国际大赛中一往无前,所向披靡。国乒科研大数据平台的研发,突破了时间和空间的限制,实现技战术和体能数据的实时共享。智能动态训练台的引进提升了运动员神经肌肉控制和应对击球线路突然改变能力。激光扫描速度灵敏测试与训练系统的应用保证了训练测试的精确性、科学性和真实性。此外,鹰眼系统、动作捕捉系统、神经恢复训练监控系统等先进科技服务设备的投入应用大大提升了备战效率。

在医疗康复方面,队伍同样以复合型团队全方位保障科学备战。围绕伤病康复和体能恢复等方面细化分工、多点合作,吸纳了中医、西医、康复理疗、按摩、营养、生理生化等各界专业人士,并覆盖运动伤病的预防、诊断、评估、治疗、康复的各个环节。此外,高压氧舱、激光治疗仪等理疗康复设备都已融入了运动员的训练和康复日常之中。

对标东京提前谋划　精准施策

主动进入东京时间、打造东京场地、设立东京标准、使用东京赛制、找准东京对手、提供东京保障,全面对标"六个东京"让队伍备战事半功倍，也让运动员、教练员们在真正进入东京奥运会时更加游刃有余。

从 2020 年 8 月的奥运模拟赛开始，队伍就开启了全方位的东京奥运会实战模拟演练。比赛日程、赛制等全部参照东京奥运会标准。为了模拟东京场地，不仅比赛用球、球台、地胶等器材都选用了东京奥运会的指定器材，还在场地用色等细节上对标东京奥运会。比赛现场采用了红、白两个颜色作为主调，并模拟设计了"CHINA 2020"的主题字样，甚至连场馆的亮度、温度、湿度也都在竭力接近东京奥运会场馆标准。此外，赛事的计分系统、计分单、抽签表等全部为英文，全英文执裁的裁判员严苛的判罚尺度也堪比奥运会。比赛现场还引用了"鹰眼"视频回放技术，让执裁更加公开、公平、公正。

为了模拟东京对手，教练组也是煞费苦心，特邀特殊打法的前国手参赛，为主力队员们制造障碍。特别是在团体比赛中，男女队的主力队员各自组成的一团，接受着来自教练组精心安排的其他团的挑战。在对标东京的保障环节中，国乒也早早进入"东京状态"，完全模拟了奥运会的赛时节奏安排训练、比赛、休息时间，从每天早上的起床时间，到吃饭、训练时间安排等，全部对标奥运会。

随后举行的全国锦标赛、乒超联赛，以"赛事泡泡"形式举办的男子、女子世界杯和国际乒联总决赛，以及 2021 年的两站"直通 WTT 大满贯·世乒赛"暨奥运模拟赛和奥运会前的两站队内热身赛，让国乒主力们在疫情之下也能有高水准的国际和国内比赛可打，解决了疫情期间训练多、比赛少以及赛训矛盾的问题，检验了训练成果，进一步激发了队伍的战斗力。特别是在临近奥运会的两站热身赛中，队伍在不断给奥运阵容"找麻烦"的同时，继续细化备战要求，增加了对标东京奥运会防疫要求的不允许球员用手或者毛巾接触球台、不允许球员吹球的细则，还设计了男女对抗赛、关键球比赛。正是如此全面、细致的对标，为队伍在东京奥运会上再创佳绩奠定了坚实的基础。

　　走下领奖台，一切从零开始。在总结东京奥运周期的成功经验基础上，中国乒乓球队将继续牢记初心使命，将老一辈国手的精神发扬光大并传承下去，在国际赛场、在巴黎奥运会上顽强拼搏，续写辉煌，捍卫国球荣耀。

中国乒乓球队

从2铜到3金3银2铜
——中国体操队如何打赢翻身仗

中国体育报　王向娜

从1984年洛杉矶奥运会以来，中国体操队在历届奥运会上均有金牌贡献，但在2016年里约奥运会却惨遭"滑铁卢"，仅有2枚铜牌进账。作为传统优势项目，经过一个周期的潜心努力，中国体操队在东京奥运会上一举收获3金3银2铜，成绩列该项目所有参赛队之首，打了一个漂亮的翻身仗。

"这场胜利不单单是场上几名运动员的成功，还凝聚着全体运动员、教练员，全体中国体操人的共同努力。"谈及打赢翻身仗的深层内因，国家体育总局体操运动管理中心主任缪仲一不无感慨，"没有总局的高度重视，没有举国体制强有力的保障，没有这么多默默无闻的团队努力，是不可能实现的！"

强化管理　打造队伍的凝聚力与战斗力

走下领奖台，一切从零开始。这是体育人最常说的一句话。而对经历了里约奥运巨大失落的中国体操队来说，"从零开始"有着更为特殊的意味，0金0银2铜的历史最差战绩，刺痛了每个中国体操人。

打赢翻身仗！不仅仅是一句口号，而是深植于全国体操人内心最深处的奋斗目标。

整个奥运备战周期，体操队上下一心，各司其职。中心主任缪仲一、分管国家体操队的副主任叶振南全身心扑在运动队，关注队员表现，随时解决问题。缪仲一只要腾出时间就会赶到队里观看训练，队里所有的测验他都会到场。叶振南在疫情发生之后一年多的时间内，一直与队伍封闭在一起。

教练员、运动员钻研技术，刻苦训练，不断提升能力水平；科研、康复团队制订科学化训练计划；信息人员不断提供国际上最新动态，对手情况一目了然；领队、后勤等人员则为运动员解决好训练、生活中的各种难题，保障大家拥有安全、舒适的训练环境与健康的心理感受。

体操中心为队伍制定了严格的管理措施，但也十分注重管理的人性化，关注运动员、教练员实际困难并及时解决，使得他们能更加心无旁骛地投入训练中。2020年8月份，缪仲一在去南京出差的途中特意赶到南通，其一是考察当地基层体校，这里曾培养出黄旭、陆斌、孙炜等一批优秀的体操运动员，是体操冠军的摇篮。其二，他得知孙炜的爱人当时也在南通体校当教练，但没有入编。经过积极沟通，在有关部门的关心下，在符合政策的情况下，孙炜的爱人顺利入编。老将邓书弟坚守备战封闭训练，其主管教练袁洪星不离左右，但他同时也面对着老父亲生病且病情反复，自己却难以离队尽孝的困境。经体操中心及时联络，贵州省体育局很快帮助袁教练的父亲住院治疗，并安排了护工。

疫情当前，运动员、教练员面临有家不能回、无赛可比时，并没有产生消极懈怠情绪，在关爱的环境下生活，大家的关系越来越好，遇到困难时一起扛，队伍形成了强大的凝聚力。

从东京奥运会赛场上的表现也能看出，当男子团体与男子个人全能全力发挥但没有金牌入账时，当女子团体和女子个人全能没有达到预期表现时，团队里无人埋怨，而是相互鼓励，认真做好后面单项比赛的准备工作，为单项夺取金牌创造了良好的心理条件。

"在备战东京奥运周期内，体操队通过党建工作凝聚队伍，提升战斗力，抓到实处，效果显著。"缪仲一介绍说，备战过程中，队伍多次组织参观学习，开展爱国教育，并先后邀请杨威、黄旭、张成龙等老队员讲述他们的备战故事，帮助队员树立为国争光的责任感和信念，坚定打赢翻身仗的决心。

在东京奥运会上参赛的6名男队员全部都是共产党员，面对胜利不骄傲，面对挫折不气馁，他们展现出的精神风貌与意志品质得到了广泛的赞扬。

很多人还记得男子全能决赛，拼尽全力高水平发挥后却没能挂上金牌的肖若腾，在赛后所展现出的心胸与格局，他还在网上呼吁大家不要去攻击获得冠军的运动员。很多人说，肖若腾尽管没能收获比赛的金牌，但他收获了精神的金牌、风格的金牌，是大家心中的"全能王"。

孙炜在团体决赛的双杠比赛中手部受伤，疼痛难忍，下来之后手一直发抖，走到混合采访区还在和大家道歉：对不起！对不起！我要先去处理一下。但到了全能决赛，孙炜依然选择了上场。

"伤势怎么样？"缪仲一问。

"真的很疼！"孙炜回答。

"还能不能比？"

孙炜仰着头，笑嘻嘻地说："主任，你放心！我还是共产党员嘛！我能顶过去。"

这就是体操队年轻党员的风范，感动了缪仲一，也感动了大家。

老将邓书弟经历了里约奥运会的失利，早已登上世界冠军榜的他为了奥运冠军的梦想一直坚守，尽管过程波折，但他从未放弃。2020年一次训练当中，邓书弟在训练中出现了"跑范儿"，找不到完成动作所必需的空间感觉，一度想过放弃自由操项目。"但是，东京奥运会的赛制，要求运动员保持全能，我不能放弃任何项目。"邓书弟与教练沟通，像个小队员一样从基础动作重新练习，逐渐重拾起自由操成套。"即使选不上也不后悔，我要用我的行动，去督促肖若腾这批更年轻的队员全力以赴，不能松懈。"邓书弟说。

目标清晰　"三高"训练方针贯穿始终

高难度、高质量、高稳定，"三高"的指导方针，贯穿在中国体操队东京奥运周期内的训练当中。

"从 2018—2020 年东京奥运周期冬训难新动作统计表上看，男队共发展难新动作 178 个，其中 E 组 122 个、F 组 44 个、G 组 12 个。女队共发展难新动作 199 个，其中 D 组 82 个、E 组 65 个……"中心副主任叶振南介绍。

发展难新动作的同时，完成质量与落地稳定性、成功率，同样成为队伍重视的训练内容，而这也是取得胜利的关键因素。

2019 年世锦赛，中国体操队意外地遭遇了 0 金战绩。对比分析发现，队伍的表现与成绩相比 2018 年世锦赛是提高的，但男子团体金牌却换成了银牌。"我们只出现了一次失误，就让金牌擦肩而过。这说明高手之间过招，硬实力是关键，只有自己表现出高难度、高质量、高稳定，才能有实力去挑战对手。如果把希望寄托于对手的失误，最终只能是坐以待毙。"缪仲一说。

优势项目要努力做到难度和完成都拔尖，才能将夺金的主动权掌握在自己手里。这是体操队的共识与目标。东京奥运会上，男子吊环的刘洋、尤浩凭借高人一筹的难度毫无争议包揽冠亚军；邹敬园双杠的夺冠分数高出亚军 0.5 分之多；平衡木上的管晨辰、唐茜靖，无论预赛还是决赛，无论难度还是完成，都稳居前两位。

强项更强，恶补短板！这句大标语从 2017 年就一直挂在中国体操队的训练馆，根据东京奥运会实施 4+2 的赛制，队伍也早早入手，制定团体加单项双线出击的备战策略。

"为了单项突出，刘洋在东京奥运周期集中精力，专攻吊环。"刘洋的教练金卫国表示，东京奥运周期，金卫国为刘洋精心打造了三套难度动作，6.4、6.5、6.6，预赛以6.4稳稳当当晋级，决赛根据对手情况选择难度，游刃有余地辗转于各大世界杯赛场，守住单项冲击金牌这条战线。

团体层面，中国体操在全能上呈现了可喜的进步：肖若腾、林超攀以2017年世锦赛全能金、银牌的成绩证明了实力。同时队伍发现孙炜在全能上也有很大的潜力，帮他提出目标，树立信心。同时严格要求，全力以赴，最终孙炜也成为世界一流的高手。

此外，邹敬园的双杠，尤浩的双杠与吊环，刘洋的吊环，中国体操男队在全能、双杠、吊环三个项目上形成双保险。

肖若腾、邹敬园、孙炜、林超攀、尤浩、邓书弟、张成龙、兰星宇、黄明淇、翁浩，再加新近冒出的张博恒……男队呈现出新老结合、全能及单项都能良性竞争，相互促进的人才局面和强劲的战斗力。

女队层面，中国在跳马和自由操上一直较弱，东京周期内无法实现根本性改变，只能尽可能去补短板。同时，巩固高低杠，做大平衡木优势，打造竞争力，将金牌点抓得更实，在平衡木项目上形成集团优势。五年间，范忆琳依然保持自己在高低杠上的实力，而更为可喜的是平衡木，刘婷婷、李诗佳、唐茜靖、管晨辰、欧钰珊……无论是难度、质量，还是完成度，每一名选手都具备了在国际大赛上夺取奖牌乃至金牌的实力，不止一个人具备了冲击金牌的实力。

狠抓体能　创新科技助力全方位备战

"很佩服中国体操队的小姑娘们，小小的个头儿，小小的年纪，体能这么好！"总局体能大比武时，攀岩队领队赵雷感慨道。体操队由于项目特点，对于运动员的体能以及身体素质要求很高，队伍一直在体能训练当中常抓不懈，在总局号召狠抓体能以来，体操队更是积极响应，并在各项体能测试当中发挥出色，男、女队都能在前十名当中占据半壁江山。

体操队在狠抓体能的同时能够做到结合实际，将基础体能与专项体能紧密结合，最终转化为争金的实力。

"像3000米跑、垂直纵跳这样的素质训练，对我的帮助还是很大的。"唐茜靖说，以往的全能比赛，她比到后面两项会感觉有点吃力，甚至成套动作的后半程都有点跟不上，这些在坚持体能训练后得到了很大改善。成绩提升也促进了运动员在主观上更加重视体能训练，并从中获益良多。

"肖若腾作为全能选手，以往在后半程，尤其到了第五项之后，会出现体力不支的现象。经过体能训练的加强后，肖若腾的比赛能力得到了提升。"教练员滕海滨对于体能训练也给出了肯定。

体操运动员都不可避免地会出现伤病，但运动员显然不能与常人一样休息，边康复边训练的模式更需要强有力的科技助力。毕业于香港理工大学的物理治疗师黄志基率领7人以上的团队，一直在为体操队的备战保驾护航。他们的工作内容除了伤病治疗与预防、制定体能训练计划之外，还要给出运动员的科学训练规划建议。

"总结2019年世锦赛的比赛结果，教练员明确提出提升肖若腾吊环整体能力。经与教练员积极沟通，体能教练制定了在冬训及非冬训期间重点安排吊环训练时间，每周进行2至3次，每次30至45分钟的体能训练，主力提升吊环的基础及专项体能。同时，也综合考虑吊环对肩关节的负荷，避免伤病出现……"这是节选黄志基团队的一项工作内容，一名运动员、一个单项上的点滴提升，背后蕴含着精细化的科技手段以及无数人的努力付出。

"肖若腾的肩膀、手腕一直有伤，他的左边手腕在2017、2018、2019三届世锦赛都受过伤，通过打封闭针治疗才能上场比赛，后来我们接触之后，发现他的手腕疼痛并不仅仅是训练疲劳累积，而是和肩膀的活动幅度不够有关。"黄志基表示，肖若腾每次单杠训练之前，康复团队会帮他做针对性的拉伸动作，将肩膀的角度打开，帮助其左腕减少负荷，从2020年之后，肖若腾的左腕就不需要打针了。

科技保障上，由总局科研所副研究员何卫牵头，联合总局运医所，总局信息中心、成都体育学院、山西体科所，监测运动员阶段性生理生化指标、身体疲劳情况如何，做好心理监测，以及对手备战信息收集、新规则的动态变化及应对，等等。该不该上量？该不该调整？都有严密的数据支撑。

金卫国感受最深的是新增设的技术反馈系统，这是由西安体育学院马海涛教授团队负责的日常训练监测系统。以往教练员在训练中会使用录像机、平板电脑、手机等拍摄运动员动作，通过小屏幕重放动作与运动员沟通。而东京奥运周期开启后，馆里新安装的8台高清大屏解放了他的双手，高清摄像头会拍摄运动员在器械上的动作，随后即可回放，同时还可以进行几套动作之间的叠加、对比，让教练员和运动员很直观地看到自己动作上的发展、进步，以及细微的不足，便于大家随时精雕细刻，完善动作。

中国体操学院的邵斌教授团队则为队伍提供了备战东京奥运会的风险防控及应对方案，帮助队伍更全面充分地做好方方面面的备战工作。

保障到位　细化参赛预案

2020年3月的一天，正在体操馆训练的孙炜，听到了东京奥运会延期举办的消息，一时之间，他有点不知所措。"已经在为2020年奥运会去拼了，动作已经在成套了，奥运会延期举办，自己的努力会不会白费……"孙炜心里打着鼓，由于疫情，队伍已经有一段时间没有比赛了，但运动员总不参加比赛，对于自己的状态和实力并无把握，训练也失去了方向。

吃饭——训练——休息，三点一线成了孙炜和队友，甚至是全体运动员的常态，焦虑的情绪在不知不觉中出现了。

"针对运动员这种情况，可能就要退一步海阔天空，利用延期一年的时间回回笼，重新规整一下。"滕海滨说，教练员在训练计划上做出调整，为运动员减少压力。

成都体院的心理博士杨舒，从 2019 年一直跟队。除了日常的心理培训之外，杨舒在疫情期间也做了大量工作，她在网易百度云上传了音乐库，分为舒缓情绪与振奋精神两种，供大家使用。体操馆二楼放置的架子鼓和电子琴，也深受运动员喜爱。

女孩子年龄偏小，不太善于表达，杨舒团队就为她们"订制"话题，在周日下午不训练的时候带女孩子进馆，"把你们每个人最害怕的东西写下来，放进盒子"。杨舒让女孩子们把字条打乱，轮流抽取并念出字条内容，念完之后让大家针对"害怕的东西"进行讨论，不知不觉间，大家减少了恐惧心理，放下了心结，也增加了换位思考的能力。

东京奥运会出发之前，杨舒团队还制定了程序化参赛流程，邹敬园刚开始不以为意，他是个聪明的队员，很清楚自己需要干什么，但真到了东京之后，邹敬园才发现奥运会的压力大到无法自控，他拿出了程序化参赛流程，"这个真的很好，当我胡思乱想，紧张慌乱的时候，看看这个就知道下一步自己要做什么"。

2019 年世锦赛，中国体操队发挥不佳，也让大家产生了触动。大家回来之后进行了深入研究，深入思考：东京如何打？

团体领先时怎么比？团体落后时怎么打？全能没拿到怎么打？单项怎么比？对手发挥好了，我们用什么难度？体操队列出了比赛可能出现的所有情况，并逐一研究，从准备活动的预案，到每一个项目的预案，难度如何增减，等等，都心中有数。

例如，邹敬园在 2019 年世锦赛的双杠预赛当中出现失误而无缘决赛，这是大家都始料未及的。随后，王红卫和滕海滨两位教练员也为邹敬园准备了 3 套以上的难度动作，来应对东京奥运会的具体情况。

再创辉煌　举国体制奏响最强音

"在美国的两次冬训，感触太深了！不管是器械、队伍的管理，还有保障方面，国家为我们付出得太多了！"唐茜靖说，2017、2018 年底，中国体操姑娘们两次奔赴美国，与当地的俱乐部运动员共同训练，原本的目的是学习一下当地训练的先进经验，尤其在跳马、自由操上的训练理念。没想到，姑娘们还增加了一大收获，那就是上了一堂感恩、感谢、感激的爱国教育课。

"我们从进队开始，在训练以及吃、住上就有了保障，像我这种天赋不高，需要多练的队员，每天不管我练到多晚，何导（何花）、王导（王丽明）还有我们的康复老师，都会等着我，很耐心，也没有一点不耐烦。"唐茜靖说，原本这些"司空见惯"的条件，对于美国俱乐部的孩子而言却可能是遥不可及的梦想。"我们一起训练的美国孩子，她们一边上课一边训练，时间没有保证。她们来训练的话，家长要负担很多的费用；还有的甚至要举家搬到俱乐部附近。"唐茜靖说，她和队里的姑娘们被震撼到了，看到美国俱乐部的孩子们争先恐后上器械训练，在没有任何教练员保护下敢于完成动作。看到刚进俱乐部的小队员都在努力练身体素质，增加腿部力量……不知不觉间，中国体操队的姑娘们在训练的主动性上增强了很多，独立训练与比赛的能力也提升了不少。

举国体制的保障下，体操队尽可能地调动各方资源，为队伍提供良好的备战条件与氛围。训练局的两片网球场，成为体操队教练员和运动员在封闭训练期间除了训练馆之外最常去的地方，两张台球桌、乒乓球台和羽毛球场地，为大家提供了活动场所。领队袁艳春不失时机地安排了各类比赛：台球赛、师徒配对赛等，别看奖品只是一双鞋、一件衣服，但大家玩得开心，打得认真，封闭带来的焦虑也逐渐减轻。

"上一个出场的桥本大辉，分数 14.500。现在即将上场的是中国队的孙炜！"

这样的情况，不是发生在奥运会，或者是某一场国际赛场上，而仅仅是中国体操队日常的训练或者队测场景。将奥运会可能出现的各种情况模拟在训练和比赛当中，为队员们在心理上做好了奥运会各种形势下的预案，他们才能在参赛时心中不慌，心中有数。

"东京奥运会，就是翻版的全锦赛！"来到东京赛场的孙炜感慨道，熟悉的器材、赛场布置、赛台位置、裁判工作台，甚至是直播团队，孙炜和队友们都不陌生，早在 5 月份于成都举行的全锦赛，他们就"对标"东京奥运会演练了一把。"熟悉的比赛环境，熟悉的比赛器材，熟悉的转播团队与转播方式，熟悉的比赛流程，目的就是让队员最大程度地减少参赛陌生感。"中心体操部主任冯玉娟介绍说，在做好疫情防控的前提下，体操项目坚持举办全国锦标赛、全国冠军赛，为运动员保持参赛水准提供竞技舞台。

由于体操是打分项目，国际评分规则直接引导着每个周期的技术发展方向，成为备战训练的指挥棒，因此裁判员也成为衡量运动员训练质量的关键环节。在中心的部署下，体操部全力为队伍提供裁判员技术服务保障。在五年的备战中，先后组织几百人次裁判员下队，服务于队伍的日常训练、队内测验、选拔赛等，为队伍的每名备战队员提供逐人逐项分析，从成套编排、扣分点、训练隐患等角度给出技术分析报告，帮助教练员、运动员最大化地解决规则应用问题，以保持国际竞争力。

此外，本周期备战工作还显著加大了国际交流力度，通过"走出去，请进来"，加强与国际体操界的多方面交流，最大程度地向世界展示中国体操发展的方方面面。

白远韶、熊景斌，两位已经离开国家队一线的元老级教练员，每次都会出现在全国体操赛的现场，他们专注地观看队员的成套动作，为队员的编排、动作把脉，发挥热量……

3金3银2铜的成绩，不单单属于场上的运动员、场下的教练员，还属于整个中国体操队，属于整个中国体育！而重塑辉煌，中国体操打赢"翻身仗"的过程，更是中国体育砥砺前行发展历程中的一个缩影，是中国建设体育强国过程中一曲自强不息的奋斗之歌。

中国体操队

金牌足够耀眼 突破彰显实力

中国体育报 于帆

截至 8 月 7 日，中国体育代表团在东京奥运会共斩获 38 枚金牌，每一枚金牌都凝聚着运动员的奋斗与艰辛，他们的表现配得上奥运会最高领奖台。当然，金牌不是衡量运动员成功与否的唯一标准，赛出风采，取得突破，同样是赛场上的英雄。

每一枚金牌都成色十足

东京奥运会开赛首日就高潮不断，先是"00 后"小将杨倩顶住巨大压力，一枪定乾坤，射落东京奥运会首金，首金的成色自不必多说。稍晚时候，凭借决赛中"决一剑"的"一剑封喉"，孙一文又为中国赢得奥运历史上首个女子重剑个人冠军。双方在决赛中互不相让，直到最后一刻，孙一文惊险战胜对手。高手间的对决，往往一招定胜负，女子重剑为中国击剑队赢得了无数荣誉，这枚期盼已久的金牌证明了中国女子重剑在世界上的领先地位。

相比孙一文，陈雨菲拿下羽毛球女单金牌的难度有过之而无不及，决赛面对中国台北名将戴资颖，双方此前交手战绩，陈雨菲 3 胜 15 负处于劣势。两人在决赛中打满三局，最后一球经过 40 多拍的较量才分出胜负。23 岁的陈雨菲第一次征战奥运会就斩获冠军，帮助国羽女单时隔 9 年重回世界之巅，这枚金牌的价值对她个人以及中国羽毛球队而言都意义非凡。

泳池中，同为 23 岁的张雨霏也挑起了中国泳军的大梁。7 月 29 日，张雨霏先是在主项女子 200 米蝶泳以打破奥运会纪录的成绩夺冠，随后又与队友们用破世界纪录的成绩夺得女子4×200米自由泳接力冠军。比这两枚金牌更让人欣喜的是，面对密集的赛程和巨大的夺冠压力，张雨霏从容应对，发挥稳定且出色，未来不可限量。"三朝元老"汪顺的金牌同样成色十足，他在200米个人混合泳比赛中以破亚洲纪录的成绩摘得金牌，成为中国男选手夺得混合泳奥运金牌的第一人，同时也是第二位在游泳项目上获得奥运冠军的中国男选手。

游泳赛场的纪录让人惊喜，在其他赛场征战的中国选手同时也在不断刷新各项纪录并夺冠，金牌含金量同样十足。崔晓桐、吕扬、张灵和陈云霞4位姑娘在赛艇女子四人双桨赛中创造世界最好成绩，帮助中国队时隔13年再夺赛艇金牌。钟天使和队友鲍珊菊在场地自行车女子团体竞速赛中刷新了五年前由中国队创造的世界纪录，并在决赛中一骑绝尘夺得冠军。中国举重队更是把刷新奥运会纪录当作"家常便饭"，石智勇还打破了世界纪录，全队上下团结一心，共拿下7枚金牌，完美诠释"中国力量"。

中国体育代表团在东京奥运会夺得的每一枚金牌都成色十足，或力克强敌，或赛出水平，或突破自我，即便是中国队的优势项目，跳水、乒乓球、举重等，每一枚金牌的背后都是付出他人数倍努力的结果。没有人能够随随便便成功，竞技体育更是如此，中国运动员的表现配得上他们胸前的金牌。

赛场突破无需用奖牌衡量

不可否认，在一些项目上，中国队不具备收获金牌或奖牌的实力，但只要实现突破，创造历史，就是奥运赛场上的赢家。32岁的苏炳添作为中国短跑的领军人物，在百米赛道上再次超越自我，重新定义"中国速度"，他所取得突破的含金量不亚于一枚金牌。男子百米半决赛，他跑出9秒83的惊人成绩，闯入决赛的同时将亚洲纪录提升0.08秒。要知道在短跑中，每快0.01秒都意味要突破一次极限。苏炳添用实际行动证明，中国人可以站上奥运会百米决赛的赛道，"中国速度"还可以更快。

同样是在田径赛场，王春雨史无前例地跑进女子800米决赛令国人振奋，虽然只获得第五名，但她取得的成绩对中国田径而言无疑具有"里程碑"式的意义。众所周知，亚洲在中距离项目上的水平相对有限，上一次有人闯入奥运会女子800米决赛甚至要追溯到1928年的阿姆斯特丹奥运会。王春雨此番不仅证明了自己的实力，更让人们对中国中长跑的未来充满期待。

游泳赛场，小将们"初生牛犊不怕虎"，敢于拼搏，更敢于突破。程玉洁、朱梦惠、艾衍含、吴卿风4个平均年龄18岁的姑娘在女子4×100米自由泳接力比赛中创造了3分34秒76的新亚洲纪录；19岁小将王简嘉禾在东京奥运会新增项目女子1500米自由泳比赛中游出了15分41秒49的成绩刷新了亚洲纪录；15岁小花余依婷200米混合泳2分09秒57的成绩是她个人最好成绩，刷新了世界青年纪录。尽管她们未能站上领奖台，但她们都在奥运赛场突破了自我，这对她们而言，无疑是一笔宝贵的财富。

水上项目的突破也毫不逊色，张亮和刘治宇获得的男子赛艇双人双桨铜牌是中国赛艇奥运史上首枚男子奖牌。这枚来之不易的铜牌，为中国男子赛艇翻开了崭新的一页，他们取得的突破不仅是努力付出的回报，更将给队中的年轻选手带去信心。刘浩/郑鹏飞在划艇静水男子双人1000米决赛中以0.2秒的微弱劣势不敌对手，拿下一枚银牌。虽有遗憾，但他们已经创造了历史，更拼出了中国气势。

团体项目方面，中国队虽未能收获一枚金牌，不过突破和惊喜并不仅限于夺金。首次进入奥运会的三人篮球项目，中国女队连克强敌，勇夺铜牌，这个之前不太被人了解的项目在奥运会期间频频冲上热搜，姑娘们用出色的表现帮助中国篮球时隔30年再次站上奥运领奖台；中国女子橄榄球队也打出了"精气神"，展现了中国体育健儿的风采，她们不仅创历史地收获第八名，还战胜了东道主日本队，29比 0 的比分酣畅淋漓；中国女子水球队的表现也值得称赞，她们在过去面对美国队、俄罗斯队等强手时毫无招架之力，如今却能打得有来有回，中国女子水球的进步有目共睹。实际上，三人篮球、橄榄球、水球，中国队都称不上世界一流强队，但队员们用一次次舍我其谁的气势，拼尽全力地去打每一场比赛，即便失利，也孕育着希望。

中国运动员在东京奥运会上的突破远不止如此，这些突破的价值不能用金牌或奖牌去衡量。因为每一次突破对中国体育而言都意义非凡，也正是这无数次的突破，才让中国体育取得了如今的辉煌成就。

夺金点更多　中国体育加深厚度拓展广度

中国体育报　周圆

东京奥运会中国游泳掀起一个又一个高潮；中国田径迎来一个又一个突破；中国赛艇、帆船帆板在水上乘风破浪；中国蹦床"双姝"闪耀奥运赛场；中国击剑上演"一剑封喉"的好戏；中国自行车骑出世界纪录……而这些并非我国的传统优势项目，它们在东京实现了爆发。本届奥运会，中国代表团的传统优势项目依然是夺金主力，但奥运夺金点不断增加，更多项目进入夺金行列，证明中国体育整体加深了厚度，拓展了广度。

夺金项目覆盖面变广

截至 8 月 6 日晚，中国体育代表团在本届奥运会上已经夺得 36 枚金牌。传统优势项目如射击、举重、跳水、乒乓球、体操、羽毛球等，依然是中国军团夺金主力，贡献了 26 枚金牌。游泳、田径、蹦床、赛艇、帆船帆板、击剑、自行车等 7 个非优势项目，贡献了 10 枚金牌。这些项目的夺金势头从东京奥运会第一个比赛日就开始了。

7 月 24 日，在东京奥运会女子重剑决赛中，中国选手孙一文在加赛中"一剑封喉"，11 比 10 击败罗马尼亚选手波佩斯库，成功夺金，这是中国击剑队拿到的第一枚女子重剑个人赛的金牌，也是中国击剑队时隔 9 年再次在奥运会赢得金牌。

7 月 28 日，东京海之森水上竞技场，在女子四人双桨决赛中，陈云霞、张灵、吕扬、崔晓桐四位姑娘发挥稳定，出发 500 米之后就一直领先对手，以 6 分 05 秒 13 的成绩夺冠，刷新了世界最好成绩，帮助中国赛艇队时隔

13 年再次夺得奥运金牌。

7 月 30 日,在蹦床赛场上,整套动作完美发挥的朱雪莹,以 56.635 分成功获得东京奥运会女子蹦床冠军。另一名中国选手刘灵玲获得亚军,中国女子蹦床在这个项目上显示出强大的整体实力。

7 月 31 日,帆船帆板赛场,在女子帆板 RS:X 级比赛中,中国运动员卢云秀勇夺金牌,成为继 2008 年殷剑和 2012 年徐莉佳之后中国第三位帆船帆板项目的奥运金牌获得者。

8 月 2 日的场地自行车女团争先赛中,里约奥运会冠军钟天使和年轻队友鲍珊菊以 31 秒 895 夺得东京奥运会场地自行车女子团体竞速赛金牌,这是中国队历史上获得的第二枚自行车奥运金牌。中国队还在第一轮比赛中打破该项目世界纪录。

东京奥运会,中国田径在投掷项目上迎来一个又一个突破。8 月 1 日,巩立姣在女子铅球比赛中投出个人最好成绩 20 米 58。夺冠后巩立姣泪流满面,这位参加了四届奥运会的老将终于在东京圆梦。她也成为我国第一位铅球奥运冠军。8 月 6 日晚,刘诗颖在女子标枪决赛中第一掷就掷出个人赛季最佳成绩 66 米 34,并将领先优势保持到最后,拿到冠军。这是中国第一枚标枪项目的奥运金牌。

另一个基础大项游泳,也在东京迎来一个又一个高潮,中国游泳队 3 枚金牌的含金量很高。

7 月 29 日,张雨霏在女子 200 米蝶泳项目上以 2 分 03 秒 86 夺冠,打破了中国选手焦刘洋在 2012 年伦敦奥运会上创造的赛会纪录。同一天,杨浚瑄、汤慕涵、李冰洁以及张雨霏在女子 4×200 米自由泳接力决赛中游出 7 分 40 秒 33,打破世界纪录并夺金。

7 月 31 日,中国游泳队在男子项目上迎来突破。在男子 200 米混合泳决赛中,汪顺以 1 分 55 秒 00 夺冠,将此前由日本名将荻野公介保持的亚洲纪录提升了 0.07 秒，这也是 5 年来的世界最好成绩。汪顺成为中国首位获得混合泳奥运会冠军的男运动员，也是中国第二位获得奥运会金牌的男子游泳运动员。

里约奥运会，中国体育代表团夺得 26 金，其中游泳、田径、跆拳道、自行车、排球等 5 个非传统优势项目拿到了 7 枚金牌。而这一次无论是在金牌数量还是项目数量上都有了提高。中国奥运夺金项目覆盖面更广。

奥运夺金点增加

截至8月6日晚，我国的非传统优势项目拿到了10金，纵观整个东京奥运会，我国的奥运夺金点比上届更多，不局限于乒乓球、羽毛球、举重、跳水、射击、体操等优势项目。

水上项目，截至目前中国队只有一枚金牌入账，但中国赛艇队相比五年前的里约奥运会进步显而易见，冲金点增多。赛艇女子八人单桨有舵手斩获铜牌，这也是一枚很有分量的奖牌。这支队伍组建只有三个多月的时间。静水皮划艇男子1000米双人划艇刘浩/郑鹏飞拿到银牌。在这些小项上，中国选手都具备争冠的实力，只是在临场发挥上不如对手，而无缘金牌。

基础大项田径的传统夺金点以往集中在竞走项目上，但是这一次在东京，投掷项目接连实现突破，巩立姣夺得女子铅球金牌，刘诗颖夺得女子标枪金牌。女子链球、男子三级跳远等项目也有出色发挥，都拿到了银牌。

蹦床这项运动在中国起步较晚，但是在世界上已经开展了 40 多年。通过近些年的发展，中国蹦床队完成了飞跃，成为世界一流强队，成为中国体育代表团稳定的夺金点。

从 2012 年女子拳击进入奥运会以来，中国女子拳击运动加速发展，东京奥运会上两名中国女拳手谷红和李倩都进入最后的决赛，她们也成为本届中国体育代表团新的夺金点。

女子摔跤 2004 年进入雅典奥运会，中国队曾经在 2004 年雅典奥运会和 2008 年北京奥运会由王旭和王娇夺得冠军，近两个周期成绩出现下滑，但是这一次也有两名选手闯入决赛。

此外，东京奥运会新增了 5 个大项 16 小项，这些新增项目为中国体育代表团增加了新的夺金点。空手道女子 61 公斤级尹笑言闯入决赛获得亚军，中国游泳队在男女混合 4×100 米混合泳接力比赛中斩获银牌，在乒乓球混合双打中也斩获银牌。

夺金点的增加，让中国体育代表团在东京的每一天都值得期待，让中国体育向着更深、更广的方向前进。

夯基筑台　　多点突破　　发扬优势

——世界奥运版图变化给我们带来的启示

中国体育报　林剑

2020 东京奥运会已落下帷幕，在金牌榜上，美国队以 39 枚金牌排名第一，中国队以 38 枚金牌位居第二，分获 27 金、22 金的日本队、英国队排名第三、第四位。东京奥运会以及近几届奥运会，世界奥运版图都在悄然发生变化，对世界体坛格局产生了深远的影响，也为中国体育未来发展带来了思考和启示。

启示一：优势项目是关键

美国、日本、英国等近几届奥运会表现突出的队伍，均有"拿牌拿到手软"的优势项目，比如美国的田径和游泳、日本的柔道和摔跤、英国的自行车和水上项目等。近四届奥运会，这几支队伍自身优势项目的金牌贡献率都超过了三分之一。

东京奥运会，美国队在田径、游泳两项获得金牌数为18枚，日本在摔跤、柔道两项共赢得14枚金牌，而英国队在自行车、水上项目的金牌数也达到了9枚。

从历史上看，2016 年里约奥运会美国队在田径、游泳两项的金牌数高达 29 枚，日本队 5 年前摔跤、柔道的金牌数则为 8 枚，英国队在自行车、水上项目的金牌数为 13 枚。伦敦奥运会，美国队优势项目的金牌数 27 枚，日本队 2 枚、英国队 15 枚。

简单分析对比可以发现，一支队伍一届奥运会金牌榜的表现与优势项目的发挥息息相关——2012、2016 两届奥运会，美国队之所以能以较大优势领跑金牌榜，很大程度上取决于田径、游泳处于绝对垄断优势，而东京奥运会美国在这两项上发挥稍差，便迟迟没有稳固金牌榜第一的位置。作为 2012 年奥运会、2020 年奥运会的东道主，英国队、日本队有突出的发挥也直接取决于他们在本国举行的奥运会，在优势项目拿到了足够多的金牌。

对于我国来说，同样有作为"金牌基本盘"的优势项目，那就是跳水、举重、乒乓球、体操、射击、羽毛球。我国从 1984 年洛杉矶奥运会开始，总计获得 224 枚奥运会金牌，仅这 6 项就获得了 155 枚金牌，占比近 70%。东京奥运会，我国优势项目获得 28 枚金牌，占金牌总数的 74%。这些项目发挥得好坏基本决定了我国在单届奥运会金牌榜的排名。

当然，作为奥运会单项金牌最多的田径、游泳，仍旧是基础中的基础，如果我们能够在这两个项目继续实现突破，不但能蚕食其他以此为优势的主要对手的优势，也将继续夯实中国体育的根基。

启示二：扩面探新寻突破

美国之所以长时间排名奥运会金牌榜前列，除了在优势项目的稳固优势外，其夺金点也很丰富，本届奥运会和里约奥运会，美国队的夺金项目都为 13 个，伦敦奥运会则为 16 个。

日本队、英国队近些年之所以能够实现突破，也是因为增加了金牌的覆盖面，本届奥运会日本队、英国队的夺金项目都达到了 10 个，而在上届奥运会，日本队的金牌项目只有 5 个。

值得一提的是，在本届奥运会新增的大项滑板、棒垒球、空手道，日本队进账 6 枚金牌，新增小项乒乓球混双等，日本队也有金牌收获。作为东道主，日本队充分发挥了新增项目对自身金牌数的提升作用，这是值得深入研究和思考的。

对于中国队来说，本届奥运会夺金大项达到了 14 个，高于里约的 10 个、伦敦的 12 个，这也是中国体育代表团取得北京奥运会之外金牌榜最佳成绩的原因之一。在稳固好自身优势项目的同时，我们也应该进一步扩大金牌点和面。另外，对于近些年新增的项目如滑板、冲浪、攀岩、霹雳舞等，也应进行重点布局，让其成为我国奥运会赛场上新的冲金点、冲牌点。同时对于每届奥运会新增的小项，也应提早研究、积极应对，进一步提升我国奥运整体竞争力。

启示三：举国体制优势凸显

东京奥运会美国队之所以在田径、游泳等大项表现不如以往，除了临场发挥、运动员新老更替、竞争加剧之外，一个很重要的原因就是在全球疫情大背景下，其训练体系、保障条件不足以支撑。疫情期间，我们看到了大量美国以及其他国家和地区的运动员在球馆、健身房、游泳池等设施关闭的情况下，只能居家训练、个人训练，而在这方面，我国的体制机制优势能够保证运动员获得较之国外选手更好的条件。

无论是本届奥运会表现出色的举重队、赢得四金的乒乓球队还是突破连连的田径队，赛后都表达了对国家在疫情背景下提供良好训练条件的感谢。另外，我国在奥运备战过程中强化体能、恶补短板、科技助力、扎实备战等举措，也保证了我国运动员在本届奥运会有上佳发挥。

另一方面，由于疫情，全球很多赛事都处于停摆状态，缺少真枪实弹比赛的校验，无论对于国外运动员还是国内运动员都是巨大的考验。一定程度上说，本届奥运会之所以冷门多、意外多，也与过去一段时间国际体育赛事不稳定、不系统有关。按照目前国际疫情发展态势，全球体坛回归正常应该还需要一段时间，如此情况下，如何进一步发挥我国举国体制优势，做好赛事的规划和布局，应该会成为决定三年后巴黎奥运会中国军团整体发挥的重要因素之一。

中国场地自行车东京奥运会蝉联冠军

——为提高千分之一秒 穷尽一切可能

中国体育报 王向娜

31 秒 895，这是中国场地自行车奥运冠军钟天使与鲍珊菊在东京奥运会上的夺冠成绩，亚军德国队的成绩为 31 秒 980。金牌与银牌的差距只有 0.085 秒，虽是微弱的优势，但中国队赢得漂亮。

"为提高千分之一秒，穷尽一切可能"，这句标语一直挂在位于北京老山的自行车训练馆。世界场地自行车短距离的争夺，就在须臾之间，千分之一秒，很有可能就会决定最终的胜负，而为了这千分之一秒，中国自行车队付出了很多。

选准突破口 选好用好人

2020 年 9 月，自行车项目备战工作会议在山西太原召开。会议将主题定为：统一思想，坚定信心，群策群力，奥运冲金。会上确定了备战整体思路：发挥举国体制优势，合力备战，突出重点，兼顾一般，狠抓训练，强化体能，严格管理，凝心聚力，坚决反对兴奋剂，力争在东京奥运会上实现重点突破，再创佳绩。中国自行车运动协会主席崔大林在会上指出，备战是突出任务和重中之重，但面临"时间紧、任务重、要求高、难度大"等挑战。崔大林认为，若想取得突破，必须首先选准突破口。纵观中国自行车自 2000 年悉尼奥运会至今的表现，队伍的冲金点仍在场地女子短距离的团体竞速项目上。由此确定了"突出重点，兼顾一般"的备战战略。

人员方面，抽调了上海、吉林、河南、山东、浙江等短距离优秀运动员，组成了场地短组国家集训队。2016年里约奥运会为中国摘得金牌的是宫金杰与钟天使。钟天使仍留在队伍中，但膝盖伤势严重，医生曾诊断她不能进行大力量训练。宫金杰已经退役，刚刚生下第二个儿子，四年的时间没有训练。

队伍组建之后，钟天使坚定信念，边康复边训练，积极恢复状态；宫金杰回队恢复，尽管状态回升速度惊人，但终因没有国际积分而无缘奥运。培养挖掘新人，成为当务之急。随后，鲍珊菊、郭裕芳等新人脱颖而出，进入备战主力阵容当中。两人水平接近，年龄均为20出头，是国内当时最好的苗子，其中鲍珊菊更为突出，她在2020年全国场地锦标赛一举摘得250米个人计时赛、500米个人计时赛以及团体竞速赛三枚金牌，还四度打破两项全国纪录。

教练员方面，此前曾执教中国自行车队的两位法国外教莫雷龙、本努瓦均已受聘其他队伍，中国唯有立足于当下，组成全华班教练员团队，最终确定了组长李纯昌，主教练梁效忠、高亚辉。

选准了突破项目，组建好了团队，中国自行车人全国一盘棋，上下一条心，坚定了"一切为了金牌"的目标。

无缘出战奥运的宫金杰并不气馁，依然在队里起到"领头羊"作用。鲍珊菊被确定为第一圈选手后，宫金杰将自己的经验倾囊相授，促使鲍珊菊增加信心，超越前辈。最终在东京奥运会上，鲍珊菊骑出18秒247，打破了此前由宫金杰创造的第一圈全世界最好成绩18秒282。配合经验上，宫金杰将此前自己与钟天使的配合心得也悉数传授给小将，让鲍珊菊与钟天使的配合减少了磨合时间。"出发之前，两个人都练得很好，但团体项目必须有更高的配合度与团结一致。"宫金杰分别找两人谈心，使两人的凝聚力进一步加强。

最终在赛场上呈现出来的，便是鲍珊菊与钟天使的完美配合，两人相辅相成，缺一不可，一气呵成。在鲍珊菊创造世界第一圈的好成绩之际，钟天使也将自己的第二圈成绩再度提高，由上一届的 13 秒 65 提升至本届的 13 秒 557。两人合力创造了 31 秒 804 的新世界纪录。

夺冠后，钟天使称赞鲍珊菊发挥出色，在第一圈为自己奠定胜局。而鲍珊菊更是不停感谢"天使姐"，"不知道干什么的时候，就一直看着天使姐，天使姐干嘛我干嘛"。事实上也的确如此，受疫情影响，鲍珊菊的成长不可能像以往那样按部就班，亚运会、世锦赛都没有经历过，第一次世界大赛便是奥运会，经验为零，难度很大。

"第一次踏上奥运之旅，有天使姐这样优秀的老运动员带领着我，让我很安心，两个人的完美配合和相互信任非常重要。"鲍珊菊说。

没有孤军奋战的胜利，只有团结一致的成功。竞技体育就是如此，唯有挖掘出每个人的极限，形成合力，才能转化为攻坚克难、所向无敌的勇气和决心。

为点滴进步穷尽一切可能

为了提升实力，快一点，再快一点，中国自行车队研究项目规律，用尽了所有方法手段。

先从东京奥运会赛场表现看，女子团体竞速赛共出战三枪。第一枪是资格赛，第二枪是"第一轮比赛"，第三枪便是决胜轮。三次出场，每一轮次都不容有失。每一轮上场，鲍珊菊与钟天使必须拼出实力与能力。

最终在赛场上的呈现也是如此。第一枪，中国队成绩为 32 秒 135，德国位列第一，成绩为 32 秒 102，比中国快了 0.033 秒；第二枪，中国队以 31 秒 804 打破世界纪录，德国队成绩是 31 秒 905；第三枪，中国队 31 秒 895，德国队 31 秒 980，中国姑娘赢了。

穷尽一切可能，夺取这点滴的领先！中国自行车在训练、备战当中将这一指导思想贯穿始终。强化体能、科技助力、创新训练、针对性提高。

毫厘之间的进步，倾注了队伍用尽一切可能赢取结果的努力。

通过风洞试验，测量了车架、车轮、车把、骑行服、头盔，以及每一名车手的骑行姿态，从六个方面找出能够减少阻力的可能性，最终选出最适合的车辆与器材装备。以头盔为例，很多人还记得钟天使与宫金杰夺冠时的"花木兰""穆桂英"头盔，那是运动员们以往喜欢使用的圆头盔，但是经过风洞试验，长尾头盔阻力最小，于是，我们在东京看到了钟天使与鲍珊菊的长尾凤凰头盔，预示"凤凰涅槃"，希望为两人带来好运气。

每堂训练课都会进行全程录像，利用分段成绩数据计算出每一名运动员从启动速度到高速耐力的具体数据，可以随时发现不足，是起速不足，还是后程慢，或者是中间哪一个环节慢，便于后期进行针对性地提高。

科研团队为运动员进行生理生化指标监测，科学掌握每堂训练课的运动量和强度。既要练得有效果，也不能导致身体过于疲劳而出现伤病现象。

狠抓体能。队伍组建不久，就来到位于北京顺义的国家体能训练营基地，专门进行体能训练。为每一名队员进行测试，并选择国际上最优秀的自行车运动员的测试数据，做出饼状对比图，让大家看到不足，有的放矢地去提高。

在训练中强化专项体能，根据短距离爆发力的项目特点，加强了专项力量的训练，突出了训练强度，以功率自行车为例，男选手的乳酸值能达到27，女选手达到23，通过强度刺激，提高运动员的高速耐力。

男陪女练、多陪一练以及摩托车牵引训练，都是为运动员速度提升做出的训练内容。"摩托车牵引训练的目的，是提升最大速度和最大爆发力，同时改善神经兴奋度。光靠自己骑行，绝对速度和绝对爆发达不到要求。"教练员胡珂介绍说，通过摩托车牵引，运动员的绝对速度有了进一步提升，而钟天使的启动速度也得到了锻炼。

一系列强有力的措施，使得运动员的体能不断提升，即便膝盖严重受伤的钟天使,在康复的基础上也将深蹲力量加到135公斤。而没有受伤之前,她最大的力量为100公斤。鲍珊菊的深蹲力量也由125公斤提升到155公斤。

奥运会第一枪资格赛跑下来,鲍珊菊哭了,18秒5的成绩,不是她的正常水平。"有点抢跑,出发器卡住了没松开,我前20米都不知道怎么蹬出去的。"

"腰没事吧?"教练一句关心,释怀了鲍珊菊的压力,她摇了摇头。"那就好!你看你出发前20米都扭成这样了,还骑出18秒5,下一轮肯定没问题。"

此时,钟天使找到了教练,"我这个频率已经达到了极限。下一枪如果再提高,必须换大传动比"。这是一个冒险的做法,换大传动比,要在车辆的大牙盘上再加大一齿,速度可能会有提高,但需要绝对力量和体能上的支撑,对于出发启动能力的要求也会更高。

教练组同意了,同时安慰两人说,"你们第一场比赛可能都紧一点,第二场会更好,没问题的"。

鲍珊菊放下了心理包袱,创造出第一圈世界最好成绩。钟天使换大传动比也获得了成功,第二圈提升了0.1秒。敢于在关键时刻加大传动比,源自钟天使的体能提升,也是她要去拼抢金牌的底气所在。

"如果第二枪还是比不过德国队,鲍珊菊也会换大传动比。"教练组表示,但鲍珊菊和钟天使发挥出色,打破了世界纪录,士气旺盛,就没有再为她们做出任何改变。

东京奥运会备战的最后9个月,队伍进行了科学的板块训练安排,每个训练板块都抓住了重点解决的问题。由于疫情没有大赛刺激,就在国内安排了两次比赛和两次队内测验,2021年4月份在长兴的全国冠军赛两站比赛完全模拟东京奥运会运转流程,实现了竞赛服务于国家队的备战节奏,也基本确定了奥运阵容。

奥运会前，队伍在老山自行车馆又进行了两次测试赛，原本定的是和奥运会一样跑三轮，但看到前两轮成绩很好，崔大林当即决定见好就收。"行了！别弄伤了。已经有了！"他说。

"国内练兵，一致对外"，无论是比赛，还是测验，都是为了最终在奥运会上的灿烂绽放。

思想作风建设　是夺冠强大动力和保障

"在备战这届奥运会的一千多个日日夜夜里，我们流下的每一滴泪、每一滴汗，经历的每一次伤痛，都是为了铸就更强的自己，为队伍、为祖国争取多一分的胜算。在这即将出征的时刻，我的内心除了激动，还是激动。在东京的赛场上，我将拼尽全力，为国争光！"鲍珊菊说。出征东京之前的誓师大会上，教练员、运动员饱含热情，坚定了为国而战、为国争光的理想信念。

坚守了五年的钟天使承受着更多，也更令人动容，"训练场日复一日的大强度训练，每一堂训练课后的身体透支，每一个训练内容的拼尽全力，直至躺倒在地上动弹不得，我相信每一位队友都经历过生理极限。在最艰难的时候，一个细小的念头就可以让你坚持下去"。

理解为何而战，学会严于律己，是运动员在夺金之路上的必修课。面对艰巨的东京奥运备战训练任务，中国自行车队党支部坚定贯彻以党建促备战的方针，不论队伍身在何处，训练到达何种阶段，都坚持每周以灵活的形式定期开展思想政治学习和爱国主义教育，组织爱国励志教育系列实践课、"祖国在我心中"党建活动月，做到"走到哪、学到哪"，用最精练的理论、最震撼的事实、最广博的视野去充实运动员的内心。

队员们深刻地认识到，只有凭借坚定的信念，勇敢地打破荣誉的光环，坚定地挑战曾经的巅峰并取得胜利，才有机会在即将到来的严酷竞争中赢得胜机，再次为祖国争得荣誉。铿锵有力的话语，转化为了赛场上的勇气与胆识。祖国至上的理想信念，成就了赛场上的勇气与胜利！

　　走下领奖台，一切从零开始。连续在两届奥运会上蝉联女子团体竞速赛金牌，中国自行车已经证明了自己，但正如运动员赛后所言，"雄关漫道真如铁，而今迈步从头越！"中国自行车在夺金同时也看到了欧美强手的快速发展，看到了我们在个人项目上的薄弱，未来依然要立足自我，增加厚度与底蕴，争取新的辉煌。

奋勇争先敢打硬仗　自信昂扬积极向上

中国体育健儿为国争光闪耀东京赛场

中国体育报　葛会忠

东京奥运会激战正酣，中国体育健儿奋勇争先敢打硬仗，屡创佳绩为国争光。他们在东京赛场展现出不惧困难勇于突破的奋斗状态、自信昂扬积极向上的精神风貌，在赛场内外圈粉无数，为建设体育强国、实现中华民族伟大复兴的中国梦凝聚起磅礴力量。

砺精兵　打硬仗　开好局

东京奥运会是在全球面临新冠肺炎疫情挑战的特殊情况下举办的一届奥运会，是我国体育战线在两个一百年奋斗目标历史交汇的重要节点的一场大考，参赛形势严峻复杂，尤为需要"为国而战"的使命感、责任感、荣誉感。从开幕后的第一个比赛日开始，中国体育健儿就顶住压力迎难而上，以破竹之势开好局。特别是"00后"小将杨倩射落首金打响第一枪，彰显了青年一代能打硬仗的能力与担当。赛后杨倩在领奖台上"比心"的动作刷屏了社交媒体。她说，这枚金牌对她来说非常重要，是献给建党百年的最好礼物。

从杨倩开始，中国射击队在本届奥运会上共收获了4金1银6铜，而且这4枚金牌上竟然都刻着"00后"运动员的名字。在射击赛场，从奥运会四朝元老庞伟，到中生代名将杨皓然，再到杨倩、姜冉馨、张常鸿等奔涌而来的"00后"后浪，他们临硬仗而不惊的超然与淡定，给人们留下了尤为深刻的印象。关键时刻站得出来、顶得上去、拼得出去，这样的功底与信念来自日常的千锤百炼、日积月累。在东京奥运周期，各项目集训备战队伍不忘初心，牢记使命，广泛开展"祖国在我心中"主题教育，筑牢信仰之基，凝聚奋进之力，增强使命感、责任感、荣誉感，全力打造能征善战、作风优良、敢打硬仗的国家队。

支部建在运动队，党旗飘在训练场。广大青年运动员积极把青春奋斗融入党和人民事业，以建设体育强国为己任，抗疫情保备战。形势严峻、任务艰巨，攻坚克难必须全方位砥砺精兵。在东京奥运周期，各支国家队凝聚共识，下大决心夯实体能根基，提升科技助力，全面补强体能短板、技术短板、思想作风短板。冬练三九，夏练三伏，比如中国射击队、中国击剑队等队伍就在 2020 年夏天北京最为炎热的时节进行了为期 8 周的军训。全体运动员、教练员和保障人员战骄阳、斗酷暑，成功完成了部队新兵的主要训练科目，用高标准的训练铸就了新时代体育健儿的精气神，既锤炼了意志，补强了短板，也增强了队员们决战东京的信心。当时在军训后的首次队内考核中，杨倩就在女子 10 米气步枪决赛中打出了超出世界纪录 0.3 环的成绩。宝剑锋从磨砺出，在东京奥运会上，孙一文紧随杨倩、侯志慧之后，在女子重剑个人赛中为中国队斩获开幕后首个比赛日的第三枚金牌。砺精兵、担使命、打硬仗、开好局，这为中国体育代表团在本届奥运会上的整体走势奠定了一个非常好的基础。

有韧性　有气魄　有信心

好的开局是成功的一半，却不是成功的终点，只有拼到最后才可能有机会笑到最后。即使在乒乓球、跳水、举重等传统优势项目中，中国选手都持续遭遇了来自对手的强大挑战。不过在困难和挑战面前，不论最终有没有站上领奖台，中国选手都顽强拼搏，以越是艰险越向前的精神，努力去夺取"拼搏"的金牌。

在里约奥运会跌入低谷之后，中国体操队非常渴望能够在东京赛场打一场翻身仗。比赛中，纵使一再受挫仍不失自信昂扬的斗志与信心，中国体操队最终收获 3 金 3 银 2 铜，位列体操项目奖牌榜第一，以卓然的韧性、气魄和竞争力，赢得了赛场内外的广泛认可。尽管没能登上最高领奖台，但是肖若腾对待比赛的态度、对待胜负的态度、对待奥林匹克运动的态度在社交媒体上赢得点赞无数。在以 1 银 2 铜的成绩结束比赛后，肖若腾动情地说，自己不会因为波折就让信念动摇，"从北京到东京，从训练场到赛场，从铸梦到追梦，虽然有些许遗憾，但我努力让国旗一次次冉冉升起"。在夺得男子吊环项目的金牌之后，刘洋饱含深情地说，"感谢我的祖国在我背后给我的力量"。

作为在本届奥运会上夺得奖牌数量最多的中国选手，张雨霏的"蝶变"之路同样不是一帆风顺。里约的挫败让张雨霏刻骨铭心，在东京的女子 100 米蝶泳决赛中又遗憾与金牌擦肩而过，然而在随后的女子 200 米蝶泳决赛中她成功破茧成蝶，打破奥运会纪录夺得冠军。仅仅相隔几十分钟，她又和队友一起刷新女子 4×200 米自由泳接力世界纪录，为中国队再添一金。谈到接力中自己最后 50 米的那股子冲劲，张雨霏激动地说，"就是那种中国力量，你知道吗，从心底里燃起来，就不服输，我一定要跟你拼了。"

"我感觉太不可思议了，像做梦一样。首先要感谢我的祖国，在疫情这么不容易的情况下，给了我们很好的训练环境。"在男子 200 米混合泳决赛中，汪顺打破亚洲纪录并为中国队首夺该项目的奥运金牌。"当我回头的时候我也不敢相信，但我今天做到了！这种力量是祖国人民给予我的，肩上的使命非常沉重，尤其是在东京，我也做到了我在赛前说的，让国歌在东京奏响、让国旗在东京飘扬，我做到了！"不过对汪顺来说，他追逐奥运梦想的脚步并不会到此终止。"夺冠并非终点，走下领奖台，一切从零开始，我们巴黎见！中国加油！中国队加油！"

本届奥运会中国选手在多个项目上接连实现历史性突破，尤其是在田径、游泳、水上等基础大项中不断改写历史，在激烈的竞争中展现了新一代中国运动员的强劲竞争力。在为中国田径夺得首枚女子铅球奥运金牌之后，巩立姣关于"人一定要有梦想"的赛后感言，迅速走红了网络。苏炳添刷新男子 100 米亚洲纪录、连续在半决赛和决赛打开 10 秒大关的出色表现，则再次将中国田径送上了社交媒体的热搜榜。苏炳添说，这也将给自己和队友更多的激励和信心。"希望在 4×100 米接力比赛中，我们能继续展现中国速度。" 8 月 6 日晚，苏炳添将和队友一起出战男子 4×100 米接力决赛。

"人生最精彩的不是实现梦想的瞬间，而是坚持梦想的过程。"从里约到东京，场地自行车奥运冠军钟天使两度登顶的奋斗历程亲手熬制的这碗"心灵鸡汤"代表着中国体育健儿的追梦境界。新时代的中国运动员，即使在奥运会的大舞台上也勇于直面困难、挑战和超越自我，敢于在拼搏奋斗中成为世界瞩目的焦点，他们迎难而上的勇气、敢于争胜的决心令无数人"情同与共"。他们勇于展现、善于展示、乐于表达，他们在赛场内外的英姿和风范，彰显了当代中国人的风采。

在奥运会的赛场上，从初出茅庐就从容不迫的"05 后"小将全红婵到以拼搏奋斗为儿女树立榜样的庞伟、吴静钰等老将，从弹无虚发的清华学子杨倩到既能奔跑又能写论文研究自己的大学副教授苏炳添，他们以不同的角色共同演绎着奥林匹克运动的风采。

奥运赛道也是科技赛道　多点突破凸显科技含量

科技助力中国竞技体育高质量发展

中国体育报　葛会忠　陈思彤　袁雪婧

中国体育健儿在东京奥运会上的优异表现让竞技体育频频"出圈"，特别是"破圈"进入科技界的现象更是引发社会各界广泛关注。其实奥运赛道也是科技赛道，在东京奥运周期中国竞技体育立足新发展阶段、贯彻新发展理念、构建新发展格局，在大力弘扬中华体育精神的同时，紧跟当代竞技体育发展趋势，进一步强化科技支撑和引领作用，从第一生产力的高度深入推进科学化训练，推动中国竞技体育实现高质量发展。

科技备战助力竞技体育多点突破

在东京奥运会上，中国竞技体育不仅在跳水、举重等传统优势项目上进一步巩固优势，射击、体操等项目打了漂亮的翻身仗，而且在田径、游泳、水上等基础大项中让历史性突破不再是小概率事件，而是呈现出多点开花的局面。在中国体育健儿争金夺银的同时，一系列科技感十足的名词迅速从幕后走向前台，上至航空航天，下至海洋水文，科技的支撑和引领让中国竞技体育在东京赛场如虎添翼。

在东京奥运周期，中国竞技体育从科技备战的战略思想、政策驱动、器材研发、软件支撑、组织保障以及理念方法创新等多个层面，持续推进科技备战的转型和飞跃。无论是基础体能、专项体能还是专项技术，运动员的短板究竟是什么，应该练什么、怎么练，科学化的"冠军模型"可以有理有据地给出具体的训练意见。

184

在苏炳添以 9 秒 83 的成绩打破男子 100 米亚洲纪录之后，他在 2019 年与其他几位体育科学工作者合作发表的一篇论文随即走红网络。苏炳添以自己为例，指出自 2017 年与科研型教练兰迪·亨廷顿合作之后，参照"冠军模型"对体能和技术状况进行了全面诊断和分析。以"冠军模型"为指导，通过高科技仪器和设备对运动员的体能、技术、恢复等各个环节进行全方位监控，据此发现问题，寻找差距，制定个性化的训练方案，进而恶补短板，全面提升竞技能力。在这篇论文中，作者分门别类地列举了多达 19 种苏炳添科学化训练的常用仪器设备。看似是"体力活"的竞技体育竟然是不折不扣的"技术活"。

在 2021 年的全国田径冠军赛暨奥运选拔赛结束后举行的最后一次东京奥运会田径备战评估会议上，当时专家的评估结论是，在技术发挥完美、强有力的竞争对手、不错的风速以及好的环境和场地条件下，苏炳添有望表现出 9 秒 78 至 9 秒 83 的水平。科学的真谛在于求真求实用事实说话，在东京奥运会的赛场上苏炳添竟然真的跑出了 9 秒 83！科学就是这么有魅力，这么能给人以前行的力量和信心。在此之前，若不是以科技为支撑，有多少人敢想或者能够想到，一位即将年满 32 岁的老将可以实现如此大幅度的突破。同样，在大幅度刷新个人最好成绩并获得女子 800 米第五名之后，王春雨对这样的新突破仍不满足，这种不满足的背后也离不开科技赋予她的信心和动力。

和田径项目一样，水上项目对"冠军模型"的运用也越来越熟练。然而在最初参照英国赛艇队入队体能标准进行测试时，中国赛艇队和皮划艇队的绝大多数队员竟然都没能达标。不过在找准方向后，通过针对性训练很快取得了立竿见影的效果。2019 年中国赛艇队、皮划艇队建立了运动表现中心，队伍到哪里，中心就建到哪里。从铺地板到装器材，两天就能完成，这个运动表现中心承担着训练、营养、恢复及治疗等多种功能。从体能表现上来看，对比"世界冠军模型"，2020年女队员可以百分之百地达到模型的体能测试标准，男队员则是绝大多数能达标。在东京奥运会上，中国赛艇队和中国皮划艇队在女子项目上各有一枚金牌入账，而且多个男子和女子项目实现历史性突破。

中国帆船帆板队在东京奥运会上收获1金1铜，突破的背后离不开空气动力学、水动力学、船舶原理、气象学、水文学、海洋学、体育学等多学科专家的攻关。其中航空工业气动院利用先进的航空科技，针对国家队帆船和帆板比赛及训练用器材开展了详细的三维扫描建模工作，通过流体力学仿真计算，对帆板及帆船船体受力开展了详细的对比计算分析，为国家队器材选择提供了参考建议。复旦大学信息科学与工程学院的科研团队早在2019年就前往比赛海域开展工作，而且通过预报的比赛日程，根据中国传统的农历而非公历进行有针对性的数据采集，研究赛场天文潮汐变化规律。该团队早在伦敦奥运周期就与中国帆船帆板队展开了合作，助力徐莉佳实现中国帆船项目奥运金牌零的突破，在东京周期中使用的最新一代仪器采用了包括北斗在内的多频段多卫星联合定位高精度测量技术，实现了性能和功能的升级，结果这一次不仅助力卢云秀夺得女子帆板RS:X级冠军，还助力毕焜为中国男子帆板实现奥运奖牌零的突破。

科技自立自强助力竞技体育争夺制高点

竞技体育的竞争不只是专业体育人才的竞争，也是科技实力、科技人才的竞争。通过人才引进、购买科技服务等多种方式，在东京奥运周期，像兰迪·亨廷顿、雨歌、雷德格雷夫等外教或专家在备战过程中发挥了非常重要的作用。同时中国也非常重视科技备战的自立自强，加强器材研发、人才培养、自主平台搭建等一系列工作，以科学训练公开课的方式在全国范围内推动训练理念与训练方法的创新发展，来自国家体育总局体科所、北京交通大学、国家田径队等单位的中外籍专家教授登上讲台传播科学训练理念、推进科技备战。在东京奥运会闭幕、巴黎奥运周期启幕之际，这个公开课的课表就已经预先排出了十几堂课。

2020年，中国国家队人体运动表现和健康发展中心在北京顺义奥林匹克水上公园正式成立，旨在通过整合国际先进的运动科学资源和运动表现训练手段，打造具有世界一流水平的，集运动训练、运动营养、运动科学、损伤康复、恢复再生为一体的复合型训练中心。这个世界级的运动训练中心包括高水平运动表现区、营养再生恢复修复系统、运动科学实验室和数据中心，除配备世界顶尖的体能训练设备，还拥有精确度领先的数据监控系统，可以快速、全面、客观地反映运动员的身体情况、运动机能等数据，有力增强了我国体育训练的科技自主能力，还培养出一批批高水平运动表现复合型人才。

在东京奥运会期间，风洞实验这个词被屡屡提及。中国航天科技集团在张雨霏夺冠后通过社交媒体为人们科普了航天技术如何通过风洞实验等方式助力游泳训练。从里约到东京，场地自行车运动员钟天使搭档不同的运动员先后两次登上奥运会的最高领奖台，她同样是风洞实验的受益者。在钟天使背后的复合型科研团队中竟然还有来自清华大学机械工程系的专家，这真可谓是"王牌对王牌"。在2016年清华大学摩擦学国家重点实验室助力钟天使、宫金杰获得里约奥运会冠军之后，各个国家和地区在东京奥运周期里对装备器材的优化竞赛进入了新高度。其中英国队拿出了特立独行的新车设计，各种减阻科技赋予了比赛服更低的空气阻力。清华大学摩擦学国家重点实验室与中国国家场地自行车队紧密合作，通过3D扫描与打印、空气动力学仿真、风洞实验、减阻机理运用等手段，全面应对了自行车场地赛新挑战，助力钟天使携手鲍珊菊再次登上了奥运会最高领奖台。

中国射击队在东京奥运会上不仅打响了第一枪，而且打了一场漂亮的翻身仗，以4金1银6铜位列射击项目金牌榜和奖牌榜第一名。在此前的备战过程中，速得尔射击比赛模拟系统和数据分析系统功不可没。该系统基于大量真实、详细的比赛数据，结合声、光、电等多媒体技术可以生动还原奥运射击比赛的全过程，通过运动员数据库虚拟出不同的参赛选手，并通过比赛排名系统显示出国家队队员和虚拟选手的即时比分。赛后还能通过大数据分析报告详细分析比赛中队员们的心率、弹着等详细数据表现并给出有针对性的训练建议。在国家队启程赴东京前，利用决赛模拟系统共计进行了 151 场比赛。从 2019 年 8 月以来，速得尔驻训技术专家还针对国内外 39 名重点运动员进行数据分析，让国家队在备战过程中真正做到"知己知彼"。正如杨倩的教练葛宏砖所说："包括加拉史娜在内的许多对手，我们在以往的模拟赛中已经交过手了，虽然杨倩此前从没在女子 10 米气步枪项目上夺得过洲际冠军，我也坚信她会赢！这不仅仅是因为实力，更是因为我们的准备更加充分。"

中国蹦床队在东京奥运会上斩获 1 金 2 银，强势反弹的背后也有多种黑科技的身影。智能运动视频及数据反馈系统可以为教练员、运动员提供快捷和自动化的高度、位移变化情况与动作技术评价。热代谢体能舱则在赛前高强度训练中发挥了重要作用，其基本原理是用石墨烯、太赫兹和富氢水、负氧离子等集成高科技进行乳酸消除，促进细胞水代谢，加速机能和体能恢复。四朝元老董栋能够长时间保持世界一流竞技水平，宝刀不老再夺银牌，同样离不开科技支撑。就在队员们出征东京之前，科研人员还专门就队员的训练视频和国外主要对手的技术动作进行了叠加对比分析和演示，可谓是不打无准备之仗。

在中国举重队，各种高科技手段更是举重项目长期保持优势的强有力支撑。3D 核心力量测试仪、上下肢力量均衡测试仪、微压氧舱、下肢脉冲加压空气泵、加压冷疗疲劳消除系统等仪器设备都是训练的必备品。从体重到呼吸，几乎是方方面面都要进行科学管理和训练。对举重运动员来

188

说，呼吸的调整会影响发力，也会影响训练时的间歇恢复。国家举重队在每天下午的热身活动后，都要进行一次呼吸训练，队员们每天晚上治疗结束后也要进行一次呼吸训练，每人都配有一个呼吸训练器。在最初接触呼吸训练时，会有队员出现不适反应，不过在经过一段时间的训练后，队员们的膈肌肌肉力量不断增强，调整呼吸更加自如。在东京奥运会夺冠之后，汪周雨表示："与以前相比，我现在的心肺功能有了很大提高，以前到了大重量连续试举时，心肺能力有点跟不上，通过呼吸训练，心肺功能明显提升了，连续试举也不发怵了。"

在东京斩获 7 金 5 银的中国跳水队同样是一支引领科技潮流的队伍。在跳水队的训练场馆内，部署了高速相机等一系列图像采集硬件设备，为的就是给一套基于百度智能云研发的 3D 和人工智能跳水训练系统收集运动员训练录像，然后自动上传到百度智能云，经视觉技术及深度神经网络估算，将关键动作抽取并可以 3D 融合呈现在教练员的电脑上，对跳水动作进行精准的量化评估，从而让训练更加直观。而且还能通过调整，生成规范动作视频，用来辅助运动员学习，还可以自行为运动员打分。

以科技为助力，中国竞技体育在东京奥运周期走出了一条强劲上扬的曲线，同时也抓住东京奥运会的机遇迅速对科技备战完成了一次科普。东京奥运会的赛场已经见证了太多"学霸"级运动员频创佳绩，从幕后科研支持团队到科研型教练再到台前的像苏炳添这样能够自己研究自己的科研型运动员，中国竞技体育的高质量发展正在对各个环节上的科技参与、支持、理解和执行能力提出更高要求。在接下来的巴黎奥运周期以及建设体育强国的伟大征程上，更加需要科技助力，尤其是科技自立自强的能力持续发挥出强大的支撑和引领作用。

逆境更见精神
中国女子三大球抗压前行

中国纪检监察报　左翰嫡　侯颗　瞿芃

7月27日，中国女篮、女排、女足分别迎来小组赛重要对手。比赛结果虽不相同，姑娘们顽强拼搏的体育精神，给观众留下了深刻印象。

女篮：攻防两端表现亮眼　首秀迎来酣畅淋漓"开门红"

从贝尔格莱德到东京，历经534天的等待，中国女篮终于站上梦想中的奥运战场。

强悍的防守、积极的拼抢、流畅的配合……在这场对战波多黎各的比赛中，凭借攻防两端的亮眼表现，中国女篮将最终比分定格在97比55，以一场42分的大胜完成了队伍的奥运首秀。

从赛后技术统计来看，中国队共有4人得分上双，其中，主力中锋李月汝以11投9中、21分12个篮板的表现，成为全场当之无愧的"MVP"。

一场酣畅淋漓的"开门红"，离不开科学训练模式的保障。在距本届奥运会开幕还有90天的备战冲刺阶段，国家体育总局邀请北京体育大学男篮协助中国女篮进行全天候训练，包括跑跳、身体对抗、篮板拼抢、一对一攻防等项目，以男女对抗的形式提升训练强度，为姑娘们的奥运之旅保驾护航。

"我们还对波多黎各、比利时等小组赛主要对手的技战术特点进行了深入分析，安排男篮在对抗中模仿这些队伍的攻防体系，以及对方球员在突破、投射时的习惯性动作，充当中国女篮的'模拟对手'。"北京体育大学男篮主教练张承毅告诉记者，"这种陪练方式弥补了疫情期间女篮无法参加外赛的缺憾，有助于增进对对手的了解。"

在小组赛中，中国女篮如能稳扎稳打再下一城，就有望顺利挺进8强。张承毅表示，这是一支年轻的队伍，大赛经验略显不足，但内线的统治力和锋线的杀伤力是其优势所在。"第一场比赛往往都是心理战，在这场比赛中，姑娘们展现出了不错的精神面貌，打出了应有的水平。"

女排：状态明显回升 逆境中更需发扬永不言弃的女排精神

东京有明体育馆内，首战失利的中国女排迎来与世界排名第一的美国队的较量。尽管最终以0比3落败，但相比对阵土耳其时的表现，女排姑娘们的状态明显有所回升，展现出强硬的比赛态度，整场比赛和对手紧咬比分，打出了很多首战中没有的进攻和战术配合。

主教练郎平在赛后表示，今天比赛调整得不错，虽然是0比3，但打得很激烈，"李盈莹发挥正常水平，挺敢打的。朱婷今天已经很尽力了，希望其他人帮她多承担，她压力比较大"。

比赛中，一个细节令人揪心——扣球或拦网后，朱婷经常会活动几下受伤的右手腕，并多次把手腕藏进衣服里，表情也有些严峻。首战对阵土耳其后，郎平透露："朱婷的伤还是挺重的，手腕用不上劲。"

在核心得分主力旧伤复发的情况下，中国女排还面临着来自"死亡之组"的压力。小组两连败后，姑娘们还将对阵俄罗斯、意大利、阿根廷等强队，每场战斗都考验着中国队的心态和调整能力。

卫冕之路注定艰难，但荆棘不会阻挡前进的脚步。在中国女排三次奥运夺冠的历史上，都曾面临过"失利""开局爆冷"，但正是在逆境中的一次次顽强拼搏、扭转劣势才铸就了女排精神。硬仗当前，更需要女排姑娘们调整好状态，拧成一股绳，以坚强的斗志、坚定的意志继续拼下去。

面对接下来的比赛，郎平表示将继续做好备战工作，"训练、开会、看录像"。

女足：惨败出局令人遗憾　玫瑰绽放尚需时日

横滨的夜晚并不美妙。在 2 比 8 负于荷兰队后，中国女足以 3 战积 1 分进 6 球丢 17 球的战绩，提前结束了东京奥运之旅。

比赛失利，值得用更多时间去总结和剖析，但在这个晚上，没人忍心苛责女足姑娘们的表现，因为她们已拼尽全力。肖裕仪奋不顾身地滑铲，换来王霜的助攻和王珊珊的进球；李梦雯伤停补时还在冲刺，为球队赢得宝贵的角球；王霜在对手的凶狠逼抢下，用不放弃、不服输的精神鼓舞全队拼到最后。这些镜头或许不算精彩，却是女足姑娘们在重压之下、在逆境之中顽强作风的体现。

比赛结束后，打满全场的杨莉娜通过微信告诉记者，自己很高兴也很感激能够为国出战。三场比赛虽然失了很多球，但大家都很顽强，并没有放弃，希望这种作风能一直坚持下去，在传接球方面再娴熟点。

曾追随中国女足一路过关斩将的中国龙之队球迷于大立坦言，三场奥运会的比赛，特别是第三场对荷兰的比赛，让大家正视了女足与世界强队的差距。"逆水行舟，不进则退，就是这个道理。作为中国球迷，我们会一如既往为女足姑娘呐喊助威，只因为她们胸前是和我们一样的五星红旗！"

中国组合东京奥运会赛艇项目连创佳绩

团结一心必将无往不胜

中国纪检监察报 兰琳宗

赛艇运动,连创佳绩! 7月28日,东京奥运会赛艇女子四人双桨决赛中,中国组合陈云霞、张灵、吕扬、崔晓桐以巨大优势成功摘金,6分05秒13创下世界最好成绩。这也是中国队时隔13年后在这一项目再次夺冠。同日上午,在男子赛艇双人双桨项目中,中国组合张亮/刘治宇拿下铜牌,这是中国历史第一枚男子赛艇奥运奖牌。

团结协作是赛艇运动的灵魂,没有队友合作就没有一切。两个组合,赛前、赛后都不约而同说到一个关键词——团结一心。刘治宇说:"只要上了一条艇,就会为共同的目标而一起努力。"陈云霞说:"一条艇,只要心往一块使,所有的问题都会迎刃而解。"比赛中,中国女子四人双桨的队员,每一桨的动作都极其整齐,宛如一人,在赛道上疾驰。所有队员,在同一时刻、以同一种节奏向同一个方向全速前进,一起用力驶向终点。这种碧波荡桨,节奏协调、人船一体,呈现出赛艇运动的别样美感,更催生出强大合力。中国赛艇"四朵金花"各自体能、技术实力过硬,同时相互信任、相互依赖,协调感、节奏感、速度感交织在一起,最终一艇当先,稳稳夺冠。

同舟共济,团结如一人,在于共同的信念目标。有了共同的信念目标,就能朝着一个方向将各自力量拧成一股绳。无论是张亮/刘治宇"拿到荣誉,实现为国争光梦想",还是女子四人双桨队员"目标就是金牌,奔着冠军去的", 支撑、凝聚他们的, 始终是国家荣誉、夺冠梦想。他们把十几年芳华献给"一条赛艇", 日复一日进行枯燥的训练, 就是因为同一条赛艇、同一个梦想。

同舟共济, 团结如一人, 在于彼此信任、分工协作。最大程度发挥每个人的优势, 同时相互支持配合。中国赛艇"四朵金花"各有所长, 担纲船头位置的陈云霞沉着冷静, 维持艇上的平衡; 二桨位置的张灵是动力桨手, 每桨功率是最大的, 优势就是桨下力量; 三桨位置的吕扬, 是一名参加过里约奥运会的老将, 耐力好; 在四号位领桨的崔晓桐, 能够很好控制艇身角度, 避免偏离航道。四位姑娘, 相会在同一条艇上, 始终保持专注、配合默契、充分信任, 共同划向了奥运最高领奖台。

不仅是赛艇运动, 双人跳水、乒乓球双打、三人篮球等, 奥运会中的许多项目都考验着运动员间的协同配合能力。团体项目在竞技体育中要取胜, 不仅仅要单兵素质突出, 更需要运动员之间团结与协作、合作与友谊、理解与信赖。这也彰显了奥林匹克格言"更快、更高、更强"之后加入"更团结"的深刻内涵。

积力之所举, 则无不胜也。同舟共济、守望相助, 更是根植于中华民族血脉的文化基因。每遇难关、每逢灾情, 团结一致、同心协力总是中国人民发自内心的共同信念; 一方有难、八方支援总是社会各界义无反顾的集体行动, 充分体现了中国精神、中国力量。面向新征程, "奋楫如一人", 14亿多中国人民的心紧紧连在一起, 就一定能战胜前进道路上的各种风险挑战。

滑板冲浪竞技攀岩等大项首次亮相奥运会

新项目增添新活力

中国纪检监察报　杨文佳　黄秋霞

7月26日在东京有明体育公园，年仅16岁的中国小将曾文蕙创造了中国滑板历史——在奥运女子街式滑板决赛中勇夺第六，刷新了中国选手在世界赛场该项目上的最好成绩。

"滑板能开阔眼界，能让气质更'潮'，希望你们喜欢滑板，更希望未来能有更多中国滑手和我并肩作战。"赛后曾文蕙的呼吁，反映出国际奥委会向"年轻化"改革的初衷。

2016年8月，国际奥委会全会表决通过，滑板、冲浪、竞技攀岩、棒垒球和空手道等5个大项进入东京奥运会。"现在的年轻人有很多选择的机会，不能指望他们找上门来，我们必须主动作为。"国际奥委会主席巴赫在表决通过后表示。在他看来，上述5个项目就是一次面向青年群体的创新，"它们原本在日本就广受欢迎，奥运会之后也将成为重要的奥运遗产"。

作为一项曾经流行于街头的"小众"项目，不同于其他奥运项目有高度统一的标准，滑板除了看中技术动作的难度和完成度，还看中选手的创意和风格，滑板的比赛场地也鲜有统一标准，每次大赛的赛场设计都是"创意"的一部分。

在决赛最后展示大绝招的环节，曾文蕙放弃了稳妥的杆上动作，选择在高难度的翻板基础上再加一个抬板。"滑板运动员需要适应不同赛场的台阶级数、高度，斜坡的倾角，完成好各个'绝杀'动作，不到滑板落地的一刻，都不确定能完成什么动作，但充满挑战性的比赛内容、比赛方式本身就充满了魅力。"曾文蕙说，会继续努力提升动作完成率，"下一个目标是在巴黎奥运会升国旗、奏国歌！"

人们或许担心奥运会会框住滑板、冲浪等项目的自由与活力，但是即便像棒垒球、空手道这样竞技体育属性更强、具有东道主强优势属性的项目，在其他国家的运动员看来，能登上奥运赛场已经弥足珍贵。作为本次奥运会新项目中的金牌大户，空手道将产生8枚金牌，代表中国出战的两员女将尹笑言、龚莉表示，尽管竞争激烈，但也是期盼已久的机会，"这是我人生中的第一次，可能也是唯一一次参加奥运会，希望能站上最高领奖台"。尹笑言说。

竞技攀岩同样吸引了年轻人的目光。本届奥运会上该项目包括速度攀岩、抱石攀岩和难度攀岩三项，中国攀岩队的两名"00后"运动员潘愚非、宋懿龄将分别参加男、女全能比赛。

一路陪伴宋懿龄成长的教练洪炼告诉记者，为了提升极限状态的竞争能力，宋懿龄采用不间断训练方式，通过长时间消耗体力和加压难度增强肌肉的爆发力、耐力和协调力，"每次练完都会完全趴在地上"。除了岩上训练，平时的力量训练更是重头戏，"单是腰部力量训练，她就会反复地上器械练，一个女生能挺举起240斤的重量"。洪炼说，宋懿龄的岩感很好，又特别能吃苦、能抗压，相信年轻的她会在新项目中稳定发挥、绽放光彩。

即便中国棒球队不会出现在本届奥运赛场，但是对国内日渐增加的棒球爱好者来说，他们相信入奥能让棒球得到更多重视，从而改善此项目的发展环境。中国棒球协会主席陈旭表示，未来将构建多渠道、多元化的人才培养系统，用一流的科技手段、一流的复合型团队打造优质的国家青年集训队，同时系统性培养高水平的教练员、裁判员和管理人员，为国选才，为国育才。

除了上述五个大项外，本届奥运会在柔道、射箭、射击等项目新增了混合团体赛，还在拳击、自行车、游泳等项目新增小项。"时下很热门的霹雳舞将进入2024年巴黎奥运会，到2028年洛杉矶奥运会，还会有新项目加入。这就是奥运会的魅力所在，它将不断成长，并反映体育运动的发展趋势。"国际奥委会奥运会部执行主任克里斯托弗·杜比说。

7月27日晚，奥运会跆拳道表演项目——跆拳道混合团体比赛决出冠军，中国队摘得金牌。"虽然此次不计入奥运会奖牌总成绩，但是比赛过程完全符合奥运会的参赛属性和标准，具备观赏性、普及性、安全性、标准性，因此极有可能在下届奥运会成为正式比赛项目。"赛后，中国队选手陈灵龙告诉记者，期待入奥可以催生出更多相关产业，给所有热爱此项目的年轻人注入一针强心剂。

女子游泳连夺两金　中国力量从心燃起

中国纪检监察报　张驰　瞿芃

连夺两金！

7月29日上午，张雨霏在女子200米蝶泳决赛中，以2分03秒86的成绩打破奥运会纪录，夺得中国代表团在本届奥运会游泳项目首金。80分钟后，张雨霏和杨浚瑄、汤慕涵、李冰洁在女子4×200米自由泳接力中打破世界纪录并夺冠。

"赛前想到过夺金，但没想到一天两金。"张雨霏的妈妈张敏告诉记者，对于女儿200米蝶泳成绩有心理准备，比赛中看了前150米的表现，感觉金牌已经十拿九稳了。

"前150米领先第二名1秒多，按照她的性格最后50米肯定会冲的，即使精疲力尽也会奋力冲的，再结合她的状态，特别是动作的舒展度，金牌应该稳了。"张敏说。

与不少游泳运动员一样，张雨霏具有良好的天赋，但成为专业选手却并非父母初衷。

"我和她爸爸都是专业游泳运动员，所以不希望自己女儿游泳技术太难看。在她3岁时，让她跟着我在水里玩，5岁开始跟着启蒙教练学游泳，但我们知道运动员的艰辛，开始并不想让她走专业化道路。"张敏说，张雨霏从小水感好，动作轻盈，而且特别耐练，比其他孩子恢复得快，在启蒙教练的坚持下，这才走上专业化道路。

启蒙教练孔淼曾是张敏的队友。对于张雨霏在奥运赛场的表现，孔淼直言："无可挑剔！"

据孔淼介绍，200米蝶泳对运动员的速度、耐力有非常高的要求，是高强度的挑战。张雨霏从小就有一颗"大心脏"，也是孔淼见过训练最拼的运动员之一。2019年世锦赛失利后，张雨霏老是否定自己，心里对200米蝶泳有种恐惧，好在后来逐渐克服了这种情绪，靠着刻苦努力和强大的心理素质，"越游越好，越游越精彩"。

"我下水做蝶泳准备活动的时候才知道自己要游自由泳，我说，怎么回事，我这自由泳练都不带练的。"也许正是心理素质过硬，张雨霏才能在临时受命参与4×200米自由泳接力时，发挥出最好的状态，"游最后50米，就觉得中国力量从心里燃起来了，就觉得我一定要跟你拼了。"

在教练章广涛眼里，爱徒杨浚瑄也是个异常努力的孩子。"非常热爱游泳，训练从不偷懒，从不叫苦叫累。"他自豪又激动地告诉记者，杨浚瑄在接力赛第一棒的表现再次突破了自己，"出发反应时间只有0.65秒，1分54秒37的速度超越了她自己上半年打破的亚洲纪录，为中国队游出了开门红。"

2010年，章广涛挑中了正在进行封闭训练的杨浚瑄，"这个孩子很腼腆，但是眼神很亮、很有灵气。她父母都是淄博当地的篮球运动员，从小就继承了父母的好基因，当时只有8岁却比同龄人高出半头，四肢修长"。

从淄博市冠军、山东省冠军、全国冠军到亚洲冠军，杨浚瑄稳扎稳打，而她的终极目标只有一个，就是站上奥运会的最高领奖台。现在，她实现了愿望。

"今天大家都游得特别好，尤其是第一棒游得太好了，我都没有吃到浪，后面就越来越放松。"第二棒汤慕涵在赛后采访中夸赞杨浚瑄。和杨浚瑄一样，这位年仅17岁的天才少女也是首次踏入奥运会赛场。

7岁，汤慕涵仅用3天时间就学会了蛙泳，"她有天赋，水感好，一直都很刻苦，每天都要游 16000 米左右，负荷量很大。"教练杨立平说，对首次参加奥运会的汤慕涵，自己唯一的要求就是放宽心态，"她正处于鼎盛时期，如果成长顺利，有望再冲击下一届奥运会。"

最后一棒，李冰洁顶住了在前一天个人项目中未能战胜的美国名将莱德基"穷追猛赶"带来的压力，守住了前三棒的优势。"教练把我安排在最后一棒，我不能辜负大家的期待。身边都是强敌，不过我也想体现出自己不畏强敌、迎难而上的精神。"这位 15 岁便站上世锦赛领奖台的少女，通过疯狂训练体能，突破了瓶颈，沉寂 4 年后，终于破茧重生。

东京奥运会上杨倩等"学生运动员"表现亮眼

体教融合培养"文武全才"

中国纪检监察报　杨文佳　段相宇

7月28日，由崔晓桐、吕扬、张灵和陈云霞组成的新一代赛艇国手不负众望，强势夺下本届奥运会女子四人双桨金牌，并刷新世界最快速度。值得注意的是，陈云霞、张灵都是上海交通大学国际与公共事务学院2017级本科生。

从清华大学经济管理学院本科生杨倩拿下奥运首金在内的"双金"，西南大学体育学院硕士生谌利军获举重男子67公斤级金牌，到北京师范大学教育学部博士生邵婷领衔中国女篮驰骋赛场冲击奖牌，本届奥运会中国体育代表团中，大批在校生成为中流砥柱，"学霸"们的身姿在赛场上闪耀。

"'学生运动员'的成功，是体教融合的典型范例。"多位受访者表示，通过体教融合模式培养优秀体育人才，将成为体坛重要的发展趋势。

体教融合模式具体如何实践？业内人士表示，运动员在学校，不是对学习和训练简单做加法，而是以学促练、深度融合。

清华大学党委武装部国防教育办公室主任、清华大学射击队负责老师董智认为，杨倩的优秀表现既源于其自身过硬的实力、赛时稳定的发挥，也离不开清华多年来"体教融合、学训结合、以学促训"的育人理念。

复建于1999年的清华大学射击队，由清华大学和国家体育总局射击射箭运动管理中心共建，实现与国家队在体育、教育资源及信息上的共享共融。清华为国家队教练员、运动员提供优质教学资源，清华射击队队员也能得到国家队专业的指导和培训，张恒、王义夫、肖俊、单红、张秋萍、高静等一批教练先后执教清华班。

"清华射击队还与清华附中形成了贯通式培养模式，通过在各地中学或比赛中选拔好苗子，使其更早进入清华附中学习并兼顾训练，保证竞技人才不断输出。"董智表示，射击队"与国家射运中心相融共建、与省市队合力发展、与附中一条龙培养"的共建双赢体教融合发展模式，越来越焕发出旺盛的生命力。

高校之外，体教融合的培养模式已经延伸到中小学。7月28日晚，在本届奥运会女子三人篮球比赛中，由被誉为"女姚明"的队长张芷婷带领中国三人篮球女队摘得铜牌，创造历史。"张芷婷是浦东体教结合的成功典范"，得知连战连捷的消息，张芷婷的启蒙教练、浦东新区中小学生体育协会第一副会长兼秘书长施旭东如是评价。

张芷婷在小学四年级时，被施旭东推荐进入上海市少体校，此后进入建平中学女子篮球队，继续接受其指导。建平中学是浦东唯一拥有篮球二线运动队的学校，浦东以建平中学（高中）为龙头，以建平中学实验初级中学、建平实验小学等为基础，建立宝塔型培训体系，从小学一年级至高中三年级层层衔接，形成一条龙跟踪指导。这样既保证了质量，又可在培养目标上高度统一，各年龄阶段的分目标和任务更加明确、务实。

杨倩

王懿律 / 黄东萍　郑思维 / 黄雅琼

包揽羽毛球混双金银牌

困难当头只有拼

中国纪检监察报　段相宇　文子玉

7月30日，在东京奥运会羽毛球混合双打决赛中，王懿律 / 黄东萍夺得金牌，郑思维 / 黄雅琼获得银牌。此前，在29日进行的羽毛球混双半决赛中，两组选手已分别战胜各自对手，提前锁定金银牌。

受疫情影响，世界羽联赛事基本处于停摆状态。从2020年3月全英公开赛结束之后，中国羽毛球队已经一年多未参加国际比赛。此次出征奥运，中国羽毛球队是以"空降"姿态前往东京。

长时间未参加国际比赛难免令外界对国羽的状态产生疑问。对此，中国羽协主席、国羽双打组主教练张军坦言，"空降"奥运是把双刃剑，"在对手不了解我们的同时，我们也不了解对手，但我相信队员们能克服这个困难"。

困难当头，只有一个"拼"字。面对终极大考的不确定性，国羽队伍做了最充分的准备。备战期间，队员们强化体能、恶补短板，潜心打磨技战术，训练非常刻苦，郑思维、王懿律甚至都出现了伤病。此外，队员长期没有比赛只有训练，无法很好发现自身问题，心理难免会出现焦虑。教练组采取多种方法缓解队员焦虑情绪，并通过各方努力将运动员伤病控制在可控范围内，才有了两对组合在东京奥运会上的精彩表现。

比赛结束，黄雅琼的父亲黄瑞中在朋友圈写道："女儿是最棒的！思维也是最棒的！'雅思'加油！"在父亲眼中，黄雅琼是个非常具有吃苦精神的小姑娘，"她从来都是苦累不叫的，每年大概只能回家 4 天，其余时间全都在队里训练"。

"球不落地，永不放弃，这是每一个羽毛球运动员该有的觉悟，王懿律，你今天没有遗憾了！"远在浙江嘉兴，通过直播观战的王懿律妈妈符惠虹隔空喊话，"我看到他跳起来扣球时，腰肌上贴满了膏药，他们的训练真的非常辛苦，这四个小孩儿都是国人的骄傲，为他们点赞！"

汪顺实现男子200米混合泳历史性摘金

是祖国人民给我的力量

中国纪检监察报　侯颗

　　7月30日，在东京奥运会男子200米混合泳赛场，中国选手汪顺以1分55秒的成绩获得金牌。在他之前，中国游泳男运动员还从未站上过奥运会混合泳项目的最高领奖台。

　　"常老师，我做到了。"这是汪顺赛后发给恩师原浙江省体育运动学校国家级教练员常翠芬的第一句话。

　　在常翠芬眼中，汪顺是一个很有灵气的运动员。"他悟性很高，掌握技术既快又好。"常翠芬告诉记者。

　　中国游泳男队在男子混合泳项目上一直是空白。直到2015年喀山游泳世锦赛，汪顺在男子200米混合泳夺得铜牌，实现了中国男子选手在混合泳项目上的突破。一年后的里约奥运会上，汪顺在最后50米自由泳段从第七追到第三，夺得中国游泳队在该项目的第一枚奥运奖牌。2016年和2018年，汪顺在国际泳联短池游泳世锦赛上连续两次登顶男子200米个人混合泳冠军。

　　本场比赛中，汪顺入水后便快于其他选手，在蝶泳和仰泳段始终保持领先。在蛙泳段，美国名将安德鲁追了上来，汪顺落到第二。最后的50米自由泳，汪顺游出27秒37的成绩，是所有选手中最快的，最终率先触壁。

　　"蛙泳一直是汪顺的短板，但这次决赛中他明显提高了不少。"常翠芬说，混合泳选手要兼顾四种泳姿，这就意味着要付出比别人更多的努力。

2021 年冬训期间，汪顺重点加强了蛙泳和仰泳两个泳姿的训练量。一直以来，他每周要进行约 100 ～ 110 公里训练，还有 3 ～ 4 次血乳酸测试，其中 65% ～ 70% 的训练是以比赛速度或者接近比赛速度进行的。

"我觉得我用尽了自己的全部力量，去实现赛前我说的，要让国歌在东京的赛场奏响，让国旗在东京的赛场飞扬。"汪顺说，"是祖国人民给我的力量。"

汪顺

杨倩：清华大学　王懿律：中国地质大学

谌利军：西南大学

文武双全：中国运动员的新标签

中国纪检监察报　段相宇　文子玉

清华大学经济管理学院本科生杨倩拿下奥运首金在内的"双金"，中国地质大学（武汉）体育学院硕士研究生王懿律与队友斩获羽毛球混合双打冠军，西南大学体育学院硕士研究生谌利军获举重男子 67 公斤级金牌……在本届奥运会中国体育代表团中，越来越多"文武双全"的运动员在赛场上摘金夺银。

奥运健儿的新标签是近年来我国运动员总体文化水平持续提升的缩影。运动员"文武双全"，是体教融合、高等教育普及、社会观念转型共同作用的结果，也是我国经济社会发展跃迁在体育领域的反映。

在女子 10 米气步枪决赛上，杨倩为中国体育代表团射落首金。回顾杨倩的夺金历程，沉稳是其最引人注目的特点。在资格赛上，杨倩以 628.7 环的成绩排名第六；决赛中亦有失误，最后一轮前还落后 0.2 环，但她的沉稳让她一枪绝杀，以 251.8 环创造了新的奥运会纪录。

"00 后"小将有颗"大心脏"。清华大学射击队负责老师董智认为，杨倩的优秀表现离不开清华多年来"体教融合、学训结合、以学促训"的育人理念。

"一颗'大心脏'会给予运动员赛场上良好的控制力和优异的应变能

207

力，这更多来自学校的教育给了他们良好的理解力和判断力，让他们在执行上更加如鱼得水。"杨倩的教练葛宏砖表示。

曾经一段时间，由于单方面强调比赛成绩，使得运动员们过早中断教育，甚至运动员成了部分人学业无成才被迫从事的行业。

"过分重视竞技成绩而忽视文化教育，使得我国竞技体育人才培养方式引发广泛关注。"首都体育学院原院长钟秉枢认为，在这样的背景下，"体教融合"势在必行。

近年来，体教融合改革一直在探索中前行。2020年4月，中央全面深化改革委员会第十三次会议审议通过了《关于深化体教融合促进青少年健康发展的意见》。当年8月，体育总局和教育部印发该意见，从加强学校体育工作、完善青少年体育赛事体系等八大方面提出37项举措，全方位推动深化体教融合。从能弹一手好琴的张雨霏，能画一手好画的杨浚瑄，到英语水平足以应付外国记者的张常宁……新生代中国运动员，拥有广泛的兴趣爱好和具备高学历已不是个别现象。

记者注意到，这里面不仅仅有"半路出家"攻读学业的专职运动员，更有一批在接受义务教育甚至高等教育过程中，被发现拥有体育天赋的文化生，他们通过特殊培养机制得到更快成长。

7月30日晚，中国女篮76：74力克夺冠热门澳大利亚队，取得奥运会两连胜，提前小组出线。领衔中国女篮驰骋赛场的队长，便是北京师范大学教育学部博士生邵婷。

作为中国体坛的第一位"博士国手"，邵婷2008年以普通考生身份考入北京师范大学，直至2013年参加北京女篮征战联赛前，都是以普通学生身份在校园中度过的。

当前，我国已建成世界上最大规模的教育体系，九年义务教育巩固率达95.2%，高等教育毛入学率达54.4%。受益于此，"文武双全"运动员出现的比例也远高于从前。

社会观念的更新迭代也让更多"文武双全"的运动员不断涌现。曾经，由小学、中学，到高考上大学，直至读研、读博，成了中国孩子们的"华山一条路"，由学生转型练体育难免"此路不通"。

"在一些人的传统观念里，只有学业无成的人才被迫成为专职运动员，这是偏见。"华东师范大学体育与健康学院院长季浏说，专业体育训练对促进学生学习、提高学习成绩是有好处的，国内外大量研究已作出佐证。

近年来，党中央高度重视青少年体育特别是学校体育工作，体育和教育在价值、功能和目的上充分融合，共同作用于青少年发展的观念愈发深入人心。与此同时，越来越多体育健儿因为驰骋赛场为国争光，受到"国民级"的追捧和礼遇。日趋开放包容的体育观念，为"文武双全"运动员的养成提供了丰厚的土壤。

从培养"专职运动员"到产生"文武双全"运动员，一步步印刻的，正是中国从"体育大国"到"体育强国"的蝶变轨迹。当下，我国的体育教育不仅"野蛮其体魄"，也在"文明其精神"，"文武双全"的运动员们必将在未来更多地涌现。

苏炳添成电子计时时代
首位闯入奥运男子百米决赛亚洲选手

中国速度创造历史

中国纪检监察报　　左翰嫡　杨文佳

9 秒 83 ！

全新亚洲纪录诞生的一刻，奥运会的历史也被 32 岁的中国短跑名将苏炳添成功改写——在电子计时时代的男子百米决赛上，第一次出现亚洲选手的面孔！

看到爱徒以半决赛排名第一的成绩成功冲入决赛，全程守在电视机前的启蒙教练宁德宝第一时间给苏炳添发送了祝贺短信。她告诉记者，自己对这一结果并不意外，"他此前曾 7 次突破 10 秒大关，我一直相信，他只要做好自己，就能创造新的历史"。

百米"飞人大战"向来是最受关注的田径项目之一，被誉为田径的"皇冠明珠"。"苏炳添的梦想就是让亚洲选手的面孔出现在田径最高舞台的决赛中，这些年来他一直非常自律。"宁德宝说，"他对百米有着一种异乎寻常的执着。"

这份执着，成就了亚洲首位打破 9 秒 90 大关、在奥运决赛中位列第 6 的"飞人"。就天赋而言，苏炳添的身体条件并不算非常突出，相比身高 1 米 95、跑完 100 米只需要 42 步的博尔特，身高 1 米 72、平均步幅 2 米 08 的苏炳添至少需要 47 步才能到达终点。然而，到了同项目运动员大多选择退役的年纪，他却依旧坚持高频训练，并不断探索改良跑步技术的方法。

转折出现在 2017 年冬天。在对苏炳添的训练安排、手段选择、技术改进和具体要求上，新来的外教兰迪·亨廷顿完全打破了以往的模式和方法。

"以前我们训练的内容特别的多，可能对质量要求就不是很高。现在练的内容很少，但我感觉起跑的训练，包括途中跑的测验，效果都非常好。"苏炳添说。

经过一系列的科学测试和数据分析，兰迪教练指出了苏炳添在技术上存在节奏感缺失的问题——起跑转平跑很快，但在 50 米至 60 米时就容易节奏混乱，力量和速度逐渐下滑。在他和袁国强教练的帮助下，苏炳添改变了起跑器上双脚的位置，通过这样的细节变化换取在后半程保持最高速状态。

此外，精通训练器材的兰迪教练还更新了国家队的训练装备，重力球、皮筋套装这些国外的新式训练"神器"，如今已经成了中国田径选手的常备武器。

科学的训练方式，让苏炳添如虎添翼。在 7 月 31 日的百米预赛中，轻松挺进小组前二的苏炳添在冲刺时刻"回头望月"，游刃有余的姿态给观众留下深刻印象。

这张脸上写着的坚定与自信，让人联想起另一张东方面孔——89 年前的同一天，经历了长达 20 余天的海上漂浮，刘长春的身影出现在洛杉矶奥运会男子百米预赛的现场。因舟车劳顿，跑出 11 秒 1 的刘长春位列小组第 5 止步决赛。彼时的中国内忧外患交织，这是当时中国第一个，也是唯一一个参加奥运会的运动员。

中国人来了！对于此次刘长春的孤身出征，《大公报》写道："我中华健儿，此次单刀赴会，万里关山，此刻国运艰难，愿诸君奋勇向前，愿来日我等后辈远离这般苦难！"

时隔 20 年，赫尔辛基奥运会开幕，刚成立不久的新中国组建起了一支 40 人的体育代表团。周恩来总理作出批示：告诉大家，把五星红旗插到奥运赛场就是胜利。

时间的指针来到 2021 年，这一年，中国共产党迎来百年华诞，全面小康千年梦圆，全面建设社会主义现代化国家新征程开启。东京奥运会上，777 人的中国体育代表团创下海外参赛人数纪录，赛程过半已摘得 24 金 14 银 13 铜，从体育大国迈向体育强国的步伐愈发坚定。

回忆起父亲的两个愿望，刘长春之子刘鸿图说："一是中国人能在奥运会上夺得金牌，二是中国有朝一日能举办奥运会。"如今，这两个愿望已经变为现实，而苏炳添书写的新历史，亦足以弥补刘长春当年无缘决赛的缺憾。

一位优秀的运动员就是一面旗帜。宁德宝告诉记者，自己手下的两个新苗子双双视苏炳添为偶像，正以他为目标备战省运会，"两个小姑娘的梦想就是像师兄一样，跑出自信、跑出中国速度"。

谌龙、苏炳添、巩立姣赛场坚守
逐梦途中壮心不已

中国纪检监察报　段相宇　文子玉

8月2日晚，东京奥运会羽毛球男单决赛举行，中国选手谌龙和丹麦名将安赛龙上演巅峰对决，最终谌龙获得银牌。

现年32岁的谌龙已经是三战奥运。进入东京奥运周期，谌龙遭遇了较大伤病，战绩和状态并非顺风顺水，但一步步走来，不论领先、落后，都表现得很沉稳。

"这次奥运会做好了比赛中出现困难的心理准备，打入八强后，任何一场比赛都不会轻松，困难局面下自己也不会轻言放弃。"谌龙表示，在个人最后一届奥运会，要全力去拼，不想留下遗憾。

"这是他热爱的事业。"谌龙的父亲谌华告诉记者，在赛场上拼尽全力，无关年龄大小，这是一名专业运动员责无旁贷的事情。

和谌龙一样，中国代表团中，有不少参加过多届奥运会的老将，如射击名将庞伟、"亚洲飞人"苏炳添、渴望圆梦的女子铅球名将巩立姣等，这些运动员都参加过2到4届奥运会，年龄也普遍在30岁以上。

竞技赛场很大程度上要吃"青春饭"。对于专业运动员来说，运动生涯的黄金期并不长。随着年龄增长带来身体机能的下降，以及伤病的困扰，很多人的退役时间都比较早。对1984年至2016年中国奥运冠军的统计表明，他们大多数在30岁以前退役，其中21～25岁退役的占23.2%，26～30岁退役的占50.52%，31～40岁退役的仅占22.68%。

尽管状态有所起伏，但坚持为国出征的老将们依然怀揣梦想，披挂上阵，其中一些人甚至实现了自我超越。

9秒83，中国速度创造历史！在8月1日的田径男子百米半决赛中，32岁的苏炳添打破亚洲纪录，成为首位闯进奥运男子百米决赛的中国人。还有四战奥运的巩立姣，以20米58的个人最佳成绩，拿下东京奥运会女子铅球项目金牌，这也是中国奥运史上的首枚田赛金牌。

成绩来之不易。苏炳添"高龄"依旧坚持高频训练，并不断探索改良跑步技术的方法。巩立姣满手都是老茧，为此不得不定期拿小刀把茧子割下来。还有脚缠厚厚绷带的施廷懋……比起初出茅庐、凭着青春激情冲锋陷阵的新秀们，在奥运赛场上，老将们的坚持和努力一样令人敬佩。观众为杨倩、姜冉馨、孙颖莎等"00后"们的崛起欢呼，也被倾尽全力的老将所感动。

"今天大概率是我在奥运赛场的最后一场比赛了。"在说出这句话之前，施廷懋已经潸然泪下。有些老将或许将在本届奥运会后结束运动生涯，有些老将依然选择继续坚守。

"我还要继续游到巴黎！"27岁的汪顺是中国游泳队年龄最大的队员，参加3届奥运会终获金牌。在舆论普遍以为他会将这枚金牌当做退役礼物时，汪顺发文表示，这只是开始，他还要为了下一届奥运会继续努力。和汪顺一样，当32岁的巩立姣终于拿到女子铅球的金牌时，她斩钉截铁地说："只要祖国需要，我就再练下去。"

老将继续出征，逐梦的心不输18岁少年。

谌龙

中国体操队 3 金 3 银 2 铜收官

"力稳难新美" 打赢翻身仗

中国纪检监察报 杨文佳 左翰嫡

8 月 3 日下午，日本东京有明体操竞技场里，随着大屏幕上出现"难度分 6.9，完成分 9.333，总分 16.233"字样，中国选手邹敬园将本届奥运会竞技体操男子双杠金牌收入囊中。

"冠军！稳了！"在邹敬园的家乡四川省宜宾市，当地教体局 4 楼会议室里传出阵阵欢呼。人群中，邹敬园的启蒙教练李小兵热泪盈眶，"双杠项目取得 16 分以上的分数很少见，他的整套动作完成得毫无瑕疵！"

邹敬园的双杠动作难度大、规格高，曾被"体操五金王"邹凯评价为"教科书级别"。李小兵说，决赛中第二个出场的邹敬园动作难度全场最高，但每个动作都完成得标准而干净，行云流水一般，"邹敬园是一个完美主义者，他从心理上真正战胜了自己"。

同样发挥完美的还有同日登场的两位女队队员——随着唐茜靖与管晨辰相继完成成套动作稳稳落地，中国在体操女子平衡木项目上实现了包揽金银牌的壮举。

在浙江省体操队主教练陈红的眼中，2004 年出生的新晋奥运冠军管晨辰有些小倔强，不服输。陈红告诉记者，管晨辰在体操四项全能中最擅长的就是平衡木，"她过来的时候年纪还小，练得苦的时候难免出现一点小情绪，但很快就能调整状态，继续生龙活虎地练下去"。

作为中国代表团的传统优势项目，竞技体操向来是中国健儿奥运奖牌的"丰收地"。然而，在里约奥运会上，中国体操队仅获两枚铜牌，创下自 1984 年参加奥运会以来最差战绩。相比之下，此次体操队以 3 金 3 银 2 铜的成绩结束奥运之旅，成绩可谓远超上届。

"我们打赢了翻身仗。"中国体操队领队缪仲一表示，五年来，队伍卧薪尝胆，渴望用出色的表现一雪前耻。为此，运动员和教练员付出了很多努力。

"动作的高规格、高质量是中国体操的优良传统，'力、稳、难、新、美'是我们训练的指导方针，也是训练的五个要素。"中国体操队副领队叶振南介绍，备战期间，除坚持"高难度、高质量、高稳定性"训练要求外，中国体操队遵循强化体能的训练思路，每周安排运动员完成个性化体能训练方案，"虽然体操不是纯体能项目，但它在技能类项目中对体能要求最高，要克服人体重力去完成一些高难度动作。在基础体能打下良好基础的前提下，专项体能的提升可以帮助队员在技术难度上不断突破。"

五年梦想，一朝成真。在评价队员们的表现时，叶振南表示，大家以昂扬的斗志对待每场比赛，"在场上展现了精湛的技术和顽强拼搏的精神"。

从"金牌至上"到"超越自我就是胜利"
自信开放迈向体育强国

中国纪检监察报 杨文佳 黄秋霞

东京奥运会已接近尾声，截至目前，中国队已经拿下 32 块金牌，暂列第一。赛场上，一些运动员虽然未能拿到金牌，却创造了历史：苏炳添、王春雨成为首位跑进男子 100 米、女子 800 米决赛的中国人，中国女子三人篮球队首次获得铜牌……一次次突破引发网友留言："最令人感动的未必是夺金牌。""我们不再单一追求荣誉，而是更看重这背后立体的人及精神。"

从"金牌至上"到"超越自我就是胜利"，心态转变的背后，是中国从体育大国走向体育强国的改革发展所带来的自信。

2008 年 9 月 29 日，北京奥运会、残奥会总结表彰大会上，"进一步推动我国由体育大国向体育强国迈进"作为战略目标被提出，管办分离的体制改革全面提速。郎平出任排协副主席、王海滨当选击剑协会主席、申雪成为滑冰协会常务副主席……一系列任命，使诸多优秀运动员、教练员跻身体育组织领导行列。

管理体制改革推进的同时，中国竞技体育也在探索人才培养的新模式。

"过去，中国运动员的培养几乎全部交由国家体育管理机构。"北京体育大学竞技体育学院博士研究生彭千告诉记者，这种培养模式下，运动员从体校、地方队到国家队层层递进，上下级之间有着严格的界限，是"单轨式"的选拔制度。

2017 年，攀岩、冲浪、滑板、小轮车等四个奥运项目面向全国各界和全球华人进行跨界跨项选材。中国橄榄球协会与三支俱乐部进行人才合作，组建国家男女橄榄球（跨界跨项）队。国家花样游泳队则在全国艺术类院校中进行选材。

"我们要走出自己的体育圈子，走向社会，破除藩篱，最大限度地激发社会的动力和活力。"时任国家体育总局局长苟仲文表示，体育改革的特点是突出"开放"。以跨界跨项选材的方式备战东京奥运会，打通专业体育与业余体育间的人才通道，是举国体制与市场机制相结合的一次重要尝试。

除了在竞技体育层面有所突破，改革还进一步发掘竞技体育的社会功能，激发全民运动的热情。

8 月 2 日，东京自行车竞赛馆内，中国运动员钟天使和鲍珊菊身披红色战袍，摘下本届奥运会首枚场地自行车金牌。

"在有浓厚兴趣的基础上勤学苦练，才能达到自我的最高水平。"钟天使的启蒙教练王海利告诉记者，最近很多家长来到少体校向其咨询专业训练事宜，"这枚奖牌将为国内正在升温的自行车运动再添魅力，吸引更多的体育爱好者从事该运动。"

攀岩项目首次入奥，中国选手潘愚非、宋懿龄参赛。根据中国登山协会统计，截至 2020 年底，全国自然攀岩、攀爬线路总数超过 8000 条，攀岩注册俱乐部 300 家。"中国攀岩的社会基础正在迅速扩大，未来在竞技、产业方面一定会领先世界。"该协会经营开发部主任丁祥华说。

全民健身和全民健康两大国家战略深度融合，夯实体育强国之基。截至 2020 年末，全国累计拥有社会体育指导员 260 万人，共建有体育场地 371.3 万个。据统计，截至 2021 年 7 月，全国共有 6154934 家体育企业，2021 年，我国体育产业总规模预计将超过 30000 亿元，体育产业成为中国经济增长的新动能。

更多城市家庭子女走进奥运赛场
竞技体育从兴趣出发

中国纪检监察报　瞿芃　张驰

寒门子弟谌利军成长为举重世界冠军，家境不错的汪顺上演游泳生涯巅峰之战，父母都是税务干部的孙颖莎随中国女乒收获团体金牌……东京奥运会上，随着中国选手不断取得佳绩，运动员家庭背景和成长经历引起广泛关注。

记者注意到，与过去以农村孩子为主力军的奥运人才结构相比，越来越多的城市家庭子女走进奥运赛场，由兴趣到专业的成长模式日益普遍。

东京奥运会前，南京体育学院教授杨国庆曾对新中国成立以来31个省、区、市的251名奥运冠军进行问卷调查。收到的近200份有效数据显示，出身干部家庭的占2%，来自专业技术人员家庭的占17%，多数奥运冠军来源于普通家庭，占比62%。

"从家庭背景来看，2000年是个分水岭。"杨国庆介绍说，2000年以前，特别是20世纪七八十年代，竞技体育主要人才来源是农村家庭子女以及上山下乡的知识青年；2000年以后，群众参与度高的项目，如乒乓球、羽毛球、网球等，城市家庭子女要多一些，而在群众参与度不高的摔跤、举重等"吃苦耐劳"项目中，仍以农村孩子居多。

杨国庆认为，城市家庭子女越来越多地从事竞技体育，固然有家庭条件相对优越、能够满足相关项目训练条件等客观因素，但关键在于孩子自身的兴趣和家长的支持。

"以女排姑娘惠若琪为例，她的家庭条件不错，打排球就是因为自己喜欢，家里送她去业余体校训练，慢慢走上专业化道路。"杨国庆说。

记者发现，随着经济社会发展，特别是群众体育、竞技体育、体育产业、体育文化的全面发展，无论城里孩子还是农村孩子，竞技体育愈发变成兴趣爱好，在艰苦训练中享受运动乐趣成为常态。

东京奥运会女子平衡木冠军管晨辰出生于湖北石首，父亲是一名公职人员，母亲在化工厂担任质检员。3岁开始学习拉丁舞和跆拳道的管晨辰，从世界大学生运动会的电视直播中萌生了对体操的兴趣，从而走上专业化道路。

"6岁那年，我们送她去了湖北仙桃的体校，后来又去了武汉和浙江宁波。训练非常辛苦，受伤也不休息，手伤了练脚，脚伤了练手，她就是这么一天天坚持下来的。"管晨辰母亲黄新华告诉记者，她每次去体校看望女儿，都是"偷偷摸摸"走掉，以免女儿发现后追着不让走。

竞技体育从业者中，还有一定比例的"随迁子女"。他们祖籍农村，随务工的父母在城市生活，从而拥有了相对便利的条件去实现梦想。

中国女足比赛期间，后卫队员李梦雯的父亲李相平，就在自己经营的早点铺里用手机看了三场直播。"我和我弟弟在苏州经营早点，下午我一个人守店，没电视只好用手机看。"李相平说，他们是浙江仙居人，祖祖辈辈都是农民，如果一直生活在老家，可能连一块开放的足球场都找不到，孩子只能在水泥地上踢球。

值得一提的是，在一些"门槛"较高的项目中，由于国家的制度保障，无论是城市家庭还是农村家庭，均不用为高昂的费用发愁。

"以帆船帆板项目为例，从业余训练开始，器材装备就是国家在保障。农村姑娘卢云秀能够在帆板项目夺金，便得益于此。"杨国庆告诉记者。

"体育运动就应该从兴趣出发，在体育锻炼中享受乐趣、增强体质、健全人格、锻炼意志。"杨国庆说，应把享受乐趣作为体育运动第一追求，具备一定天赋的从事竞技体育，天赋不够的从事群众体育，并将其作为终身锻炼习惯。

男女 4×100 米接力均创佳绩　女子标枪获历史首金

中国田径更快更强更自信

中国纪检监察报　杨文佳　段相宇

一掷定乾坤！8 月 6 日晚，刘诗颖以 66.34 米的成绩夺得女子标枪金牌，实现中国女子标枪奥运会奖牌零的突破。接力跑决赛也捷报频传，女子 4×100 米接力获第 6 名，创造奥运会最好参赛成绩；男子 4×100 米接力获第 4 名，追平了中国在该项目的最好成绩。

聚焦本届奥运会田径赛场，中国选手不断刷新纪录，创下佳绩——苏炳添跑出 9 秒 83，打破亚洲纪录，中国人终于站上奥运男子百米决赛跑道；32 岁老将巩立姣铅球投出 20.58 米，夺得金牌；朱亚明勇夺银牌，刷新了中国队在三级跳远项目的奥运会最好名次……

近年来，中国田径项目正呈现高质量发展的趋势，整体竞技水平不断提升的同时，最好成绩的含金量也越来越高。

在暨南大学体育学院院长彭国雄看来，中国运动员在国际田径赛事中屡创佳绩，与综合国力的提升、竞技体育自信的增强有密切关系。"国家能更好地从各方面给予运动员们最好的保障，比如在全球疫情仍在蔓延的情况下做好防护措施、更快适应场地等。这些如果做得不到位，都会影响运动员们的发挥。"彭国雄说。

受疫情影响，室内田径世锦赛延期、多站国际田联钻石联赛取消，给奥运备战带来了前所未有的挑战。"我们迅速调整了训练部门职能，成立疫情期间国家队移地工作组，建立国家队备战工作新型联络机制，灵活开展形式多样的训练备战方式。"中国田径协会副主席田晓君介绍说。在体制优势的坚强保障下，中国田径迎难而上，化挑战为机遇。

田径运动成绩虽受先天条件的影响，但更取决于科学的备战训练。"走出去，请进来"，是近年来中国田径的重要战略。一方面组织运动员走出去练、走出去赛，另一方面则聘请国际优秀高水平教练员及团队到中国来传授经验并带队训练，不断加强对先进训练理念与方法的学习、融合。以两位短跑外教兰迪和雷诺为例，二人都是典型的"科研型教练"，整体训练思路是以"冠军模型"为指导，通过高科技仪器和设备对运动员体能、技术、恢复等各个环节进行全方位监控，据此发现问题，寻找差距，制订个性化训练方案。

比赛成绩固然令人欣喜，而中国田径运动员主观上的求战、求胜欲望，和展现出的竞技体育自信，更令人心潮澎湃。过去一个时期，田径项目中的"人种论"颇有市场，而本届奥运会上，苏炳添、巩立姣、王春雨、朱亚明等名将，都用创造个人历史最好成绩的方式，充分证明了亚洲选手也能在田径比赛中获得优异成绩。

这样一届奥运会，成就了这群自信的中国田径人。而这样一个强大的中国，造就了中国田径的好时代。

"最难的一届奥运"

中国乒乓球 4 金 3 银收官

应对挑战 续写辉煌

中国纪检监察报 黄秋霞 左翰嫡

8 月 6 日晚，东京奥运会乒乓球男子团体决赛正式打响，由马龙、樊振东和许昕组成的中国队 3 比 0 战胜奥恰洛夫领衔的德国队，卫冕该项目冠军的同时，为中国体育代表团赢得本届奥运的第 35 枚金牌。

谈及对这场比赛的看法，在双打中先声夺人的许昕表示，自己做到了卸下包袱轻装上阵："在比赛中不要着急，在得到两个赛点后让自己更释放、更敢出手，我觉得今天我们团队也做到了这一点。"

在本届奥运会中，国乒在先失一金的情况下稳住阵脚，先后包揽女单、男单金银牌，并在女团、男团比赛中直落3盘横扫对手夺得冠军，续写了"国球"的辉煌。

辉煌背后，是对挑战与变化的主动应对。本届奥运会，场地的大幅缩水与"禁止摸桌、吹球"等新规的出台，让中国乒乓球队的征途陡生变数。对此，樊振东等国乒选手表示，无论是规则的改变还是空场比赛的客观情况，选手能做的只有积极适应。"我确实需要改变一些比赛中的习惯，不过现在大家都需要这样改变，所以是公平的。"樊振东说。

"在训练中，我们要求的标准更高了。"中国乒乓球队教练李隼介绍，为加大练习强度，队伍会把两张球台并排放在一起进行训练。此外，在每周进行的男女队对抗比赛中，一旦出现不达标的情况，教练组就会要求重新进行对抗，直至合格达标。

与此同时，中国在疫情防控、复工复产上取得的领先成果，令国际乒联女子和男子世界杯、总决赛及一系列奥运模拟赛得以相继在国内举办，为队员们提供了绝佳的练兵机会，"我们的队伍能心无旁骛地进行备战，得益于祖国的强大、保障的强大"。李隼告诉记者。

综观本届奥运，除了独揽4金3银的战绩，令人惊喜的还有国乒的梯队建设成效。在单打赛事中，新生代樊振东、孙颖莎挑起了守半区的重担，与老将马龙、陈梦双双会师决赛；女团决赛中，以P卡身份登场的小将王曼昱同样发挥出色，为队伍夺得2分。李隼表示，很高兴能在奥运赛场上完成新老交替、做好传帮带，"第一次参加奥运会，就能完成这么艰巨的任务，说明新生力量已经成长起来了"。

中国乒协副主席、上海市体育局竞技体育处处长王励勤对记者表示，多年来形成的良性竞争体系是做好梯队建设的关键，"老运动员时刻保持危机感，不敢懈怠，年轻队员也是精益求精、积极进取，这是国乒长盛不衰的原因之一"。

中国跳水队 7 金 5 银收官　单人项目全部包揽金银

"梦之队"后继有人

中国纪检监察报　瞿芃　张驰

8 月 7 日，东京奥运会跳水男子 10 米跳台决赛中，中国选手曹缘和杨健包揽金银牌。至此，中国跳水"梦之队"以 7 金 5 银的佳绩为此次东京之行画上句号。

比赛中，曹缘左肩膀贴着长长的胶布，格外引人注目。"他 3 个月前左肩半脱位，差点没法参赛。"曹缘的妈妈廖月静告诉记者，因为训练刻苦，儿子落下了不少伤病，"刚才和他视频通话，看到金牌非常自豪，但一想到他每次奥运会前都会犯病，又特别心疼。"

曹缘在 2012 年伦敦奥运会前胫骨开裂，2016 年里约奥运会前又因腰伤一度动弹不得。即便如此，他仍在三届奥运会上夺得 3 枚金牌，与前辈熊倪并列成为中国跳水队历史上金牌数最多的男运动员。

杨健也抱着争夺冠军的决心，在最后一跳选择了世界最高难度动作 109B，获得 112.75 的超高分，以 1.95 分的微小差距获得亚军。"这个动作他经常做，有能力完成。"在启蒙教练、四川省游泳学校校长杜辉英眼里，杨健有一种"不服输"的强大意念。

这是 27 岁的杨健第一次站上奥运赛场。杜辉英告诉记者，比赛结束后他和杨健通了电话，"他说这场比赛已经过去了，接下来会继续努力，期待他在 3 年后登顶"。

本届奥运会，中国跳水队拿下 8 个项目中的 7 枚金牌。自周继红在

1984 年洛杉矶奥运会夺得第一块跳水金牌以来，中国跳水队已斩获 47 枚奥运金牌。当记者拨通熊倪电话时，这位前世界冠军直呼"中国跳水后继有人"。

在熊倪看来，中国跳水队之所以能长盛不衰、越来越强，一方面得益于拼搏精神的传承，特别是新生代运动员展现出的良好作风和精湛技术，便是这种精神传承的体现；另一方面，得益于在长期实践中摸索出的科学训练方法，比如自己经历过的敲锣打鼓式的抗干扰训练，以及这次媒体报道的"水花消失术"，都是中国运动员长期训练掌握的"独门绝技"。

"还有很重要的一点，就是我们的制度优势，给运动员提供了强有力的保障，让运动员可以心无旁骛地训练。"熊倪说，中国跳水队的强大不仅靠几个教练员、运动员，还有方方面面的努力，如国家提供的科技助力、后勤保障等强大支持。

熊倪表示，中国跳水队一直都是以老带新或者是老中青结合，合理的人才培养和选拔机制也是保持长盛不衰的重要因素。

"我们不搞'一锤子'选拔，而是经过对每一名运动员长期的观察了解以及对对手的分析，选派出最强的阵容。"熊倪相信，未来会有更多的全红婵脱颖而出，为中国跳水"梦之队"续写传奇。

中国跳水队

中国体育代表团取得 38 金 32 银 18 铜 向世界传递了新时代中国体育的新气象 这是自信的一代

中国纪检监察报　左翰嫡　杨文佳　段相宇

8 月 8 日，第 32 届夏季奥运会在日本东京闭幕。国际奥委会主席巴赫在致辞中称，希望是奥运会带给全世界最珍贵的礼物，过去的 16 天里，运动员们的体育成就令人骄傲，"你们在奥运会的舞台上，梦想成真、闪耀世界。你们是世界上最优秀的运动员"。

本届奥运会，中国体育代表团共斩获 38 金 32 银 18 铜，以金牌、奖牌总数均位居第二的成绩完成收官。从 80 多年前单刀赴会的刘长春，到让五星红旗屡次在赛场上升起的 777 人庞大奥运军团，中国体育代表团的奥运之旅，向世界传递了新时代中国体育的新气象。

"90 后""00 后"成为中坚力量，老将的"定盘星"作用和坚守精神更值得称道，新老结合阵容创海外参赛最佳战绩

本届奥运会是在疫情特殊背景下举办的一场全球体育盛事，也是中国体育战线在"两个一百年"奋斗目标历史交汇重要节点的一场大仗大考。最终，中国交出了一份创海外参赛最佳战绩的优秀答卷，圆满完成了"在金牌榜和奖牌榜上保持在第一序列"的参赛目标。这也是自 2000 年悉尼奥运会以来，中国连续第 6 次镇守金牌榜前 3 位置。

奥运赛场上，成为中坚力量的"90 后""00 后"运动员向世界展示了中国青年的风采。在平均年龄 25.4 岁的 431 名中国运动员中，有 293 人是首次参加奥运会，占运动员总数的 67.98%。为中国体育代表团射落首金的杨倩就是个中翘楚——赛场上，她沉着冷静，赛场下，她活泼俏皮，头上别着的小黄鸭发卡引发"体育经济"热潮，高峰期日均销量 50 万件以上，平均每秒 6 件。

"青年运动员的从容和率真，来自中国实力和国际地位的不断提升。"北京体育大学副教授高鹏认为，当前国家已经不再单纯需要用金牌来证明国力，年轻一代不必在仰视中负重前行，而是可以平视这个世界，以更自信的姿态去享受比赛。

除了表现亮眼的小将，老将的"定盘星"作用和坚守精神更值得称道。站上最高领奖台时，32 岁的巩立姣已经度过了 21 年的铅球生涯，经历了 7 届世锦赛和 4 届奥运会。在中国军团中，还有庞伟、董栋、刘虹、黄雪辰、李玲、吴静钰等多位像她一样勇敢追梦的"四朝元老"。

"巩立姣拼了那么长时间，参加 4 届奥运会，终于梦想成真，这真的是一个非常了不起的故事。"中国女排主教练郎平说，"她也不是每一次都成功，但是她每一次都向这个目标去努力。"

非传统优势项目屡获突破，优势领域续写辉煌，"多点开花"的背后是中国体育整体厚度和广度的提升

闭幕式上，以中国体育代表团旗手身份现身体育场的苏炳添格外引人注目。在一周前举行的男子 100 米"飞人大战"半决赛中，他跑出 9 秒 83 的成绩，将原亚洲纪录提升 0.08 秒，成为首位跻身该项目决赛的中国人，实现了历史性的突破。

突破，成为本届奥运会中国体育代表团的关键词。田径赛场上，铅球、标枪、链球、三级跳远等收获颇丰；碧波荡漾中，赛艇、皮划艇、帆船帆板等乘风破浪；自行车、重剑……在 20 个项目上取得的 88 枚奖牌中，有

36枚来自非传统优势项目，覆盖面远超上届奥运会，"多点开花"证明了体育整体厚度和广度的提升。

与此同时，在跳水、举重、乒乓球、羽毛球、射击、体操等传统争金夺银主阵地上，中国选手多次实现包揽金银的壮举，延续了往届的辉煌，且统治力进一步增强。跳水女子10米跳台决赛中，14岁的小将全红婵凭借多个"零水花"满分动作惊艳世界，以超过第三名近100分的总分数刷新世界纪录。赛后，东京奥运会官方账号发布了全红婵的夺冠瞬间，外媒发文评价称，这是"奥运史上最棒的跳水表演之一"。

在女子举重87公斤以上级A组比赛中，李雯雯同样上演了一场"降维打击"的好戏，挺举开把便要到175公斤，足足超过排位第二的选手30公斤，轻松将金牌收入囊中。接受采访时，李雯雯说："我的对手就是我自己，我只要把自己战胜就行了，其他的都不用想。"

举重"天团"、跳水"梦之队"、乒乓"王者之师"……本届奥运会，中国健儿展现出了高超的竞技水平、积极昂扬的精神面貌，以及"拿干净金牌"的决心。记者了解到，奥运期间，中国体育代表团运动员共接受兴奋剂检查226例，均未出现异常情况。

"整体看来，中国体育代表团圆满完成了参赛任务，实现了参赛成绩和精神文明双丰收的目标，拿到了道德的金牌、风格的金牌、干净的金牌。"国家体育总局相关负责人表示。

融入新理念、新技术、新手段，科学备战有效提升整体竞争力

是什么让中国体育健儿交出了一份出色的成绩单？国家保障、备战细致、提前适应赛制都是成功必不可少的因素。巴赫也评价道："显而易见，中国奥委会在运动员备战方面工作很出色。"

出色的备战工作，体现在一系列针对性极强的专项训练之中。为补齐

运动员的体能短板，国家游泳队专门聘请了4名外籍体能训练师，"新科蝶后"张雨霏表示，在体能强化训练期间，她最大的体验就是"酸爽"："大量的时间和精力都投入在专项训练中，花了大概4至5个月时间才将自己的基础体能提高到一个相对平衡的水平。"

经历了一段时间的特训，张雨霏的体能有了显著进步——此前引体向上只能勉强负重15公斤的她，现在已经可以稳稳负重40公斤。"核心力量的提升帮助我在水中能更好地完成蝶泳提臀动作和控制动作节奏，能够更为流畅地游进以及保持水中的流线型。"张雨霏说。

游泳大项取得佳绩的背后还有航天技术的支撑。记者从中国航天科技集团九院了解到，2021年上半年，该院十三所时代光电公司运动测量团队配合国家游泳队开展优秀运动员风洞试验，完成了包括张雨霏在内的6位运动员站立姿态下不同送胯角度测试和游泳姿态下不同技术动作测试，探明典型游泳速度下，运动员不同姿态所受阻力的规律，为教练团队确定训练方案、改善运动员身体流线型、优化技术动作提供了科学依据。

借鉴国外先进训练理念和经验，走出去、请进来，形成更加开放的工作格局；从高等院校、科研院所、医疗机构、高新技术企业等单位选拔专业人员，组建国家队复合型团队；实施科技助力，大力推广使用国内外最新科研仪器设备等手段，将大数据、传感器、电子系统模拟比赛等新理念、新技术、新手段逐步融入训练实践过程……这个奥运周期，一系列系统备战措施有效提升了中国体育代表团的整体竞争力。

"科学的训练和管理，保障着我们的队伍不断提高成绩，让运动员的汗水不白流。"福建师范大学体育科学学院教授王润斌说。

组织全国性大集训、大调训，开展网络赛、通讯赛、区域赛、队内模拟赛，体制优势助力中国奥运军团迎难而上、化危为机

本届奥运会上，中国羽毛球队在5个单项比赛中收获了2金4银。而在亮相东京之前，由于世界羽联赛事停摆，这支队伍已经一年多未参加国际比赛。

疫情冲击下的东京奥运注定不平凡。奥运周期的变化、封闭训练的孤独、缺少大赛的彷徨、与疫同行的焦虑，给体育健儿带来了前所未有的挑战。困难当前，全国一盘棋的制度优势提供了强有力的支撑——在过去一年里，国家体育总局积极整合各省、区、市备战资源，通过组织全国性大集训、大调训，开展网络赛、通讯赛、区域赛、队内模拟赛等形式多样的竞赛活动，增加训练对抗，同时解决长期封闭集训带来的心理焦虑等问题。

"奥运会延迟一年，我们有祖国的强大后盾，可以在基地正常训练，保持状态。"中国羽毛球协会主席张军说。

在暨南大学体育学院院长彭国雄看来，中国选手在田径场上的突破性表现，与国家从各个方面提供的保障有密切关系："比如如何让运动员更快适应场地、如何在全球疫情蔓延的情况下为运动员做好防护措施等，这些如果做得不到位，都会影响到运动员们的临场发挥。"

"我们迅速调整了训练部门职能，成立疫情期间国家队移地工作组，建立国家队备战工作新型联络机制，灵活拓展了形式多样的训练备战方式。"中国田径协会副主席田晓君介绍说。在体制优势的坚强保障下，中国奥运军团迎难而上，将挑战转化为机遇。

"党的坚强领导，强大的综合国力，全国人民的关注支持，是我们应对疫情冲击、做好东京奥运备战参赛工作的定力和底气所在，是在充满复杂变数的不确定性和日趋激烈的国际体育竞争中，全力争胜的决心和信心所在。"国家体育总局相关负责人表示。

走过东京，进入北京时间，跟着奥运动起来、热起来，北京冬奥将再一次用激情点燃全世界

东京奥运会闭幕之时，中国迎来了第 13 个"全民健身日"。13 年前的 8 月 8 日，是北京奥运会开幕的日子。从那以后，每年的这一天被确定为全民健身日。这是北京奥运会留给中国的宝贵遗产。

"跟着奥运动起来、热起来！"赛场上，中国体育健儿们争金夺银、尽显风流；赛场外，一轮运动热潮正在掀起，加速了中国从体育大国迈向体育强国的进程。

社交网络的兴起，让奥运比赛和运动员个人的魅力更加凸显，塑造了可信、可爱、可敬的中国形象。作为国民级偶像的"中国乒乓天团"，在收获高关注度的同时，也将民间乒乓球热推向新的高度。

走过东京，奥运将进入"北京时间"。再过不到 200 天，北京冬奥会就要拉开帷幕。北京将成为世界首座既举办夏奥会、又举办冬奥会的"双奥城"，而跨越 13 年的奥林匹克之约，也将再次点燃根植于亿万国人心中的奥运火种。

东京赛场内外，北京"双奥"元素频频出镜。在体操女子平衡木决赛中，中国选手管晨辰和唐茜靖包揽冠亚军。赛后，唐茜靖对着镜头向世界展示了"北京2022"的徽章。赛场外，许多外国记者依然背着2008年北京奥运会的媒体包，上面的会徽"中国印"格外醒目。

北京冬奥组委运动员委员会主席杨扬表示，东京奥运会的顺利举办，再次向全球的冬季运动员传递明确信号，北京冬奥会就在眼前，他们可以继续为了奥运梦想全力以赴。"我们已经做好准备，欢迎全世界优秀运动员相约北京，再一次用奥运激情点燃全世界！"

刘国梁：我们捍卫的不仅仅是金牌，更是这支球队的队魂！

乒乓世界　边玉翔

历时 14 天的奥运会乒乓球比赛，中国乒乓球队共获得 4 枚金牌和 3 枚银牌，留下了男单 4 连冠、女单 9 连冠、男团 4 连冠和女团 4 连冠的新纪录。尘埃落定后，中国乒协主席、中国奥运代表团乒乓球领队刘国梁总结了这次奥运征程，并点评了参赛的每一位队员。

国乒不是这一届强大，而是一直很强大

这是极其特殊的一届奥运会，不管是最终取得的成绩还是整个过程，都让人非常难忘。中国队强大的理由是一直有着光荣的传统和传承，我们不是这一届强大，而是一直都很强大，这是每一代乒乓人共同的努力。

三年后的巴黎奥运会对我们来说和东京奥运会是一样的，我们每一届奥运会都希望能获得更多的金牌。打完东京之后，我们的女子团体实力和阵容已经打出一个雏形了，男子可能会有一些变化。

我觉得三年以后的奥运会应该会更激烈，特别是男子乒乓球，现在是世界和中国在对抗，中国在和世界竞争。无论是欧洲还是亚洲，世界拼中国拼得非常凶，比如这次奥运会就给中国带来了巨大的压力和挑战。女子现在看上去中国和日本明显更接近一些，别的国家还是稍微欠了一点。

孙颖莎是新时代的偶像和榜样

虽然孙颖莎女单没有拿冠军，但是在国人的心目中，她的表现早已经超过了冠军的影响力。她靠自己的实力和在场上的表现征服了世界乒坛，

我觉得这是非常难得的。孙颖莎这个孩子的内心非常干净，她的性格和打球是一样的，不纠结。我认为她是新时代的一个偶像、一个榜样，不仅仅是乒乓球的，应该也是属于中国体育界的一颗新星。

陈梦未来的路还长，这仅仅是个开始

陈梦这次拿到了两块金牌，实现了自己的梦想，首先对她表示祝贺，但是她未来的路还比较长，这仅仅是第一次。这三个年轻女孩的水平在伯仲之间，对陈梦来说，后边比赛的稳定性，包括如何更快进入状态都是要继续努力的地方。但还是要祝贺陈梦，她在这个不算年轻的年龄，第一次参加奥运会能够获得两金还是不错的。

王曼昱展现了实力，未来可期

王曼昱以P卡上场展现了实力，她这也是练到了才能打到，未来可期。她和莎莎、陈梦三个人现在整体实力一致，最好的就是三个人并肩齐发，而不是一花独秀，这是中国乒乓球队强大的根本。球队在东京悄然就形成了改朝换代，完全换成了三个年轻队员，这个转换我认为对未来女子乒乓球6年到8年间，可能都是一个标志性的转换，这是除了金牌之外的收获。

刘诗雯的价值远高于一块奥运金牌

刘诗雯混双没有拿冠军有点遗憾，但是我觉得她这种精神还是对球队有巨大的帮助，是一种传承。10个月前她刚做了手术，女孩子都爱美，那么大一个疤，她一直咬着牙走到东京。尽管决赛没赢下来有一些遗憾，但是人生就这样，她来了，她也拼了，也努力了，能够把国乒女将的精神传承给三个年轻队员，我觉得这是她真正的价值，要远远高于一块奥运金牌。

其实不仅仅是刘诗雯，还有丁宁，其实丁宁也一直在周期当中和刘诗雯一样扮演着在球队的角色。我认为她们两个是一个时代，只不过是丁宁提前一年退出了奥运竞争，刘诗雯又坚持了一年。但不管怎么样，每个运动员都有梦想，她们两个给三个年轻队友，包括给整个女乒带来了巨大的财富，特别是精神上。

樊振东的一金一银可圈可点

樊振东第一次参加奥运会能够获得一金一银，我觉得还是可圈可点的。只不过大家对他的期望值太高了，他自我期望值也高，所以可能压力有点大。但是最重要的是他在团体中赢下来了，特别是决赛 1 比 2 落后，这场就非常关键，如果输掉的话，团体就是 1 比 1，赢了之后就成 2 比 0，一进一出等于两场球。又对的是奥恰洛夫，从这块来说他站住了，证明了自己，对下一届的巴黎，对他个人的信心，还有对整个球队的信心，（帮助）是巨大的。如果他在决赛里输球的话，下一届作为领军就非常困难了，所以我觉得他是有突破的，还有未来。

许昕完成了梦想，是球队的财富

许昕应该说和刘诗雯一样，也非常努力，虽然最后时刻没有拿下混双冠军，但在后边团体赛里还是表现得可圈可点，完成了自己的梦想，给自己画了一个句号，我觉得也是一个球队的财富。

对马龙没有过多评价，完美不过如此

马龙我觉得没有什么过多的语言去评价他。如果说大家追求完美，也不过如此，他的这种精神还是不一样的。他不仅仅做到了自己对自己的要求，也做到了所有人对他的要求和梦想，从来没有让人失望过，所以我觉得马龙真的很辛苦。我这几天也一直在想，马龙取得了这样的成绩，是不是可以让他说声拜拜，能够给更多人一些机会，但是我觉得他始终有梦想，不知道他怎么想。他各方面都是所有人的榜样，也是体育的财富，他得到的不仅仅是金牌和成绩，更多的是感染这支球队，一直撑了这么多年，非常不容易。

这个团队是大家共同在战斗

我现在就是默默地在后面、在下面托住这支球队。为了捍卫国乒的荣耀，大家竭尽全力，在备战的这 5 年当中，没有任何可以指责和埋怨的，不管是参赛的运动员还是教练，还是我们的保障团队。包括中国乒协换届之后，这些人都抛家舍业，大家没有怨言，这是非常了不起的事情。这不是一个人在战斗，是大家共同在努力在战斗。其实我们承载的压力是外人不可想象的，甚至我自己都不可想象。

这是我参加的第 7 届奥运会了。从当运动员开始，我觉得运动员压力最大；当主教练，我觉得主教练压力最大；当总教练，我觉得好像比主教练压力还大；当了乒协主席，我又感觉好像并不能让我轻松，好像一直在想下一步，想未来还有什么，还差什么。可能在这方面上，这个位置让我成熟了很多。特别是这次奥运会，我们在第一项混双输完之后，整个团队承载着巨大的挑战和压力，世界的挑战、自我的压力。但是我们做到了，在极其困难的时候，我要求球队，也要求自己，我们必须顶住，我们捍卫的不仅仅是几块金牌，而是这支球队的队魂，是冠军血统。面对这种压力的时候才看你的底气，才看你的基础，才看你日常打大仗恶仗的这种精神，重要的是我们真的咬牙扛过去了。我觉得转折的节点在孙颖莎和伊藤这场，但最终的圆满是女团和日本的对决，是男子接受德国的挑战，我们终于画了一个圆满的句号。

这是一支可爱的球队，这是一支可敬的球队，这也是一支永远让国人自豪的球队！

中国羽毛球女将赛后一举动令对手感动!
日本网友也交口称赞

新浪 周超

7月29日,在东京奥运会的羽毛球女子双打比赛中,中国的凡尘组合逆转了本次大赛的女双一号种子,日本的福岛由纪/广田彩花,晋级四强。

赛后凡尘组合的一个举动,温暖了对手的心,也得到了日本网民的赞扬,被称为"跨越国境的互相尊重",并在截稿时为止,成为日本雅虎浏览量最多的综合体育新闻。

事情的前因是广田彩花在6月份右膝十字韧带断裂。为了参加奥运会,她进行了保守治疗,要等到奥运会结束后再动手术。

已经打了4场比赛的广田彩花和福岛由纪拿下了第一局,但是后面被凡尘逆转。

双方本场比赛打得极为激烈,一直到最后都在每球必争。

赛后,陈清晨和贾一凡来到了日本组合身边,轻轻敲击了广田的膝盖,互相进行了拥抱,并说了几句勉励的话。

贾一凡说:"日本这对组合是我们最大的对手……广田这么重的伤,她能站在球场上就很值得尊敬了。"

日本记者将贾一凡的话传达给了广田和福岛,福岛相当感动地回应说:"能被对手这样说,我感到非常高兴,虽然在赛场上我们是对手,但是离开了赛场互相关系都非常好。"

广田说:"这就是体育最大的魅力,能够和中国对手比赛,是非常令人高兴的事情。"

两个人的奥运会结束了，作为前辈，福岛对广田说："你已经很努力，多谢你。"

广岛则表示："能够两个人比赛感到非常幸福，感谢福岛前辈。"

《每日体育》这篇发自日本时间昨天 22 点 30 分的报道在 2 个小时里就有了 500 条以上的留言和数万点赞。

日本网民在下面留言说——

"这才是令人高兴的新闻，选手在社交媒体上互相喷和这比起来，在体育精神上有着巨大的差距。"

"选手互相尊重是非常精彩的故事，这才是体育精神，但是网民的素质却令人遗憾，不要稍微有点什么，就去社交媒体上喷选手。"

"这真好，这才是奥林匹克的精神，虽然奥运会开赛有争议，到目前为止在运营上也有很多问题，但是运动员们都很努力。"

"看到这个新闻我很吃惊，也很高兴，这才是体育应该传达的，超越国界的、选手之间的牵绊，就像冬季奥运会时，小平选手和韩国的李选手那样。感谢中国的两位对广田的支持。"

刘国梁：李隼心梗手术仍领军备战 他为国家玩命为国乒拼命

搜狐体育 郭健

"女乒主教练李隼在成都备战期间身体出了一些状况，因为心梗做了一个手术，"在今天接受某社交媒体采访时，中国乒乓球协会主席刘国梁说，"当时为了稳定军心，他也没有跟这些队员说，只有我们几个人知道。"刘国梁透露李隼做完手术之后，打热身赛时也正是他最危险的时候，"当时男队主教练秦志戬每场场外都坐着担任指导，而李隼教练没有坐。为了保护他的身体，当时让队员的主管教练去坐了。想着（能否参加）奥运会根据他的身体状况再去看"。

刘国梁强调李隼的精神在鼓舞着整个球队，"这个年纪还在为国家玩命，还在为国乒拼命！"

对此李隼教练回应说："现在李指导挺好的，应该说已经过了特别危险的时候，一切都正常。"这位中国女乒功勋教练表示，球队上上下下在备战过程中目标非常明确，就是为了这次奥运会。"我们心里面一直在想，这次比赛困难非常非常大，但是绝不能在我们这一代教练和运动员手中把中国乒乓球队的荣誉丢掉。"李隼深情地说："我就想在这次比赛当中真正竭尽全力，而我也确实做到了这一点。另外队员们非常争气，真正是竭尽全力保持住了这种荣誉。"

刘国梁表示，在李隼做完手术后，因为怕太太和女儿担心就没有通知家人，是在术后过了几天情况稳定后才通知的。"他太太是一个医务工作者，过来之后安抚了他的心态，包括在后期备战当中，在威海封闭训练当中都由他太太亲自来照料他的起居生活和饮食，对他进行了严格的控制和照顾，这也是国乒历史上从来没有过的。他太太也很乐观，跟我们说，这也给了他们夫妻俩一个共同备战的机会。"

提到夫妻共同备战，李隼坦言非常感谢刘国梁主席，"确实是破例了，我在国家队 20 多年还从来没有过这样的事情。因为封闭训练中基本没有外人，记者都不能来，只有最后一个公开训练日的时候记者能来。我太太现在都变成乒乓球专家了，和孙颖莎聊得挺好，出去遛得还挺来劲"。

"这个成绩里面也有他太太的功劳！"刘国梁最后意味深长地说。

带着血泡、打封闭、致敬对手

国羽东京奥运会那些感动的瞬间

腾讯体育 张楠

随着谌龙和安赛龙这场比赛的结束，中国羽毛球队在东京奥运会也完成了收官战，2金3银。出发前的悲观情绪被一扫而光。

人们都说哀兵必胜，这就是中国羽毛球队此次征战东京奥运会的最好诠释。而在胜负背后，他们也在东京奥运会上留下了一个个感人的瞬间。

两层血泡完成决赛 这是老将坚守最好的诠释

虽然都是"双龙会"，但这似乎预示着又一个时代的到来。在这场决赛中，谌龙、安赛龙，就像是五年前的李宗伟和谌龙。

比赛结束后，他走过球网脱下衣服拥抱哭成泪人的安赛龙。他给予对手最大的称赞和认可，就像是要把属于自己的时代托付给下一个王者。

32岁，没人知道谌龙在自己的职业生涯面对的都是什么，就像没有人知道东京奥运会从小组赛开始，他脚上就磨了一层血泡。扛不住怎么办？抹上碘酒，继续战斗。

这是他唯一的选择。

儿子小咖啡出生后，原本人生第一次在国际赛场见证父亲的辉煌时刻，应该是在一岁的时候。王适娴都没有想过小咖啡能不能适应比赛场的环境，就毅然决然要像里约奥运会那样，想带着小咖啡来东京陪伴谌龙。

额外延期这一年，小咖啡已经可以喊出"龙哥，加油！""谌龙，干什么去了？"

这是儿子给他最好的礼物，也是支撑他站在决赛赛场上最大的动力。

东京的赛场上，看到的是谌龙波澜不惊的样子，他不再面对媒体说只能一个问题，他有问必答。他始终强调，来东京只是为了这次对得起自己的付出。

一年，对于很多人来说，转眼就过去了。但对于一个 32 岁的老将来说，每一天都要比别人多付出更多的汗水。

所以，谌龙能够坦然站在这个赛场上。10 年前，温布利体育馆，谌龙第一次参加世锦赛，那个时候人们都说他是中国男单未来的希望，年轻气盛的他第一轮面对危地马拉的凯文·科登，世界排名 100 名开外。他却爆冷出局。

一年后，站在伦敦奥运会的赛场上，他开开心心甘当个"小队员"，每天享受着伦敦奥运会的乐趣，最后拿到了铜牌。颁奖仪式结束后，他拿着那个铜牌说："这次来，玩儿得很开心，没空手回去。"

四年之后，那个把奥运会当玩儿的孩子经历了太多的质疑。逢团体赛就落败，几乎成为很多球迷诟病羽毛球队的谈资，他照单全收。最终，那枚金牌击碎了外界所有对他的质疑。

林丹为羽毛球男单开了个好头，让所有人知道，只要你坚持，年龄不是问题；谌龙也开了个好头，只要你对得起付出，一切无愧于心。

从小咖啡出生之后，谌龙就一直在说希望小咖啡把自己当作骄傲，这一天他做到了。

她们是最有爱的搭档

当波利 / 拉哈尤已经庆祝完躺在地上静等最后一个挑战结果出炉的时候，陈清晨 / 贾一凡淡然地望着赛场内，等待结果。

当看到获胜之后，印尼组合跪在地上痛哭。对于 34 岁的波利来说，在羽毛球赛场上她坚持了十几年，2012 年奥运会还经历过禁赛风波，但她始终没有放弃。

或许正是想起了过去的种种，她跪在地上失声痛哭。球网对面的陈清晨、贾一凡笑着走过去拥抱她。

这是对对手最大的致敬。"应该说我们都是看着她打球长大的，大家都是女双运动员，平时都会见面，我们也都了解大家为了这块金牌的付出。真的很尊敬她。"

这已经是陈清晨/贾一凡第二次跨过球网拥抱对手。上一次，是 8 强的比赛中面对日本选手福岛由纪/广田彩花。当她们看到广田彩花拖着十字韧带已经撕裂的腿跟她们打完 70 多分钟的比赛之后，对她充满敬意，走上前送上了自己的敬意。

女双这对可爱的姑娘用这样一种包容友爱的心态在东京奥运会的赛场上，诠释了奥林匹克精神。

然而，决赛这一天，是陈清晨爸爸的生日。在家里看完女儿的比赛，父亲一边切蛋糕，一边说："我女儿获得银牌我也为她骄傲。"

听到父亲这段话，陈清晨在发布会上落下了泪："能拿到奖牌我们就很开心，来的时候我们觉得小组赛都很难。只是现在觉得这场比赛很遗憾……"

波利的坚持是一种信仰，陈清晨/贾一凡何尝不是呢？这次奥运会挖掘了陈清晨的网红潜质，空场比赛的加油声成为了每场比赛大家关注的话题。而不了解她们的人甚至以为贾一凡是个配角，因为在场上贾一凡总是冲着陈清晨说："棒！""牛！你真牛！"

从 2014 年开始贾一凡一直觉得搭档比自己优秀，她总是怕自己拖陈清晨的后腿。2016 年的时候，教练曾经考虑让陈清晨和当时能力更强的唐渊婷搭档，让陈清晨选择。她当时毅然选择了贾一凡。直到现在说起这一段，贾一凡都会落泪。"我那个时候想法还没有现在成熟，每天在国家队也就觉得自己是个打酱油的，真的没想到她会选择我。"

那个时候，陈清晨获得了出战尤伯杯的机会，贾一凡、黄东萍几个队员就像小迷妹一样，啃着鸭脖子，在电视机前给陈清晨加油，不遗余力。为她的荣耀而骄傲。

转眼，她们并肩站在了奥运会的赛场上。一路披荆斩棘，却总是乐此不疲在赛后互相调侃。

尽管距离最高领奖台只差一步，但她们已经展现了中国女双最荣耀的一面。

同样还有杜玥/李茵晖。国际大赛经验更少的她们，帮中国女双获得了满额的参赛资格，八强战同样输给了这对印尼选手，杜玥在混合采访区背过记者蹲在地上痛哭。

男双决赛后的第二天，和刘雨辰在球场看完球，刘雨辰还在为自己没能获得金牌而遗憾，杜玥却说，你能有银牌还不知足么？还有没有拿牌的呢。

冲击奖牌，这何尝不是杜玥为自己三年后许下的承诺呢？

双塔满身伤病的坚持

可能五个单项里面，只有没获得满额资格的中国男双是这次最大的惊喜。当他们输掉决赛之后，外界出现很多对他们的质疑，但很多人却忘了最初的预期。谁能想到他们能进入到决赛？

新冠肺炎疫情以来，甚至更早的时候，他们的伤病就导致长期训练不系统，尤其是李俊慧的伤病时常会出现。尽管很多人都认为，他就是天才，不用训练也能在关键比赛中给出好的发挥。

但毕竟，比赛是要靠两个人。一直以来就是易胖体质的刘雨辰疯狂减重，希望能把自己的身体调整到最好的状态，而李俊慧却时常没法正常训练。原本两个人性格都不太一样，因为训练计划无法协调，也会出现一些争议。

但他们都决定站在东京奥运会的赛场上，过去一切的一切，在这个时候都算不上什么。因为，他们必须携手走上这段征程。

他们一起在村里拍照，迈着一样的步伐拍小视频。好久没有看到这对从小一起长大的兄弟有这样的画面，因为他们知道这次要为自己而战。

尽管距离冠军就差那一点，但他们经历的过程却不是这一场比赛能够证明的。

刘雨辰的髋关节一直有劳损伤，别人都以为那是他走路"拽拽的"，却不知道，他只要选择不再做运动，就要马上手术。医生都说，他的运动生涯不会太长，但是他却在打完这场决赛的时候说东京奥运只是起点，不会是终点。

女单 谁说陈雨菲没压力？

陈雨菲夺冠的一刻，单打主教练夏煊泽眼眶里一直含着泪，上次见他在奥运赛场上这样，还是在五年前里约谌龙夺冠的一刻。陈雨菲颁奖仪式开始前，他特意离开了场地："我怕我看到那个画面，自己哭得更厉害。"

很多认识陈雨菲的人都说，这丫头就是心大。但站在奥运赛场上，怎么可能一点压力都没有？

但是这丫头就能把那么关键的比赛，打得让你如此放心。

连陈雨菲省队女单主教练、前世界冠军王琳都说，陈雨菲这姑娘心理素质太好了。但其实她该走心的都走心，一点儿没落。

在前往东京之前成都的集训，陈雨菲和何冰娇都出现了一些情绪上的波动，急躁、焦虑。但来到东京之后，两个人的心态反倒好了很多。

女单组主教练罗毅刚说，可能是因为到了这里大家只想着全力投入到比赛和训练中，情绪上就好了很多。

当年王仪涵、李雪芮、王适娴一批队员退役之后，中国女单不得不把陈雨菲、何冰娇这几个刚刚在青年赛赛场上崭露头角的姑娘推到了最前面，让她们扛下中国女单的大旗。行，也得上；不行，也得上。

就连师姐们还在的时候，中国女单从 2011 年起就没再获得过世锦赛冠军，更别提她们接班之后世界女单群芳争艳。她们一直缺的是自信，而这一切都来源于始终在国际赛场上没有一个让她们底气十足的成绩。

教练罗毅刚只能不断告诉她们要自信，毕竟在中国那么多女单选手里面又只有她们两个人有能力代表大家出战。

半决赛和何冰娇那场比赛是陈雨菲迈过去的最难的一个台阶。2021 年进行的两次队内赛，她都是输给了何冰娇。但她心态好，最重要的一点就是，并没有把这些当作负担，而是想着输过两次，自己就能总结两次，如果这次再输，那就再总结呗。于是，这道坎就迈过去了。

何冰娇在青年赛赛场上崭露头角之后，到了成年赛场却始终没能超越陈雨菲。2020 年成都封闭集训，她突然开始减重，最多的时候减重快 20 斤，原来肉嘟嘟的脸，变成了小尖脸。她开始严格自律，即便是不训练的时候，她也会去健身房跑步。当她发现暴瘦之后，体能下降之后，她又开始调整自己的体脂。

过去，在比赛中只要比赛时间长，多拍多，她就会顶不住。而 2021 年她在两次队内赛中击败陈雨菲，都是因为多拍的时候能够咬住，才最终获得胜利。

就在她们征战东京赛场的时候，女单的小队员都围在电视机前看着她们。这枚金牌是对中国女单过去付出的认可，也给像王祉怡这样的小队员树立了目标和希望。

郑思维打封闭完成比赛 黄鸭变得更团结

在来到东京前一个月，王懿律说自己想要说的就是开开心心去比赛，开开心心结束奥运。

而黄东萍说，自己的期待就是好好享受比赛，同时希望自己的搭档也能好好享受比赛，不要给自己太大压力。

他们这对混双组合，性格恰恰相反。王懿律内敛，很多时候更愿意自己闷着；而黄东萍直率开朗，想什么就说什么。

正是 2020 年成都集训的故事让他们彻底解开了积压了那么多年的心结。

黄东萍自己都没有意识到某一堂训练结束，自己到底说了什么话，惹得王懿律不高兴。她以为会跟之前一样，什么都不说，过两天就过去了。结果等她发现自己已经有段时间没有跟王懿律说话的时候，距离两人吵架已经过去了一周多。

黄东萍开始焦虑，教练杨明也提醒她该学会处理。耿直的黄东萍把自己弄成个情感专家一样，开始找王懿律身边的朋友去打听，到底怎么才能让王懿律知道自己真的想要挽回这对搭档之间的感情。最终朋友支了个招，黄东萍照做了。而当王懿律早上打开门看到礼物的时候，心情豁然开朗。因为倔强的搭档，终于开始去体会他的想法，他在意的并不是这份礼物，而是这一份心。

第二天，王懿律开始和黄东萍说话了。之后，黄东萍学会在两个人产生摩擦后，自己先谦虚下来去道歉。黄东萍特别感激这一年，正是因为有了这一年，她终于有耐心去了解自己的搭档，找到两个人共同契合的目标，也就成就了今天的他们。

在这一年来，郑思维持拍手的伤病加重。队里的体能教练、队医开始针对他的情况定制计划，然而，刚刚定制一个周期的计划，第二天手臂再次出问题，所有的计划都泡汤。

这样的情况周而复始地发生，郑思维索性不给自己做计划了，一切顺其自然反倒好一些。

　　一方面他有着对自己伤病的担忧，另一方面搭档黄雅琼也出现了焦虑，因为不知道两个人什么时候还能像以前那样，用最好的状态去训练和备战。

　　就在奥运会前的一个月，承担着即将开赛的压力，郑思维下决心要让自己的计划无论如何都要提上日程。他跟黄雅琼说："再等我几天，我一定陪你一起练。"

　　黄雅琼瞬间哭得不能自已。泪水里有着压力，有着焦虑，有着独自一人训练承受的痛苦，但最关键的是，搭档没有放弃她。

　　就在东京奥运会决赛的赛场上，郑思维为了完成这场比赛，打了两针封闭坚持到了最后。虽然没能搏下金牌，但他尽了自己全部的力量。

　　这就是东京奥运会上国羽的瞬间。他们身上有伤痛，有传承，更有无惧挑战的勇气，这种勇气终将会种在他们心中，三年后生根发芽结果……

再见东京　北京再见

北京日报社　李立

8月8日晚，东京奥运会落下了大幕。在16个比赛日里，来自206个代表团的运动健儿在这个夏天，为着同一个目标拼搏努力，挥洒汗水，这注定是现代奥林匹克历史上最难以忘怀，也最特殊的一届奥运会，疫情之下，竞技体育精神再度将全世界凝聚在一起。"更快、更高、更强——更团结"不仅仅是奥林匹克格言，更代表着人类面对困难时无畏、团结和永不放弃的信念。

告别东京，2022年北京冬奥会已然在招手，我们北京再见！

难忘

中国健儿的拼搏

本届东京奥运会，中国代表团带着38金、32银、18铜的战绩满载而归，38金追平了中国在境外参加奥运会的最佳成绩。闭幕式上，田径运动员苏炳添出任中国代表团旗手，他高举着五星红旗走入会场。在男子100米半决赛中，苏炳添以9秒83的成绩打破亚洲纪录，以半决赛第一名闯入决赛，成为我国和亚洲首位进入奥运会男子100米决赛的运动员。在男子4×100米接力决赛中，苏炳添与队友跑出37秒79，平了全国纪录，排名第四，让全世界再次见证了中国速度。

取得突破的苏炳添只是中国健儿们的一个代表。在本届奥运会上，中国体育代表团大部分项目都有出色的表现。他们在田径、游泳、跳水、举重、体操、蹦床、射击、乒乓球、羽毛球、赛艇、皮划艇、帆板、自行车、击剑共14个项目中夺得金牌,创下境外参加奥运会夺金项目最多的新纪录。其中巩立姣、马龙、庞伟、施廷懋、王涵等老运动员勇夺金牌;杨倩、张常鸿、全红婵、陈芋汐、张家齐、管晨辰、杨浚瑄等多名"00后"运动员发挥出色。

不仅金牌多,而且中国健儿们在多个项目中创造了新纪录。在举重、射击、游泳、自行车等项目中,中国选手打破了4项世界纪录(场地自行车女子团体竞速赛、举重男子73公斤级总成绩、射击男子50米步枪三姿、女子4×200米自由泳接力),创造了21项奥运会纪录。同时,在10个小项包揽冠亚军,成功卫冕11个小项的金牌。

更难得的是,从东京奥运会的表现看,中国竞技体育人才的厚度正在增加。在38枚金牌中,2人以上团体项目有12个,占32%;获得金牌的运动员有52人,创境外参加奥运会夺金人数最多。获得前8名的有158人,也创下境外奥运参赛史的新高。

感动

一个个温情时刻

在闭幕式上,经历了紧张激烈的赛事,运动员们迎来了16天内最放松的时段。他们围成一个巨大的圆圈,用手机打出灯光,配合闭幕式导演组设计的特效,点点星光汇聚上升,酷炫的灯光秀宛若灿烂银河。星河灿烂,无数由颗粒组成的光束上升,又如瀑布般倾泻而下,最后汇聚成"光之五环"。这一刻,体育不再仅仅是成绩,更成了一条纽带,连接起了全世界。在这个夏天、在东京、在盛大的奥运会上留下了或动人或温柔或炙热的无数微小瞬间,它们从细微之处迸发出强烈的光芒,照亮了因疫情而灰暗停滞的世界。

难忘受到疫情影响,只能坐着运送冷冻鱼的货机来东京的斐济橄榄球运动员们。在夺得金牌后,他们齐声高唱传统歌曲《我们会克服的》,唱出的是人类共同努力前行，走出阴霾的梦想。

难忘46岁的丘索维金娜在结束长达30年奥运生涯最后一跳的那一刻，体操馆里所有人起立向这位伟大的妈妈致敬。

难忘张雨霏在赛后给战胜白血病的日本运动员池江璃花子那个大大的拥抱，在那一刻，两位姑娘一起许下了来年再见的约定。

难忘12岁的叙利亚乒乓少女亨德·扎扎美丽的笑脸，她从战火中走来，她高举国旗，在奥运舞台上绽放自己最美的姿态。

这就是体育和奥运会为我们点燃的激情和希望，在过去的16天中，正是这一个个温情的时刻让每个人都感受着这个夏天带来的蓬勃生命力。

期待

北京　巴黎再见

在闭幕式上，随着巴黎市长从国际奥委会主席巴赫手中接过会旗，东京奥运时间结束，夏季奥运会正式进入2024巴黎时间。

最令人期待的"巴黎8分钟"也在惊喜中揭晓。在视频中，室内交响乐团悠扬地奏起法国国歌《马赛曲》，在各种场景切换中，法国艺术家们在巴黎的城市地标巴黎圣母院、卢浮宫以及城市各个角落演奏。镜头转换，小轮车运动员在有巴黎特色的屋顶上飞速穿行，带领世界深入城市，认识巴黎。

和东京时间同步，一面印有巴黎奥运会logo的巨幅奥林匹克会旗悬挂在埃菲尔铁塔上，迎风飘扬。法国空军巡逻表演队飞过埃菲尔铁塔，从空中拉出三色彩带。在一群年轻人的簇拥下，法国总统马克龙在高高的埃菲尔铁塔上喊出了奥林匹克的口号"更快、更高、更强——更团结"，正式向世界发出邀请！

"巴黎8分钟"结束，国际奥委会主席巴赫宣布东京奥运会闭幕，奥运圣火缓缓熄灭。在漫天的焰火中，奥林匹克暂别东京，但奥林匹克精神依然熠熠生辉。2022 年 2 月，北京冬奥会即将到来。这一刻中国奥运代表团也已经向全世界发出了真挚邀请，请全世界冰雪健儿们届时汇聚北京这座全球首个举办夏奥与冬奥的双奥之城，共同见证北京冬奥盛事。

9秒83 百米炳史册 为中国添彩

新京报社 徐邦印

作为男子100米项目跑得最快的亚洲本土选手，此前苏炳添个人最好成绩为9秒91。从2012年首次站上奥运会舞台以来，这是他的第3届奥运会，连续两届奥运会止步半决赛后，他终于实现自我突破，成为首位站上奥运会百米决赛舞台的中国人，并且创造了9秒83的亚洲纪录。

8月1日晚，东京新国立竞技场，苏炳添在男子百米决赛中第6道出发，跑出9秒98的成绩，获得第6名。在中国田径短跑史上，这样的表现前所未有。

赛后，"苏炳添男子百米第6"登上热搜榜第一，有网友这样评价全民围观苏炳添奥运男子百米取得突破的热潮，"这相当于国足打进世界杯16强吧"。

回放

苏炳添决赛前没想过拿奖牌

东京奥运会百米飞人大战，意大利选手雅各布斯以9秒80夺冠，作为首次闯入奥运会百米决赛的中国人，苏炳添最终获得第6名。从半决赛的9秒83，到决赛的9秒98，苏炳添赛后直言，"我已经非常开心了"。

半决赛分组刚出炉时，苏炳添被分到第3组，同组的主要对手包括美国名将罗尼·贝克、南非名将西比尼和意大利选手雅各布斯，奥运会开始前，以上3人的赛季最好成绩均优于苏炳添。

"我知道分组后，第一反应是，怎么这么强？我跟罗尼·贝克比了很多比赛，从没赢过他。和西比尼比赛，应该是五五开。至于意大利的雅各布斯，进入2021年，他的成绩突然大幅提高。"在苏炳添看来，面对这样一个分组，想要晋级决赛，必须全力和自己比了。

站上半决赛的跑道，苏炳添突然来了感觉，"就是所谓的脚感，和跑道、起跑器非常黏合，当时我就觉得机会来了。一听到枪声第一个蹿出去，我已经压制住他们了，剩下的就是途中跑发挥自己的水平"。

苏炳添认为，半决赛与决赛之间只相隔一个多小时，确实对自己有影响，"半决赛消耗太大，恢复时间太短。不过，能在这么短的时间内再次突破10秒，我已经非常开心了。"

半决赛跑出9秒83，决赛有没有想过冲击奖牌？苏炳添否认了这点，他解释说："所有的事情都要有个过程，不能说我刚跑了9秒83，决赛就要冲着奖牌去。去副场准备决赛时，我和我的团队根本没想过这个问题。"

传承

"翔哥是中国田径开路人"

苏炳添先后在男子100米半决赛和决赛中跑出9秒83、9秒98，最终获得东京奥运会男子100米第6名，成为全体中国人甚至亚洲人的骄傲。

半决赛的冲刺阶段，苏炳添知道对手追得特别紧，大概最后5米，雅各布斯的手打到了他，"我不敢说，没有那次碰撞成绩会不会更好，但打了我一下，肯定是有影响的。最后5米左右，我的身体已经僵了，受到影响，我的脚也磕到了自己的腿"。

就在苏炳添半决赛跑出9秒83、打破亚洲纪录后，刘翔在社交媒体上评论："封神！9秒83！！"两代中国飞人之间惺惺相惜。

苏炳添赛后表示，自己一直和刘翔有联系，"翔哥也在不断鼓励我、支持我。他每年的生日，我也会发祝福。包括我第一次突破10秒大关的时候（2015年5月），翔哥也在比赛现场"。

苏炳添强调，"对于我来说，翔哥不只是偶像，我非常感谢他。对于中国田径队来说，他是一个开路人。如果没有他的出现，我们估计无法想象，能站上奥运会的决赛场地"。

"希望我拿到的奥运会第 6 名，能鼓励更多的年轻运动员，指导更多人的体育之路，让他们觉得自己也能突破 10 秒大关。"苏炳添特别提到，2021 年有不少中国的年轻短跑运动员创造佳绩，"我在他们的这个年龄，根本跑不出这样的成绩。我相信，将现在的技术、理念用到他们身上，肯定会事半功倍。"

历程

9 年 3 战奥运　苏神终迎突破

苏炳添在中国短跑界的地位无需赘述，他曾两次闯进世锦赛百米决赛，也曾率领中国男子接力队站上世界大赛领奖台。只是在奥运会的舞台，他始终有些遗憾。

2012 年伦敦奥运会，苏炳添年仅 22 岁。那时候的他还未跑进 10 秒，首次站上奥运会舞台，小组赛跑出 10 秒 19，成为首位闯进奥运会男子 100 米半决赛的中国人，最终在半决赛跑出 10 秒 28，无缘决赛。

5 年前的里约奥运会，苏炳添 26 岁，正值生涯巅峰期的他已经 2 次打开 10 秒大关。小组赛跑出 10 秒 17，轻松闯入半决赛，半决赛将成绩提升至 10 秒 08，但依旧与决赛无缘。此前多次接受采访时，苏炳添都表示，个人进入奥运会百米决赛的目标从未改变。

东京奥运会备战周期，苏炳添有过高峰，2017 年世锦赛闯进决赛，2018 年 3 次跑进 10 秒，2 次跑出 9 秒 91，也经历过 2019 年的小低谷和 2020 年的伤病。来到 2021 年，最强的苏炳添又回来了。

东京奥运会男子 100 米预赛跑出 10 秒 05，这是他参加奥运会以来的个人最好成绩。昨天傍晚的半决赛，面对众多世界高手，苏炳添超越自我，

9秒83的成绩是新的亚洲纪录，同时他以半决赛第一的成绩闯进决赛。

此前多次接受采访时，苏炳添认为，中国短跑有潜力跑进9秒85，"这不太可能一步做到，要慢慢接近这个成绩"。如今亲自"一步到位"，这或许是苏炳添没有想到的。

往届

在悉尼和雅典9秒83可摘金

半决赛第一个冲过终点，苏炳添不断双手握拳、呐喊庆祝，他知道自己实现了闯进奥运会百米决赛的目标。

等待成绩时，他先是单膝跪地，随后坐在地上，最后直接躺在了跑道上，看到9秒83的惊人成绩，苏炳添非常清楚，他没有遗憾了。

9秒83的成绩是什么概念？原本的男子100米亚洲纪录为9秒91，由苏炳添和奥古诺德共同保持。在东京奥运会赛场，苏炳添将这一成绩提升了0.08秒。

东京奥运会前，苏炳添曾经7次打开10秒大关，其中包括2次9秒91、1次9秒92、2次9秒98、2次9秒99。苏炳添坚信可以在这场半决赛中"破10"，但他可能没想到第8次"破10"竟然是9秒83的新亚洲纪录。

回顾过去5届世锦赛和5届奥运会，9秒83的成绩也足够出色。

2011年至2019年的5届世锦赛，9秒83的成绩都可以站上男子百米领奖台，2011年和2017年世锦赛甚至可以拿到冠军，这两届世锦赛的冠军成绩均为9秒92。

过去5届奥运会，男子百米冠军的成绩分别为9秒87、9秒85、9秒69、9秒63和9秒81。这意味着，苏炳添跑出的9秒83，在悉尼奥运会、雅典奥运会可以夺金。即使是博尔特统治百米赛场的2008年、2016年奥运会，9秒83也可以拿到亚军，唯有"神仙打架"的伦敦奥运会，前3名

257

均跑进 9 秒 80，9 秒 83 的成绩无法夺牌。

幕后
参考刘翔范例　改变起跑方式

2019 年多哈世锦赛，苏炳添在小组赛和半决赛分别跑出 10 秒 21、10 秒 23，没能实现连续 3 届世锦赛闯决赛的壮举。之后，苏炳添一度遭遇伤病的困扰，并长时间远离百米赛道。

不少人以为，年过 30 岁的苏炳添会就此一蹶不振，苏炳添和他的团队没有放弃。这得益于出色的保障团队和冬训的扎实训练，同时，他改进了自身的技术细节，进入 2021 赛季以来，苏炳添接连给大家带来惊喜。

苏炳添曾说，自己的最大速度已经很难再提升，目前主要侧重途中跑时速度的保持，"现在会关注七八十米之后的技术，怎么让自己放松，发挥出最强的保持能力"。

此外，对苏炳添来说，更换起跑脚是他职业生涯中又一个重大又艰难的决定。为了突破，他以刘翔更换起跑脚的经历为参考，改变了自己的起跑方式。

4 月 24 日，苏炳添在广东肇庆跑出 9 秒 98，时隔近 3 年再次打开 10 秒大关，也是职业生涯第 6 次"破 10"。过了不到两个月，他在浙江上虞再次跑出 9 秒 98，职业生涯第 7 次跑进 10 秒。

第 3 次参加奥运会，苏炳添不仅连续第 8、第 9 次打开 10 秒大关，获得百米决赛第 6 名的突破，还将亚洲人的男子百米纪录大幅提升，成为名副其实的"亚洲飞人"。

巴黎并不遥远　女篮相约 2024

新京报社　徐邦印

7月19日出征，7月23日集体亮相东京奥运会开幕式，7月27日首秀42分大胜波多黎各，7月30日险胜澳大利亚提前晋级8强，8月4日被塞尔维亚逆转无缘4强，中国女篮以第5名结束了东京之旅。

考虑到中国女篮在里约奥运会仅获第10名，以晋级东京奥运会8强为目标的女篮姑娘们，已经超额完成了任务，战绩仅次于洛杉矶奥运会的铜牌、巴塞罗那奥运会的银牌和北京奥运会的第4名。

在低谷中奋起，大换血后重回世界一线球队之列，这支年轻的女篮让中国篮球看到了重返奥运会领奖台的希望。主帅许利民也坚信，经过东京奥运会的历练，中国女篮未来一定能够取得更出色的成绩。

复盘
为年轻付代价，大赛经验稍逊

昨日对阵塞尔维亚，中国女篮在末节开始前领先9分，结果被对手逆转，这样的过程难免让人遗憾，却也是双方差距的真实体现。

许利民赛后提到了两个数据，两队的失误对比是23比13，对方还抢下了16个前场篮板球，"这样的数据是前面比赛没有过的，这支年轻队伍的弱点、问题暴露了出来，我们的对抗能力也处于弱势"。

小组赛先后对阵波多黎各、澳大利亚、比利时，中国女篮一路过关斩将获得小组头名。在许利民看来，小组赛全胜有一定的运气成分，并不能体现球队的真正实力，"比如对阵塞尔维亚，对手在关键时刻能够掌控场上局面，她们的针对性很强，我们这才看到了差距"。

中国女篮在末节被打出得分高潮期间，对手曾命中一个压哨三分球。许利民认为，那个球确实对队员们的心理产生了影响，"那个时候我告诉大家，一定要坚定、不要保守。但是，一个 20 岁和一个 30 岁的运动员，年轻和老到的差距摆在那里，教练再动员，心理的承受能力也相对有限，这是我们受益匪浅的地方"。

帅论
欣慰叠加信心，未来冲领奖台

中国女篮无缘 4 强后，许利民出现在新闻发布会现场的时间晚了一些。他解释说，因为在更衣室里和队员们互动，给大家加油鼓劲儿，所以耽搁了一段时间，"胜利后要互动，失败后一样要互动"。

"今天是虽败犹荣，我们所付出的努力是值得的。看似结局是一场失利，但整个奥运会的过程非常完美，我们很好地完成了既定目标，出色地完成了比赛任务。"这是许利民希望传达给队员的。

许利民强调，不只是因为球队获得了小组头名，闯进 8 强，关键是把前期所准备的、训练的、计划的内容做到了，而且超出了预期。包括教练组在内，整个中国女篮团队都做得非常好，没有遗憾。

"打欧洲冠军打成这样，这说明我们是具备潜质的，我很欣慰，也很有信心，在她们身上看到了希望。"许利民认为，这支中国女篮还有很大的提升空间，未来前景是美好的，"这支队伍将来一定能站上奥运会的领奖台。"

中国女篮的表现也赢得了对手的尊重。塞尔维亚主帅赛后称赞中国女篮："我曾在中国工作，我知道这是近 15 年来最好的中国女篮，我在上海生活了两年，看到她们一直在拼命训练，中国女篮真的非常棒。"

心声

"我们还很年轻，下届奥运再来"

虽然无缘东京奥运会4强，但由于小组赛期间3战全胜，中国女篮凭借积分优势获得本届奥运会第5名，继1984年、1992年、2008年之后，创造队史奥运会第4好成绩。

"我们这支队伍很年轻，有重新再来的勇气。"终场哨响，李月汝成为队内哭得最凶的队员。擦干眼泪后，她接受了失利的现实，同时坚定了对未来的信心。

强调年轻并非找借口，这的确是事实。与塞尔维亚之战，对手阵中有9位年龄超过30岁的老将，而中国女篮只有1位，那就是31岁的队长邵婷。中国女篮的平均年龄只有25岁，比对手小了5岁。

年轻意味着大赛经验有差距。"因为年轻，所以起伏很大。可能上一节打得很好，下一节就跌到低谷，这也是我们回去需要总结的。"李月汝表示，可能因为是关键场次，大家都有很重的思想包袱，上半场打得还可以，但下半场没有及时调整过来。

首次站上奥运会舞台，年仅22岁的李月汝表现有目共睹。首战波多黎各，她砍下21分、12个篮板；次回合对阵澳大利亚队，得到12分、7个篮板的同时，贡献罚球绝杀；此役对阵塞尔维亚，同样有12分入账。

在李月汝看来，为了备战东京奥运会，所有女篮队员都付出了很多，一直以为能有个更好的成绩，"没想到止步这里，有一点遗憾，但我们已经尽了全力。我们还年轻，下一届奥运会再来，未来会取得更好的成绩"。

人员

四年砥砺前行，选人不拘一格

"我们还年轻，年轻就有希望，我们不低头，昂首挺胸向前看。回去总结，未来会更好。"打完东京奥运会的最后一场比赛后，中锋韩旭在社交媒体写下这段满怀希望和信心的文字。另一名中锋李月汝也和球迷约定："2024 我们再见。"

时间往前推 4 年，中国篮协将北京女篮的功勋主帅许利民推上中国女篮的帅位，那时候的女篮国家队还未从里约奥运会的低谷中走出来，建队思路仍摇摆不定，似乎看不到重返亚洲之巅、重返世界一流强队的希望。

起点是如此之低，但所有人都没有放弃。

许利民此前长期在中国女篮担任助理教练，他十分清楚队伍经历的低谷和苦楚。上任之初，他将老对手日本女篮亚锦赛夺冠的照片，挂到了国家体育总局训练局篮球馆墙上，开始了大刀阔斧的队内改革。

除了邵婷、孙梦然等老将留守，更多的位置给了年轻队员。出生于 1995 年的王思雨、杨力维、李梦，出生于 1999 年的李月汝、韩旭、张汝，还有 00 后小将李缘，甚至大批的大学生球员也进入国家集训队。

只看竞技状态，不看生涯资历，打球天赋不重要，场上的拼劲、为国效力的干劲更重要。短短的几年时间，这批刚满 20 岁的年轻队员迅速担起重任，一同站上了奥运会赛场。此外还有部分队员被输送至三人篮球女队，王丽丽最早便是中国女篮国手，本届东京奥运会，她率领中国三人女篮获得铜牌。

收获

大赛越挫越勇，连克日澳两强

从建队之初起，这支队伍经历的失败不在少数，但每次失败过后，全队都会昂起头继续前行，将失败的经验全部化作自身成长的营养，争取下次面对相同对手时迈过那道坎。

2017 年女篮亚洲杯半决赛，中国女篮遭老对手日本女篮逆转，最终获得季军。没关系，来年的雅加达亚运会和女篮世界杯，中国女篮两次击败日本女篮，在亚运会赛场夺冠，随后在世界杯赛场再胜对手，取得第 6 名的好成绩。

2018 年女篮世界杯 1/4 决赛，中国女篮以 42 比 83 惨败于澳大利亚队，被挡在 4 强门外。没关系，2019 年亚洲杯小组赛，再次面对澳大利亚队，中国女篮以 1 分险胜对手，东京奥运会小组赛，又一次和澳大利亚队狭路相逢，中国女篮在最后时刻绝杀对手。

"奥运赛场，玩命去冲啊。"这支年轻有活力的中国女篮，正是凭借这种气势迈过了一个又一个对手，跨越了一个又一个难关，不敌塞尔维亚队无缘奥运会 4 强，只不过是她们成长过程中遇到的又一道坎而已。

3 年后的巴黎奥运会，韩旭、李缘、张茹只有 24 岁，李月汝只有 25 岁，杨力维、王思雨、李梦、潘臻琦、黄思静等不到 30 岁，这支目前缺乏大赛经验的中国女篮将变得更加成熟。正如主帅许利民所说，他坚信这批队员未来能够登上奥运会的领奖台。

东京奥运会河北备战工作回眸（一）

精细备战保参赛

河北日报　张镜

东京奥运会，我省健儿顽强拼搏、勇攀高峰，取得了 6 金 2 银 3 铜的佳绩，为祖国和人民赢得了荣誉，为家乡增添了光彩。其中，科学精细的备战工作功不可没。本报今起推出"东京奥运会河北备战工作回眸"系列报道，梳理东京奥运周期我省周密组织训练备战工作的成功经验，希望对推进北京冬奥会训练备战工作有所启示。敬请关注。

东京奥运会，我省 13 名运动员入选中国体育代表团，入选人员以老带新、结构合理，"质量"较高，为取得历史最好成绩奠定了坚实基础。

我国竞技体育人才济济，我省是如何实现尽可能多的高水平运动员入选东京奥运会中国体育代表团的呢？

成立备战工作领导小组，包联重点运动员

运动员的好成绩、好状态是入选中国体育代表团的重要依据，这离不开对备战工作的精心组织。

为加强对备战工作的综合协调与组织管理，2020 年 5 月，省体育局成立了东京奥运会备战工作领导小组，设立了备战工作办公室，建立了定期会议、信息报告、协调沟通、督导检查等工作制度；成立了由 15 名高水平教练员、医疗康复专业人士等组成的备战工作专家组，划分为训练指导、医科保障、体能康复等 5 个小组，有针对性地指导、服务备战队伍。

在此基础上，为突出重点，省体育局面向东京奥运周期重点运动员，

建立了局领导、备战工作办公室、相关中心领导班子及工作人员包联重点项目、重点运动员的"三包一联"工作机制，明确了工作职责。

射击是我省竞技体育传统优势项目。东京奥运周期，省体育局相关领导到省体育局射击射箭运动管理中心蹲点调研30余次，及时解决备战难题。省体育局先后投入近8000万元，对该中心进行整体升级改造。此外，依据人才引进聘用政策，批准该中心聘用退休教练芦泉彬，形成以其为核心的体能科研团队，以提高重点队员体能训练水平；聘用退休教练常静春，形成以其为核心的教练员团队，帮助重点队员保持良好的竞技状态。结果，我省射击运动员庞伟、杨皓然入选中国体育代表团，并取得了优异成绩。

"一人一策一目标"，进行精细化备战管理

在备战过程中，省体育局对每一名有望参加东京奥运会的重点运动员制定"一人一策一目标"，结合运动员争金夺牌实力，全面实施精细化备战管理。

对于有实力并且有奥运会参赛经历的运动员，帮其找到影响成绩的症结很关键。

2016年里约奥运会前，我省女子铅球名将巩立姣曾投出20.43米；然而，里约奥运会她却找不到状态，最终只获得第四名。省体育局田径运动管理中心主任刘晓马介绍，在认真分析的基础上，帮助她调整训练安排，为东京奥运会巩立姣投出20.58米的个人最好成绩奠定了基础。

而那些没有奥运会参赛经历的运动员，通过补齐短板促其提升对实现参赛梦想也很必要。

曾在第十三届全运会上大放异彩的我省游泳小将李冰洁，此后成绩明显下滑。如没有大的突破，很难参加东京奥运会。为帮助她重回巅峰，2018年，省体育局为她量身定制了"天才少女计划"，并成立了专门保障团队，其中包括专项教练、体能教练、队医、按摩师等，重点解决她的体

能、心肺功能等短板。

因为基本功不扎实，作为国家队"常客"的我省跳水运动员王涵多年来没有大的突破。鉴于此，省体育局制定了"天衣无缝"计划，成立了王涵专门保障团队，配备了专门器材，全方位、全过程保障她以最优状态、最小伤病、最大信心参赛。

李冰洁、王涵长期在国家队训练，怎样把精细化管理落到实处？省体育局游泳跳水运动管理中心主任刘立彦介绍："我们建立了与国家队领导、领队、教练及运动员家长的长效沟通机制，积极争取国家队的理解、认可和支持，密切掌握备战训练信息，派出相关人员，有针对性地帮她们细化落实备战方案，成为国家队训练的有益补充。"

配合国家相关运动队，全力做好备战保障工作

为协同国家相关运动队做好我省运动员训练、转训、训练恢复、伤病康复、心理调整等服务保障工作，东京奥运周期，我省制定了重点突出、针对性强的个性化训练参赛保障方案，确保运动员能够全身心参赛备战。

长期训练带来的伤病问题和比赛失利形成的心理阴影，是我省射击运动员庞伟、杨皓然分别面临的难题。

"根据庞伟的伤病实际，省体育局协调省体科所，从全国筛选优秀康复师输送到国家队，保障庞伟康复；根据杨皓然的训练实际，输送其好友、队友王坤教练到国家队协助执教。"省体育局射击射箭运动管理中心主任蔡亚林介绍，通过签约合作、聘用等方式，省体育局还为庞伟、杨皓然配备了包括康复、心理调整在内的河北保障团队。为充分了解重点运动员训练情况，我省还积极邀请国家射击队到省体育局射击射箭运动管理中心外训，近距离提供保障。

东京奥运会延期一年举行，无疑增加了老将的备战压力，随之产生一些心理问题在所难免。巩立姣就曾遇到这样的情况，她回忆说："当时整

个人的状态立刻就不好了，紧接着伤病也来了。"

为调节运动员心理状态，满足巩立姣所在的中国田径队女子铅球丛玉珍组和我省女子铁饼运动员陈扬、苏欣悦所在的中国田径队女子铁饼肖艳玲组转训河北奥体中心的需求，我省实行点对点接送，从吃、住、行等各方面全方位保障她们安全有序开展训练。

东京奥运会河北备战工作回眸（二）

科学训练上水平

河北日报　张镜

东京奥运会，我省入选中国体育代表团的 13 名运动员 7 人次获得 6 枚金牌、2 枚银牌、3 枚铜牌，并打破 1 项世界纪录、1 项奥运会纪录、2 项亚洲纪录，取得了我省运动员参加奥运会的单届最佳战绩。有关人士指出，这很大程度上得益于东京奥运周期我省运动员的科学训练。

夯实体能基础

良好的体能，是从事许多运动项目的基础。东京奥运周期，我省高度重视强化运动员体能，通过体能训练营等方式，多举措、高质量推进体能训练。

省体育局游泳跳水运动管理中心主任刘立彦介绍，针对跳水运动员王涵和游泳运动员李冰洁、张一璠个人实际情况，该中心制定了"一人一策"体能训练实施方案，分别为 3 名运动员配备了体能教练和康复师，积极配合国家队做好除专项力量训练外的其他体能训练工作。

2021 年春天在青海多巴国家高原体育训练基地，李冰洁每天至少要进行 1 万米游泳训练，有时候甚至游 2 万米；每周还要进行 3 次高强度陆上训练，有时候是跑马拉松，不管刮风、下雨、下雪都要完成。此外李冰洁还先后 2 次赴承德国家雪上项目训练基地进行体能强化训练。

在先进的体能训练设施、训练手段和训练辅助人员的帮助下，这些训练让李冰洁的体能状况有了大幅度提升，为她在东京奥运会上一天之内参加多场比赛依然能取得良好成绩奠定了坚实基础。

在东京奥运会女子 400 米自由泳决赛中以刷新亚洲纪录的成绩获得铜牌后，李冰洁由衷地表示："如果不是坚持跑马拉松，今天后半段那样冲，我可能都坚持不下来。"

游泳需要体能，射击也需要体能吗？省体育局射击射箭运动管理中心主任蔡亚林的回答是："需要。"

据介绍，射击是高精准静力性技能类项目，原本许多运动员并不重视体能训练。该中心从支撑专项技能提升的认识出发，及早启动体能训练，聘请体能训练专家，配合国家射击队制定重点运动员体能训练方案，指导我省备战奥运重点运动员恶补体能短板。

"作为一名老将，多年的射击训练让庞伟的肩部、腰部、颈椎都出现了较为严重的伤病，但是为了备战东京奥运会，他每周都要跑一个 10 公里、爬一次山。"蔡亚林说，强化体能训练为庞伟胜利完成备战参赛任务提供了坚实保障。

提升专项水平

体能是基础，专项训练则是提升比赛水平的关键。这既需要科学训练，又需要精雕细琢。

"以前的运动训练教练员是一把抓，什么都要管，并且往往只强调量，通过不断地重复完成动力定型，现在则是个精细活。"省体育局田径运动管理中心主任刘晓马介绍说，现在运动队的训练辅助设备比较先进，还有专门人员搞生理生化分析，教练员只要把主要精力用在抠技术细节上。

对此，巩立姣深有感触："现在更讲科学性了，主要是打磨技术细节，比如滑步的节奏和出手的动作等。"

越是高水平的运动员，专项训练越要"锱铢必较"。只有下一番苦功夫，才能"从量变到质变"。

王涵 4 岁开始练体操，快 10 岁时改练跳水。虽然改练之初"上手"特别快，但也落下了基本功不扎实的"病根儿"，导致她的动作完成质量无法与国家队队友吴敏霞、施廷懋等相比，所以始终无法更进一步。东京奥运周期，河北跳水队总教练李芳为她制定了有针对性的训练方法，即恶补基本功。

李芳介绍说，每周日大家放假休息时，王涵要单独加练 3 小时，一遍遍练习只有小运动员才需要练的跳水基础动作。这样坚持训练了半年，王涵的基本功得到了明显改善。

所谓科学训练，其实本就包含要根据运动员的具体情况制定有针对性方案之意。2020 年，杨皓然常年训练积累下的髋关节伤病突然暴发。经过国家射击队教练组和省体育局射击射箭运动管理中心团队商议，决定让杨皓然尝试比赛中"枪不下肩"的打法，以减少放枪、提枪引起的胯部运动，从而减轻疼痛。经过一遍又一遍的训练，杨皓然对"枪不下肩"打法越来越熟悉，髋关节疼痛有效缓解，在国家射击队奥运选拔赛上顺利拿到两个项目的参赛资格，并在东京奥运会上取得了一金一铜的好成绩。

练就过硬心理

高手过招，竞争激烈，拥有一颗处变不惊的"大心脏"是获胜的保障。那么，如何锤炼运动员的心理呢？

首登奥运会赛场的我省乒乓球小将孙颖莎，在女单、女团双线赛场两度战胜日本队主力伊藤美诚，其过硬的心理素质被认为是取胜关键。

孙颖莎在省队的教练杨广弟介绍，孙颖莎从小到大都经历着艰苦训练，这使她非常成熟。东京奥运周期，国家队特意给她在训练中出各种各样的难题，以提前让她感受比赛中可能遇到的困难甚至绝境。

"故意在训练中刺激她，让她沮丧、生气，目的就是锻炼她的抗压能力和心理的稳定性。"杨广弟说，正是因为经历过各种困难，孙颖莎的心理稳定程度才不断提高，落后时也敢拼杀、不手软。东京奥运会乒乓球女单半决赛第二局，她能够在3∶9落后的情况下连得 8 分，逆转战胜伊藤美诚，就是证明。

初生牛犊不怕虎，对那些曾经在奥运会上经历过"滑铁卢"的运动员，又该如何帮他们重拾信心呢？

我省射击运动员杨皓然，里约奥运会前在国内国际比赛中拿了一连串好成绩，里约奥运会曾经信心满满要一展身手，但因背上过于想赢的包袱最终止步资格赛，留下了心理阴影。

2018 年，我省功勋教练常静春重返国家队指导杨皓然，通过为他设定一个个容易实现的"小目标"，让其从成功中一步步重建了自信。杨皓然自己也逐渐总结出一套在比赛中克服"私心杂念"、保持"心静如水"的方法。他说："比赛中紧张的时候，我会把注意力放在比赛每个环节的准备过程中，不去想成绩。这很关键。"

东京奥运会河北备战工作回眸（三）

科研保障促提升

河北日报　张镜

　　东京奥运会，我省奥运健儿表现出色，每一枚奖牌，不仅饱含着运动员、教练员的汗水与努力，还包含着科研保障工作者的贡献。

　　省体育局竞体处相关负责人表示，按照"一人一策一目标"要求，我省制定运动员个性化训练参赛保障方案，组建专业的保障团队，投入先进的科研设备，协同相关项目国家队做好我省重点运动员训练、转训、训练恢复、伤病康复、心理调整等服务保障工作，为我省健儿高水平训练备战、在东京奥运会上取得优异成绩提供了有力保障。

加强硬件建设，强化科研保障支撑

　　东京奥运周期，我省跟踪研判项目制胜规律，用科技为提升竞技水平赋能。

　　"我们在跟踪研究国际国内大赛成绩时发现，射击项目水平不断提升、竞争愈加激烈，项目制胜规律发生变化，仅靠苦练是不够的。"省体育局射击射箭运动管理中心主任蔡亚林介绍，在省体育局大力支持下，该中心投资500万元建立了射击科研实验室，对重点运动员的训练数据、体能状况、生化指标、伤病康复、心理素质等进行全方位的数据统计和科学分析，教练员每周的训练效果也建立数据库，将数据统计分析、运动科学、营养学、心理学等综合运用到科学训练中，努力构建冠军培养数据模型。

　　据了解，该实验室已与国内高等院校及省体科所开展合作。"实验室目前已经小有成果，希望能为我省乃至我国贡献更多优秀射击运动员培养方面的研究成果。"蔡亚林说。

体能是竞技能力的重要组成部分，如何借助科技手段促进体能训练？

东京奥运周期，省体育局重点打造了 3 个体能馆，广泛应用数字化体能训练设备，使体能训练做到数据化、定量化、可视化。

"3 个体能馆从功能上分为体能训练馆、体能康复训练研究中心、数字化体能与康复训练重点实验室，为不同体能需求的运动员提供个性化保障。"省体科所所长柴建中介绍，根据运动员的专项特点和训练水平，3 个体能馆通过加压训练器、气阻训练器等来为运动员确定科学适宜的负荷并实时监控运动员完成情况和效果，及时调整训练负荷，使运动员的机体得到科学化有效刺激，体能储备有效提升，并预防伤病。目前，所有体能训练设备均可实现训练数据可视化、定量化、实时反馈、即时存储、分析等功能，为助力运动员备战夏奥会、冬奥会等赛事，提高体能水平和体能康复效果提供了有力支撑。

运用先进手段，提升科研保障水平

东京奥运周期，已经 30 岁、练习跳水 21 年的王涵，面临着伤病缠身和恢复慢的难题。如何将伤病对她的影响降低到最小程度，保障她系统训练？

从 2016 年开始，省体科所助理研究员张晁赫就进入国家跳水队，专门负责为王涵的训练提供基于大数据的指导帮助。

"根据跳水项目和王涵个人的特点，在省体科所的支持下，我们建立了王涵大数据训练科研平台。"张晁赫介绍，该平台由专项技术、体能训练、负荷训练、日常管理、心理状态、身体机能、神经肌肉系统状态 7 个部分组成，各部分内容相互关联。"我们定期对有关数据进行比对计算，比如水上、陆上各跳了多少次、体能训练完成了多少公斤总重量、跑步跑了多少米，还有心脑电测试、训练时长、食欲等数据，如果出现异常，就调整训练计划，使训练更有针对性。"

更精准、科学的训练，为王涵正常训练、不断提高竞技水平创造了有利条件。研究显示，随着年龄的增长，虽然 2021 年王涵的不摆臂纵跳高度比 2019 年世界游泳锦标赛前有所降低，但她在跳板上的起跳速度、腾起高度没有变化。这说明，她的体能训练负荷合理，在保持身体状态的情况下，为提升专项训练水平预留了空间。

不单是王涵，柴建中介绍，按照东京奥运会备战需求，省体科所组建了由 31 名科研人员组成的 21 支复合型保障团队，其中 4 人进入相关项目国家队，为我省重点运动员提供全方位的科学训练保障。

科学训练保障不局限于国家队，哪里需要，就延伸到哪里。

东京奥运周期，我省女子铅球名将巩立姣两次转训到河北奥体中心，省体育局田径运动管理中心积极为其提供科学训练保障。在此过程中采用的影视成像训练辅助系统，在几分钟内就能自动完成过去几个小时人工才能完成的录像解析工作，为帮助她不断改进技术发挥了重要作用。

康复保障对我省奥运健儿科学备战的支撑作用也不可忽视。

杨皓然常年训练积累下了髋关节伤病，导致腰部受力更大，引发了急性腰痛。河北射击队队医刘俊财介绍，为此，他们帮助杨皓然尝试过改节奏、换动作、改枪的配重、换射击服等各种措施，最终选择了"枪不下肩"这个国内外很少有人采用的技术动作，对缓解疼痛、保证训练和完成比赛的效果都很好。

作为队医，他把当天伤病治疗能减轻到哪一步都告诉杨皓然，然后沟通治疗有没有达到目标，不达标就立即换方案。长此以往，杨皓然对他越来越信任。

"我们专门为杨皓然购买了髋部牵引仪和超短波治疗仪，来巩固治疗效果。"刘俊财介绍，杨皓然目前恢复状况良好，以前打 40 发子弹就要停下来休息一会儿；现在一天打 200 发，直到完成当天的训练和比赛，也没有不舒服的感觉。

从 35 岁的庞伟到 25 岁的杨皓然

同日摘金，河北射击的完美传承

燕赵都市报　宗苗淼　田芸菲

7 月 27 日上午，东京奥运会 10 米气手枪混合团体赛中，35 岁的河北老将庞伟搭档"00 后"姜冉馨，摘得该项目的首枚奥运金牌，也是个人第二枚奥运金牌、第四枚奥运奖牌；下午，25 岁的另一名河北运动员杨皓然同样搭档"00 后"杨倩，拿到 10 米气步枪混合团体赛冠军，这是他个人首枚奥运金牌、第二枚奥运奖牌。两位不同时代的河北选手同日摘金，让河北射击在这一刻有了一个完美的传承。

新项目　新挑战

东京奥运会首次设立了混合团体射击项目，而且规则直到 2021 年初还在修改，目的就是让射击更具观赏性，更具悬念。根据规则，混合团体赛每队由 1 男 1 女组成，分为三个阶段。第一阶段资格赛，每名选手各打 30 发，总成绩前八位的队伍进入第二阶段。然后每人各打 20 发，总成绩前两名争夺冠军，三、四名争夺铜牌。

在率先进行的 10 米气手枪混合团体赛中，庞伟和姜冉馨这对组合，第一阶段发挥稍有起伏，但仍以第三名晋级。第二阶段两人发挥稳定，以 1 环优势排在首位，进入金牌争夺战。

庞伟 / 姜冉馨决赛的对手是俄罗斯组合。规则与资格赛不一样，比较两队两名选手的总成绩，领先的一方计 2 分，如果相同各计 1 分，先达到 16 分者获胜。庞伟 / 姜冉馨开局不利，一度 0 比 4、4 比 8 落后，但随后两人连续打出 10 环以上以 12 比 8 反超，并以 14 比 10 看到了赛点。俄罗斯选手并不甘心就此认输，顽强追至 14 平。关键时刻，姜冉馨打出 10.7 环，而庞伟仔细地把子弹压进枪膛，打出了有可能是个人奥运会上的最后一枪——10.1 环，一个足以保证将金牌收入囊中的数字。

下午的 10 米气步枪混合团体赛，另一名河北选手杨皓然携手本届奥运会首金得主杨倩，同样闯进冠军争夺战，对手是美国组合。决赛前半程双方交替领先，一直纠缠到 11 比 11，此时"双杨"组合连得 4 分拿到赛点，并最终以 17：13 获胜，为中国体育代表团收获了第 9 枚金牌。

新组合　新希望

2008 年北京奥运会，22 岁的庞伟射落中国代表团首金之时，只有 8 岁的姜冉馨尚不知射击为何物，直到 2012 年她才开始接触射击训练，而那时的庞伟，已经是参加了 2 届奥运会的老枪了。恐怕当时谁也不会想到，11 年之后，射击让这两个人有了奇妙的交集，而且拿到了这枚具有历史性意义的奥运金牌。

作为"叔叔辈"，庞伟夺金之后第一时间就为自己的小搭档送上了赞美，"我的队友太厉害了"，姜冉馨则回应"我队友超棒"。站到领奖台上之时，两人又互戴金牌，互赠鲜花，令观看直播的观众直呼"太温馨了"。联想到几天前，庞伟夺得个人 10 米气手枪铜牌之时，曾言"我是国家队手枪组年龄最大的，希望更多的队员尽快成长起来，这个项目才有希望"，如今看着"00 后"登上奥运最高领奖台，想必会感慨万千，赛后发布会上，更是问姜冉馨"想要什么奖励，只要能说出来的都给"。

回顾这场决赛，庞伟说："太紧张了，前面打得有点远，主要是我的队友太厉害了。随着形势的发展，对手也会紧张，只要我们坚持打出自己的水平，还是有机会的。"

谈到与个人项目的区别时，庞伟说："更多的是一种责任吧。个人比赛大家实力都差不多，没有太大的把握，而混合团体赛的对手相对较少，如果我们都发挥正常，希望更大一些，这对我们来说是一种优势。另外，两个人要讲究战术，不能自己打自己的，包括主枪也好，什么时间击发也好，都会反复训练。"

对于姜冉馨，庞伟也是不吝溢美之词，"她平时训练的水平就很高，我是打不过她的"。庞伟说，"作为年轻的选手，姜冉馨的射击生涯才刚刚开始，很高兴能陪她完成第一次奥运之旅，也希望她之后生涯更圆满，为中国拿到更多的奥运金牌"。

这是庞伟第四次参加奥运会，很有可能也是最后一次，他说："过去两届奥运会成绩还行，但没拿到冠军，有些遗憾。这次我觉得不光战胜了自己，也把坚韧不拔的精神体现了出来。"

新突破　新征程

25岁的杨皓然，早已成名多年，早在2013年全运会时，只有17岁的他便击败了包括奥运冠军朱启南在内的诸多名将夺冠，"天才少年"的称谓也不胫而走，此后又多次在世锦赛、世界杯、青奥会、亚运会等大赛中登顶，独缺一枚奥运金牌。

2016年里约，是杨皓然的首次奥运之旅，但由于种种原因，表现不尽如人意。经过短暂的低迷之后，杨皓然在次年的全运会上重新找回了状态，夺得2金1银，并在东京奥运周期再次入围。前两天的10米气步枪个人赛上，他夺得了个人首枚奥运奖牌，虽然只是铜牌，但依然是个巨大的突破。"这枚铜牌非常宝贵，不仅对杨皓然的竞技体育境界提升有帮助，对他将来的竞技体育生涯也会起到非常重要的作用。"河北省体育局副局长李东奇说道。

俗话说事不过三。7月27日，奥运会首次设立的10米气步枪混合团体赛打响，这一次杨皓然没有再错失良机，如愿拿到了梦寐以求的金牌。

夺冠之后，杨皓然依然淡定："东京奥运会一直是我的目标，也一直在为此努力，比赛中落后时要做好自己，不到最后绝不放弃。也要感谢祖国的培养，我会继续努力，为祖国争得更多的荣誉。"

"我感觉杨皓然有了脱胎换骨的变化，更成熟了，里约奥运会时他很年轻，对奥运会的理解不是很深。"省体育局射击射箭运动管理中心主任蔡亚林说："这次做足了准备，可以说赢得很完美。很多人评价杨皓然是天才选手，但真正了解他的人，才知道背后他付出了太多的努力。"

杨皓然

教练李芳眼中的王涵
——她的条件不低于郭晶晶

燕赵都市报　宗苗淼　田芸菲

30岁，"跳水女皇"郭晶晶早已功成名就，嫁入豪门；而同样的30岁，王涵才首次征战奥运赛场。好在，命运最终眷顾了这位努力的姑娘，让她实现了奥运金牌的梦想。赛后，作为郭晶晶和王涵的省队教练，李芳也对弟子进行了点评。

如愿以偿　奥运梦想终成现实

对于王涵在比赛中的表现，李芳表示基本发挥出了水平，甚至可以说是两人配对以来最好的一次。

李芳说："两人一开始有些拘谨，放不开，后来慢慢进入状态，尤其是3个自选动作完成得非常完美。对于王涵而言，也算是如愿以偿了，练了20多年，付出了很多，这次能够拿到双人跳板的奥运冠军，分量还是很重。我也感到非常兴奋和自豪，感谢王涵在我快要退休的时候，为我的教练生涯画上了完美句号。"

据李芳介绍，王涵一直与她保持着联系。"前天她还把训练的动作视频发给了我，因为一些技术方面的问题，她的心里不太踏实，比如训练时跳过了，一个跳不好两个跳不好，她就嘀咕了，就把视频发给我会诊。出征之前我告诉她，奥运会的氛围，与其他任何大赛都不一样，建议她多看看其他参加过奥运会选手的录像，争取早点进入状态，免得临场时紧张，影响发挥。进驻奥运村后，她告诉我没有特别兴奋，也没有特别紧张，这就是最好的心态。我也鼓励她相信自己，继续努力，把自己的梦圆好。"

在采访过程中，李芳的眼中一直含着泪水，努力不让它落下来，显然心情非常激动。"当初郭晶晶夺冠，我的内心很平静，因为她比较成熟，感觉就是顺理成章的事情；而王涵不一样，坚持了太久太久，经历了很多困难，能够在 30 岁入选跳水梦之队，而且把握住了仅有的机会，太不容易了，所以既心疼又激动。"

几经沉浮　从基本功重新练起

当王涵站在奥运冠军领奖台上之时，不知道她的内心是否在一瞬间，想起了"四进三出"国家队的往事。

接触过王涵的人都知道，她的性格大大咧咧，这也是导致她"大器晚成"的原因之一。李芳说，王涵的训练很踏实，但就是因为性格的原因，自我要求不是太高。"她的条件实际上并不低于郭晶晶，但是追求和拼搏的欲望需要加强。"

王涵 2003 年就进入了国家队，经历了"四进三出"。"她的运动生涯有不少挫折，几乎每次从国家队回来，都失去信心，我们不得不下很大的功夫，从思想到技术做她的工作，才坚持到了今天，也算是大器晚成吧。"李芳说道。

2016 年落选里约奥运之后，已经 25 岁的王涵感觉再也没有机会，回到省队后所有的动作都乱了套，空中感觉没有了，也不会起跳了，"感觉她要彻底放弃了"。李芳说："我们经过了一年多的思想工作和技术改进，让她重新认识了自己，太不容易了。因为改技术，老队员练多了顶不住，练少了没意义，所以就从基本功重新入手。"

让一位进入国家队十几年、而且不再年轻的选手重练基本功，听起来颇有些不可思议，对此李芳解释说："为什么王涵的基本功差？因为她开始练体操，转过来跳水时已经 10 岁了，一般孩子都是五六岁练，本来磨基本功的时候，她没有练，来了就上动作，导致基本功不扎实。让她重新练习，用了很多方法，坚持了 4 个月左右，自己提出来还想再回到国家队，再拼一拼。"

重回国家队后，王涵与好友施廷懋搭档双人，这对她又是一次严峻的考验。"施廷懋的特点是动作稳定，起跳高度稍差，而王涵力量好，起跳高。但是双人必须保持同步，王涵不能跳原来那么高，必须改变风格。但练了 20 来年，突然让她跳得低一些，感觉上是有明显变化的，而且动作的完成度不是很好。王涵就一直努力克服，训练结束后自己再加练，按照施廷懋的技术风格和起跳高度改变自己，这个过程是非常痛苦的。"

好在，王涵的辛苦没有白费，终于与好友一起登上了奥运会的最高领奖台。

战绩超过里约奥运会
完成"2+N"枚金牌目标

解析辽宁健儿东京奥运会成绩单

辽宁日报 朱才威 李翔

2金、3银、2铜，这是辽宁运动员在东京奥运会上交出的成绩单，这个成绩已经超过5年前里约奥运会的2金、2银、3铜。此外，注册在外省、市的辽宁籍运动员还获得3金、2银、3铜。如此算来，辽宁运动健儿在东京奥运赛场共获得5金、5银、5铜，总计15枚奖牌。

两枚金牌意义重大

关于辽宁运动员在东京奥运会的目标，辽宁省体育局负责人在此前接受采访时说得很明确："东京奥运会，我们要夺取'2+N'枚金牌。"所谓"2+N"枚金牌，即辽宁运动员获得2枚金牌，辽宁培养但不在辽宁注册的运动员获得N（N大于等于2）枚金牌。

本届奥运会，共有27名辽宁运动员参加15个大项、20个小项的比赛。据赛前分析，辽宁运动员在十余个项目具备冲击奖牌乃至金牌的实力，因此关于金牌的目标，省体育局提出的是"拼争2至4枚金牌"。最终，辽宁运动员获得2金（赛艇女子四人双桨崔晓桐、体操男子吊环刘洋）、3银（羽毛球男子双打李俊慧、田径男子三级跳远朱亚明、女子自由式摔跤50公斤级孙亚楠）、2铜（赛艇女子八人单桨有舵手徐菲、射击女子25米运动手枪肖嘉芮萱），共7枚奖牌，圆满地完成了任务。

其中，两枚金牌意义重大。2008 年北京奥运会，由唐宾、张杨杨、金紫薇和奚爱华组成的中国赛艇女子四人双桨队获得冠军，实现了中国赛艇在奥运赛场金牌"零"的突破。需重点提及的是，唐宾、张杨杨为辽宁运动员，金紫薇也是辽宁籍运动员。在东京奥运赛场，崔晓桐携队友在该项目再夺金牌，在这一项目上辽宁又多了一位奥运冠军！这是时隔 13 年、3 届奥运会后，中国代表团在赛艇女子四人双桨项目再获金牌。这枚金牌是中国赛艇历史上第二枚奥运金牌，也是东京奥运赛场中国赛艇队所获得的唯一金牌！

刘洋夺取金牌更具里程碑意义，因为这是辽宁体育在奥运会历史上获得的第一枚体操金牌。刘洋在男子吊环项目摘得金牌之后，辽宁运动员在奥运赛场（含冬奥会）的夺金项目由射击、田径、乒乓球、羽毛球、排球、赛艇、击剑、举重、摔跤、柔道、跆拳道、自由式滑雪等 12 大项，增加至 13 个大项，这是辽宁运动员在奥运赛场的重大突破。

在东京奥运会赛场，还有 17 位由辽宁培养、在其他省区市注册的运动员参加 12 个大项、16 个小项的比赛，他们是辽宁体育东京奥运"2+N"金牌目标的重要一环。最终，马龙夺得乒乓球男子单打、男子团体两枚金牌，李雯雯则在女子举重 87 公斤以上级夺冠，这个"N"最终转化为 3 枚金牌。此外，刘诗雯、赵帅等运动员还获得了 2 枚银牌、3 枚铜牌。

作为体育大省，辽宁在中国体坛的地位无须赘述。东京奥运会之前，辽宁共有 29 名运动员获得 28 枚奥运金牌，全国排名第一。东京奥运会后，这一数字更改为 31 名运动员获得 30 枚奥运金牌。若算上马龙等辽宁籍运动员，辽宁共有 43 名运动员夺取 43 枚奥运金牌，所作贡献在全国排名第一。"服务国家奥运战略，在奥运赛场为祖国争光，这就是辽宁作为体育大省的担当。"省体育局负责人掷地有声地说。

有亮点，有遗憾，有短板

在竞技体育赛场，金牌最为引人注目，但人们的关注焦点不应只集中在金牌运动员身上，成绩的突破正是奥林匹克格言"更快、更高、更强——更团结"的体现，是赛事上难得的亮点。在东京奥运会，辽宁运动员这方面的亮点颇多。

东京奥运会男子三级跳远决赛，朱亚明连续两次刷新个人最好成绩，以第五跳 17.57 米的成绩获得一枚宝贵的银牌，这是中国选手在三级跳远项目上取得的奥运最好成绩。此前在 2016 年里约奥运会上，董斌曾以一枚铜牌实现奥运三级跳远项目上中国选手奖牌"零"的突破。朱亚明向前跳跃的一小步，正是中国田径在奥运赛场前进的一大步。这枚银牌含金量极高，是中国田径又一重大突破。

在羽毛球男双决赛，李俊慧 / 刘雨辰 0 比 2 不敌对手，与金牌擦肩而过。但实际上，这枚银牌弥足珍贵。要知道，在东京奥运会赛场，中国羽毛球在各个单项上唯一没有拿到满额参赛名额的就是男双项目。作为"独苗"，李俊慧 / 刘雨辰一路力克强敌，杀入决赛，已经超出了外界的预期。

在女子摔跤 50 公斤级半决赛，孙亚楠在 1 比 7 落后的绝境下连得 9 分，在最后时刻逆转美国选手希尔德布兰特，让人为之惊叹。尽管在决赛中孙亚楠未能发挥出真实水平，但两次征战奥运会拿到一银、一铜两枚奖牌，是在北京奥运会王娇夺金之后，辽宁运动员在奥运会摔跤赛场取得的最好成绩，29 岁的孙亚楠书写了一段属于自己的奥运传奇。孙亚楠说，3 年后的巴黎奥运会，她还要参赛，为了奥运冠军梦想，全力拼争金牌……

2021 年 5 月，中国赛艇队的女子八人单桨有舵手项目重新组队。仅用了两个多月时间，辽宁选手徐菲就和队友在东京奥运会的水面上直面压力，以全新阵容出战，这本身就是一种胜利。最终的宝贵铜牌，已是一种重大突破。

亮点和突破的背后，辽宁体育在东京赛场出现的遗憾和短板也不能忽视。

一是受中国"三大球"及其他集体球类项目整体发挥不佳影响，辽宁"三大球"及女子曲棍球等球类项目运动员成绩不理想。要知道，在27名出征东京奥运会的辽宁运动员中，有多达12人为集体球类项目运动员，他们虽然没有光鲜的成绩，但同样付出了超常的努力，在赛场上忘我拼搏。省体育局负责人表示："包括'三大球'在内，中国集体球类项目战绩欠佳且大多缺乏竞争力，但集体球类项目影响力大，是体育强国的显著标志，在这方面，体育大省辽宁要有担当。"

二是田径、游泳、射击等基础大项，辽宁运动员参赛偏少，缺乏竞争力。其中，田径项目2人参赛，射击项目1人参赛，游泳项目也只有王简嘉禾1人参赛，在女子1500米自由泳、800米自由泳分别取得第四名、第五名，战绩与预期尚有距离。特别是中国游泳队的夺牌重点接力项目，没有辽宁运动员参赛，这也让辽宁体育失去了一些奖牌点。

三是传统优势项目，如乒乓球、举重、柔道、击剑等项目没有辽宁运动员参赛。这些项目不仅是我省优势项目，也是中国代表团的重点夺金项目，如举重取得7金1银，乒乓球取得4金3银。传统优势项目无人参赛，导致我省运动员在奥运赛场缺乏稳定的夺金点。

四是参赛人数、参赛项数，对比里约奥运会有所减少。里约奥运会，有41名辽宁运动员参加了16个大项、27个小项的比赛，本届奥运会这一数字明显减少。另外，辽宁体育一些传统优势项目下滑的趋势未能得到根本遏制。

该负责人指出："在奥运赛场，有成功的喜悦就有失败的痛楚，有亮点，也会有遗憾。辽宁体育需要认真总结、反思，'三大球'与田径、游泳、水上、乒羽、举摔柔、射击等传统优势项目需要巩固、加强，我们要继续优化项目布局，突出重点，在服务国家总体奥运战略的背景下，强化辽宁特色项目、优势项目，以东京奥运会的战绩为新的起点，大力发展辽宁体育事业，在奥运赛场上为祖国争光！"

蓄力巴黎奥运会 重点发展辽宁优势项目

距离 2024 年巴黎奥运会只有 3 年时间，志在奥运赛场为祖国争光、为家乡添彩的辽宁体育健儿，已将备战准星瞄向巴黎奥运赛场，坚持"争金夺银 + 有影响力"双核心发展战略，重点发展辽宁优势项目。毋庸置疑，"三大球"、田径、游泳、水上、重竞技、射击、乒羽等传统优势项目，将是辽宁健儿夺牌、冲金的主阵地。

中国体育代表团运动员中虽然 90 后唱主角，但 00 后已经全面登上舞台。本届奥运会，辽宁运动员中有王简嘉禾、肖嘉芮萱两名 00 后。王简嘉禾是辽宁运动员中年纪最小的，虽然本届奥运会上的成绩并不理想，但潜力不容忽视，巴黎奥运会，她仍将向奖牌发起冲击。

肖嘉芮萱是辽宁体育在本届奥运会上最大的收获。2002 年出生、年仅19 岁，肖嘉芮萱第一次奥运之旅即在决赛中"击落"一枚宝贵的铜牌，潜力巨大，未来可期。在颁奖仪式上，由辽宁射击名宿王义夫为后辈肖嘉芮萱颁奖，对肖嘉芮萱寄予了美好的期许，某种角度上，这可以视为辽宁射击界优良传统的传承。

值得一提的是，崔晓桐、刘洋两位新科奥运冠军都将坚持训练，全力拼争巴黎奥运会。辽宁省赛艇队总教练姜海洋表示，不出意外，包括崔晓桐在内的四人艇组合将保留下来，继续稳定状态、提升成绩，她们在巴黎奥运会卫冕的概率非常大。刘洋也已明确表示，他将全力备战巴黎奥运会，继续强化体能、控制伤病、稳定水平，为卫冕而战。

省体育局负责人表示，巴黎奥运周期，辽宁体育在田径、游泳、水上、射击等基础大项上将为国家输送更多的优秀运动员，同时会继续强化崔晓桐、刘洋及朱亚明、王简嘉禾、肖嘉芮萱等重点运动员的保障工作，确保重点运动员稳步提升成绩；在乒羽、重竞技等项目上，继续挖掘、培养并向国家输送优秀运动员，继续做大做优传统优势项目，持续打造奥运赛场稳定的奖牌点、夺金点；在总体战略上，进一步优化项目布局，狠抓训练、强化保障，全面提升训练水平及核心竞争力，保持并提升辽宁体育大省地位，在"奥运争光"战略下展现辽宁力量。

与此同时，该负责人指出，辽宁体育将持续在"三大球"等集体球类项目上发力，全力为国家队输送优秀球员，努力帮助"三大球"等集体球类项目国家队稳定状态、提升战斗力，助力他们在巴黎奥运周期打赢翻身仗。这亦是体育大省的担当！

在奥运舞台上实现价值

——访中国篮协主席姚明

吉林日报　张政

　　虽然没有观众，但奥运赛场同样如东京的天气一样火热。篮球运动一直都是受到高关注度的项目，奥运会中篮球比赛得赛前预约和申请门票方可入场，即便是媒体记者也不例外。一向热爱篮球并多年报道篮球比赛的我自然不会错过这次难得的采访机会。7月26日举行的三人篮球赛上，中国男、女队都获得了胜利，让我这个中国记者无比兴奋。其间，我在现场采访了中国篮协主席姚明。

　　对于这样一届"特别"的奥运会，姚明告诉记者："这确实是一届很特殊的奥运会，我觉得每个人从不同的角度和出发点去看都是不同的，多样的感受也是很正常的，非常理解。从我们的角度讲，我们是参与者、参赛方，奥运大家庭的一员，非常高兴来参加奥运会，也非常感谢国际奥委会、东京奥组委，在这么特殊的一个环境下做的努力。"

　　奥运会是每个运动员的向往和期待，姚明表示："那么多运动员能够在奥运舞台上实现价值，非常重要。"当记者问到多年以后大家回顾起来，东京奥运会会传递给大家一个怎样的回忆时，姚明说："现代奥运的历史到现在已经走过一百多年了，回过头来再看的话，每个人都会记住自己印象最深刻的，在这种特殊环境下举办的东京奥运会，是不会让大家忘怀的。"

　　自到东京以来，和无观众、少聚集、减环节的"冷场"相比，东京的气温一直居高不下，炎热似火。对于天气状况，姚明风趣地告诉记者："我是五对五的篮球项目出身，一直都是在室内进行比赛和训练，所以对室外比赛天气的问题，我没有什么发言权。"谈及三人篮球中国队在本届奥运会的表现，姚明表示："这几天很多人问到这个问题，三人篮球是第一次进入奥运会的比赛项目，任何运动都有第一次进入奥运会这样一个过程，五人篮球是 1936 年柏林奥运会进入的。这次三人篮球对我们来说是一种很新鲜的尝试，虽然三人篮球这项运动已经流行很长时间了，但进入奥运会还是第一次。"他说，奥运会这个舞台给运动员带来的影响、压力、兴奋、期待等，会让运动员变得和平时不太一样，但并不代表这项运动仅像场上大家看到的那样，它有很多的潜力要去挖掘。

平凡与荣耀

——宁波射击人的逐梦之路

宁波日报 汤丹文

这一天，宁波选手杨倩冲击 2020 东京奥运会女子十米气步枪金牌，这也是本届奥运会将决出的首枚金牌。

凌晨，杨倩在宁波的启蒙教练虞利华睡不踏实了。半夜，也曾学过射击、现在已是大学生的儿子，三番五次跑到他的房间里，他也同样睡不着。

世界级大赛经历了不少，如此紧张、焦虑，在虞利华身上并不常见。但毕竟这是奥运会，而且自己的弟子被国人寄予夺取首金的厚望。

虞利华并不知道当时杨倩在东京的状况，此时她的微信号换了，与国内的人，甚至她的亲人也已不再联系，但虞利华知道，在赴东京前的一段时间里，杨倩的运动状态起伏很大。

尽管在国家射击队奥运最终队伍选拔赛的四场比赛中，她场场第一，并打破世界纪录，但在 2021 年 6 月初举行的全国射击锦标赛女子十米气步枪预赛中，却列第二十名，无缘决赛。

在 6 月的某天发给虞利华的微信中，杨倩讲述了自己的迷惘："自信心还是没有那么足，虽然有意识逼着自己压扳机，让自己果断击发，但是打起来还是不够自然，有点刻意。"

虞利华用自己执教三十年的经验之谈去宽慰学生："这主要是靠控制，等到无意识地扣响了，动作就自然了，这主要取决于自己的信心，你越自然，就越果断，越果断，操作也就越自然！"

"十多年前没有很好理解射击项目，很苛求自己，现在我能坦然去面对各种结果……不再把胜负当成唯一的评判了。"虞利华循循善诱。

在东京奥运会女子十米气步枪的资格赛上，杨倩的状态确实让人捏着一把汗。

虞利华的儿子一直在网上关注着师姐的赛况。当天赛后，他在朋友圈发了一段文字："在竞争压力如此之大的奥运会赛场上，能打入决赛已经是相当好了……一直担心杨倩姐姐有可能止步资格赛，因为对手都很强大。我记得很清楚，资格赛她的第一发是 10.7 环，第二发是 10.5 环，开始几发还不错，后来有了一些波动。我也特意去算了一下她每一发的成绩，以此推测她可能出现的心理变化。最让我担心的是第三组 10 发打完，那一组她只打了 103.6 环，不太理想，排名降到第十四，很危险，好在她调整很及时，一枪一枪地追，在最后一组中连续打出两个 10.9 环（满环），稳住了排名，最终有惊无险地杀入决赛。"

同样，在杨倩老家鄞州姜山杨家弄村与村民和媒体记者一起观赛的虞利华，也是把心吊在嗓子眼上。

当决赛第一组五发打完，杨倩排名并列第五，但和排名第一的仅差 0.6 环。等到要淘汰第 5 位选手的最后一枪时，场上更是紧张。到了金牌点时，杨倩与俄罗斯选手相差 0.2 环，此时，一直盯着电视直播的虞利华已从特写画面细节中看到了转机的出现。事后，他说，杨倩在决赛中打出了 3 个 10.9 环，追得很紧，给对手造成了很大压力。"最后那一刻，对手呼吸紧张，也未在预定的正常时间里完成击发。我知道，有戏了。"

果然，最后一枪，俄罗斯选手的成绩仅为 8.9 环。杨倩的最后一枪为 9.8 环，这是她决赛中唯一一枪十环以下的。虽然也紧张了，却牢牢锁定金牌——这位宁波的小姑娘一飞冲天！

2021 年 7 月 27 日，鄞州区姜山镇杨家弄村

人们早早地来到村里的文化礼堂，期待东京奥运会十米气步枪混合团体金牌的诞生。

当我来到杨家弄村时，台风"烟花"刚刚过境，小河沿岸还浸没在水中，但这丝毫未能减弱人们对杨倩再次拿下金牌的热情期待。

礼堂对面的一道墙上已绘上杨倩射击的形象，进村的道路也突击整修了一下，记者遍布各个角落，采访村民，挖掘她小时候的一切，比如小时候在地摊上射击气球，一射一个准，拿玩具奖品拿得手酸，让老板懊恼不已。此时，杨倩夺得首金时头上戴的小黄鸭发夹，已在义乌市场断货……

混合团体能否夺金，虞利华心中是有底的。夺了首金，杨倩的自信心自然增强了，而且他的搭档杨皓然也是世界顶尖高手。

但赛事依然胶着。要知道，射击比赛的最后一枪是一些射击选手的"梦魇"。最知名案例莫过于美国著名射击选手埃蒙斯。但杨倩顶住了，又是最后一枪反超！当屏幕定格 10.7 环的成绩时，整个礼堂一片沸腾。

杨倩创造了历史：在一届奥运会上拿下首金，并收获 2 枚射击金牌。

礼堂外，乡亲们放起了鞭炮，整个村庄如同春节一般热闹。

那天，当众人散去，我与宁波晚报一位资深体育记者得到了与杨倩家人和虞利华面对面的机会。"一颗心悬着，总算放下来了，这几天晚上睡觉，脑子也停不下来，口腔也溃疡了。"杨倩妈妈显然如释重负。

杨倩比赛这几天，她的家人既兴奋又焦虑。这户原本平常普通的人家，一下子成为众多媒体的焦点。杨倩夺得首金后，杨倩爸爸和亲戚喝庆功酒的视频被放到了抖音号上，杨爸爸甚至不知道是什么时候、是谁进来拍摄的。其实，家人也有二十多天没跟杨倩联系了。赛前，她打电话给妈妈，说是为了减少干扰，以后电话可能要打不通了。妈妈说：那我就不打电话给你了，等你主动打电话来。"那时，我也怕跟她聊天，怕聊到成绩，给

她增加压力。"

杨倩长大后，特别是进了清华大学后，很少跟家里人聊射击。杨倩十一二岁就离开家，小时候，在学校有老师、教练管着。杨倩的家人也很放心把她托付给教练。长大后，更独立了。而家则成了她"停泊的港湾"。

杨倩的爸爸一开始是不愿意让宝贝女儿去吃苦练射击的。"是杨倩自己要去，爸爸舍不得呢。"奶奶说。

虞利华说，选拔那天他遇到杨倩时，就知道她是搞射击的料。

最打动虞利华的是杨倩那双眼睛：那天，他在教室里让视力好的同学站起来，只有杨倩直直地平视着他，眼里没有一丝躲闪；但决然的神情里透着一股灵气。这些，就是一名射击选手所需要的大胆、沉稳与自信。

随后的测试，也证明了她在稳定性上的天赋：一手握球拍，一手叠小口径步枪的弹壳，杨倩叠了 7 个，在众人之上。

2021 年 8 月 17 日，海亮教育管理集团训练场

由于虞利华已经去了浙江海亮集团射击队执教，那天，我们约好在诸暨见个面。要理解射击这项运动，最快的入门莫过于现场观训。

巧了，到达诸暨当天，全国体校系统"速德尔"杯射击网上赛正在进行。海亮射击队虽没有参加，但通过网络进行"跟赛"，所有的情形依照正规比赛实时进行。

一场比赛看下来，大开眼界。

我惊讶于十米气步枪的靶纸之小，就一个正方形烟壳大小。后来，宁波体育运动学校的射击教练项晓晓打了个生动的比喻："十米赛就是选手在十米之外找一条蚂蚁腿，十环就是打中一根头发丝。"

我本来以为射击现场的比赛应该很安静，没想到现场的大音箱里居然放着流行音乐，也有摇滚"重金属"和迪厅的爆款"劲曲"。

准备、瞄准、击发、保持……这是枪手们打一枪的基本动作。小运动

员们不动如山的沉静让人惊叹——我在一旁，往往是先听到声音后，才知道这一枪已经击发。虞利华告诉我，其实也没有绝对的静止，射击选手最关键的一点是在细微的摆动中，凭感觉找到一个"点"，果断击发。

在观赛和训练中，我看到虞利华在一本笔记本上，标注着各个选手的弹着点，写着类似"左上右下，抵肩打滑"等等文字。

杨倩夺冠以后，虞利华也到达了他执教生涯的巅峰。30多年来，他的学生拿了135项国家级以上的冠军。奥运会、世锦赛、亚运会、全国冠军赛的领奖台上，都留下了他弟子的身影。

虞利华，浓眉大眼，平时笑眯眯的，但教起学生来还是蛮严厉。那天比赛后，一位女队员挨了他的批评："算什么算，成绩是一枪一枪打出来的，打得好了，就不专心了，去算怎样拿到名次，你算得出来啊？"

原来，这名小队员在比赛中连续打出10.5环以上的高环数，接下来的几发却大失水准，虞利华看出了其中的原因：想赢怕输，心理波动，还"算计"别人的成绩。

比赛中的"专注"与"放下"，是一个优秀射击选手必须具备的素质。在虞利华眼中，打坏了一枪，已经改变不了；即使你打得很好，但对手比你发挥得好一丁点儿，高下立见。"这一切不是你想怎样就能怎样的，想也没用。"射击场上没有"黑马"能突然爆发，一鸣惊人。一是原先的训练成绩摆在那儿，二是射击比赛，发发从零开始，从头开始。

所以，射击比赛是自己跟自己较量。它不像篮球等对抗性强的项目，竞争双方通过拼搏可以达到此消彼长。对射击高手而言，技术动作已臻化境，关键是个人的心理调节。而在东京奥运会上，杨倩确实做到了战胜自我！

2021年9月10日，宁波体育运动学校训练场

杨倩最初的射击运动生涯是在宁波体育运动学校度过的。

　　从这里走出的石智勇、杨倩和管晨辰等选手，先后在东京奥运会上夺得举重、射击和体操平衡木金牌。这里，也因此成为名副其实的冠军"摇篮"。

　　在杨倩之前，宁波选手王成意曾获得过雅典奥运会女子 50 米小口径运动步枪 3×20 的铜牌，她也拿过亚运会冠军。她也是虞利华的弟子。

　　可以这么说，杨倩登顶奥运，其背后是宁波一代又一代射击人接续努力的结果。

　　虞利华在宁波体校任教时，项晓晓是助理教练。项晓晓告诉我，杨倩身上最大的两个优点是：以不变应万变，对结果看得比较淡。

　　"那时在体校训练，打的还是纸靶。每打一枪，靶纸就会回到射手的射击位。一些性急顽皮的小选手会非常关注，调皮捣蛋的，甚至会用手去抠靶纸，让弹着点的九环往十环上靠。而杨倩是瞄也不瞄，很随意地把靶纸覆在了一边。"项晓晓回忆道。

　　虞利华清晰地记得，夏训之时他总要为自己的学生准备几个西瓜。小队员们穿着厚重的射击服，大热天训练完都是满头大汗，吃个西瓜正好解暑。切开西瓜，队员们一拥而上，调皮的还抢个大块来吃。而杨倩总是最后才慢吞吞地过来。

　　而更让人惊叹的是，才十几岁的杨倩在结束比赛后，会与素昧平生的裁判聊上半天家常。这些细节，也正反映出杨倩啥都不怕的强大心理素质。

　　在大师姐王成意眼中，杨倩的成功登顶是厚积薄发后的水到渠成。虞利华对王成意、杨倩的影响非常大。王成意坦言，在人生的道路上，每个关键时刻，虞利华都起到了决定性的作用。

　　在 2014 年的浙江省运动会上，杨倩打出了 399 环的成绩，也就是她的 40 次击发，只有一次落在了 9 环，其余都是最高环数。那一年，杨倩才 15 岁。这个成绩已属世界顶尖水平，中国射击界的元老王义夫闻讯打电话来询问杨倩的来历。

2015 年杨倩参加了清华大学射击队冬令营的测试；2016 年作为高水平运动员，进入清华附中就读。2018 年 6 月，通过高考，她从许多竞争者中脱颖而出，成为清华大学经济管理学院的一名大学生。

杨倩走上这条路，当然有虞利华的影响。执教多年，虞利华越来越感觉到，运动员加强文化学习的重要性。进入大学的高水平运动队，既可以不放弃训练，又可以学文化，人生多了一个选择，会走得更稳。"文化学得好，对选手的认知水平和调控能力的提高大有帮助。"虞利华说。

那天，王成意给我讲了一件事。她在师哥、两届奥运会射击冠军杨凌的笔记本上看到一段话："我本是平凡人，曾经辉煌过，想要再辉煌，再做平凡人。"而这段文字最初的源头，是著名心理学家、曾是国家射击队随队心理医生刘淑慧的授课名言。

7金2银1铜，
浙江创造征战奥运历史最好成绩

——我们靠什么登上奥运领奖台

浙江日报　沈听雨

33名体育健儿出征东京，斩获7枚金牌、2枚银牌和1枚铜牌，浙江创造了征战奥运的历史最好成绩，不仅续写了"届届奥运有金牌"的殊荣，金牌数更是位列各省（市、自治区）第一位。同时，浙江选手中共有25人次夺得东京奥运会前八名。

突破不断，令人振奋。省体育局局长郑瑶表示："浙江体育成绩与荣誉的取得，得益于省委、省政府的高度重视，得益于社会各界的支持与厚爱，也要特别感谢运动员、教练员等的刻苦训练、顽强拼搏，他们为中国体育代表团贡献了浙江的重要力量，以实际行动体现了浙江竞技体育的高质量和竞争力，也为'重要窗口''共同富裕示范区'建设彰显了浙江体育价值。"

竞技体育要出成绩，不在一朝一夕。在东京奥运书写精彩篇章的背后，是精密细致的组织规划，是完善的选才训练体系，是广大运动员、教练员的刻苦训练，以及科学严谨的保障措施。

源源不断培育"潜力股"

本届奥运会我省派出"老将带新人"的阵容，有24名运动员为首次参赛，尤其不乏年轻小将"初登台"，并表现出色。

　　其中，00 后射击小将杨倩，为中国体育代表团夺得首金，又顶住压力二度摘冠；羽毛球选手陈雨菲、王懿律、郑思维和黄雅琼扛起国羽大旗，不仅时隔 9 年再次赢回女单冠军，还在混双项目包揽金银牌，实现了我省体育史上羽毛球项目的奥运金牌零的突破；年仅 16 岁的体操小将管晨辰也为中国拿下女子平衡木金牌；万济圆和队友则获得女子三人篮球铜牌，这也是中国在奥运史上的第一枚三人篮球项目奖牌……

　　曾参加过奥运会的一批"老将"也发挥了中流砥柱的作用。石智勇连续两届奥运夺金，且打破世界纪录；汪顺以破亚洲纪录的成绩夺得男子 200 米混合泳金牌，成为中国游泳在这个项目上摘金的第一人；徐嘉余带病上场，和队友一起为中国泳军夺得了 4×100 米男女混合泳接力银牌；谢震业与队友合作以 37 秒 79 平全国纪录的成绩，获得男子 4×100 米接力第四名……

　　目前，浙江运动员队伍已经逐渐形成了良好的新老衔接态势。这得益于我省拥有充足的体育后备人才。当前，我省已创建了 18 个国家级高水平体育后备人才基地、50 个省级高水平体育后备人才基地，布局 2019年——2022 年新周期业余训练后备人才 55321 人，比上个周期增加 1.2 万多人。源源不断冒尖出来的竞技"潜力股"，也使得我省在发掘后备人才上走上了可持续发展的模式。同时，浙江还积极开展社会力量办体育等改革举措，进一步为储备、选拔竞技体育后备人才提供更大的空间。

　　不仅如此，在具备较强人才储备厚度的基础上，我省还注重加强对精兵运动员的培养。相比省队，国家队的舞台更大、技术更高，可以让运动员们积累更多大赛经验、学习更先进的技战术，从而得以快速成长。一直以来，我省都致力于将更多竞技体育人才源源不断输送到国家队，为他们的脱颖而出创造良好条件。

"永远奋斗在路上"

亮眼成绩的背后，离不开运动员、教练员们夜以继日的训练。面对新冠肺炎疫情和奥运延期的冲击和考验，我省运动员、教练员始终保持昂扬的斗志，刻苦训练。

郑瑶表示："登上领奖台只是一瞬间，背后是日复一日的坚持，是用汗水堆积起来的。"

的确，徐嘉余在东京奥运会备战关键时期，他的恩师、浙江籍功勋教练徐国义因病去世，但他仍凭毅力与坚持，不断拼搏；帆船运动员陈莎莎是"妈妈级"运动员，在孩子只有 6 个月时，她就毅然回到训练场，与大海搏击；女子撑杆跳高运动员李玲，已是奥运会四届元老，尽管没有进决赛，但"永远奋斗在路上"的精神令人感动。著名游泳教练员朱志根已64岁，患有糖尿病，依旧坚持在训练一线，连续三届奥运会都带出金牌运动员。体操教练员徐惊雷十多年如一日，舍小家、顾大家，奋斗在备战路上。

记者还了解到，这些年来，我省通过积极引进和自主培养，并配套实施优秀教练员、精英运动员"双百工程"，正逐渐打造出一支高水平的训练队伍，不断营造有利于优秀体育人才健康成长、脱颖而出的环境。

如今，省队教练员的教学理念正不断转变，而年轻教练善于学习、懂得钻研训练方式，这让我省在培养运动员上有了更多科学方式方法的探索和尝试，训练质量不断提高，运动员潜力得以被挖掘，赛前把控能力也进一步提升，不少运动员的成绩也获得了大幅度提高。

保障服务坚强有力

近年来，省体育局不断深化竞技体育改革，完善"四个体系"建设，严格执行从严、从难、从实战出发、大运动量这一"三从一大"科学训练原则，每 3 个月开展一次体能大比武，并实行"目标+数据+清单"全闭环管理。

在此基础上，浙江体育军团还狠抓"训、科、医"量体裁衣的做法，不断提高竞技训练管理全周期、精细化、科学化水平。

此前，浙江科研医务人员根据各直属训练单位优势项目的布局，采取"点面结合、突尖保重"的原则，全力做好重点运动员的精细化训练监控和科技助力工作。2020年，省体育局和省卫健委共同组建了竞技体育医疗保障专家组，运用行业内最先进的运动训练理念和伤病治疗手段，为运动员带去更多的保障和更合理的指导。

"体育＋科技"，也为我省竞技体育发展带来助力。以数字化改革为牵引，在备战东京奥运会期间，省体育局完善了"一人一案一团队"的参赛方案，全面推行运动队"最多提一次"服务，建成数字化训练管理系统，建立东京奥运会指挥系统，以数据服务备战参赛管理，提升大赛指挥效能。接下来，我省也将继续运用数字化、智能化手段，科学分析研判运动员们的训练成果，进一步提升科学训练水平。

走下领奖台，一切从零开始。郑瑶表示，东京奥运会、陕西全运会和杭州亚运会是浙江体育必须打赢的"三大攻坚战"，下一步，浙江体育健儿们将继续在全运会、亚运会的舞台上，精彩亮相、奋勇拼搏，为国争光、为省添誉。

奥运归来，
听运动员和教练员讲述励志故事

——浙江健儿，带着梦想拼到底

浙江日报　沈听雨

　　这是一群拼搏进取的人，他们日复一日刻苦训练，挥洒汗水，希望能站在奥运赛场上向世界展示中国体育健儿祖国至上的情怀、顽强拼搏的决心和为梦想坚持的品质。

　　这是一群永不言弃的人，他们尊重规则、尊重裁判、尊重对手，即使没有获奖也并不气馁，更不会停止追梦的脚步，让大家感受到体育运动带给人们的快乐。

　　这是一群团结友爱的人，他们惺惺相惜，留下了一幕幕温馨画面，用"更团结"的行动诠释了奥运"新格言"，展现出了奥运精神的深远意义。

　　东京奥运会上，浙江体育健儿创造了征战奥运的历史最好成绩。这得益于老将们勇于拼搏，年轻选手不畏强手，教练员们全心投入和付出……我们为胜利而欢呼，更为所有参赛选手的拼搏和坚持而动容。

　　东京奥运会已落下帷幕，但体育精神永不落幕。听着浙江籍的运动员和教练员们回忆其中的点点滴滴，我们再次感受到了他们的理想与情怀。

"我的优势是更能吃苦"

　　前段时间，"运动员隔离期间有多拼"的话题火了。东京归来后，许多运动员在网上晒出了自己隔离时的训练视频，网友们纷纷感叹："运动员的自律和坚持让人敬佩。"的确，每一次突破、每一点成绩的取得，都离不开运动员们日复一日的刻苦训练，背后是数年、甚至数十年如一日的艰辛努力。

端枪、瞄准、发射……对于射击而言，想要取得成绩上的突破，就必须在打基础阶段稳扎稳打，重复训练举枪、瞄准动作，形成肌肉记忆。在东京奥运会上获得两枚金牌的杨倩，10岁刚出头便开始了这样的训练，每天不停重复同一个动作，有时候练习到肌肉都麻木了，也要继续坚持。

不仅如此，为了提高射击时的稳定性，步枪运动员每次训练和比赛时，都要穿上重达20多斤的射击服。因此，夏天易中暑，冬天长冻疮，几乎也成为了射击运动员们的"标配"。

在游泳界则流行着这么一句话：混合泳是游泳中的马拉松。选手要想获得好成绩，必须在蝶泳、仰泳、蛙泳和自由泳四种泳姿上都具备较为均衡的实力，这对技战术、体能等都提出了更高的要求。而因为疫情延长的东京奥运会备战周期，对于汪顺来说更不容易。作为游泳队的"老将"，年纪增长让他每次训练后的体能恢复不如从前，但他却不敢有丝毫懈怠，"备战期间，每堂训练课后感觉五脏六腑都在燃烧"。

在东京奥运会的帆船赛场，陈莎莎未获得奖牌，但她身上仍闪耀着优秀运动员的光芒。32岁的陈莎莎明白，自己的体力已无法和小一轮的师弟、师妹们比，但她说："我唯一的优势是更能吃苦。"只要不是雷雨天气，她几乎一年365天都在下海训练。浙江帆船帆板队总教练赵伟军说过，陈莎莎只要站在训练场上就是榜样。

浙江皮划艇选手王丛康和队友卜廷凯在东京奥运会男子1000米双人皮艇决赛中获第8名，创造了中国在这个项目上的历史最好成绩。首登奥运赛场，便在皮艇比赛中取得如此突破，同样离不开日常刻苦训练。

王丛康说，一天24小时，除了吃饭睡觉，自己几乎都在和水、皮划艇打交道。他告诉记者，每天20公里的水上训练是必修课，两小时手不停划，脚不断蹬。最后，他手上虎口和脚跟的老茧变得很厚很厚，剪刀都剪不动。

每一次成长背后都是汗水的浇灌，每一位运动员背后都有艰苦奋斗的故事。正如一位网友所说，体育健儿们通往梦想的道路是由顽强拼搏、不懈奋斗所铺就的，他们勤学苦练、追逐梦想，这样的体育精神令人动容。

"只要能超越自己，就是胜利"

"我的第四次奥运之旅结束了，我接受自己的不足，并不气馁，只要我没有离开这片场地，我都会继续尽力做下去。"东京奥运会女子撑竿跳高比赛后，李玲在社交平台上发出了这样一段感言。

本届奥运会上，由于在预赛阶段三次起跳均失利，她提前结束了奥运征程，但她并没有气馁。她告诉记者："有点遗憾，但也证明了自己对困难与问题估计不足、应对不够充分。接下来，自己会认真备战陕西全运会，吸取教训、调整心态和情绪，重振旗鼓，好好比赛。"

从2008年开始，李玲已先后参加了四届奥运会，并曾在七年内四次刷新亚洲纪录，现在女子撑竿跳高4米72的亚洲纪录也是她在两年前创造的。

32岁的李玲，在田径赛场并不算年轻，但或许正是这份岁月的沉淀，让她更具经验和优势。曾有人这么评价她，"李玲能一直保持如此高水平，除了比赛的阅历和经验，最重要的是她的心态，她有一颗永远不服输，永远对纪录保持追求的心"。

李玲也说："在训练、比赛过程中一定会面临很多困难与挫折，无论什么时候都要相信自己、克服困难，才能有更好表现。尤其不能因一时困难而放弃，而要越挫越勇。"

不服输、不放弃，是许多运动员身上的底色。

以破世界纪录的成绩摘得东京奥运会男子举重73公斤金牌的石智勇，从练习举重开始，就带着一股不服输的劲儿。他克服伤病困扰，一步一个脚印，不断挑战自我、积聚更强力量。他说："站到赛场上，每一次成功试举都是对自己最好的交代。只要能超越自己，有不断向纪录发起冲击的勇气，就是胜利！"

短跑名将谢震业在十多年的训练中也克服了大大小小的许多挫折与困难。就在本届奥运会前，他还因腿伤反反复复，不得不放弃了国内好几场比赛。不过，谢震业表示："对我来说，最大的对手就是我自己，在每一件事上不断突破自己，就是最大的收获。"

在东京奥运会男女4×100米混合泳项目中，和队友一起获得银牌的徐嘉余，也是在不断调整心态、不断攻克艰难中，完成了自己并不平坦的东京奥运会之旅。他先是在自己的主项男子100米仰泳比赛中无缘奖牌，身体还出现状况。此后，为了保男女4×100米混合泳项目，他又放弃了男子200米仰泳的比赛。而在备战期间，徐国义教练的去世、疫情的影响等，都给他的训练状态带来了较大影响。不过，当站上领奖台的那一刻，他想的是："2022年，我们一定会再把纪录破回来！"

……

诚然，对每个参赛运动员而言，竞技体育的目标就是站上最高领奖台，但它的目的显然并不止于此。采访时，许多选手都提到了要超越自己、要不断向更高的纪录发起冲击。从这个意义说，任何一个运动员，只要超越了自己，就是成功的。

不以输赢论英雄。只要向着目标全力以赴、不轻言放弃，只要站在赛场全力拼搏，每一个人都是赢家。

"把运动员当成自己的孩子"

"他已经 64 岁了，两鬓斑白，但无论是训练还是生活中都处处为我着想。"东京奥运会上，汪顺夺冠后向自己的教练朱志根表达了感谢，他透露的一个细节感动了许多人——

在 200 米混合泳项目决赛前夜，朱志根还在为汪顺"值班"。原来在运动员村，很多运动员、教练员训练或比赛回来较晚，朱志根怕影响到汪顺休息，就站在门口提醒"轻点、轻点"。

从 1971 年进入省游泳队开始，朱志根一路从运动员到教练员，几乎将自己的时间都献给了游泳。东京奥运会已经是他的第 6 次奥运征程。而一直以来，他都始终坚持对每一位运动员负责。他说："每一位交到我手上的运动员，我都会当成自己的孩子对待。"

2010 年，浙江游泳队第一次前往澳大利亚集训，由朱志根带队。回忆当时，朱志根说自己每天凌晨 3 时就要起床，先把队员们送到训练场，再回来准备早餐。此后又要买菜，准备午餐和晚餐，以及队员们需要的水、牛奶等物品。到了晚上，还要安排第二天的训练计划等，往往要到夜里 11 时多才能睡觉。

如今，提起往事，朱志根笑着说："虽然辛苦，但我觉得内心很充实，队员们能出成绩，就是对我最好的回报。"

其实，2002 年朱志根就得了糖尿病，一下子轻了 20 多公斤，但他一直没有放弃游泳队的训练。有人曾这么评价他："他的手抓不紧筷子，却能握紧手中的秒表。"

东京奥运会上，管晨辰获得了女子平衡木金牌。而她在国家队的主教练徐惊雷，也来自浙江。管晨辰赛后曾说："徐指导在前期一直鼓励我，让我放轻松。"

徐惊雷和爱人蒋国良都是国家级教练。2002 年，徐惊雷的女儿刚入小学，她就被调至国家体操队执教，"当时很舍不得，但为了体操，只能'舍小家顾大家'"。徐惊雷说，这一去就是19年。如今，她经历了五届奥运会，带出了一批又一批的世界冠军。

现在省羽毛球队女队的主教练王琳也是如此。从羽毛球世界冠军到教练岗位，她明白，这意味着一切从零开始，必须全身心投入。她与陈雨菲、黄雅琼等人亦师亦友，从技术上指导、从思想上开导。出征东京奥运会前，王琳还曾找到黄雅琼，告诉她："本是平常人，曾经辉煌过；想要再辉煌，回到平常人。"而这句话成为了黄雅琼最好的"减压药"。

在浙江，这样的教练还有许多。他们与队员之间，不仅有技术上的切磋，更有精神上的共振。正是因为有了他们，体育健儿方能在赛场上披荆斩棘、勇往直前。

孤帆远影闯天涯

——致敬从东京奥运赛场归航的浙江帆船运动员

体坛报 黄维

没能如愿走到奖牌轮，8月3日浙江的五名帆船选手，提前结束了东京奥运会的"战斗"。然而，"与海斗、与风斗、与浪斗，其乐无穷"的海上骄子，仍值得我们敬重。

在浙江体育的奥运史上，镌刻着他们光辉的名字：陈莎莎、魏梦喜/高海燕、徐臧军、杨学哲。在11名中国帆船帆板项目的奥运选手中，浙江独占五席。其中，女子49erFX级选手陈莎莎、男子诺卡拉17级选手杨学哲均是首次在奥运赛场亮相的中国运动员。

赵伟军，浙江帆船帆板队总教练。他曾经也是一名优秀的运动员。他的遗憾是没有机会征战奥运会。这次，弟子"组团式"参赛让他倍感欣慰与骄傲。他认为这是真正的"天道酬勤"，机会总是垂青有准备的人。

"苦不苦，累不累，看看浙江帆船队"

香港回归那年出生的杨学哲，小时候只在课本中"见"过大海。对大海的印象是教科书式的，"海滩上有海螺、贝壳"。成为帆船运动员后，才发现置身浩渺的大海，现实是"上有毒辣的太阳，下踩滚滚热浪的海水，狂风裹挟着大浪"。杨学哲说，一周13堂训练课，雷打不动；每天晚上还要进行体能训练。

陈莎莎说，"我们早已习惯魔鬼式训练，上有太阳，下有热浪，还有强烈的紫外线"。除了打雷天气外，一年四季都在海上。魏梦喜从小在台州大陈岛上训练。这是一个远离大陆两个小时的小岛。物质十分匮乏，当时训练、住宿条件特别艰苦。尤其到了下雪天，长了冻疮还在坚持，实在忍不住了就抱着队里的小姐妹哭着想回家。现在早习以为常，有次手指受伤还没有拆线就急着下海训练。她觉得时间耽搁不起。

赵伟军也心疼，他说运动员每次训练完，上岸一抹就是一把盐。有的脸上还会晒起泡。到了冬天，即便是在海南，最冷时也只有七八摄氏度。冬天不仅冷在风里，当在训练过程中水直接从身上盖过去时，让人直哆嗦。

对于这些，杨学哲说现在他并不觉得这是苦。他挺享受帆船运动的乐趣，"风在变、浪在变，就想法子要去征服"。

"一项体能、智力要求较高的运动"

帆船帆板运动，在国际上开展得十分广泛，因此在奥运赛场上竞争也异常激烈。中国则是起步晚、基础弱。作为一项对体能、智力要求较高的运动，浙江作为先行者进行着有益尝试与探索，角逐东京奥运赛场的都是最好的榜样。

2017 年在广东汕尾集训时，杨学哲掉到海里被水翼刮到，皮开肉绽，伤口长达二三十厘米，三四年过去愈合的伤口仍像蚯蚓一样扎眼。杨学哲说，这次教训让他意识到"抠细节"、动脑子的重要性。

赵伟军介绍，从事帆船帆板运动，既是对体能的考验，又对智力有高要求，要善于"见风使舵"，包括流体力学、气象学、空气动力学、海洋学都要掌握一些。作为奥运会两朝元老的徐臧军，就擅长于"钻"，学习能力特别强，比较勤奋，对任何问题都有自己的想法、独立的见解，且一定要想办法去解决。

"我们都有一颗奥运的拼搏之心"

站上奥运赛场，就是最大的成功。但对已站上奥运赛场的选手而言，并不是这样的。谁都有一颗奥运的拼搏之心，谁都渴望在这个赛场争金夺银。杨学哲说，"我内心一直想要赢，有一颗尽快赢下来的心。"

杨学哲说，在浙江生活训练多年，从来没有去过西湖游览。他说他一年多没有出国比赛了，渴望有这么一场大赛来检验与考验。

魏梦喜偏瘦，但这个项目又不允许运动员太轻，因为不利于把控方向，那只能增加体重。为备战奥运会，不得不吃很多食物，吃撑了就去走路，不坐也不躺，怕反流、反胃后造成胃下垂，降低消化功能。增重的过程比减肥还要痛苦。

徐臧军一直忍受着腰伤、风湿等伤病的折磨，但他不忍心此刻去看伤病、动手术，"一旦动手术，很可能职业生涯结束了"。他一直都在坚持。

高海燕与魏梦喜是配对的搭档，这四年来一直都在相互帮助、相互支持，因为有共同的奥运梦想。

东京奥运会已经结束，紧接着是陕西全运会，以及杭州亚运会。赵伟军希望带着征战奥运的勇气与斗志，在全运会赛场高歌猛进。

浙军"为何能在东京奥运会上独领风骚？

破解浙江奥运奇迹的六重核心密码

体坛报 易龙吟 李笑莹 陆英健 余敏刚

从 1984 年吴小旋收获浙江首枚奥运金牌，到 2021 年杨倩成就最年轻的 00 后奥运双金王；从楼云蝉联两届奥运会体操冠军，到年仅 16 岁的管晨辰获得奥运会平衡木冠军……

36 年，10 届奥运会，浙江竞技体育实现了从弱到强的跨越式发展。本届东京奥运会，浙江 33 名运动员分布在 12 个大项，是历届以来参赛人数最多、项目最广的。浙江不仅在首日为中国夺得奥运首金，延续了届届有金牌的殊荣，更是创造了 7 金 2 银 1 铜的历史最佳成绩。荣誉背后，浙江体育究竟经历了怎样的发展，又有哪些创举？

举省体制，打造科学训练体系

2016 年里约奥运会，2 金 2 银 3 铜；2017 年第十三届全运会，53 金 34 银 38 铜，创历史最好成绩；2018 年印尼雅加达亚运会，23 金 18 银 8 铜；2021 年东京奥运会，7 金 2 银 1 铜。这一连串优异成绩的取得，与我省大力实行的竞技体育举省体制密不可分。同时，随着竞技体育体制改革，我省竞技体育呈现出举省体制与职业化市场化并行的格局。

"十三五"期间，我省重点聚焦四大领域的体育改革，其中就包括竞技体育职业化改革。这个周期内，省委省政府高度重视竞技体育工作，多次以省委省政府名义，出台各类加强体育工作的文件、政策，推动浙江竞技体育高质量发展，提升核心竞争力。2021 年，省人民政府办公厅发布《关于高水平建设现代化体育强省的实施意见》，明确 2025 年基本建成体育强省。其中，明确提出实施竞技体育实力提升行动，包括创新竞技体育发展模式、科学布局竞技体育项目、优化竞技体育训练体系。

2019 年，省体育局进行职能部门的改革，将原来的"训竞处"，改革为"训练处""竞赛处"，集中精力做好训练工作的统筹、协调与指导。

现代竞技体育是综合实力的较量，这个周期全省各级各类财政不断加大对竞技体育的投入力度。2020 年，我省省级体育彩票公益金用于竞技体育支出 14237 万元，市、县级体育彩票公益金用于竞技体育支出 41722.4 万元。省体育基金会"1822·与你同行"项目围绕为国争光为省添彩、服务竞技体育发展大局设定，2020 年资助承担着为国为省争光任务，在奥运会、亚运会、全运会上争金夺银的省级优秀运动员和运动队共计 1581.59 万元。

不仅如此，2018 年 9 月 13 日，浙江体育职业技术学院召开"奥运备战专家顾问和首席教练受聘仪式暨名师讲坛报告会"，聘请杜兆年、翟晓翔和崔胜芝三位我省体育竞技资深专家为"学院东京奥运备战专家顾问"，聘请朱志根、徐国义、邵国强和蒋国良等四位培养出奥运冠军和世界冠军的功勋教练员为"学院东京奥运备战首席教练"。正是有了一代又一代的体育人、专家、教练的默默付出，才有了浙江体育在东京奥运会上的爆发，这也是浙江竞技体育的底气和财富。

过去的这个周期里，浙江在体育领域深化体育社团改革，如省游泳协会、省羽毛球协会、省篮球协会等积极参与人才培养、氛围营造之中，成为推动竞技体育水平提升的又一引擎。体育社团实体化改革，破除体育管理中心和单项协会政社不分的状况，使行政、事业、社会、市场有效发挥各自的作用，释放出更多的体育活力。

本届东京奥运会上，我省不仅延续了传统强项游泳的优势，汪顺成为继罗雪娟、孙杨、叶诗文之后又一位奥运冠军，更实现了我省羽毛球奥运金牌零的突破，夺得了女单和混双 2 枚金牌，其背后也得益于我省强大的人才储备。

记者了解到，目前全省每个年龄段的羽毛球业训人数在 2000～3000 人之间，大约划分 10 个年龄段，累计人数 2 万～3 万人。因此，每年通过省羽毛球协会举办的全省积分赛，都有数千人参加，不得不控制人数，比赛周期长达半年之久。此外，全省每年还举办四站省羽毛球队的青少年选拔赛。

梯队建设，夯实后备人才基础

在东京奥运备战周期内，浙江竞技体育在后备人才培养上，坚持抓基地建设、体教结合、教练员队伍建设，实现了老、中、青三代相结合，成为我省竞技体育突破的奠基石。

在本届奥运会举行之前，在我省流传着一句，"中国游泳看浙江，浙江游泳看杭州"，但本届奥运会打破了这种传统局面，各地呈现相互竞争且各具特色的竞技模式。

在杭州游泳的模式中，由于坚持采取"走训"，学习、训练两不误，这种体教结合的模式受到了杭州众多家长的青睐。而这种模式也在我省迅速被推广，目前已呈现百花齐放的态势。像获得 200 米混合泳冠军的宁波籍选手汪顺、获得 4×100 男女混合接力银牌的温州籍选手徐嘉余、打破女子 4×100 米自由泳接力亚洲纪录的绍兴籍选手吴卿风，这都表明杭州游泳模式正成功转型为浙江游泳模式。

在羽毛球项目上，中国军团共派出 14 名选手，争夺 5 个单项的金牌。其中，浙江占了 4 席，分别是混双"雅思组合"黄雅琼与郑思维，混双选手王懿律，以及女单选手陈雨菲。在羽毛球项目中，教练王琳、桑洋等都曾是优秀运动员，退役之后走上教练员岗位实现一代带一代、一棒接一棒的良好循环。省队男队主教练桑洋表示，浙江羽毛球运动有着良好的群众基础，这为选拔高水平羽毛球运动员提供了更大的选择空间。在此基础上，浙江还设立了一套严格的羽毛球人才选拔机制，为我省羽毛球后备人才的选拔、培养起到了很大作用。

虽然没能如愿进入奖牌轮，但在 11 名中国帆船帆板选手中，浙江独占五席，比重是各省（市、自治区）最高的。其中，女子 49erFX 级选手陈莎莎、男子诺卡拉 17 级选手杨学哲均是首次在奥运赛场亮相。用浙江帆船帆板队总教练赵伟军的话来说，浙江这次"组团式"参赛正是验证了"天道酬勤"，也是"浙"群海上斗士为浙江帆船帆板运动所作出的努力。

女子撑竿跳高是浙江田径队的优势项目，在国内一直处于领先地位。本届奥运会老将李玲和徐惠琴同时出现在赛场上，虽然最终未获得出彩的成绩，但她们的付出和努力同样值得被人铭记。如今，像李超群、陈巧铃等一批女子撑竿跳高新秀正在茁壮成长。

科医保障，"全天候"护航

一位奥运冠军的背后，是许许多多体育人长年累月的坚持和努力。在取得佳绩的同时，医疗恢复也是十分重要的环节。浙江科研医务人员根据各直属训练单位优势项目的布局，采取"点面结合、突尖保重"的原则，做好重点运动员的精细化训练监控和科技助力工作。

值得一提的是，浙江体育军团狠抓"训、科、医"量体裁衣的做法，不断提高竞技训练管理全周期、精细化、科学化水平。2020 年 8 月，省体育局和省卫健委共同组建 2020—2022 年东京奥运会、陕西全运会和杭州亚运会竞技体育医疗保障专家组，为运动员"量身打造"制订相关治疗方案，带去更多保障和指导。

此外，"体育+科技"，也为浙江竞技体育发展带来助力。以数字化改革为牵引，在备战东京奥运会期间，省体育局完善了"一人一案一团队"的参赛方案，全面推行运动队"最多提一次"服务，建成数字化训练管理系统，建立东京奥运会指挥系统，以数据服务备战参赛管理，提升大赛指挥效能。接下来，浙江也将继续运用数字化、智能化手段，科学分析研判运动员们的训练成果，进一步提升科学训练水平。

同样，浙江的教练们也在不断学习，探索更为先进、科学的训练方式。作为奥运"六朝元老"的国家队功勋教练朱志根，连续三届从奥运赛场携弟子带回金牌。年过六旬的朱志根表示，自己一直在学习国外先进的训练理念、方法，不断在探讨中改变自己。比如学习借鉴"小周期"训练方法，连续训练两周，再调整三天。从"大周期"到"小周期"的改变，汪顺的成绩提高很快。改变以往单纯重视大训练量训练的做法，有针对性地强化体能训练。为此，为汪顺配备了体能训练师，加强科医保障团队的力量。除平时的按摩、放松，以及伤病问题及时解决外，更重要的是加强体能训练，细致到哪块肌肉力量不够补哪块，努力提高爆发力与水下力量等，收获很大。

竞赛环境，优秀健儿脱颖而出

2021年6月，浙江省政府正式批准了第十七届省运会的会徽、会歌等系列标识，明确省运会开、闭幕式时间分别为2022年11月18日和11月28日，省运会正式进入倒计时。作为浙江规模最大、层次最高、影响最广的综合性体育盛会，省运会是集中展示全省体育运动成果的重要舞台，同时也是各个项目涌现希望之星、造就奥运选手的摇篮。

本届奥运会上，历届省运会的"三甲"杭、宁、温，也是奥运选手最多的输送城市，达到22人。最近几年承办过省运会的台州、嘉兴、绍兴也借势发展，分别输送了2名、6名、4名队员参赛。

一场体育盛会绝不单单只是竞技体育层面的博弈，更是一个国家、一座城市综合实力的体现。浙江省利用筹办亚运会的契机，在全民健身、竞技体育、体育产业和体育文化方面下足功夫，让全省体育工作借势更上一层楼。

目前亚运会主体育馆、游泳馆、综合训练馆和亚运三村已基本竣工，场馆的建设无疑对后续体育竞技人才培养提供了土壤。正在筹办中的杭州亚运会，也将成为浙江竞技人才快速培养、尖子涌现的重要平台。

近年来，浙江倡导鼓励"一市一品"，积极举办各类体育赛事。2020年，省内全年共举办全国一类比赛4个，省内比赛155场次。我省2021年还将加强赛事体系设计培育，加快数字化建设，组织举办省第四届体育大会、省生态运动会，抓好"庆祝建党百年"红色系列赛等赛事，举办各类青少年比赛。众多品牌赛事的打造和落户也成为了各地的城市金片名：

——江山市立足举重项目，里约奥运会所有举重项目的中国冠军都曾在江山参加过比赛，田涛还曾在江山打破多个全国纪录和世界纪录。

——自女排落户宁波北仑体育训练基地，排球为这座城市营造了浓厚的体育氛围，全民健身水平显著提高、人民参与锻炼健身的热情大幅增长。据统计，宁波的体育人口占比为41.2%，全市每年举办各类健身活动2000多场次，高于全国平均水平。

——女排世俱杯连续两届花落绍兴，极大提升了绍兴的城市美誉度。这几年，绍兴排球运动发展态势愈加迅猛，参与者越来越多，仅越城区就有26家排球俱乐部，排球在学校日益普及，全市多所中小学将排球运动作为重点项目开展。

——自2004年起，温州市政府加强对龙舟活动的规范化管理，温州民间龙舟活动走上了文明、安全、和谐、有序的健康发展之路。众多赛事成为浙江选手与高水平运动员、运动队切磋与提高的重要载体。

社会力量，形成百花齐放格局

2017 年 9 月 5 日，国家体育总局与浙江省人民政府签署协议，社会力量办体育试点正式落户温州。这赋予了温州为中国体育发展探索新路子的"探路者"使命。

温州的吕志武游泳俱乐部、兴华羽毛球俱乐部、凯易路马术俱乐部逐渐成为浙江社会力量办体育的样本，很快形成辐射效应。用体育促环保、用体育促旅游、用体育促民生、用体育促就业……社会力量八仙过海、各显其能，成为助推浙江社会事业进步的生力军，也成为推动我省竞技体育的助推器，通过不断完善竞技体育贡献激励机制等手段，促进我省后备人才梯队建设。

"在雅加达亚运会上，中国代表团共取得 132 枚金牌，其中温州运动员取得了 10 枚金牌。"温州体育局局长张志宏透露，包括体操"小花"罗欢、00 后游泳小将郑枭境及两名足球运动员在内，共有 4 名运动员、3 枚金牌可以纳入社会力量办体育范畴。

东京奥运会上，由浙江选手万济圆与队友组成的中国女子三人篮球队，赢得一枚宝贵的铜牌。2002 年出生的万济圆，最初由诸暨骏马篮球学校培养。诸暨是全国篮球城市，篮球氛围十分浓厚，最近一个赛季的 CBA 联赛也由诸暨承办。

张兴嘉成为首位登上奥运会马术赛场的浙江骑手。从宁波天驿马术俱乐部走到国家队的张兴嘉，仅用十年不到的时间就登上了奥运赛场。和其他项目不同，浙江省马术运动采用省队市办的办法，且多依靠社会力量投入。

就在近日，浙江省政府还印发了《关于鼓励支持社会力量办体育加快推进体育改革与发展的若干意见》，进一步破解社会力量办体育体制机制障碍，激发社会力量办体育的内在活力，加快推进体育改革与发展。

强强联手，共谱合作双赢新篇

这个夏天，杨倩成了网友追捧的冠军之一，不仅因为她是中国首位00后双金王，更是一名清华大学的学生。奥运冠军和清华学生，这两者能在杨倩身上共存，也得益于浙江与清华大学在射击人才培养上的强强联合。

浙江的射击特长生上清华大学的，除了杨倩还有杭州的邱烨晗、万颖捷，温州的陈芳，绍兴的王思睿、王岳丰，衢州的钱方恒，丽水的张超玄著（宁波输送）等，大有"批量制造"之势。杨倩说，"一边学习、一边训练，收获了很多，训练与学习两个方面，对我来说是相互促进的过程，让我从不同角度感受别人感受不到的东西"。

除了射击项目之外，2017年9月24日，国家体育总局与浙江省人民政府就共建中国（浙江）国家游泳队正式签署协议，这也是国家体育总局与地方签署共建国家队协议的首例。

"一城五金"的神奇背后

宁波日报 汤丹文 林海

一城五金，全面开花！

在 2020 东京奥运会已结束的比赛中，宁波 7 名运动员参赛，一举拿下 5 枚金牌，创造了历史！不仅如此，这些金牌成色十足，可圈可点。

7 月 24 日，东京奥运会的首个比赛日，飒爽可爱的宁波小将杨倩一鸣惊人，最后一枪逆转对手，夺得女子 10 米气步枪冠军，赢得了最受世人关注的奥运首金。

7 月 27 日，杨倩和队友杨皓然合作，"射落"气步枪混合团体赛的历史首金，杨倩也成为首位在同一届奥运会比赛中获 2 枚金牌的中国射击选手。

7 月 28 日，里约奥运会举重冠军石智勇在男子 73 公斤级比赛中以舍我其谁的气势，再次夺得金牌并打破世界纪录。

7 月 30 日，第三次走进奥运赛场的宁波小伙汪顺，在泳池里以破亚洲纪录的成绩，摘得男子 200 米混合泳的金牌，这是中国男选手在该项目的首枚奥运金牌，他也成为中国男子游泳奥运夺金第二人。

8 月 3 日，最后一个出场的 16 岁体操选手管晨辰以最高的难度，稳稳地为中国拿下平衡木的金牌，也为宁波健儿的奥运夺金之旅画下了圆满的句号。

8 月 3 日晚上，宁波人的朋友圈一片沸腾："宁波，冠军之城！""奥运五金，宁波亮了！"

这个城市的人们，因为奥运佳绩而生发的豪迈之情，溢于言表。

竞技体育尽管会有一定的偶然性，在奥运会上夺金更需天时地利人和。但是，这次宁波在奥运会上"一城五金"的神奇背后，正是数十年间几代体育人和一座城市在奥运之路上的筚路蓝缕和持续接力。

一座城市与它的奥运圆梦之路

1984 年洛杉矶奥运会，许贤元参加帆船项目的角逐，成为中华人民共和国成立后，参加奥运会比赛的宁波选手第一人。

何时能有宁波运动员站在奥运会的最高领奖台？这个悬念，直到 32 年后的 2016 年才得以解开——作为苗子引进的石智勇，在里约奥运会"石破天惊"，在男子 69 公斤级举重比赛中为宁波摘得首枚奥运金牌。

而延期举行的 2020 东京奥运会，宁波竞技体育从厚积薄发转为厚积"爆发"——"五金"的荣耀，是一代又一代宁波体育人接续拼搏的结果。

据不完全统计，过去 5 年，宁波运动员获得世界冠军 20 个、亚洲冠军 24 个、全国冠军 172 个。

数字说明了一切，这也印证了竞技体育好比是一座金字塔，而奥运冠军正是塔尖上熠熠生辉的颗颗明珠。

一座城市与它的竞技体育之塔

这数十年来，宁波竞技体育的巅峰之塔到底是如何铸就的呢？

凡事预则立。竞技体育出成绩，得益于一个长期有效的规划、一个完善的选材训练体系、一支敬业的高水平教练员队伍、一系列强有力的保障措施。竞技体育竞争的终点表现在赛场上，但竞争的源头其实要回溯一个很长的"链条"。对地方体育部门来说，前端的环节有很多，以宁波的夺金项目而言，就是充分的"预"的结果，这个"预"，就是提前的规划以及规划后一步一个脚印坚定实施。

从 1990 年开始，宁波连续三轮制定《竞技体育十年规划》，对宁波的奥运会重点项目进行战略布局。在东京奥运会上取得突破的射击、举重、体操、游泳等均是数十年布局的项目。

世有伯乐，然后有千里马。千里马常有，而伯乐不常有。宁波大学大健康研究院院长李建设在分析这次宁波选手的奥运表现时认为，一个很重要的原因是优秀运动员苗子的选拔，"特别是教练选人，选得比较准"。

这几十年来，宁波积极引进和自主培养基层教练，打造高水平教练员队伍，引进高水平体育人才。

据了解，杨倩的启蒙教练虞利华、手枪教练查劲松等作为引进人才，先后调入宁波体育运动学校，促进了宁波射击运动的整体提高；举重项目，也正是由于引进了教练李冬瑜，才引来了唐德尚和石智勇等优秀运动员。而游泳的汪顺、体操的管晨辰，同样是宁波进行科学选材和系统训练的结果。

如今，在宁波，完善的竞技体育人才选材、训练体系已经形成。2002年，宁波在同等城市中成立了唯一的体工大队并坚持至今，摔跤、拳击、举重、攀岩等项目运动队的成立，培养了大批高水平运动员。目前，宁波拥有5个国家级高水平后备人才基地，领先全省。

以市体工队为龙头，市体校、市二少体、市水上（游泳）运动学校以及小球训练中心为主体，市县联动、体教结合的四级后备人才训练体系已然形成。

省市合办高水平运动队，介入国家级训练基地建设，是宁波竞技体育的创新，也打通了体育人才输送的"任督二脉"，为顶尖体育人才的脱颖而出创造了良好的条件。近5年来，宁波已培养输送至省队的运动员共156人，目前在国家队训练的宁波运动员有31人。

这些年，一批国家级的训练基地落户宁波，像北仑的综合训练基地、鄞江的重竞技训练基地。攀岩、马术和高尔夫等项目先后实现省队市办。

2013 年，中国男子举重队浙江组在鄞江的宁波市重竞技训练基地成立，市体育部门下拨约 7000 万元用于建设举重馆和国家队公寓及综合训练馆；并设立奥运保障专项经费 200 万元，用于训练、科研、医疗、后勤等。

2019 年，宁波正式成立独立建制的体育科学研究所，为奥运健儿提供科医保障。此次石智勇的东京之行，就有该所队医沈异的身影。

在市级训练单位采用和国家队同等水平的训练保障体系，这一举措在宁波体育史上是空前的，在国内同等城市中也是罕见。

宁波游泳奥运首金获得者汪顺，从宁波送入省队后，得到国家队教练朱志根的重视，并在市体育局提供的经费保障下，多次随队赴澳大利亚、美国等地集训，竞技水平稳步提高，最终在东京奥运会上实现历史性突破。

而社会力量介入竞技体育，成为宁波体育的最新亮点。此次，宁波的马术运动员首次亮相东京奥运赛场，正是宁波天驿马术俱乐部与宁波体校联手合办的结果。

一座城市与全民健身的强力提速

宁波竞技体育在东京奥运会上迎来高光时刻，它的背后是一个城市体育事业全面发展特别是全民健身事业近几年的强力提速。

全民健身上升为国家战略后，宁波以立法形式制定了《宁波市全民健身条例》，并在 2021 年通过。

2018 年，市政府出台了 117 号文件，率先明确宁波的新建住宅小区必须配备一定数量和标准的体育健身设施。截至目前，全市 317 个新建住宅小区全部按比例配建体育设施，人均体育场地面积从 2015 年的 1.61 平方米，上升到 2019 年末的 2.43 平方米，走在全省前列。2020 年，宁波新增体育场地面积 184.3 万平方米。

近年来，宁波奥体中心、绿轴体育公园、中体运动城、滨江体育公园、宁波欢乐海岸生态体育公园等大型体育设施的建成投用，为宁波的全民健身和竞技体育、竞赛表演提供了更加优质的场地设施。

在宁波，活跃着 500 多个体育社会组织，"十三五"期间宁波建成了 3 个县级全民健身中心、32 个乡镇（街道）综合性健身场馆、325 个村（社区）健身广场。

据统计，宁波的体育人口占比为 41.2%，全市每年举办各类健身活动 2000 多场次，高于全国平均水平……

2021 年以来，为配合宁波建设现代化滨海大都市的战略，宁波体育更是把发展水上运动项目列入重点计划——

3 月，中国皮划艇协会、中国赛艇协会总部基地和国家训练中心落户奉化；

6 月，中国青少年帆船示范基地、中国内湖帆船产业实验基地落户东钱湖；

世界帆船联合会总部秘书处落户宁波意向的洽谈和实施工作也在进行中……

宁波市体育局局长张霓深情地说，任何事物的发展，都离不开其土壤和环境。"本届奥运会上宁波运动员夺得 5 金的优异成绩，离不开市委市政府对体育的高度重视，离不开国家体育总局、省体育局对我们的关心支持，离不开运动员的奋力拼搏、各级教练员的倾心付出和全体宁波体育人的不懈奋斗，也离不开全社会的支持和宁波这块体育事业的热土。"她说。

一座城市与奥运精神的激情澎湃

守得住艰辛，耐得住寂寞，忍得了伤病，经得起挫折……这是运动员从默默无闻到名扬四海、走向奥运之巅的必由之路。

奥运健儿是宁波这座城市的优秀儿女，他们践行了奥林匹克"更快、更高、更强——更团结"的格言，也为宁波的城市精神书写了新的篇章。

在举重赛场，石智勇在电视镜头前吼出"领导，要不要加到 198（公

323

斤）"，在王者般的气势中，人们体会了"知难而上"的宁波精神；

当拥有"大心脏"的射手杨倩夺得首金，在领奖台上作出比"心"的姿势，初生牛犊的可爱与沉着兼具，人们看到了"00后"新生代的希望以及一个城市的活力澎湃；

曾经少年壮志不言愁的汪顺，三次参加奥运会，最终赢得了中国男子游泳分量极重的一块奥运金牌，这是数十年坚守后的中国梦圆；

16岁的管晨辰以其最顶尖的动作难度，摘得平衡木金牌，这种争优创先的意识，也流淌在宁波这个城市的血脉之中。

在东京奥运获得金牌的宁波选手中，我们也看到了书香之城的历史文化底色。

金牌选手杨倩、汪顺、石智勇，他们分别是清华大学经济管理学院、上海交大安泰经济与管理学院和宁波大学体育学院的学生、校友。他们证明了强健的运动能力与聪慧的智力学识可以并行不悖，也改变了以往人们对运动员的"刻板"印象。

宁波奥运健儿夺金后，宁波的网友更是精到地总结出这些项目夺金背后的四个"度"，那就是：射击的"精度"、举重的"力度"、游泳的"速度"、体操的"稳度"。

也许，这四个"度"，正是宁波城市精神与奥运拼搏精神的交相辉映，它将激励着我们在建设现代化滨海大都市的道路上，更加激情澎湃、意气风发地前行！

光荣与梦想

——走进安徽健儿的奥运时间

安徽日报社　张理想

7月23日，第32届夏季奥林匹克运动会在日本东京拉开帷幕。王春雨、王晓菁、兰明豪、李浩南、李玉婷、吴娟、吕秀芝、李慧茹等8名安徽体育健儿出征奥运赛场，这是我省运动员参加境外奥运会项目最多的一次。在奥运赛场上与世界强手一争高下，是每个运动员的梦想。在东京奥运会上，安徽健儿将用青春与汗水赢取自己光荣的巅峰时刻。

老将

老将，是奥运赛场上一道亮丽的风景，他们代表着更多的赛场经验、更久的坚守。老将坐镇，新人崛起，奋力拼搏、自强不息的体育精神代代传承。在8名安徽健儿中，王春雨、吕秀芝都有奥运参赛经历，其他人则是首次闯进奥运赛场。

26岁的王春雨是第二次出征奥运，她曾在2016年里约奥运会上取得女子800米半决赛小组第八的成绩，遗憾未能挺进决赛。在女子800米跑道上，王春雨是国内乃至亚洲当之无愧的"王者"，曾夺取2017年天津全运会、2018年雅加达亚运会该项目金牌。在7月11日"韵味杭州"2021年田径邀请赛上，她以1分59秒18的成绩获得女子800米决赛冠军，刷新了个人最佳成绩，排名2021年亚洲第一位。在东京奥运会上，王春雨将向挺进女子800米决赛冲刺。

吕秀芝是第三次踏上奥运征程，她在2012年伦敦奥运会女子20公里竞走中名列第四，在上届里约奥运会夺取女子 20 公里竞走铜牌。这个 1993 年出生的黄山姑娘身材瘦弱，却用矫健的步伐走出了自己的一片天地，在女子竞走 20 公里项目上，她还曾收获 2013 年辽宁全运会和 2014 年仁川亚运会金牌。在本届奥运会上，吕秀芝虽然只是作为替补出征，但她随时做好了出战的准备。

1992 年出生于合肥的王晓菁在 8 人中年龄最长，拥有参加世界大赛的丰富经验，多次创造女子飞碟项目世界纪录。早在 2018 年韩国昌原射击世界锦标赛上，国际射联第一次投放东京奥运会席位，王晓菁便为中国射击飞碟队夺得首张奥运"入场券"。在东京奥运会上，她将参加女子飞碟多向个人和多向混合团体两个小项的比赛。

新军

东京奥运会新增了一些比赛项目，部分项目是中国选手首次进入奥运赛场。新项目、新赛场，迎接着来自安徽的年轻新选手。

三对三篮球首次成为奥运会正式比赛项目。1999 年出生的李浩南将和队友一起参加三人男篮比赛，身高 197 厘米的他技术全面，爆发力尤其是连续弹跳能力出色，投篮手感柔和，防守端预判准确，是一名颇具潜力的锋线球员。2017 年，李浩南代表安徽三人篮球青年队打入天津全运会决赛，夺得马来西亚"国际篮联 U18 三人篮球亚洲杯"冠军并荣膺 MVP（最有价值球员）。入选国家集训队两年多时间，李浩南通过刻苦训练，已经成长为一名国内三人篮球场上内、外线兼具的队员。7 月 24 日，东京奥运会开幕第 2 天，三人男篮就将开打，期待安徽小伙儿有出色表现。

在 2019 年东京奥运会女子橄榄球亚洲区资格赛上，中国女子橄榄球队一路过关斩将，最终获得东京奥运会"入场券"，首次杀入奥运会。1999 年出生于宣城的吴娟，是中国女子橄榄球队 13 人中年龄最小的队员。她曾与队友夺得 2017 年天津全运会女子橄榄球铜牌、2018 年亚洲女子七人制橄榄球系列赛第三名。在东京奥运会上，中国女子橄榄球队的首要目标是从小组出线，祝愿"铿锵玫瑰"在赛场上华美绽放。

男子重剑不是奥运新项目，1996年生于合肥的兰明豪却是奥运会上的新面孔。其实，他早已在国际剑坛叱咤风云，曾获得2018年亚洲锦标赛团体冠军、2018年雅加达亚运会团体亚军、2019年亚洲锦标赛团体冠军，个人曾夺得2020年全国击剑冠军赛总决赛冠军、全国锦标赛亚军。在东京奥运会上，兰明豪将在男子重剑团体和个人两个项目上与世界高手一决高下。

"00后"

安徽出征东京奥运的8名选手平均年龄不到24岁，李玉婷、李慧茹两人是"00后"，其他均为"90后"，年龄最小的李玉婷仅19岁，他们代表着我省青年运动员的中坚力量。

界首小丫李玉婷将参加奥运女子田径4×100米项目，她曾在2019年山西二青会上夺得100米、200米、4×100米、4×200米共4枚金牌，已经成为我国田径项目一颗闪亮的新星。在主攻女子100米的中国奥运选手中，李玉婷是年龄最小的一位，这恰恰是她最大的优势，意味着运动生命周期更长、成绩提升空间更大。目前，李玉婷的100米个人最好成绩，是在6月24日2021年全国田径锦标赛暨全运会资格赛上创造的11.44秒。在6月25日全国田锦赛女子4×100米预赛中，梁小静、葛曼棋、黄瑰芬、李玉婷搭档的国家队新组合首次亮相，跑出42.80秒的成绩，排名首位，期待她们能够挺进奥运决赛并取得好成绩。

李慧茹2001年生于合肥，目前是合肥师范学院即将升入大二的学生。她曾在2018年安徽省第十四届运动会上收获女子乙组双人双桨2000米和1000米第一名，在2019年山西二青会上夺得女子乙组四人双桨2000米第三名。2021年5月，在赛艇世界杯瑞士卢塞恩站女子轻量级单人双桨2000米比赛中，首次参加世界杯赛的李慧茹勇夺桂冠，表现相当抢眼。在东京奥运会上，李慧茹即将出征女子赛艇项目比赛。

拼搏奥运，展出彩中原精气神

河南日报　黄晖　李悦

　　东京奥运会 8 月 8 日晚闭幕，14 名河南体育健儿获得 2 金 1 银，打破 1 项世界纪录和 1 项奥运会纪录、创 1 项世界最好成绩。出色的战绩，既源于辛勤付出和顽强拼搏，也源于河南体育的历史底蕴、人才基础、战略眼光以及锐意进取的开拓精神。

拼搏精神，助力中原更加出彩

　　带着亿万河南人民的嘱托和期盼，我省共有 14 名运动员参加本届奥运会 10 个大项、21 个小项的比赛，这也是河南运动员赴海外参赛人数历届最多的一次。

　　河南省体育局副局长马宇峰表示，在东京奥运会的赛场上，包括 12 名"奥运新兵"在内的河南运动员不畏强手、奋勇拼搏、超越自我，吕扬携手队友在女子赛艇四人双桨项目上夺得金牌、鲍珊菊与搭档在场地自行车女子团体竞速赛项目上夺得金牌，尹笑言夺得空手道女子 61 公斤级银牌，体操女将芦玉菲获得高低杠第四名、女子团体第七名，王飞获得赛艇女子四人单桨第五名，张茹随中国女篮夺得第五名，何正阳夺得 10 米气手枪混合团体第六名。

　　这些成绩的取得，凝聚着每名队员的心血和汗水、汇集着教练员及保障团队的辛勤和努力，全面诠释了中华体育精神，展现了河南体育健儿的精气神，圆满完成了省委、省政府和全省人民的期望和寄托，鼓舞和激励了河南人民防汛救灾、战胜疫情的信心，有力助推了体育强省、健康中原建设，为新时代中原更加出彩作出了贡献。

不以金牌论英雄，河南健儿应点赞

"他们一手老茧，一身伤病，一心忍耐，一直坚持，付出了常人所无法忍受的努力和坚持，在平日里艰苦平凡的训练中传递着不平凡的故事……"这是河南省体育局竞技体育处处长李岩描述的"运动员群像"。

奥运会赛场代表的是竞技体育的顶级较量，而竞技体育除了摘金夺银之外，更值得称赞的是运动员参与拼搏和努力奋斗的精神。金牌只有一个，参加奥运会的精神面貌和风采才是运动员的真实写照。

李岩表示，我省参加本届奥运会的运动员只有少数获得了金牌，大多运动员并没有实现自己的参赛目标，比如女排遭遇三连败，女子体操运动员芦玉菲比赛出现失误，马术运动员张佑因马匹受伤未能晋级……但是这些，并没有改变他们参与竞技、追逐梦想的初心和为国争光的决心，他们拼搏赛场的努力同样值得点赞。

失败是成功之母，本次参赛的河南运动员大多还年轻，大赛经验不够丰富，实力还不够强大，经历了失败和磨砺，未来还有更多的机会和机遇在等待着他们去应对和挑战。

项目"谋篇布局"，衔接国家战略

水上项目和自行车项目曾经是河南省竞技体育的四大支柱项目，在历届奥运会、亚运会、全运会及世界大赛上，河南省竞技体育传统优势项目都曾为国家作出过较大贡献。本届奥运会，14名河南健儿的参赛项目涵盖了排球、射击、赛艇、马术、田径、空手道、篮球、体操、足球、自行车等多个项目，体现出在保持传统优势项目优势、挖掘潜在优势项目潜力方面的"谋篇布局"。

李岩介绍，为了保持传统优势项目优势、挖掘潜在优势项目潜力，省体育局不断加大对优势项目和潜优项目的人力、物力、财力、政策、机制以及科技投入，持续推进总体的项目结构调整和重点项目布局，逐步实现与国家优势项目和潜优项目的衔接，同时提升河南竞技体育科学化管理水平，优化和提高投入产出比。

有的放矢的战略投入不仅保持了优势项目的优势地位，也拓宽了参赛项目的"广度"。本届奥运会我省女子赛艇和女子场地自行车不仅夺金，还刷新了世界最好成绩、打破奥运会及世界纪录，创造了历史；与此同时，河南选手还摘得空手道银牌，多个项目具备了进军奥运赛场的实力。

后备力量，筑就坚实"金字塔塔基"

从选材、育才到成才、用才，竞技体育是一个复杂、长期的系统工程。本届奥运会，夺冠的河南运动员既有吕扬这样参加过两届奥运会的"老将"，更多的则是鲍珊菊这样初出茅庐的"新秀"，显示出河南竞技体育在后备力量培养及梯队建设方面"代有才人"的可喜局面。

河南省的青少年训练在全国一直有自己独特的地方，虽然随着社会的发展，原有的训练体系受到了一定的冲击，但河南基本保留了一套完善的训练体系，有基层的县体校、市体校，有专业队。

省自行车现代五项运动管理中心主任陈皓介绍："鲍珊菊和作为替补奔赴东京的郭裕芳，都是从基层学校发现的优秀苗子，经过这种训练体系逐层筛选、逐步提高，最终通过人才培养的'上升通道'输送到了国家队，由我们本省的教练带领拿到河南自行车的奥运第一金。这个突破得益于我们健全的后备人才培养体系。"

竞技体育是"金字塔塔尖"，"塔尖"要出彩，仅靠各级体校是不够的，还要依靠群众体育尤其是青少年体育的广泛开展筑就坚实的"塔基"。

省体育局青少年体育处处长马延春介绍，我省历来高度重视青少年体育，始终紧紧围绕体校、学校、社会团体三大后备人才培养阵地，推进青少年体育阵地建设。到目前为止，在我省青少年运动员管理系统中注册在训的运动员涵盖了 34 个项目，共有 7.5 万多人。与此同时，每年 80 多项、5 万多人参与的省级青少年体育赛事活动，也给各个项目的好苗子提供了充分的"冒尖"机会。

再战全运会，中原锐气开新局

2021 年是"十四五"的开局之年，也是"史无前例"地集中了奥运会、全运会的"超级大赛年"。河南健儿在奥运会上取得的成绩，无疑也为后续的全运会乃至"十四五"河南体育事业开新局开了个好头。

李岩表示，河南运动员参加奥运会不止一次创造历史，这对我省体育事业的发展具有重要意义和重大推动作用。作为一笔精神财富，他们顽强拼搏的精神为年轻运动员和后来者树立了榜样和楷模，值得发扬光大，他们以及全世界优秀运动员在竞技场上的表现也都值得研究学习，为我省参加全运会的备战提供很好的参考。此外，他们的精彩表现也更有助于改变社会对体育的认知和认同，让人们更加关注体育、支持体育。

"奥运会已经结束，全运会征程将启，全运会是对各省体育事业发展的一次大检阅。奥运健儿们的拼搏精神，将激励我省参加全运会的运动员、教练员顽强拼搏、积极进取，不负河南人民的期盼。"李岩说。

续金有突破　锐气开新局
——写在东京奥运会湖北健儿完赛之际

湖北日报　杨然　李宁

8月7日，随着尹成昕在花游团体自由自选决赛中摘得银牌，湖北健儿以2金3银3铜的佳绩结束了东京奥运会征程。奥运鄂军不仅圆满完成了省委省政府提出的目标任务，延续了我省届届奥运见金的辉煌，所获金牌及奖牌总数也超过上两届奥运会，并在多个项目创造历史。

湖北是1984年洛杉矶夏奥会以来全国仅有的两个"届届见金"省份之一，连续十届夺金，荆楚健儿闪耀奥运，这一辉煌成就，既源于湖北体育深厚的历史底蕴，更离不开后来者开拓进取、勇于担当的英雄气概。

英雄湖北孕育英雄健儿

受疫情影响，奥运鄂军的东京之路，尤其坎坷。

临近赛期，疫情导致变故发生，东京奥运会延期一年举行，打乱了运动队备战计划。"危机中育新机，变局中开新局"，面对前所未有的困难与挑战，省体育局局长胡功民提出，要充分发扬伟大的抗疫精神，制定切实可行的措施，卧薪尝胆，提高训练质量，湖北东京奥运备战目标不变、要求不降、标准不松，坚决续写奥运夺金辉煌，展示英雄湖北人民的形象。

受疫情影响，2020年初武汉封城，我省近千名运动员无法集中训练。女足队员王霜坚持在屋顶平台练球保持球感，游泳小将张子扬在"一个人的泳池"劈波斩浪突破自我，汪周雨、王宗源、刘治宇等运动员苦练体能、打磨技术，蓄势待发。

奥运虽然延期，湖北健儿却积蓄了更充沛的能量，在奥运资格赛上屡创佳绩，并将这种巨大动能转化为东京奥运赛场摘金夺银之势。

本届奥运会，24 名湖北健儿参加 10 个大项比赛，参赛人数和参赛项目均创历史新高，展现了本周期我省竞技体育复苏的人才厚度。王宗源在跳水三米板项目揽获一金一银，创下我省男子跳水奥运最佳战绩；汪周雨在举重女子 87 公斤级笑傲群芳，实现湖北女举奥运金牌突破；闫子贝在奥运会新增项目男女 4×100 米混合泳接力角逐中与队友携手摘银，是我省首位站上奥运领奖台的男子游泳运动员；尹成昕参加的花游集体项目继里约之后再度摘银；刘治宇勇夺赛艇男子双人双桨铜牌，创亚洲男子赛艇奥运夺牌历史，巨蕊、王子凤摘得赛艇女子八人单桨有舵手铜牌；吴智强和队友在田径男子 4×100 米接力决赛中斩获第四并追平里约奥运会最好成绩，吕会会取得女子标枪决赛第五名；艾衍含和队友获女子 4×100 米自由泳接力第七名，并在预赛和决赛两破亚洲纪录，彭旭玮、陈洁、孙佳俊、张子扬等选手都发挥出了最好水平，取得了突破，充分展现了湖北竞技人才的精度。

昂扬着必胜的斗志，奥运荆楚健儿赛出了水平，赛出了风格，向世界充分展示了英雄城市英雄人民的精神面貌。

改革创新铸就竞技铁军

从北京到里约的三届奥运会，我省夺金数从 4 金至 2 金再到 1 金，过程越来越艰难，冲金点越来越少，后继乏人的情况越来越严重。在东京奥运周期之初，对于陷入低迷与困境期的湖北体育而言，续金，曾一度被视为难以实现的巨大挑战。

是沉寂于低谷，还是奋力一搏绝地反击？

2017 年，省政府在《关于加快转变发展方式推进体育强省建设的意见》明确提出"东京奥运会夺取 1 枚以上金牌"的目标任务，奥运见金，是湖

333

北体育人向全省人民立下的"军令状"。

奥运会是运动员、教练员在赛场上的直接拼搏，更是竞技体育综合实力的全面展现。四年来，大刀阔斧拼改革的湖北体育人完成了一次蜕变。从周期伊始，对标奥运、全运参赛项目进行战略选项重新布局，扩展了参赛备战项目群的"广度"；大力推进运动队联办共建改革，形成多元化办队格局，夯实了竞技人才"厚度"；紧抓人才资源核心，开展教练员竞争上岗，推进运动员竞争选拔，选出了人才的"精度"；深化绩效分配制度改革，提升干事创业的积极性，营造了争先创优的"热度"。

整合构建竞技队伍的同时，省体育局大力实施复合型团队保障，强化高科技保障支撑训练工作，一大批新技术、新设备、新模式应用于训练备战全过程，为提高训练质量和效率起到了关键作用。同时狠抓教练员能力提升工程、运动员体能强化工程和新时代年轻干部成长工程，让奋斗者吃香、给干事者舞台，最大程度激发了全省体育人才的潜力与活力。

付出终有回报，游跳、重竞技、水上等项目中心厚积薄发，频频在大赛中创造佳绩。如今，湖北竞技体育铁军铸就，在东京奥运赛场爆发出澎湃力量。

辉煌过后如何开拓新局

"奥运续金、全运进十、冬奥破题"是本周期湖北体育人的三大奋斗目标。续金犹如加速器，湖北军团正重新整装，全力冲击"进十、破题"的新目标。

本届奥运会上，湖北老将新锐创造的竞技成绩和展现的精神面貌让人惊喜。胡功民表示，东京奥运会的历练为下一个周期的竞技体育聚集了人才，打下了厚实的基础。具备绝对实力的汪周雨、王宗源有望在巴黎奥运会上继续担纲主力；彭旭玮、孙佳俊、艾衍含、张子扬游泳团队均为"00后"，赛艇刘治宇、王子凤、巨蕊、林心玉、秦苗苗状态稳健，这些新锐组成了我省竞技体育再创辉煌的基本盘，也是决战陕西全运甚至巴黎奥运的最大底气。

展望未来，胡功民充满信心。他说，东京奥运会之后湖北体育人将立即转进全运会冲刺备战参赛状态，接下来还将加紧筹备举办全国第八届冰雪运动季，力争湖北健儿参赛北京冬奥会。2021年是"十四五"开局年，湖北体育人将乘势快上、接续奋斗，坚持为国增光、为省添彩，充分发挥竞技体育的引领推动作用，深化推进体育领域改革，坚决完成省委省政府赋予的历史重任，努力建成体育强省，使湖北体育综合实力跃居中部地区前列，跻身全国第一方阵。

刘治宇亚洲男子赛艇的首枚奖牌好重

湖北体育　彭青

7月28日上午，东京奥运会赛艇男子双人双桨决赛，刘治宇、张亮夺得铜牌。这枚铜牌特别重，因为它是亚洲男子赛艇的首枚奥运奖牌，因为刘治宇和张亮为它的付出太沉重。

为梦想在魔鬼训练中付出

男子赛艇历来是欧美选手的天下，2019年初中国赛艇队32岁的张亮与26岁的刘治宇搭档双人双桨。几个月后，他俩在世界杯上夺冠后又在世锦赛上夺金，开创了中国男子赛艇的世界大赛金牌史。

东京奥运延期一年，刘治宇和张亮在比"魔鬼训练"还严酷的体能训练中咬牙坚持。一天三练，堂堂训练课累得精疲力竭，还要自己加练。2021年5月，卢塞恩世界杯上，他俩艰辛付出再次收获冠军。刘治宇的梦想是实现世界杯、世锦赛和奥运会金牌大满贯。

7月23日上午，东京奥运会赛艇比赛在海之森水上竞技场打响。13条艇分成三个小组进行预赛，各小组前两名进入半决赛。刘治宇、张亮在第一组第一道出赛，他俩紧逼一路领先的法国队以6分11秒55获小组第二晋级半决赛。

没想到的是，后面两个小组的成绩越划越快，刘治宇、张亮的成绩在总排名中列第五。欧洲选手在预赛中第一枪的竞技状态之好，超出了预估。半决赛，分两个小组前三名共六支队晋级争夺冠军的决赛。各队必将奋力一搏，他们还将划多快？

重压下中国汉子连续爆发

7月25日上午，半决赛。刘治宇、张亮在第二组出赛，同组的荷兰、瑞士、俄罗斯、罗马尼亚、立陶宛都对决赛权都虎视眈眈。比赛开始后，刘治宇、张亮拼出去了，前半程领先，后半程荷兰队发力超越，以6分20秒17率先撞线，中国队以6分23秒11获小组第二。

半决赛的爆发并顺利进入决赛，让刘治宇找回了自信，沉重的压力感也减轻了很多。然而，打进决赛的法国、荷兰、英国、波兰、瑞士五条艇，都是欧洲一流强手，特别是法国与荷兰已经展示出超强的实力，其他三条艇还有多大潜力也无从得知。

一场大风雨来袭，赛艇比赛暂停两天。度过了忐忑不安、令人焦虑的两天后，决赛终于开赛。

7月28日，阴云笼罩，航道上顺风吹拂。

决赛，6条艇一出发就展开激烈的拼争。第二道的刘治宇、张亮在前500米处在第三位，半程1000米处他俩提高桨频冲到第一位。后半程，法国队和荷兰队发力，双双突前形成第一集团，英国队、波兰队也紧逼中国队，刘治宇、张亮发起冲刺，甩开对手快速拉近与法国与荷兰队的距离。铜牌！

法国组合宝诗龙/马蒂尤以6分00秒33夺金，荷兰组合梅尔文/斯特凡以6分00秒53夺银，张亮/刘治宇以6分03秒63夺铜。

刘治宇瞄准陕西全运会

获得铜牌后，刘治宇坦言，冲着夺金来的，能带着铜牌回去也挺好。我们划出了最好成绩，突破了自己，也为中国男子赛艇突破了奥运零奖牌史。欧美一流选手的实力确实强大，但经过奥运会的这场顶级较量，证实中国选手现在具备了实力与他们抗衡。

刘治宇随国家赛艇队回国后，在湖北红莲湖水上基地封闭防控后恢复训练。红莲湖基地，已成为中国赛艇队、皮划艇队的常设训练基地，他们从这里兵发东京，夺得2金2银2铜奥运史上的最佳战绩。

刘治宇是湖北水上中心在2019年引进的辽宁籍运动员，他的到来，改变了湖北竞技体育史上只有运动员流出而没有流进的现象。他对红莲湖基地非常熟悉，处处感受到家一样的亲切。他说，湖北赛艇队曾是国内一流强队，虽然沉寂了二十多年，但近几年来快速崛起，这次多达6人参赛奥运会是很了不起的成绩。

展望全运会决赛，刘治宇表示，湖北赛艇连续四届全运会没有拿到金牌，陕西全运会上将与队友们团结一心，奋力打响翻身仗！

强劲如你！中国短跑"F4"闪耀东京

楚天都市报　徐平　饶雨妍

北京时间 8 月 6 日晚，东京奥运会田径女子 4×100 米接力决赛率先亮相，由梁小静、葛曼棋、黄瑰芬和韦永丽组成的中国队最终获得第 6，创造中国女子接力在奥运会的历史。在随后展开的男子 4×100 米接力比赛中，由苏炳添、谢震业、汤星强、吴智强组成的中国男子接力队跑出了 37 秒 79，夺得第 4 名，平了此前他们参加奥运会的最佳战绩，其中出任最后一棒的是来自湖北的选手吴智强，他以强有力的跑动，为中国田径接力队的东京奥运之旅画上了一个圆满的句号。

强力携手　冲刺佳绩

站在东京奥运会的这支中国男子接力队，可谓是强强联手：吴智强的队友苏炳添是男子 60 米、100 米亚洲纪录保持者，在此前的东京奥运会男子 100 米决赛中拿到第六名，成为中国首位闯入奥运男子百米决赛的运动员；谢震业主攻 200 米项目，是男子 200 米亚洲纪录保持者，本次奥运会他也创造历史地跑进了半决赛；汤星强也多次在全国大赛上获得 100 米和 200 米项目的冠军。

对于这个组合，苏炳添说，"国内选拔赛是 6 月份，组队条件就是奥运选拔赛的前六名，现在站上场的四个就是前六名里面的"。苏炳添还表示，因为受疫情影响，没有国际大赛的磨炼，所以 4×100 米接力队的组建最重要的考虑，就是在短时间内培养出足够的默契，也正因如此，男子接力队选择了里约奥运跑出决赛第四的主力阵容苏炳添、谢震业和汤星强，然后加上了在多哈世锦赛上打破全国纪录的吴智强。

"这个阵容应该是最稳的。"苏炳添说。此言在预赛中就得到了验证，中国队发挥得较为出色，第一棒汤星强起跑非常快，把推进速度给了谢震业，苏炳添第三棒反应神速，优势完全拉开，最后一棒吴智强则把领先优势保持到了最后，四位运动员配合默契，每个交接都相当顺滑，最终以 37 秒 92 成功晋级决赛。

强劲如你　追梦不止

"作为一名老队员，吴智强特别自律，知道该干什么，不该做什么。对于他，我们特别放心。他也一直期盼着能在奥运会上力争佳绩！"湖北省体育局田径管理中心主任何陆胜说。

吴智强 1994 年出生于内蒙古通辽市，2008 年考入通辽蒙古族中学，多次在学校、市里和自治区级别的运动会中取得佳绩。在高一时，他以 12 秒创造了蒙古族中学的百米纪录，至今这一纪录还没被打破。据吴智强的高中同学回忆，作为体育专业生的他，当时就梦想能参加奥运会。为了圆自己的奥运梦，他刻苦训练和学习，最后以优异的成绩成功考入北京体育大学。

在北京体育大学，吴智强找到了新的榜样和追赶目标，那就是他的教练周伟。作为前百米飞人，周伟在 1998 年的亚洲田径锦标赛上赢得金牌，他个人的最好成绩为 10 秒 17，这一纪录保持 13 年之久。在周伟的悉心指导下，吴智强潜力得到迅速激发。2016 年的全国田径冠军赛暨大奖总决赛上，吴智强以 10 秒 51 获得男子 100 米季军，这是他首次跻身全国前三。2017 年，他的百米提升到 10 秒 24，达到国际健将水准。同年 9 月，在天津全运会上，以联队形式参赛的他为湖北揽获了一枚男子 4×100 米的金牌。

2019 年的田径亚锦赛上，吴智强跑出职业生涯最好成绩 10 秒 18，收获一枚铜牌，成为继苏炳添、谢震业后，第三位打开 10 秒 20 的现役中国选手。同一年的多哈世锦赛上，吴智强携手苏炳添等 4 人以 38 秒 07 名列男子 4×100 接力决赛第六，获得了东京奥运会的参赛资格。在此前一天，他们的表现更为出色，以 37 秒 79 打破了全国纪录。"尽力做好自己，争取不留遗憾。"在赴东京奥运会前，吴智强如此表示。

强势表现　未来可期

"中国牛！"在强势闯进本次东京奥运会的决赛后，吴智强发出了这样的声音。的确如此，在男子 4×100 接力这个项目上，中国队一直在努力追赶，以寻求突破，最终，他们创造了一个又一个的辉煌。

自 2008 年北京奥运会后，中国男子短跑开始实行"以接力促单项"的战略，在单项突破艰难的情况下，通过团队的力量追赶亚洲乃至世界一流强队。从 2012 伦敦奥运会上跑出 38 秒 38 创造了新全国纪录，到 2014 仁川亚运会以 37 秒 99 的成绩打破亚洲纪录夺冠，中国队的努力终于得到了回报。自那时起，他们就将昔日亚洲霸主日本队甩在身后。

在 2015 年北京世锦赛上，中国队更是大放异彩，莫有雪、谢震业、苏炳添和张培萌携手两创佳绩，上午的预赛，他们以 37 秒 92 的成绩刷新由他们保持的亚洲纪录。当天晚上，他们又以 38 秒 01 夺得世锦赛银牌，这是亚洲队伍在世锦赛百米接力项目上获得的最高排名，创造了 103 年以来亚洲国家在世界大赛上的历史最佳战绩。在 2016 年的里约奥运会上，汤星强、谢震业、苏炳添、张培萌四人以 37 秒 90 的成绩获得第 4 名。这一次东京奥运会，他们又获得了第 4 名。

在张培萌等老将先后告别百米赛道后，一批又一批的优秀短跑选手先后接棒，继续跑在追梦的路上，相信他们在未来还能给我们带来更多的惊喜。

江山代有才人出 奥运届届见金
湛北续写辉煌

楚天都市报极目新闻 林楚晗

24 人参赛，历史之最；2 金 3 银 3 铜，成绩超越里约奥运。

从 1984 年的洛杉矶奥运会到 2020 东京奥运会，湖北健儿连续十届奥运届届见金，这在全国也是"唯二"的（另外一个是浙江）。

跨越 37 年的辉煌

时间追溯到 1984 年的洛杉矶奥运会，年仅 19 岁的武汉姑娘周继红，在女子十米跳台决赛中，以 435.51 分的总分夺得金牌，这也是中国第一个跳水奥运冠军。

此后，从洛杉矶到东京，湖北健儿们届届拼搏，续写了一个又一个的奥运辉煌史，在本届东京奥运会上，湖北健儿拿下了 2 金 3 银 3 铜，至此，湖北省总共诞生了 16 名奥运冠军，共获得了 25 枚奥运金牌。

在历届中国奥运代表团中，仅有湖北和浙江两省保持了每届均有金牌入账的纪录。

本届奥运会，24 名湖北健儿参加 10 个大项比赛，参赛人数和参赛项目均创历史新高，湖北奥运史上，此前参赛人数最多的是 1988 年汉城奥运会，共有 16 人参赛 8 大项。

湖北何以届届见金

2017 年底，湖北省《关于加快转变发展方式推进体育强省建设的意见》出台，对竞技体育明确提出东京奥运续写金牌。奥运见金，是湖北体育人向全省人民立下的"军令状"。

比赛可能是个人行为，但在体育领域，这是一个系统工程，涉及竞技、科技、后勤等，省体育局在竞技体育上致力培养新人，为国家队输送人才，狠抓教练员能力提升工程、"请进来""走出去"，赛艇能在东京奥运会上夺得奖牌，外教功不可没。

2019年全国二青会，湖北交出了83金在全国排名第七的答卷，这个成绩也为东京奥运出成绩打下了坚实的基础。

多个项目取得突破

除了两块金牌，我们还应该记住超越自己、超越纪录的湖北运动员。

7月28日上午，东京奥运会赛艇项目首个金牌争夺日，湖北选手刘治宇和国家队队友张亮在男子双人双桨项目上勇夺铜牌，开创了中国男子赛艇在奥运会史上首夺奖牌的历史，这也是湖北选手在东京奥运会上获得的首枚奖牌；巨蕊、王子凤携手国家队队友摘得赛艇女子八人单桨有舵手铜牌；"蛙王"闫子贝在新增项目男女4×100米混合泳接力中与队友携手摘银，也是湖北省获得奥运游泳奖牌的第一位男运动员；二度出征奥运的尹成昕在继里约夺银之后在花样游泳团体项目上再度摘银……

除了拿下奖牌，多名湖北健儿也创造了新纪录，突破了自己。艾衍含和队友获女子4×100米自由泳接力第七名，并两破亚洲纪录；吴智强和队友在田径男子4×100米接力决赛中斩获第四并追平里约奥运会最好成绩……

优势项目多在技巧

16名奥运冠军，25枚奥运金牌，这是湖北体育在奥运会上交出的答卷，而通过梳理这些金牌，我们不难发现，湖北夺得奥运金牌大多在技巧胜项目。

在25枚金牌中，跳水夺得了8枚金牌，占金牌总数32%，体操夺得了 7 枚金牌，占金牌总数 28%，这两个项目就占据了湖北历届金牌数的 60%。

另外，像羽毛球、乒乓球和网球，也是湖北的传统优势项目，也为湖北军团在奥运赛场争金夺银立下了汗马功劳。

这些项目大多是技巧性的项目，这跟湖北位于全国中部的地理位置有很大的关系，这也符合湖北体育的发展趋势。

不论输赢始终笑意盈盈

中国年轻一代超强展示实力个性

长江日报　傅岳强

8月8日，东京奥运会落下帷幕。400多名中国奥运健儿在比赛中积极弘扬奥林匹克精神，敢于挑战极限、超越自我，展现了精湛的竞技水平和顽强的拼搏精神。

选手们在比赛场上尊重规则、尊重裁判、尊重对手，场下自信开朗、时尚阳光，中国青年一代朝气蓬勃、奋发有为的精神风貌得到了大家的一致好评。

弱势项目有突破

防疫和体制优势提升中国选手战斗力

在本届奥运会的金牌榜上，中国队长期占据榜首位置，虽然在闭幕前的最后一刻被美国队以1枚金牌的优势反超，但中国奥运健儿的表现已赢得了全世界的认同和尊重。

中国队在传统优势项目继续做大做强，如射击项目，为中国军团贡献了4金1银6铜的成绩；举重项目，中国队获得7金1银；跳水项目7金5银；乒乓球4金3银；羽毛球2金4银。这几个项目共计为中国队收获24枚金牌，一举奠定了中国代表团的强势地位。

中国队夺得其他项目的金牌为，游泳3枚、体操3枚、田径2枚、击剑1枚、自行车1枚、帆船1枚、皮划艇1枚、赛艇1枚、蹦床1枚。其中包括多个历史性突破，如游泳女子4×200米自由泳接力，为中国队首次夺得游泳集体项目金牌；田径的女子铅球和女子标枪，是中国选手在奥运会上的第一次夺金；赛艇、皮划艇、帆船、自行车等项目，在欧美选手的传统优势领域斩获金牌殊为不易。国际奥委会主席巴赫对中国运动员的表现给予高度赞扬。他说："中国运动员的成功不言自明，我认为这是（中国代表团的）巨大成功，而且在许多非传统强项中，中国也表现很好。"

金牌之外，更多中国选手背后的努力、付出，以及奋勇争先的精神，同样珍贵。苏炳添一战"封神"，以打破亚洲纪录的9秒83，成为首位站上奥运会男子百米决赛跑道的中国人；体操名将肖若腾在个人全能决赛上，将第一名的领先优势保持到最后一轮单杠项目，最终获得银牌；李冰洁在女子400米自由泳预赛中创造新的亚洲纪录，王春雨成为首位闯进奥运会女子800米决赛的中国选手，把个人最好成绩提高了两秒多。

奥运赛场有赢就会有输，中国队也有不如意处：中国女足小组赛折戟，卫冕冠军中国女排遭遇小组赛三连败，中国跆拳道队仅收获一枚铜牌，结束了每届奥运都有金牌入账的历史……

中国队在奥运会上竞争力走强，一方面得益于中国体育的体制优势和中国运动员吃苦耐劳的优良品质，让奥运选手的硬实力不断提升，同时也与中国在疫情期更加有效的防疫措施密切相关，给我们的选手备战提供了更安全、更得力的保障。

疫情冲击下，很多国外运动员在很长一段时间内只能在家进行简单的体能训练，更不能进行比赛，久而久之造成状态下降。例如被网友们戏称为"收银员"（许多有实力夺冠的项目只拿到银牌）的美国队，"疫情＋抗议"是过去两年美国社会的主流，在这样的环境下，选手的状态必然会受到一些影响。

不过，美国队在球类项目的优势以及奖牌总数上的领先，反映了他们在世界体坛仍占据头部位置。3年后的巴黎奥运会，中美之间的金牌大战必然会再度上演。

老将不屈不挠　新秀青春飞扬
新时代孕育奥运选手的阳光和自信

奥运赛场上，中国代表团收获的不仅是运动成绩，更值得称颂的是选手们表现出来的良好精神风貌。新华社著名体育记者许基仁说："我采访了八届夏季奥运会，此次感受最深的是中国年青一代运动员表现出前所未有的自信。他们热爱生活，张扬个性，善于表达。只有充满希望和朝气的时代才能孕育这阳光一代。时代造就了他们，他们也回馈时代。"

32 岁的苏炳添，在职业生涯的晚期打破男子百米亚洲纪录，成为首位站上奥运会"飞人大战"跑道上的中国选手，证明了只要努力奋斗，一切皆有可能；中国跳水队年龄最大的"奥运新人"王涵，经历过太多酸甜苦辣，终于在 30 岁时拿到第一枚奥运金牌；35 岁的庞伟在退役两年后再度上阵，成为中国射击队的"定海神针"；32 岁的巩立姣四次参加奥运会终于收获一枚金牌，以此证明"现在是中国时代，是巩立姣的时代"。

老将不屈不挠的精神令人感动！而在中国代表团中，更多的"90后""00 后"汇聚东京，在奥运舞台上开创他们的时代！

中国奥运代表团最年轻的选手、14 岁少女全红婵在女子 10 米跳台比赛中，以 3 个满分的表现震惊世界；21 岁的张常鸿打破世界纪录夺得男子50 米步枪三姿金牌，堪称中国代表团最大的惊喜之一；17 岁的体操小花管晨辰平衡木夺冠后，赢得了美国选手苏妮莎热烈鼓掌，并把自己与管晨辰的自拍合照发上了社交平台。

年轻人的舞台并不仅限于比赛场上，青春飞扬，他们把自己的热情与自信展示在每一个镜头前，展示给全世界。

21 岁的"清华学霸"杨倩在射击比赛中夺得本届奥运会首枚金牌。头戴"小黄鸭"、做了美甲的她在领奖台上"比心"的照片，刷爆各大网络平台；中国女子 4×100 米接力队决赛时，齐刷刷的"哪吒头"惊艳亮相，跑出第六名的历史最好成绩赢得各国记者点赞；夺得两枚游泳金牌的张雨霏，不论输赢始终笑意盈盈。随着社会的发展进步，中国运动员比以前看得更多，接触的世界更广，受到的教育更多元，从而展现出更加自信、个性的一面。东京奥运会上中国选手们开朗阳光的笑容，就是这个民族精神面貌的生动体现。

点赞选手精神　欣赏运动之美
习惯了胜利的人们观赛更从容

奥运会期间，关于中国奥运选手的话题引起大家广泛关注，长江日报记者观察到，每天微博热搜榜前 10 位多半都与奥运会相关。中国选手表现出来的阳光、自信、率真、幽默、时尚的一面，让他们成为这个夏天最亮的星。

大家追捧奥运选手，首先是因为他们取得的成绩，以及展现出来的精神品质。说到苏炳添，一位网友说："非常欣赏他起步奔跑的力量感，沉稳有力，很像中国人自古以来的精神品质，脚踏实地，谦逊而有力度。"年仅 14 岁的全红婵一句"赢了奖金给妈妈治病"，其孝心令无数网友泪崩。

有趣、好玩，也是这些新时代成长起来的选手赢得大家喜爱的重要原因。管晨辰在平衡木上的"袋鼠摇手"，和她在平时生活中的古灵精怪让人乐不可支；巩立姣向大家喊话"多关注我们胖胖的女孩子，她们都很善良"逗得大家开怀大笑。

当然，还有选手们的帅气、俊朗、阳光，吸引了大量"外貌协会"的人捧场。"长发美，短发帅"，是网友们送给中国三人篮球运动员杨舒予的评语。女子三人篮球选手"破圈"的速度和她们在赛场上的表现一样酷；游泳选手汪顺、闫子贝、张雨霏等健硕修长的身材被人们津津乐道；不同于平时千人一面的"网红脸"，大家在运动场上发现了更值得欣赏的运动之美、力量之美、线条之美、健康之美。

斩获金牌固然可喜，但国人对奥运会的关注早就不再停留在运动成绩上。刘诗雯输掉乒乓球混双决赛后向全国人民道歉，结果不被大家接受，"我们不接受你的道歉，因为你没有错。我们不希望看到你哭，希望你永远开开心心"；芦玉菲在女子体操团体决赛中脱手从杠上掉落，"芦玉菲掉杠"迅速冲上热搜第一，绝大多数网友对她给予了心疼、安慰、鼓励。

时代的进步，国家综合实力的不断强大，让国人早就习惯了奥运赛场上的胜利，也令我们能从容看待竞技场上的胜负，转而更加注重荣誉背后鲜活的生命色彩。一位网友说："感谢中国年轻奥运选手，你们使社会回归正确的审美观。奥运阳光一代，是中国的骄傲和财富！"

揭秘丨湖南举重"6人7金"背后的秘密

湖南红网新媒体集团　周雨墨

7月23日，推迟了一年的2020东京奥运会终于开幕。

7月24日中午，来自郴州桂阳的"爆炸头"女孩侯志慧六把试举，把把成功，夺得体育湘军在东京奥运会上的首枚金牌；7月25日晚，来自益阳安化的谌利军自带"胜利"光环，在抓举落后6公斤、挺举落后5公斤、总成绩落后11公斤的情况下，一把定乾坤，举起了反超对手的187公斤重量，逆转拿下第二金；7月26日晚，来自永州的廖秋云，在六把试举全部成功的情况下摘银。

至此，湖南举重以"两金一银"的好成绩，结束了东京之旅。

在奥运会上，湖南举重不乏光辉时刻——2000年悉尼奥运会湘西妹子杨霞斩获中国第一枚女子举重金牌，2008年北京奥运会举重"神童"龙清泉横空出世，2012年伦敦奥运会王明娟时隔十年圆梦一举，2016年里约向艳梅和龙清泉联手出击再夺两金，2020东京奥运会连续三天湖南举重健儿接连斩获2金1银的佳绩。

从1958年成立湖南男子举重队、1988年成立女子举重队开始，湖南举重运动员已经拿下26枚全运会金牌；73人夺得396个全国冠军（其中总成绩冠军155个、单项冠军241个）；24人获亚洲冠军97个（其中总成绩冠军44个、单项冠军53个）；26人获世界冠军91个（其中总成绩冠军36个、单项冠军55个）；6人获奥运金牌7枚。

正是这一连串的冠军数字，让外界有了"世界举重看中国，中国举重看湖南"的说法。而举重湘军的名号，则是一代又一代湖南举重人拼命努力打下的……

冠军塑造榜样力量

2000年杨霞首获奥运举重冠军后，2001年筹备成立湖南举重运动管理中心（2003年正式成立）。

走进湖南举重队训练房，一副写着"中国力量"的题字挂在入口处正上方，这幅字也被许许多多运动员拍下来作为自己的朋友圈背景。

作为中国举重军团中最有力的一支力量，湖南举重不仅培养了杨霞、王明娟、龙清泉、向艳梅、侯志慧、谌利军等奥运冠军，还有曾星玲、乐茂盛、廖素萍、龙玉玲、杨炼、毛角、谭亚运、杨帆、李萍、廖秋云等一大批世界冠军。

在7月24日，谌利军顶住压力，逆转对手惊险夺冠后，湖南省举重运动管理中心主任何国表示："谌利军夺冠无论是对于之后要上场的廖秋云还是在家备战全运会的运动员来说，都是一种无形的激励。让他们知道即使身处逆境，也要以破釜沉舟的决心去拼尽全力。"

职业运动员无疑是辛苦的，枯燥无味地重复练习，训练房里只有此起彼伏的杠铃声和加油声，闷热的夏天被汗水浸湿的上衣一件又一件，在他们登上属于自己的领奖台前，总有一段沉默的时光，那是付出很多努力却不一定有结果的日子。

每一天里，当他们抬头看到"中国力量"四个字时，能感受到字里行间的责任感；当他们看到登上过最高领奖台的人就在身边时，那股向上的力量也支撑着他们继续坚持。

这种坚持让中国举重队被誉为"梦之队"。截至目前，这支"梦之队"奥运金牌数达34枚，其中湖南6名选手共夺得7金，举重湘军占比超过五分之一，奥运冠军人数与金牌总数领跑全国，堪称"梦之队"中的王牌之师。而本届奥运会上，3名湖南籍举重运动员最终战绩锁定为2金1银，创单届奥运会最佳纪录。

湖南举重看"三州"

1987年，来自湖南新化的姑娘曾星玲在当年11月于美国进行的第一届世界女子举重锦标赛上夺取湖南举重第一个世界冠军。此后，举重开始成为湖南体育的一个传统优势项目，至今更是已经深入全国人民心中。

随着东京奥运会举重项目的陆续开展，一篇名为《湖南举重为什么那么厉害》的帖子又被顶上热搜。下方网友留言，有人说："因为湖南人吃得苦、霸得蛮啊"；有人说："湖南人有什么特别的基因吧"；也有人说："优势项目重点发展。"这些分析，似乎都有道理。

实际上，在湖南体育界，人们早就发现一个规律，那就是湖南获得奥运冠军和世界冠军的运动员，大多来自省内"三州"和"两化"，即湘西州、永州和郴州三个市州，隶属于娄底的新化县和隶属于益阳的安化县。悉尼奥运冠军杨霞、北京奥运和里约奥运双冠龙清泉、里约奥运冠军向艳梅均由湘西州输送；伦敦奥运冠军王明娟、东京奥运会亚军廖秋云和雅典奥运会银牌得主乐茂盛均是永州人；东京奥运冠军侯志慧、亚锦赛冠军张旺丽都是郴州桂阳人；而另外一名奥运冠军谌利军则是出自益阳安化。

湖南举重看"三州"，其实也离不开基层教练。像中国女子举重奥运金牌第一人杨霞的教练李小平、龙清泉的教练甘智悦、王明娟的教练陈桂凤、向艳梅的教练龙玉萍、侯志慧的教练李志平、谌利军的教练蒋益龙等，长期坚持在一线基层摸爬滚打。也正是有了这些基层教练的坚持，湖南举重才会人才辈出。

通过分析，我们发现大部分举重冠军都出自山区普普通通的农村家庭，成为一名职业运动员可以让他们改写人生轨迹，甚至能改善家里的生活条件。因此，即使训练再辛苦、伤病再痛苦，他们也都能凭着一股子不服输的倔强劲，在每一次身处困境的时候，重新振作重新出发。

为进一步发展竞技体育，湖南省体育局也十分重视业余体校的发展、选材网络铺建及优秀运动员输送渠道建设。以举重为优先重点发展项目的永州就形成了以市体校为龙头、县区体校为辅助的业余训练格局，同时也在着力聚焦体教融合，让体校与乡镇中小学、幼儿园形成联动，提供更多选材途径。而在输送了三名奥运冠军的湘西州，举重中心是当地唯一一个国家级训练基地。"我们中心常年保持六七十人的训练规模，目前不仅为湖南省队输送了三名奥运冠军、十多名世界冠军，还同时为全国其他省市输送了不少优秀运动员。"现任湘西州举重中心主任、曾发现和培养了杨霞的国家级高级教练李小平，在接受红网体育采访时介绍。

拓宽项目基础面、多渠道选材、建立完整有效的培养模式、畅通人才输送路径，加上体育湘军一脉相承的竞技精神，以及强有力的教练团队，这才成就湖南举重的盛世。

冠军塑造榜样力量

本次东京奥运会，随中国举重队张国政总教练和王国新主教练一同前往的，还有廖秋云在省队时的主管教练毛角。而毛角，这可是一名 1985 年出生的年轻教练，2017 年他带领廖秋云夺得天津全运会冠军时也才刚过而立之年，廖秋云则是他接手主管的第一个优秀运动员。

除了毛角，1987 年出生的祁希慧，是第十一届全运会 75 公斤以上级别的冠军。转为教练之后，她组内四名运动员均为小级别运动员，其中包括二青会冠军、2020 年和 2021 年全国锦标赛冠军罗诗芳。在这批"00 后"孩子眼中，祁希慧不仅是教练也是她们的"慧姐"。

"慧姐会根据我的性格、特点，帮我把训练、生活都安排妥当，让我训练比赛无后顾之忧。虽然常年不能回家，但在慧姐面前，我就像个'宝宝'。"2020 全国女子举重锦标赛上勇夺三金的罗诗芳赛后表示，她最感谢的就是慧姐。

像毛角、祁希慧这样"80后"的年轻教练，在湖南举重队还有许多，杨炼、杨帆、李丽莹……还有在省体校当教练的李萍等。

同为"80后"的王小文，在2006年退役转为教练员后，现已成为湖南省举重中心的中坚教练。他是新科奥运冠军谌利军的主管教练，从2006年接手谌利军开始两人并肩携手15年，2016年里约奥运会的意外之后他也一直陪在谌利军身边，两人一起度过非常煎熬的两个月。

7月25日晚，当谌利军在抓举比赛中接连失败两把落后对手7公斤时，他默默地走到了窗户边，想要平复自己的心情，却又忍不住盯着大屏幕想要知道此刻在后台的谌利军状态如何。挺举比赛开始，当谌利军顺利举起第一把，王小文知道他没有被抓举失利而影响，但表情依旧凝重；当谌利军第二把报到187公斤打算冲一把时，他又担心又忍不住暗自握紧拳头为他加油；当仲裁委员会宣布对手180公斤挺举失败时，王小文激动地一跃而起，又缓缓坐下等着谌利军的第二次挺举试举；当金牌确认属于谌利军时，他悬了一晚上的心终于放下，眼睛也因激动而泛红。接受红网体育记者采访时，他说："祝贺谌利军终于完成了自己的梦想。"如兄如父，是教练也是亲人，彼此相扶走过低谷后又见证了顶峰的荣耀。何国告诉记者："我对教练们的要求，就是希望他们能把所有的队员都当作自己的孩子般上心、操心、事事想着念着他们，把运动员放在我们的第一位。"

中青代教练在逐步成长，经验丰富的老教练们也在持续发光发热。带出了祁希慧的朱明武教练，又带出了亚锦赛冠军张旺丽，两人在7月19日国家举重队出发前往东京那日也从北京飞抵海南，与在五指山封闭集训的省队会合，一刻不停地开始了全运会备战训练。而作为奥运会冠军向艳梅、侯志慧主管教练的周继红和龙清泉在省队时的主管教练胡常临，更是在继续带队征战全运会。作为功勋卓著的知名教练，无论是周继红还是胡常临、朱明武，举重队每周三次六点开始的早操，每晚九点半的集体点名，他们都会参加。至于现任湖南省举重队总教练的周均甫，不仅每天训练都会盯在训练场，更是对每一名队员、每一名教练的情况都了如指掌。

更令人起敬的是，在五指山采访湖南举重队的这些日子里，红网体育记者还发现了一位年过古稀的老者——蔡立君。

出生于常德的蔡立君，可以说是湖南举重的"活化石"。他不仅是湖南省举重中心首任中心主任，而且与已经退休的湖南举重界最有威望、取得过最好成绩的贺益成、陈义阶一起，培养和见证了几代湖南举重奥运冠军的成长。

已经 75 岁的蔡立君，原本已经退休多年，但他从事举重几十年，一直舍不得离开。在五指山的湖南举重训练馆内，蔡立君腰板挺直，不仅指导着"徒子徒孙"们的训练，也指点着"徒子徒孙"辈的教练员们。何国向红网体育记者介绍："蔡主任是我们在这个全运会备战周期内特别邀请回来帮我们盯业务、抓训练的。他能在退休多年后再次回到省队，我们都感觉心里更有底气了。"

目前，湖南省举重队共有 13 名教练负责全队所有运动员的训练。

医疗科研、后勤保障不差分毫

"我们这三个参加东京奥运会的选手，身上都有或轻或重的伤病，好在我们省队有两名经验丰富的队医因为自身出色的业务能力被国家队召入。这让我们也能及时了解侯志慧、谌利军、廖秋云的伤病情况。"何国告诉记者。他口中这两名业务能力出色的队医，一名是负责女队医疗保障的曹旭，一名是负责男队医疗保障工作的向宁。

此外，为了进一步保障参加东京奥运会的重点运动员，湖南省体育局还特别成立了奥运备战保障小组，定期会有相关负责人及领导在条件允许的情况下前往国家队，力求全方位满足运动员的一切需求，为他们解决一切困难，包括心理疏导等，让他们能心无旁骛地备战奥运。

除曹旭和向宁两位常驻国家队的队医外，湖南省举重队还配备有包括针灸师在内的3名队医以及1名总队医，还有湖南省体育医院为举重队配备的一名专门医生，以及省体科所配备的两名体能师。这样一来，湖南省举重队拥有了8人医疗团队，可以满足全队队员的理疗、康复、训练前后拉伸恢复等需求。对于体能教练的配备何国是比较满意的，他表示："近年来从国家队到省内各个队伍都越来越重视体能训练，事实也证明，体能训练对于运动员提高竞技水平十分有效。"

不仅是医疗康复和体能训练，在科研方面省举重队也有法宝。"我们的法宝就是芳姐，她跟着我们举重队已经有20多年了，经验丰富不说，她对队内每个队员的情况也都了如指掌。"何国口中的芳姐，就是省体科所派驻在省举重队的科研专家方芳，她会每周通过科研分析为每一位队员，出具详细的身体分析报告，为教练团队制定训练计划提供参考。甚至包括所有队员们除日常饮食外的营养补给也均由方芳负责。

为备战全运会，湖南省举重队获得决赛资格的队员和部分重点队员举队前往位于海南五指山的国家体育训练南方基地进行集训，这里也是国家队在春节期间进行集训备战奥运会的地方。2021年亚锦赛女子76公斤级冠军张旺丽告诉记者："五指山我来了好多次了，但夏天还是第一次来。"

通常情况，考虑到湖南冬天湿冷的天气，在冬训期间队伍会前往更温暖的地方进行体能储备等训练。但由于2020年疫情，湖南省举重队一直在位于湖南体育职业学院的中心训练馆内进行全封闭式训练。2021年，虽然经费紧张，但考虑再三，湖南举重运动管理中心还是安排队伍转训，并决定一直在五指山集训至全运会比赛前。何国表示，换一个环境，更能让队员们意识到备战的重要性，提高他们的思想重视度，同时离开大家过于熟悉的环境也能排除干扰。

目前，举重湘军的东京之旅已全部结束，三名参加奥运会的选手将随国家队包机回国，按照国家防疫规定进行落地隔离，随后回到国家训练基地进行第二阶段的封闭隔离，届时直接参加在陕西举行的第十四届全运会。而在海南五指山集训的省队队员们将按照教练团队的训练计划，按部就班地进行全运会备战训练。

幕后 | 8 年夺取 81 块金牌，
湖南赛艇队到底是一支什么样的队伍

湖南红网新媒体集团　周雨墨

2021 年 7 月 30 日，是 2020 东京奥运会赛艇项目的最后一个比赛日。湖南运动员王宇微所在的女子八人单桨有舵手项目比赛中，中国队赢得一枚宝贵的铜牌。这也是中国赛艇队时隔 33 年后再次登上该项目领奖台。

至此，中国赛艇队在本届奥运会上共获得 1 金 2 铜，而这宝贵的两枚铜牌，另一块就是由湖南赛艇运动员张亮与搭档刘治宇在男子双人双桨项目上夺得，同样意义非凡——这是中国有史以来第一块男子双人双桨奥运会奖牌。

东京奥运会，湖南赛艇队共有 3 名队员代表中国军团出战（另一名湖南运动员伊绪帝在赛艇男子四人双桨项目中和队友一起获得第七名），带回两枚"含金量"极高的奖牌。作为湖南赛艇队的现任主教练，宋良友对弟子们的表现既满意又有些遗憾。

"他们为备战奥运会付出了很多，能够取得这样的成绩我的确很欣慰；但他们其实还是有实力的，没能站到奥运会最高领奖台上，我还是替他们感到有些可惜……"远在辽宁丹东的训练场，宋良友带着他惯有的微笑，这样轻声细语地说。

对此，湖南省体育局党组成员、副局长罗跃龙也向红网体育表示："张亮、王宇微的这两枚铜牌是湖南省水上运动管理中心这么多年来第一次在奥运会上有奖牌入账。张亮在奥运会上的成绩也是目前国内男子赛艇项目中最好的成绩。"

与其他项目不同，由于场地原因，无论在湖南还是转训辽宁丹东，湖南赛艇队都只能在地理位置相对偏远的水库训练，经年累月过着"与世隔绝"的生活。但就是这样一支队伍，在最近两个周期内（周期指两届全运会之间，每个周期为四年），为湖南夺回了81块金牌，其中包括5个世界冠军……

罗跃龙表示："从2009年山东全运会开始，我们赛艇队这些年经历了一个从小到大、从弱到强的过程。能在本届奥运会上有三名队员前往东京并带回两枚奖牌，是省赛艇队多年来努力拼搏与坚持的结果。"

从常德澧县王家厂，到辽宁丹东铁甲水库，红网体育记者一路相随，探秘这支神秘之师的幕后故事。

81块金牌，团队只有7人

在湖南赛艇队，你能够经常看到的除了主教练宋良友和领队曲凤，加上另外两名教练，便是3名大师傅。而就是这支只有7人的团队，在8年中为湖南和中国体育夺回了81块金牌。

2009年山东日照，张亮斩获这届全运会男子双人双桨和男子单人双桨两枚金牌。时任湖南省水上运动管理中心主任、现任湖南省体育局党组成员、副局长的龚旭红表示："张亮的这两枚金牌，将使湖南水上运动产生'翻天覆地'的变化"。

2005年，湖南赛艇队在经历了连续三届全运会都是铜牌（男子轻量级四人单桨）后，从辽宁引进了前国家队队员宋良友，同时也招入了一批身体素质条件优秀的小队员。其中，就有日后成"大器"的张亮。四年后，湖南赛艇队终于在全运会上见金，而此时，宋良友从辽宁被引进到湖南也才仅仅一个备战周期。

主教练宋良友负责全队的训练统筹。每天早训前，宋良友会在所有队员起床前先起床查看当天的天气情况和水域情况；晚上训练结束后，在队员们都睡下后，他开始总结当天的训练情况，而训练过程中出现的大大小小问题，便成为他制定第二天训练计划的调整内容……"通常一个晚上，他的睡眠时间大约只有 4 小时，我经常半夜醒来，还发现他的桌子上亮着灯。"身为湖南赛艇队的领队、同时也是宋良友妻子的曲凤，说起"老伴"来除了埋怨，更多的是心疼。

教练王国初，从湖南赛艇队建队起就在队上，是土生土长的常德人，从队员到后来退役转为教练，他见证了湖南赛艇的发展，更见证了湖南赛艇队从弱到强的过程。目前，王国初主要负责重点队员们的训练，包括日常体能训练、力量训练等。

而队上的助理教练贾明亮，是从 2018 年下半年开始才慢慢参与到教练工作中的原湖南省赛艇队队员，其间，贾明亮还在 2019 年代表湖南参加了全国赛艇锦标赛。"我目前的主要工作，是负责队内小队员和新队员的训练。"贾明亮说。

除了 3 名教练和 1 位领队，你在湖南赛艇队上看到的其他工作人员便是 3 名说"（常）德语"的厨房工作人员了。每天早晨的餐桌上，都有厨房阿姨们精心准备的自制小甜品，有时是蛋挞，有时是曲奇饼。曲凤说，队上规定队员们不能外出就餐，这些工作人员最主要的工作就是保障队员们的一日三餐和营养供给，同时将餐食尽量做得丰盛和丰富。

是的，这是一支只有 7 个人的团队。

靠着这支"非"常见的专业运动队保障团队组合模式，经过 16 年的发展，特别是 2009 年山东全运会后，湖南赛艇队目前在国内已是位居前列的一支"生力军"。由湖南赛艇队输送到国家队的队员，无论是被誉为中国赛艇领军人的张亮、还是"女子体能王"的王宇微，又或是更年轻一点的伊绪帝，还有目前回到省队备战全运会易立琴，都能在国家队各项队内测试中名列前茅。

据湖南省水上运动管理中心最新统计的数据，2014年至今的两个周期内，湖南赛艇队已经为国家夺得了5个世界冠军，9个亚洲冠军，同时为湖南夺取了67个全国冠军。

冠军，从细节中抠出来

每天早上早餐前，队员们都会分批进行大扫除：将作为宿舍的两层小楼从上到下拖一遍，再将小楼前后的院子也清扫一遍。实际上，在这个"与世隔绝"的丹东铁甲水库，其实鲜少会有外人进入，宋良友也对我说："其实院子里挺干净的，你看他们也扫不出啥。"不过湖南赛艇队仍然坚持着这个传统，因为在教练们看来，做好每一件生活里的小事才能时刻保持紧张清醒的状态。包括每天三餐前，哪怕是在一栋楼里，赛艇队的队员们也需要在楼外集合排队后再进入食堂。饭后，他们也无论年龄大小都得排着队自己把饭碗洗干净放在碗柜里，即使是作为世界冠军的曾涛，还是全运会冠军的梁明阳，都一视同仁。

"你从下午开始也穿着短裤练呀，不要再穿长裤了。"7月28日上午的训练结束回来后，主教练宋良友在午餐期间对着一个小队员说。曲凤告诉记者："其实长裤短裤并不太影响孩子划船的速度，但这是她心态和状态问题，害怕晒黑所以穿着长裤。但是运动员有什么可怕的呢？放下一切，才能在任何时候都可以全力以赴。"

所以赛艇队队员们的肤色只有"黑"和"更黑"，就连女孩子们的脸上，也因为戴眼镜的原因有被太阳晒出来清晰的痕迹。"那腿上、手臂上就更不用说了，每个人身上都有好几个颜色，那是深深浅浅的黑。"曲凤开玩笑地说着。

作为主教练的宋良友在生活小事上都如此严格要求，训练就更不用说了。在凌晨4点不到就会天亮的丹东，赛艇队有时5点就会开始第一轮早训。早餐过后是上午的训练，下午毒辣的太阳稍显减弱时，一天中的第三次训练又会开始，晚饭过后则是最后一轮训练。对此，宋良友告诉红网体育记者："早训大部分时候针对年轻队员，因为一个上午的训练，老队员的训练量也许能有他们的两倍，那么他们必须在早上把落下的训练量给补上。"

另一名教练王国初在负责力量训练时，一向看起来好说话的他也变了样，他轻描淡写地给红网体育记者介绍起训练量："4 个动作，每个动作一次做 80 个，一共 3 组。"而在王国初的旁边，是早已汗如雨滴的队员。贾明亮也告诉红网体育记者："像这次在铁甲水库备战全运会，老队员一般上午两小时训练时间内得划 25 ～ 30 公里，少的时候也不少于 20 公里。"

每天训练时，队员们在水面上来来回回、一趟又一趟地划着。教练们也在各自的船上跟着他们一趟一趟地走，计算时间与桨频，观察队员们的拉桨姿势、桨的入水和出水角度等。训练结束后，不管是队员还是教练都会及时对每一堂训练课进行总结。曾涛与梁明阳在接受红网体育记者采访时也表示："坐在艇上时，大家也会聊聊今天划得怎么样、状态如何、动作如何……"

除了日常大量且细致的训练，对于赛艇项目来说，器材的调试也在一定程度上影响着选手们在赛场上的发挥。王国初就是湖南赛艇队"调船"的一个法宝。桨栓的高度与开距、桨叶的角度，甚至是鞋的角度，一分一毫之间，都不可小觑。

"可以说，这些年来我们湖南赛艇队能够取得一些成绩，那都是教练们和队员们从一个一个细节入手抠出来的。"曲凤说。

以队为家，厨房阿姨也给东京发去贺电

湖南赛艇队吃饭不是"自助"模式，而是围桌用餐，用的是像过年回家吃饭般的大圆桌。

一到吃饭的时候，队员们会排着队进餐厅，排着队自己盛饭，老队员和小队员穿插着坐满了4张桌子。

训练中十分严格的教练，走下训练场，也会像家中老父亲般操心着孩子们有没有好好吃饭。开餐前，宋良友会走到每一桌前去检查一下大家的饭量以及训练后的状态；吃完饭后他又会来到每一张桌子前，去看看大家剩了些什么菜。

宋良友说："最近备战全运会训练量太大了，但是这个夏天丹东又特别热，怕这群孩子因为又热又累吃不下饭就不吃了。那样对身体不好，所以就必须盯着他们把饭给吃到位。"

"我们队伍最难得的就是跟家一样的氛围，无论是我们对队员，还是他们彼此之间，又或是食堂厨师、阿姨跟他们之间。"曲凤与宋良友是夫妻，两人在自家孩子才两岁时就一起到了湖南，扎根在常德，一待就是十几年。"队里这些孩子来的时候都很小，像张亮他们来的时候才15岁，现在队里最小的孩子也有2007年才出生的。我们俩看着他们就像看着自己的孩子一样。"

曲凤说起队里的队员如数家珍，每一个人是什么性格、家里大大小小有些什么事、获得过什么样的成绩。

现在留队任教的助理教练贾明亮，此前就是湖南赛艇队的队员，他也告诉红网体育记者："我跟他们（宋良友、曲凤）在一起的时间，比跟自己父母在一起的时间还要长，所以感情是真的难以用言语去表达。"

对于以引进外地队员为主的湖南赛艇队来说，他们大部分人都习惯了"异地为家""以队为家"，这些年年岁岁一直在一起的队员和教练，就是他们的另一个家人。

在王宇微当天比赛结束后，曲凤在队内微信群里发起了红包，食堂阿姨嘴上念叨着"我跟这群孩子一起根本抢不到（红包）"，却早早戴起自己的老花镜来，开始一个字一个字在手机上敲打着要发给此时还远在东京的王宇微的祝福"贺电"。在张亮夺得铜牌的那一天，她们也是脸上挂着笑容，说着连宋良友都不知道的组合名称——"亮宇"组合。在看出了宋良友的遗憾时，她们甚至还会冷不丁地说上一句，"（奥运会）铜牌很厉害啊！"

"我走着你走过的路"

"我们队伍是 1984 年 11 月 15 日组建的。"教练王国初从建队起就一直在队上。与从辽宁引进的宋良友不同，王国初是土生土长的常德人，跟人交流，也是一口的"德语"。1987 年全运会，王国初和队友一起获得了男子四人双桨的第五名，随后在 1990 年全国锦标赛上获得金牌，到 2021 年，王国初在湖南赛艇队已经三十多年了。

在宋良友担任湖南赛艇队主教练之前，湖南赛艇队的教练是省体育局从湖北引进的黄胜雄，他在队里一直工作到辽宁全运会结束才退休；而 2005 年加入湖南赛艇队的宋良友，目前已经在队伍里坚持了 16 年。

2017 年天津全运会后，夺得男子四人单桨冠军的贾明亮开始考虑退役。虽然心知宋良友夫妇希望他留队当教练，但练了近 20 年赛艇的贾明亮当时只想换个环境，于是他选择去湖南省水上运动管理中心尝试着当一个办公室职员。宋良友和曲凤也没有开口挽留，只是跟他说："那你去试试吧。"其间，贾明亮经历了带小队员出国参加赛艇世界青年锦标赛，又复出参加 2018 年全国锦标赛，之后，贾明亮最终还是选择回到了王家厂。

"我也没跟宋教练说我要回（赛艇队），他也没问我。但是（2018年）比完全国锦标赛，我就默默地回到队里，从一些辅助性工作开始干起……"贾明亮和红网体育记者聊天时说，"跟他们（宋良友和曲凤）在一起十七八年了，好像有些话也不用说，大家都心知肚明。"

从年少跟着教练学习如何成为一个优秀的运动员，到如今跟着教练学习如何成为一名出色的教练员。不仅贾明亮如此，长沙市赛艇队目前的主教练边永杰也是宋良友的队员。退役之后，边永杰加盟了长沙市队，并且在近两年为恩师输送了两名优秀运动员。宋良友说："我希望他们能尽快成长起来，当然这不是因为我想退休，而是希望他们都能独当一面。"

不仅是教练，在湖南赛艇队里已经取得成绩的老队员，也会自觉承担起辅助教练带小队员的责任。队伍还在澧县王家厂训练时，红网体育记者曾问过正在积极备战全运会的2019年世锦赛冠军、湘西古丈小伙曾涛，通常周日休息那天怎么过，没想到曾涛的回答是："帮小队员调试一下他们的艇。"而在丹东转训期间，无论是晚间的拉伸训练还是日常的热身训练，也都常由老队员领头来带领全队进行。

生活中也是如此。曲凤说："有时候发现小一点的孩子有啥心理波动，我们也会让队里年长一点的队员去尝试开解他们。久而久之，他们自己会养成'以大帮小'的习惯，自然而然在训练和生活中照顾比自己年龄更小的孩子。"

从常德柳叶湖到桃源，再到如今的澧县王家厂水库，湖南赛艇队一直在湖南相对偏远的地方，远离城市也相对远离了便利的生活。可正是因为有他们一直以来的拼搏与坚持，湖南赛艇才有了如今能走上世界赛场的可能。

采访手记

曲凤：我最开心的就是看着孩子们吃得"甜"

从五指山到丹东，从海南到辽宁，从中国的最南到中国的最东北……7月27日，我从海南省五指山市采访完湖南举重队，经过近13个小时的辗转，在晚上7点左右终于抵达了位于辽宁省丹东市铁甲水库的湖南赛艇队夏训转训基地。

晚餐过后，8点半左右，是队员们进行一天高强度训练后放松和拉伸的时间。在临时搭建起来的简易大棚里，队员们摸黑进行着晚间训练。他们两两一组，先互相给对方放松肌肉，再在老队员的带领下和教练们的监督下进行全员拉伸。正值盛夏的北方，晚上的温度也超过 30 度，而队员们的降温设备只有一个大型风扇，以及各自带来的小蒲扇。一套耗时 1 小时的晚间训练下来，当大家从黑暗中走出来时，每一个人的身上，早已是大汗淋漓。

我问曲领队为啥不开灯，她告诉我，"因为我们训练靠近水库边，怕灯光吸引蚊虫，所以晚间训练就经常是摸黑进行"。然后她指着墙角喊我看，我低头一瞥，好几只吃虫子吃得肥胀的癞蛤蟆也正趴在一边看着队员们训练呢。"前天晚上，还有一只小蛇，就在我们大棚前面立着，最后还是用扫帚赶出去了。"

第一次见到曲领队，是在天津全运会赛艇比赛的看台上，当队员们冲线夺冠时，站在我旁边的她默默抹起了眼泪。她开心的，不仅是拿金牌的喜悦，更是这些夺冠的运动员退役后的保障也有了。2021 年 5 月 30 日，是我时隔近 5 年第二次见到她，东北人一贯的热情，让我原本有些紧张的心情一下子就消散了。这一次去到丹东，她也早早就在高铁站出口等着，看到我推着大行李箱走出来，一边给了我一个拥抱，一边念叨着："小女生拎着这么沉的东西呀。"抬手就给接过去了。可其实，她看起来比我要更瘦弱一些。

经过这两次的跟队采访，我发现她的日常工作看起来琐碎却每一项都很重要。她操持着队内大大小小的杂事，从对接中心落实队伍管理工作到队员们日常生活起居的照顾，以及队员们情绪、心态的变化，甚至还包括厨房采买、物资储备等一系列采购工作，她都要上心。7 月 30 日那天吃早饭时，突然发现她的右手上贴了一块膏药，一问才知道，那一天她出去给队员们采购矿泉水，因为小卖铺里也只有一名小姑娘在搬货，于是她赶忙上手帮忙，两人一共搬了 100 箱水。

而除训练和生活之外，让队员们吃好，也是她最上心的事情。"我的主要工作之一，就是保障队员们每日所需的营养供给。好在我们的厨房大师傅和阿姨们都可厉害了，他们能把每一餐饭都做得丰盛又丰富。"让曲领队和赛艇队都很自豪的，就是他们的"厨房三人组"。"我们要求队员们除了正常吃饭，只能吃厨房提供的牛奶、酸奶和水果，队员们都不被允许在三餐之外吃任何零食，所以我们的阿姨会自己烤蛋挞、烤曲奇饼干给队员。"在他们眼里，孩子们能够吃得"甜"是最让人开心的。

或许正是这些在湖南赛艇队看起来并不起眼的小事，却培养着一个又一个全国冠军、亚洲冠军和世界冠军走向各个赛场。当我半夜躺在并不是酒店而只是跟队员们一样的宿舍的床上时，我这才发现，东京距离湖南赛艇队所在的铁甲水库那么远、却又这么近……

十全十美 "湘"遇东京

湖南红网新媒体集团 周雨墨

侯志慧夺湖南首金后在颁奖典礼上放下花束行注目礼、谌利军惊天一吼一举定乾坤逆转夺冠、廖秋云赛后不甘的泪水、伊绪帝与队友们每一次拼尽全力的努力、张亮展现中国气场创下亚洲人首夺赛艇奥运会奖牌的历史、王宇微艇后精疲力竭地撑腰而站、贾一凡与队友相拥泪洒领奖台、熊敦瀚带伤率女水姑娘们冲进八强、周倩秒杀对手夺得湖南首枚摔跤奥运会奖牌、庞倩玉微笑着说"三年后再来"、黄瑰芬刷新中国女子4×100米接力奥运最佳战绩、周玉四天七枪不断挑战自我、孙文雁赛后哽咽"也许再也没有下一个四年了"……

从7月24日至8月7日，16名出征东京的湖湘体育健儿在2020东京奥运赛场上共获得了2金5银3铜，创造了多个令人振奋的历史佳绩，也留下了太多令人感动的瞬间。

8月8日，在东京奥运会闭幕之际，湖南省体育局党组成员、副局长龚旭红接受了红网体育记者专访，他表示："本届奥运会湖南运动员取得的成绩总体来说符合赛前整体预期，在全国各省市（自治区）排名也吻合湖南省经济实力水平。"

有亮点有突破也有遗憾

本届奥运会湖南共有16名运动员入选中国代表团，是自1992年巴塞罗那奥运会以来人数最多的一届，经过近半个月的奋战，他们在举重、赛艇、羽毛球、摔跤、花游等项目中摘得2金5银3铜共10枚奖牌。龚旭红表示："这届奥运会上，我们有亮点有突破也有遗憾。但不管如何，这是湖南在境外奥运会中除悉尼奥运会外成绩最好的一届，也是获奖牌项目数最多的一届。"

7月24日至7月26日，连续三天，侯志慧、谌利军、廖秋云先后出战，接连斩获2金1银，创造两项奥运会纪录，这是湖南举重单届奥运会的最佳纪录。而这背后是侯志慧下了赛场来不及庆祝夺冠的胜利，先需要进行腰伤的治疗；是谌利军激动地振臂高呼时手臂内部隐约可见的手术伤痕；是廖秋云顶着膝伤完成了六把试举，把把成功的完美表现。他们的坚持和奋进让中国举重队成为三大"梦之队"之一，更让湖南举重稳稳站在全国乃至世界前列，他们扛起了"中国力量"这四个字。

7月28日，东京海之森水上竞技场，堪称中国赛艇队标杆的张亮，在2019年首夺世锦赛冠军后，再一次创造了属于他的历史，也是属于中国的历史。在这个长期被欧美国家垄断的项目，张亮成为第一个在男子项目中站上奥运会领奖台的中国人、亚洲人。虽然已经34岁，但此时才是张亮竞技状态的巅峰时期。在整个东京奥运备战周期里，他看遍了任何一个训练基地凌晨四点的模样，他经历了无数个因为高强度训练而失眠的夜晚，他挺过了每一次只身一人孤独地加练。正因为具备着让世界仰望的实力，也伸手触碰过最高领奖台边缘，所以这枚铜牌既让人欣喜又让人可惜。

7月30日，赛艇再度带来惊喜与突破，成军不到3个月的中国女子八人单桨赛艇队夺得铜牌，湖南运动员王宇微是其中一员。这个1991年出生的女孩，在经历了十七年的坚持和数次转项后，终于挣到了这枚来之不易的奖牌，这也是中国在该项目上时隔33年再次取得奥运奖牌。比赛结束后，精疲力竭的她只能用手撑着腰，扶着展板勉强站立住。

除赛艇外，摔跤也是湖南首次有运动员参加奥运会的项目。湖南省摔跤柔道跆拳道中心主任蒋先甫表示，周倩的铜牌是湖南摔跤首枚奥运会奖牌，而庞倩玉的银牌则是湖南摔跤的历史最好成绩。此外，在女子4×100米接力决赛中，湖南娄底小将黄瑰芬和队友梁小静、葛曼棋、韦永丽同心协力，时隔21年再登奥运决赛赛场，以42秒71的成绩位列第六，刷新了中国女子4×100米接力奥运最好成绩。

"虽然我们在这届奥运会上创造了许多新的历史，但也有很多地方值得我们总结。例如，无论是廖秋云还是张亮都具备了冲击金牌的实力。而贾一凡和庞倩玉两个一路杀进决赛的年轻运动员，如果我们能在运动员心理状态等各方面准备得更加充分，她们也许能创造更好的成绩。"龚旭红总结道。

抓住机遇，实力为王

说起湖南竞技体育，似乎只有举重和羽毛球是给人印象最为深刻的。但在本届奥运会上，赛艇、花样游泳、摔跤、女子水球等项目中，奥运湘军的出色发挥，让大家对湖南体育又有了新的认识。

在龚旭红看来，湖南之所以能在东京奥运会的参赛项目上有如此大的突破，是因为湖南在连续几个周期内做了大量的人才储备工作，所以当国家队开始集中发力时，湖南就能顺势把握住机会。

"在这届奥运会之前，张亮已经拿了五块全运会金牌了，这枚奥运奖牌是他多年来一直梦寐以求的。而庞倩玉和周倩也从上一周期开始就一直处于国内排名前三的水平。"龚旭红介绍，"所以东京奥运周期里，当中国水上项目开始崛起，中国摔跤开始在世界大赛中频频崭露头角时，我们的运动员把握住了机会，在国家队占有了一席之地。"

在龚旭红看来，各个项目国家队选拔人才的途径都变得更加公开、透明以及公平，所以运动员们只有自身实力过硬，在公开选拔过程中，才能入围奥运大名单。

本届奥运会上，张亮、伊绪帝、王宇微三人通过2019年世锦赛和

2021年东京奥运会选拔赛为中国赛艇队先后拿下男子双人双桨、男子四人双桨、女子双人双桨以及女子八人单桨有舵手参赛门票，其中王宇微更是以队内选拔第一名的身份成功入选中国女子赛艇八人单桨国家队。田径小将黄瑰芬在国内选拔赛100米比赛预赛和决赛中，都位列全国第三，为自己争取到了东京奥运会的出场机会。而周倩与庞倩玉不仅在2019年世锦赛上为中国争取到了奥运会门票，也在2020年全国冠军赛上获得了冠军。

贾一凡与搭档陈清晨在世界羽联的积分中排名第二，是中国目前当之无愧的第一国羽女双。重新回归国家队的孙文雁，不仅以"劳模"之称作为队长挑起了中国花游队的大梁，更是在2019年世锦赛上一举拿下5块银牌带领中国花游队顺利晋级奥运。第三次征战奥运会的老将周玉，也是作为国内女子500米皮艇项目的领军人物，参加了女子双人皮艇和四人皮艇两个项目的角逐。举重项目的侯志慧、谌利军和廖秋云均在东京奥运会前的亚洲锦标赛上，战胜各自级别的队友获得了冠军，为自己打开了前往东京的大门。

龚旭红表示："我们一直在强调，提高运动员竞技水平，靠实力说话。通过这次东京奥运会可以看出，我们'实力为王'的训练指导思想和管理理念没有掉队。"

着眼陕西，目及巴黎

随着摔跤和花样游泳运动员在8月8日启程，出征东京的16名湖南运动员已全部回国。据红网体育记者了解，他们都按照国家防疫规定，在落地隔离的7天内完成3次核酸检测，符合要求后再统一回到训练基地再封闭隔离14天，最后解除隔离开始备战全运会。

龚旭红表示，根据湖南省体育局此前定下的陕西全运会参赛目标，湖南代表团要力争获得16～18枚金牌，但从目前的情况来看，要实现目标难度不小。

以举重和摔跤两个项目为例，在结束了东京奥运会比赛又经历 7 天运动量不大的隔离期后，运动员们的体重会有所回升，陕西全运会开赛前他们需要在短时间内完成第二次降体重同时恢复最好的竞技水平。

湖南省摔跤队教练毛利民此前接受记者采访时也提及，比完奥运会的运动员回到国内赛场将面临着国内对手们的强力冲击，他表示："当我们在研究国外对手时，国内的运动员在研究我们；当我们在隔离和恢复时，他们在系统训练和全力冲刺，所以即使是在奥运赛场上取得了不错成绩，回到国内赛场他们不一定就能稳居第一。"

对此，龚旭红表示，首先还是指导各个运动管理中心做好运动员们隔离解除后的备战准备，确保在后勤保障方面不拖后腿；其次要从运动员自身角度去理解他们，要相信每一个运动员都想要在全运会赛场上取得好成绩、捍卫自己的荣誉，但也要尊重客观存在的问题，及时调整好状态和心态。

本届奥运会上，湖南有着不少已过而立的老将，包括 34 岁的张亮、32 岁的周玉、31 岁的孙文雁和周倩……他们不仅展现了追求卓越的奥林匹克精神，更展现了无惧年龄的一腔奋勇。在龚旭红看来，经验丰富的老将是湖南竞技体育宝贵的财富，在运动员身体条件允许的情况下，如果能将保障措施和激励措施做到位，他们完全可能出现在 3 年后的巴黎。

而对于侯志慧、贾一凡、庞倩玉等初战奥运的运动员以及熊敦瀚、王宇微等正值当打之年的中流砥柱来说，3 年时光足以让她们再登高峰。熊敦瀚赛后就在社交媒体上写道："下一个三年，巴黎再见。"庞倩玉也表示："日子还长，东京是个新起点，我会夺回来！"

除此之外，本次入选了替补名单的蹦床运动员严浪宇、体操运动员张博恒、花游运动员张雅怡以及已逐渐在国家队进入主力席位的跆拳道运动员骆宗诗等小将，都将是下一届巴黎奥运会上有希望入选中国代表团的新生力量。

"总体来说，未来可期。"龚旭红表示。

6 分 03 秒 63 创历史

湖南日报　蔡矜宜

6 分 03 秒 63！创历史！

7 月 28 日，奥运会赛艇男子双人双桨 A 组决赛在东京海之森水上竞技场进行，我省 34 岁老将张亮与搭档刘治宇拿下一枚"金灿灿"的铜牌！这是中国男子赛艇在奥运会史上获得的首枚奖牌。

风中"海之森"，速度与激情

受台风影响，近日东京天气多变，组委会曾发邮件称："由于 8 号风暴即将登陆，赛艇、冲浪等部分赛事或将受到影响。"

好在台风只是 27 日在东京"打了个转身"。

28 日上午 9 时 30 分，赛艇男子双人双桨 A 组决赛如期举行。比赛地东京海之森水上竞技场骄阳似火，温度高达 30 摄氏度，风力也很大，这对赛艇运动员的临场应变能力是一个不小的考验。

决赛在顺风中展开，位于第二道的张亮/刘治宇前 500 米位居第三，到 1000 米处一度冲至榜首。进入后程，实力强劲的法国组合、荷兰组合开始发力，反超后始终保持在前两位。铜牌竞争也十分激烈，英国组合突然提速，最后 500 米，"亮宇组合"加快桨频，力保奖牌。最终，他们第三组撞线，拿下了这枚历史性的铜牌！

短短几分钟，比赛现场瞬间被这场精彩的"速度与激情"点燃，就连工作人员和志愿者都化身为观众，直呼："太刺激了！"

水上"百米跑"，拒绝当陪跑

"这证明我们中国爷们儿可以做到，只要我们想做，只要我们努力，我们就可以做到！"张亮说，为了登上奥运领奖台，他与搭档做了充分的准备，这枚铜牌证明，中国人可以在这个项目上与欧洲强队抗衡。

在欧美国家，赛艇运动的普及程度超乎人们的想象，几乎所有的公开水域、宽广河面上都点缀着各色赛艇。

作为赛艇项目里竞争最激烈、比赛结果最不可预测的单项，男子双人双桨向来有着"水上百米跑"的别称。

中国赛艇在 1988 年亮相奥运赛场。之后多年，赛艇队在世界赛场上争金夺银，基本也是靠女将撑门面。

直到"亮宇组合"出现。

2019 年赛艇世锦赛，张亮／刘治宇划出 6 分 05 秒 680 夺得男子双人双桨冠军，为中国男子赛艇夺得首枚公开级世界冠军。此外，他们还连续在两站世界杯上获胜。

来到东京后，"亮宇组合"也备受中国赛艇迷的关注。在此前的预赛和半决赛中，他们均以小组第二晋级。

奥运"追梦人"，他只想更好

"奥运会延期对我反而是件好事，可以让我做到更好。"

作为中国赛艇队如今的领军人物，张亮是国家队里出了名的"拼命三郎"。他每天都在想着同一件事，那就是"如何让自己更好"！

有数据显示，张亮每年至少划行 1.32 万公里、划桨 66 万次，所有休息时间加起来不到 1 个月。

"赛艇是一个力量耐力型项目，所以体能对我们来说是最基础的，没有良好的体能，再好的技术动作也坚持不下来。"如何做到 20 年如一日坚持这股拼劲？张亮说，每一名运动员都是追梦人，在追逐奥运梦想的路上，他不愿让自己留下遗憾。

今天在东京，34 岁的张亮终于如愿登上奥运领奖台。

这个年纪，在赛艇运动员中算不上"高龄"，东京会是他的终点吗？

关于未来，他给了记者一个开放式的回答："一切皆有可能……"

你努力拼搏的样子，最美！

湖南日报　蔡矜宜

7月26日晚，尽管永州姑娘廖秋云超水平发挥，6把全部成功，但最终仍以1公斤之差不敌菲律宾老将迪亚兹，以总成绩223公斤获得举重女子55公斤级银牌。

比赛结束后，廖秋云的眼泪就没有止住，出现在混采区的她泣不成声。记者们也不忍心过多问她问题，若不是因为疫情防控，所有人都只想去抱抱这个已经拼尽全力的姑娘。

据了解，廖秋云近年来一直饱受膝关节老伤的困扰，总成绩223公斤，已是她近一年多以来的最好成绩。

廖秋云6把全部成功，对手发挥超预期

率先进行的抓举并不是廖秋云的强项，她出场后稍显紧张，边走动边调整了一下呼吸。

但很快，廖秋云进入到她一贯的"淡定"模式——92公斤、95公斤、97公斤，三把全部成功！

抓举结束后，廖秋云与菲律宾选手迪亚兹暂时并列第二，乌兹别克斯坦的纳比伊娃以领先1公斤的优势居榜首。

挺举较量，纳比伊娃发挥失常掉出争冠队伍，悬念在廖秋云与迪亚兹之间产生。双方前两把均成功，但迪亚兹始终占着1公斤优势压着廖秋云。最后一把，廖秋云直接加了3公斤，126公斤，再次稳稳举起！

此时，已出色完成任务的廖秋云，只能等待对手来揭晓冠军最终的归

属。让人意外的是，30 岁的老将迪亚兹，最后奋力一搏，成功举起了 127 公斤！这是一个她从未在赛场上举起过的重量。

女子 55 公斤级，虽说一直强敌环伺，但本场迪亚兹的表现着实大大超出了人们的预期。

据了解，赛前中国教练组预估对手的挺举成绩为 115 公斤左右。为何有近 10 公斤的预估误差？主要是因为疫情导致鲜有大赛举行，我们对对手的情况无法及时完全掌握。

"你努力拼搏的样子，最美！"

奥运赛场，没有失败者。

在旁人看来，廖秋云总是一副"云淡风轻"的模样。

上了举重台，她更是能淡定地夺得冠军，甚至创造世界纪录，总有一股藏不住的"霸气"。

作为中国女举新秀，26 岁的廖秋云，没有侯志慧那么活泼外露，也没有谌利军在圈内的名气。

"她的特点就是，关键时刻咬得住！"在中国女子举重主教练张国政眼中，廖秋云性格有些内向，但她是个"靠得住"的运动员。

本场比赛，尽管未能如愿夺金，但她稳定的表现、出色的战术执行力，依旧还是教练心目中那个"靠得住"的廖秋云。

赛后，中国举重协会也第一时间制作了亚军海报，上面写着："廖秋云，你努力拼搏的样子，最美！"

秋云，别哭。

今夜你已拼尽全力，银牌一样闪着耀眼金光。

中国田径"破冰" 照亮每一个过往

南国早报 覃江宜

一枚让巩立姣等待了 21 年的金牌，也是一次让中国田径等待了 30 多年的"破冰"。

事实上，很多人并不了解田径的真正概念，田与径，就像奥林匹克巨人的左腿和右腿，左脚负责"试探"，右脚负责"奔跑"，前者大多以高度和长度为标尺，例如跳高和跳远；后者则以速度为度量，比如百米大战和马拉松。

在 2004 年刘翔为中国径赛短距离项目打破僵局后，田赛却久久无法突破——女子铅球早就应该带头捅破这层窗户纸了，李梅素在 1988 年的汉城奥运会拿到铜牌，黄志红 1992 年巴塞罗那奥运会更进一步获得银牌，隋新梅 1996 年亚特兰大奥运会再次带回银牌……老"三驾马车"都在最关键的时刻"差一口气"，新一代的带头大姐巩立姣又在北京奥运会铜牌、伦敦奥运会银牌和里约奥运会上亚军、季军拿了个遍，但兜兜转转就是与冠军无缘。

总是被生活打击的人懂得那种感受，就像每天推动巨石上山的西西弗斯，每每将大功告成却又前功尽弃，最初可能只是身体上的无力，之后更多的是情绪上的消沉，多少天赋异禀的运动员就这样泯然众人。幸运的是，巩立姣等到了"自己的救赎"，某种程度上说，她在东京国立竞技场投掷的不是铅球，而是"炮弹"，炸开的是田径赛场的偏见与悲情。铅球落地，四溅起来的也不是尘土，而是照亮过往每一个瞬间的"火花"。

2021 年的巩立姣让人想起 2004 年的刘翔，一个远在雅典，一个近在东京。一样的代表亚洲，一样的破天荒。只不过一个厚重，是老将大功告成；一个轻盈，是少年春风得意。一个是终结，把自己过去的失意一笔勾销；一个是开始，从此天高地阔任我独行。至此中国田径达成了阶段性的圆满，也将激励后来者突破更多不可能。

是的，不要低估榜样的力量，正因为站在巨人的肩膀上，后来者才可极目远眺并放飞梦想。就像刚刚代表中国女子中短跑运动员第一次冲进奥运决赛的王春雨说的，"我特别记得翔哥（刘翔）说的一句话，谁说亚洲人不能进奥运会前八？！"

葛曼棋成为中国第一位亮相奥运会女子 100 米半决赛的选手，苏炳添让中国田径在全球瞩目的百米飞人大战上有了戏份，不管最终能否站上领奖台，他们也和巩立姣一样重新定义了中国田径，为后来者打开新世界的大门，成为他们迈向高处的阶梯。

以"中国速度"跑向明天

南国早报　覃江宜

　　该怎样评价这场一波三折又荡气回肠的体育盛会？自1896年第一届雅典奥运会开始，这大概是历年来最难定义的一届奥运会：推迟一年，空场举办，各代表团选手戴着口罩进场和离场，当高光时刻到来，观众席上不再有山呼海啸般的掌声与喝彩；在他们赢得胜利后，还需要经历颁奖仪式上的自助和互助……

　　是的，这届奥运在很多维度上都发生了变化，但随着发令枪响、比赛开始、一个个运动员冲出起点挑战未知，奥林匹克精神如期回归，一届"非常奥运"又回到了正常轨道。从冷眼旁观到热泪盈眶，从似是而非的感慨到热血沸腾的呐喊，转变可能不过短短几分钟，人们以新的打开方式拥抱运动之美，重新确认奥林匹克的传统价值。

　　中国跳水队和举重队所向披靡、国乒独孤求败、游泳乘风破浪、体操扬眉吐气、中国女排大热倒灶、女足一胜难求……十六天的赛程是个旋转门，运动员轮番进场又轮番出场，竞技赛场的胜者和败者，就在旋转中交换了他们的角色。

　　全世界都在聚焦这个历程，关注那些挑战自我与极限的运动员如何面对成功和失败，那些重在参与的选手又有哪些收获与成长：有人快意地抵达荣誉巅峰，有人痛苦地完成心智养成，有人张扬地展示勋章，有人默默地舔舐伤口……奥运会浓缩了竞技体育里最甜蜜和最残酷的一切。

　　但是，经历过外部世界的洗礼和考验，人们也越来越清晰地看到，胜负和金牌不是奥运会的全部。走过幽谷，重新相聚，一场场熠熠生辉的碰撞之所以让我们念念不忘，就在于其中的内核永远都是人性，是一个个坚韧、顽强、不向命运低头的英雄，也是一个个脆弱、纠结、会在生活巨浪面前不知所措的凡人。

比金牌更可贵的是梦想。观众乐意看到一群鲜活而真实的人，在奥运赛场上展现出更纯粹的自己，不用掩饰喜悦和悲伤，即使失败也以令人尊重的姿态退场。没有奖牌的苏炳添和韦永丽，同样以了不起的突破被人铭记；拿到冠军的张雨霏，场外的故事同样动人；观众也越来越习惯地把奥运选手当做有血有肉有棱有角、只是运动天赋"满格"的普通人看待，所以才会在清华大学学生杨倩夺得首金后，把"杨倩的珍珠美甲和小黄鸭"的话题刷上热搜，同时在 14 岁少女全红婵以满分表现登顶奥运时，纷纷喊出"一起带她去游乐场吃辣条"。

世界正在经历"百年未有之大变局"，正如国际奥委会主席巴赫所说，在奥林匹克"Faster（更快）、Higher（更高）、Stronger（更强）"的格言后面，应该再加入一个"Together（更团结）"。因为挑战空前严峻，而世界唇齿相依，单靠个体已经无法解决现实难题，奥林匹克至少应该在精神层面上成为缝合创伤、消弭分歧、凝聚共识的示范，帮助人们在困境面前更好地理解彼此，学会开放、包容、合作——这才是我们始终期待并深爱奥运会的原因。

8 月 8 日，88 枚奖牌收官，我们如何看待奖牌榜，看待奥运选手，关乎我们如何看待自己，看待一个屹立于世界民族之林的伟大国家。一代代奥运选手的表现悄然连接着中国的过往与未来，让跑出 9 秒 83 的苏炳添担任闭幕式旗手，如同一个漂亮而深刻的隐喻：再见东京，那些光荣与感动已经留在昨天，我们还会以不可思议的"中国速度"，风驰电掣地跑向明天。

巾帼英雄！她们是银牌中的江苏花

新华日报　姚依依

8月7日晚，集力与美于一体的东京奥运花样游泳团体比赛落下帷幕。最终中国队以 193.5310 分继里约之后再次摘得银牌，冠军不出意外地再次花落总分 196.0979 分的俄罗斯奥委会队。

中国花样游泳队 8 位姑娘中，呙俐和梁馨枰两位都来自江苏，她们还曾经携手在 2014 年第 13 届花样游泳世界杯赛集体项目和组合项目获得两枚金牌，这是中国花样游泳队集体项目世界冠军"零的突破"。

在 8 月 6 日举行的团体技术自选比赛中，中国队以 96.2310 分排名第二。在自由自选的比赛中，中国队获得 97.3000 分。最后出场的中国队的表演总是别出心裁，在东京水上运动中心舞出了一番"中国风"。技术自选表演"追梦"根据《我爱你，中国》的背景音乐创编，表达的既是中国健儿的梦，更是中国梦。自由自选表演"巾帼英雄"是自编曲目，姑娘们动作整齐划一，挺举完成质量高。央视解说不禁赞叹，"我们花样游泳队的运动员、教练员们，你们也是巾帼英雄！"

这是一个平均年龄 26 岁，并不算年轻的队伍。呙俐和梁馨枰携手队友黄雪辰、孙文雁、冯雨、尹成昕、肖雁宁、王芊懿摘得银牌，虽然略有遗憾，但也尽力再一次缩小了与强手的差距。

呙俐的启蒙教练、国家级教练员、花样游泳国际裁判员、南京玄武区体校校长黄春宁向本报记者娓娓道来：南京姑娘呙俐在幼儿园大班时接受了艺术体操的训练，2000 年前后被选拔改练花样游泳。"虽然她身材条件不是那么突出，但是她很有拼劲，对自己有很高的要求，是我们队里的'拼命三郎'。花样游泳是全方位的训练，当时呙俐无论训练还是学习成绩都很好。"黄春宁介绍道。

2006年，呙俐进入江苏省花样游泳队，师从教练王芳。值得一提的是，王芳正是现中国花样游泳队集体组主教练、江苏省花样游泳队主教练，同时她也是黄春宁作为启蒙教练培养出的另一位优秀运动员。

梁馨枰6岁时，来到家乡淮安的城南体育场学游泳，当年在那里做游泳培训的唐利阳一眼发现了她，和父母几经沟通后，她加入了当地的游泳队。"梁馨枰的确是学游泳的好苗子，短短两年时间就将自由泳、蝶泳、仰泳等学得有模有样。"唐利阳回忆。

2006年左右，唐利阳带梁馨枰到了省花样游泳队。"由于一点花样游泳的基础都没有，省队教练就还是让我带回淮安先打基础。"唐利阳最终说服了教练，破格把梁馨枰留在了省队。2014年左右，梁馨枰开始作为中国花样游泳队一员，也让唐利阳觉得当年的付出没有白费。

"花样游泳是一个成熟周期很长的项目，两位选手在省队里面属于基本功比较扎实的，吃过很多苦。"江苏省花样游泳队领队吴晓明向本报记者介绍，两位姑娘也是妥妥的"学霸"，梁馨枰刚刚从南京体育学院研究生毕业，呙俐从北体大冠军班研究生毕业，两位还是中国共产党党员，是后辈们眼中的榜样。

吴晓明介绍，从东京凯旋后，两位选手将参加第十四届全运会，期待她们为国争光、为省添彩！

东京奥运回眸 ①

中国自信，燃起磅礴力量

新华日报　姚依依　顾星欣

随着东京奥运会圣火缓缓熄灭，中国体育健儿今夏征程圆满收官。38金 32 银 18 铜，位列奖牌榜第二，中国军团意气风发，谈笑凯歌还。

这是一届特殊且姗姗来迟的奥运会，在全世界面对新冠肺炎疫情肆虐的背景下，五洲四海体育健儿同聚五环旗下，共同见证"更快、更高、更强——更团结"的奥运精神。

这一次，是中国体育代表团境外参赛规模最大的一届奥运会。历经 16 天奋战，中国体育健儿在赛场上一次次为我们带来荣耀与感动。他们凭借赛场上的阳光、自信、拼搏的精神风貌，赛场外率真、幽默、从容的个性表达，让中国红赢得了瞩目和广泛赞誉，让世界看到了一个自信、包容和开放的中国。

势不可挡，这是自信加持的中国红

奥运会从来不缺传奇，体育场上任何传奇故事的书写，关键还是要靠实力。有了中国力量的"加持"，奥运健儿们一路斩金夺银，所向披靡。

赛前，厉兵秣马，剑指最高领奖台；赛后，如愿以偿，"梦之队"实至名归。跳水、举重、乒乓球、羽毛球、射击、体操——这是我国奥运赛场上传统的 6 大优势项目。东京赛场上，跳水、举重各揽 7 金，乒乓球、射击各摘 4 金，不少项目中，更是实现"碾压式夺冠"。势不可挡、气贯长虹，中国军团赢得漂亮！

有一种自信，叫中国力量。在女子 4×200 米自由泳接力决赛中，中国组合夺冠。"拼了！"江苏健儿张雨霏说，游到最后 50 米，中国力量从心底燃起来了。

有一种自信，叫中国底气。"四朝元老"巩立姣以 20 米 58 的成绩，拿到梦寐以求的奥运女子铅球金牌，实现了个人"大满贯"。比赛结束后，巩立姣在镜头前指了指胸前的国旗，激动地说："China，牛！"

有一种自信，叫中国青春。跳水小将 17 岁的张家齐、16 岁的陈芋汐和 14 岁的全红婵，朝气蓬勃无所畏惧。张家齐在采访时认真地说："我们就是战无不胜！我对我们中国跳水队非常有信心！"

雄壮的国歌奏响，两面五星红旗同时升起，这样的荣耀时刻在东京并不罕见。乒乓球女单、乒乓球男单、羽毛球混双的六场半决赛，中国选手均取得胜利，双双会师决赛。

"中国看台放眼望去，全是世界冠军！"在乒乓球女团颁奖仪式现场，看台上观战的国乒前辈们和队友们起身唱响国歌。中国队的队员换了一茬又一茬，追求冠军的雄心始终没有变。

代代传承的拼搏与自信，让五星红旗飘扬在更多的领奖台上。相差 14 岁的姜冉新和庞伟在射击气手枪混合团体比赛中夺金。张常鸿在男子 50 米步枪三姿比赛中破世界纪录拿下金牌，站在这位小将身后的教练正是曾经的奥运冠军杜丽。

"东京奥运会上的中国运动员充满了奥林匹克精神，他们的表现令人骄傲。"国际奥委会主席巴赫表示。

超强保障，中国军团定力足底气硬

这是一届没有观众的奥运会，却格外引人注目。受疫情影响推迟一年，全世界的运动员们训练都面临重重挑战。强大的综合国力、全国人民的关注支持，给了中国军团应对疫情冲击、做好东京奥运备战参赛工作的定力和底气。

本届奥运会，中国军团优势项目高歌领跑，田径等项目屡屡创造惊喜，这些都离不开中国体育代表团依靠体制优势，建立起的科学严谨的训练、保障体系。各项目国家队疫情期间采取有效应对措施，创新训练方法，不仅保障运动员零感染，更保证了运动员全力备战推迟的东京奥运会。

疫情期间，即使暂别训练场，巩立姣也会每天把房间里的训练器材"摸个遍"。"没什么比梦想更值得坚持"，32岁的巩立姣在赛后深情地说，是祖国的培养、团队的支持，让她有勇气挑战和超越自己。

这一次，中国羽毛球队面对重重强敌，交出一份令人满意的答卷。中国羽毛球协会主席张军说："奥运会延迟一年，我们有祖国强大的后盾，可以在基地正常训练，保持状态，还举办了几次奥运模拟赛，其他队伍绝对不会有我们这样的条件。"

除了加强基本保障外，中国军团"硬实力"中更有一柄利器——科技。国家游泳和赛艇等队伍训练中，已经采用航天科技集团提供的、只有少数国家掌握的风洞技术帮助训练。在各个队伍营养、康复、体能、心理和生理生化的监测全链条中，都少不了科技和人力的全情投入。当前，具备精确模拟真实比赛环境的训练场，也逐步投入到冬奥会备战中。

奥运男子100米"飞人大战"决赛的跑道上，第一次迎来中国运动员的身影，这离不开国家田径队疫情期间的训练保障。专门引入先进的生物学专家，利用计算机仿生模拟精确到运动员每一抬步的高度，帮助苏炳添找到了自身的问题。苏炳添在半决赛中跑出9秒83，创造新的亚洲纪录，决赛中获得第6名。

"我们的目标是：升国旗，奏国歌！"虽然不在现场，但通过屏幕，14亿中国观众都在为中国健儿加油喝彩。荣耀时分，梦想照进现实的一刻，不少中国运动员流下了热泪。在这个世界顶尖的竞技场上，他们从来不是一个人在战斗，祖国的全力支持、全体中华儿女的支持鼓励与他们一同在场。

赛场内外，五环旗下诠释中国气度

"这么多年来，你是中国最好的对手，也是中国最好的朋友！"这是本届奥运会上，丹麦选手安赛龙在羽毛球男单决赛中战胜中国选手夺冠后，中国观众在网络上为他送上的祝福。

开放包容的中国气度，在本届奥运会上展现得淋漓尽致。赛场上，中国健儿奋力拼搏；赛场下，他们从容自信、享受比赛、尊重对手，友谊佳话不断。

奥运冠军、江苏游泳运动员张雨霏在女子4×100米混合泳接力比赛结束后，把暖暖的微笑和一个鼓励的拥抱送给了日本选手池江璃花子。曾患白血病的池江，不向命运低头，打动了世界体坛。"我和她说2022年再见，因为有亚运会。"张雨霏说，几分钟的对手，一辈子的朋友。

比起奖牌，体育精神更弥足珍贵。江苏34岁老将、北京和伦敦奥运会冠军吴静钰，在退役并生下女儿后复出，"我想去探索没有人走过的路"。这次东京奥运，当她面对年轻对手大比分落败后，这位"妈妈级"选手从容淡定，"奥运会真的给了我一辈子的财富"。

中国体育健儿表现出来的顽强拼搏、砥砺争先精神令人动容，他们在赛场外传达出来的自信从容也令人眼前一亮。这支平均年龄只有25.4岁的年轻队伍，不时爆出"金句"和个性化表达。运动员们也可以引起刷屏，赢得网友点赞和热追。

首金得主杨倩与网友分享起了美甲秘籍，女子举重最大级别选手李雯雯大声宣告："每个胖女孩都有自己的梦想。"又能拿成绩又热爱生活，这样充满人间烟火气的冠军怎不惹人爱？

奥运，让越来越多的人热爱体育，让世界看到中国人昂然拼搏的精神风貌，这是奥林匹克精神应有之义，也彰显了中国体育精神的强大魅力。

近日，中国代表团奥运健儿们相继结束了隔离，陆续归队。9月，第14届全国运动会在陕西开幕，奥运会的健儿们将悉数参加，相信他们会继续乘风破浪，交出又一份充满中国力量的体育答卷！

走过一届又一届奥运会，从"中国体育强，证明中国强"到"中国强，所以中国体育强"，这是符合时代发展逻辑的改变。这场特殊奥运的赛场内外，我们共同见证了中国自信。2022北京冬奥会，中国将敞开怀抱，邀请全世界人民，共同见证体育的力量、团结的力量。

东京奥运回眸②

人生最重要的不是凯旋，是奋斗

新华日报　陈洁　于锋

　　"奥运会上最重要的不是胜利，而是参与！人生中最重要的不是凯旋，而是奋斗！"

　　在不久前闭幕的东京奥运会上，中国健儿收获了 38 金 32 银 18 铜的好成绩，打破 4 项世界纪录，创造 21 项奥运会纪录，在多个项目上取得历史性突破。他们以精湛的竞技水平、高昂的战斗士气和顽强的意志品质，为"更快、更高、更强——更团结"的奥林匹克精神添上最生动的注解。

顽强斗志，超越自我

　　赛场上，战况瞬息万变，胜负刹那转换，但那股"从心底燃起来的中国力量"始终激荡在中国运动员的心胸，激发他们以顽强的斗志去战胜自我，超越极限。

　　顽强，是面对危局，迸发惊人力量，实现胜利逆转。

　　7 月 25 日晚，东京奥运会男子举重 67 公斤级的抓举比赛结束，夺冠热门、中国运动员谌利军两次失误，抓举成绩落后对手 6 公斤，暂列第四。

　　谌利军压力巨大。5 年前的里约奥运会，22 岁的他因腿部抽筋而含泪退赛。这一次在东京，他不想再留遗憾。拼了！挺举较量中，面对竞争对手的抢眼表现，谌利军第二把直接加重 12 公斤。只见他凝神聚力，一把举起 187 公斤，不但打破了奥运会纪录，也为中国队摘下金牌。赛后接受采访时，这个湖南汉子流着泪说："每多举一点重量，我的信心就增强一分。

再也没有挫折可以吓倒我！"

顽强，是面对挫折，不气馁消沉，用胜利证明实力。

东京奥运会开幕式上担任中国队旗手的江苏跆拳道名将赵帅，在跆拳道男子 68 公斤级半决赛中不敌英国名将辛顿。出师不利，这位里约奥运会的冠军没有被挫败击倒。他顶住巨大压力，调整心态，树立信心，抵挡住韩国选手的强势挑战，最终斩获一枚铜牌。虽然没有再拿金牌，赵帅对自己的"东京之旅"却并不感到遗憾，他说："赛场上，我有不服输的精神，遇到挫折时，敢于站起来！"

顽强，是面对强手，缩小差距，用优异的表现超越自我。

田径女子 800 米决赛中，中国运动员王春雨以 1 分 57 秒 00 的成绩获得第五名，距离冠军成绩只有 1 秒多的差距。尽管没有赢得金牌，王春雨却赢得了突破：她是首位奥运会女子 800 米决赛的中国选手；她的成绩和冠军只有 1 秒多的差距，已跻身世界一流水平；1 分 57 秒是她的个人最好成绩，比里约奥运会上的 2 分 04 秒 05 提高了一大截……

超越自我，才能超越对手。奥运开幕前夕，王春雨用手机记录下这样一句话：没有什么比梦想更值得坚持。她说，自己和欧美顶尖选手固然有差距，但是，"我相信自己有一天会战胜她们！"

不问终点，全力以赴

站在奥运赛场，我们不以金牌多少论英雄，"生活中重要的不是凯旋，而是奋斗"，这一奥林匹克的永恒旋律，将真正的奥运精神埋入每个人心中，激荡在赛场内外。一个个拼搏瞬间，在这个夏天停留在人们的记忆深处。

拼搏是跌倒了爬起来，继续往前走。

第一次参加奥运会的"00 后"体操选手芦玉菲，在高低杠的比赛中面朝下掉下了器械，重重地摔在垫子上。就在观众为之揪心之时，芦玉菲站起来后重新调整好状态，面向评委问了一个问题："我还可以再翻吗？"

让大家瞬间记住了这个倔强的姑娘。在翻腾滚跃中，中国运动员展现出别具张力的生命力。

拼搏是自我的突破，无关输赢。

24 岁的江苏健儿何冰娇获得奥运会羽毛球女子单打第四名，在她的此次东京之行中，有一幕让人印象深刻。在羽毛球女单八分之一决赛中，何冰娇的对手、美国选手张蓓雯在比赛进行到第二局时突然受伤倒地，继而因伤退赛，不战而胜的何冰娇却泣不成声。在赛后接受采访时，她坦露心声，原来哭泣是因为没能跟对手来一场真正的比赛，她不想看到对手以这样的方式离开赛场，"如果可以的话，我想好好跟她拼完这场球"。

拼搏是不问终点，全力以赴。

在东京湾，"铁姑娘"辛鑫训练完之后背上爬了很多虫子的视频，让人触目惊心。10 公里马拉松游泳项目，一向被称为"勇敢者的游戏"，因为在自然环境中游泳，选手会受到海浪、水温、天气等外界因素的影响，辛鑫此前就曾遇过水母的袭击，身上被咬得又疼又痒，夜里两三点都没法睡觉。一般短距离游泳运动员一天的训练量在 3 ～ 4 公里，长距离运动员训练量在 8 公里左右，而辛鑫一天的训练量则是 15 公里。当初从 800 米自由泳改练 10 公里马拉松游泳项目时，辛鑫的抉择曾被很多人不理解。而正是在她的不懈努力下，中国在公开水域项目上有了唯一的世界级选手。赛后，对自己的成绩并不满意的辛鑫留下"让你们失望了"的留言，网友们却纷纷力挺："世界第八，我们为你骄傲！"

心中有梦，奋力逐梦

东京奥运会上，中国选手心中有梦、奋力逐梦的姿态，定格在世人心中，展现了奥林匹克运动最迷人的特质和最动人的力量。

34 岁的江苏老将吴静钰，在跆拳道领域已经"封神"，她为中国跆拳道队拿到过历史上第一枚亚运会金牌，还在北京奥运会、伦敦奥运会上两次斩获金牌。

功成身退的吴静钰本可以享受岁月静好，但她却在 2017 年生下女儿半年后毅然回归。面对孕产造成的身体机能退化的现实，她也没有退缩，并一路披荆斩棘走到东京奥运会赛场。虽然吴静钰最终没能在东京奥运会上重回巅峰，但她已经是自己人生的英雄。

在梦想和热爱面前，放弃比坚持更难，这是吴静钰，也是"亚洲跑神"苏炳添、"新科蝶后"张雨霏内心真实的写照。

在 2015 年以前，苏炳添起跑时右脚在前，枪响之后，左脚首先向前迈出。而世界上多数顶尖短跑运动员在起跑时均为左脚在前，枪响后右脚首先迈出。为了跑进 10 秒大关，实现全新突破，2015 年，苏炳添决定改变起跑脚。

"就像你刚开始是用右手拿筷子吃饭，突然间变左手，你夹都夹不到，我记得当时连起跑怎么发力都完全不会。"

更改技术，意味着重塑自己的运动系统和肌肉记忆。不改，没法突破自己现有成绩；改，未知的将来和自我博弈的痛苦时刻相伴。

张雨霏在更改技术期间，不仅发现了自己的天生缺陷——脊柱侧弯，还因为一段时间里成绩不升反降而陷入怀疑、痛苦、自我否定之中。

在一次次希望与失望之间的辗转之后，迎难而上的他们终于收获了喜悦的果实。在东京奥运会上，"老将"苏炳添跑出 9 秒 83 的好成绩，创造了亚洲选手的历史；年轻的江苏小将张雨霏则收获了两枚金牌和两枚银牌，成为这一届奥运会中国代表团拿到奖牌数最多的运动员。

东京奥运回眸 ③

奥运精神激励我们逐梦前行

新华日报　吴雨阳　王慧

现代奥运的创始人顾拜旦曾言："奥运会最重要的不是赢，而是参与。对人生而言，重要的绝不是凯旋，而是奋力拼搏。"

东京奥运会已成为历史中的一页，但奥运精神仍在持续升温。走下赛场的中国健儿们，依然一如既往地追逐"更快、更高、更强——更团结"的奥运理想，焕发自身的光热，通过社交平台向人们传递竞技体育的魅力，带动全民健身的热度，更激励着更多年轻人为梦想不懈奋斗。

打卡社交平台，展示个性"圈粉"无数

此次亮相东京的中国运动员，大多是"90后""00后"，成长于社交媒体时代的他们，在比赛期间通过微博、抖音、视频直播等社交平台充分展示个性、释放自我，进一步拉近了同观众之间的距离，也在无形之中形成彼此鼓励和共鸣。

7月29日，江苏选手张雨霏夺得女子200米蝶泳和女子4×200米自由泳接力两块金牌，比赛结束后，张雨霏在微博上留言："小哪吒圆梦东京，进货完成，中国游泳队最棒！"这条微博的评论数达到1.2万，点赞数16.7万。

小黄鸭头饰、珍珠美甲以及甜美"比心"，令奥运首金获得者杨倩火速"出圈"，7月29日，杨倩开了一场直播，引来了800多万网友围观。她向粉丝"爆料"，为以积极心态备战奥运，需要提早进行信息屏蔽，避

免外界通讯、社交信息的干扰。透过网络直播的镜头，网友们更加真切地感受到，在平常训练中，只有一场接着一场地拼，一个细节一个细节地打磨，才能实现奥运理想。

在社交媒体上有如此高人气的，不仅仅是张雨霏、杨倩这样的冠军选手。和以往相比，对于没有拿到金牌的运动员，网友们给出的更多是安慰、理解和鼓励。在体操男子个人全能决赛中，发挥出色的肖若腾败给了日本选手桥本大辉，引发众多争议。一时之间，网友们纷纷到肖若腾的微博下留言支持："别气馁，你就是我们的冠军！"

本届东京奥运会，中国共派出 431 名参赛选手。据统计，其中有 344 名运动员开通了微博。而在这 344 人里，有 27 人的粉丝超过 100 万人。不同于传统媒体镜头下的"正襟危坐"，运动员们在社交平台上也表现得更为个性化，展现出了赛场外的个性和气质，这也使得他们更加近距离地走入观众当中。拿下女子双人 10 米跳台项目金牌的运动员张家齐在赛后接受采访，表示自己想要教练送一个芭比娃娃，网友们瞬间回应："买！给妹妹买！"击剑冠军孙一文在社交媒体上是一位"美妆博主"，经常分享自己喜欢的化妆品和测评视频，而她晒出的一张个人照更是"圈粉"无数，照片上的她将剑横跨在肩，凌厉的眼神和潇洒的笑容仿佛一名古代剑客，显得格外坚毅、自信。

带动全民热身，激励年轻人奋勇前行

杨倩套上奶瓶面膜滤镜，在直播里嗨唱 Rap《飞行随笔》；仅凭手头几件中国队队服，汪顺来了一场"奥运冠军版"的擦镜变装，带来新奇有趣的体验……奥运会落幕，结束赛程的运动员们陆续回国，开始隔离生活。在这期间，很多运动员通过直播、短视频、Vlog 等方式，在社交平台分享自己的隔离生活，并迅速带动全民健身的热度。

刷屏全网的 Vlog 视频，让普通人有机会一窥顶尖运动员们的日常，感受到他们长期以来刻苦训练，以及坚持、自律的优秀品质。隔离期间原本是不用进行专业训练的，却没人轻易松懈；虽住在略显狭窄的房间，运动员们还是利用有限的条件完成训练挑战：房间小，就把双床移开，创造出最大空间；没有器材，就选择无需器械的滚背、俯卧撑、伸展……一系列健身动作做得行云流水，一个个矫健优美的健身影像，让网友们直呼"运动员实在太拼了"，更有人想到自己，忍不住惭愧："哪怕我有十分之一的自律，也不至于瘦不下来……"在奥林匹克精神的激励下，越来越多的人认识到，积极参加体育运动，不仅是一种科学的生活方式，也意味着严格的自律和及时调整心态的能力。有人在家中通过短视频和奥运冠军一起健身，还有人到运动场上尽情享受运动带来的快乐。

运动健儿用自身的不懈努力，时时刻刻打动、影响他人，围绕运动员的话题仍在升温中。在人民日报微博客户端发起的"#我的奥运时间#互动征集"中，网友们纷纷写下最直观的感受和最真诚的心声："身为中国青年，我们都要加油！""奥运会给我带来了无限的民族自豪感和自信心。""奥运健儿们让我知道，只有经历磨砺才可以成就自己。"……无论成败，社交媒体给长期处于人们视野之外的运动员们开了一扇"窗"，在这里，他们得以通过更多方式展示自我、向人们讲述自己的故事，让很多"粉丝"深受激励，通过自己的方式践行奥林匹克精神。

永不言弃，奥运精神激发正能量

32岁的巩立姣，投身铅球比赛21年后终于梦圆东京，在出征前，她曾经写下"第四次参加奥运会，稳扎稳打、决胜东京，为国争光"；历经了漫长的疼痛和伤病，再度出征奥运并获得冠军的施廷懋也写下感言："因为痴迷，所以纯粹。每一次跃入水中，我都感到生命正在起舞，而拼搏与纯真之心，永远在路上……"知晓他们的故事，一同回味每一个完美结局的背后，都曾有着挥之不去的阴霾、难以忘怀的悲伤、被反复捉弄的命运，也有无数个流满汗水的训练日，以及对竞技体育始终如一、痴心不改的热爱。人们因此愈发理解那份"无问终点，全力以赴"的坚毅和格局。

"一个贫困家庭走出一个世界冠军"，中国跳水"梦之队"队员、年仅14岁的全红婵夺冠后成为"国民闺女"，这个站在世界巅峰的小姑娘让人既骄傲又心疼：天赋的背后，是不为人知的刻苦和拼搏；"赚钱给妈妈看病"的纯真与孝心，也牵挂着众多人的心。其实，类似的奥运冠军不在少数：著名举重运动员、两届奥运冠军占旭刚出身农村，女排国手朱婷的家庭情况也不富裕，在东京一举逆转夺冠的谌利军家甚至是特困户。"是基础建设的发展、义务教育的普及和不拘一格选拔人才的制度，让孩子们走出大山，有的发挥天赋成了世界冠军，有的九天揽月成为航天英雄。"一位网友如此评论道，"让人有机会靠努力和拼搏，公平赛跑改变自己的命运，其实正是我们国家的体制优势。"

"奥运冠军不输流量明星，让我看到了不同的美！""希望有更多商业代言找他们，我们的英雄才是最棒的！"在网络平台上，人们纷纷呼吁给奥运健儿们更好的商业代言、活动和曝光度，希望体育明星的精神风貌能够长期闪耀在荧屏上。长期以来，高水平的体育赛事兼具竞技娱乐性和观赏性，具有广阔的商业价值，而奥运冠军不仅有商业价值，更具有一种精神性的引领作用。可以想见，这种持续增长的社会影响力和商业价值，未来会让体育行业发展得更好，也将为社会带来更多种类、更加正能量的偶像来源。

亚洲第一！江苏运动员包英凤、孙华东在奥运舞台创造历史

中国江苏网　吕翔

北京时间 8 月 2 日，首次获得奥运会三项赛团体赛参赛资格的中国队，最终获得团体赛第 9 名的成绩，创造了中国马术运动发展新的历史。如此的成绩也离不开两名江苏运动员包英凤、孙华东的努力。

马术一直是欧洲人的领地，该项目对马匹、场地、骑手要求都非常高。中国队组队并获得奥运参赛资格，已经是中国职业马术运动上的一个里程碑。三项赛包括盛装舞步、越野赛、场地障碍赛三个项目，是对选手实力的综合检验。比赛中，三名中国运动员发挥稳定。结果，中国队包英凤罚分 78.10 分，孙华东罚分 86.80 分，华天罚分 44.70 分，总罚分 209.60 分，在 15 支参赛队中排名第九。

值得一提的是，江苏的两位骑手都是第一次参加奥运会。1987 年出生的包英凤曾获得第十三届全运会马术比赛银牌，她来自江苏的海澜国际马术俱乐部。自 2018 年入选中国国家队开始，包英凤几乎全部在欧洲进行奥运的备战。2019 年 11 月，在罗卡迪帕帕举行的当年度最后一场国际马联四星级长途赛中，包英凤搭档 Teseo 在恶劣天气中放手一搏，完成四星级长途赛，成功通过奥运达标线（MER），帮助中国马术队牢牢锁定了东京奥运会团体赛参赛资格。

东京奥运会的推迟举行，意味着他们将再度接受 MER 的考验。无奈的是，Teseo 因伤病困扰，2020 年一直处于康复状态，包英凤不得不用备

用马 FLANDIA 2 重新开始冲击 MER 线。2021 年 Teseo 伤愈复出，包英凤还是与其搭档在 6 月 5 日的荷兰伦斯沃德再次成功通过了东京奥运会的门槛，与 Teseo 成功通过了东京奥运会 MER 线。长期不在家，女儿上小学他一直未曾陪伴过，也让包英凤感到对家人的愧疚，包英凤表示家人的理解和支持成为他备战最坚强的后盾。

孙华东同样来自江苏的海澜国际马术俱乐部，在过去东京奥运会资格的征途上同样是一波三折。先后经历了成绩不达标和搭档伤病后，他甚至一度想离队。但经过有效沟通与减压，孙华东也用实际行动做出了回报。2020 年，孙华东先是搭档主力赛驹 LADY CHIN V'T MOERVEN Z 于 8 月 16 日在法国参加了四星级短途赛，并以 59.7 个罚分顺利完赛，再次成功通过了 MER 线。随后又在 10 月 11 日，在波兰斯切戈姆举行的国际马联四星级三项赛长途赛（CCI4*–L）中搭档备用赛驹、14 岁的荷兰温血骟马 Brent 参赛，并以 57.7 个罚分完赛，带领第二匹马成功通过东京奥运会的 MER 线，为东京奥运备战提供了更多的选择。从一名一度无法在江苏省马术队站稳脚跟，向领队主动提出离队申请被拒绝的省队边缘骑手到如今逆袭即将走上东京奥运赛场，孙华东的奥运之路着实有点不太寻常。"我能够为国出战是莫大的荣誉！"孙华东表示，中国队采取了相对保守、安全的策略确保完赛，第一次参赛就取得这样的成绩很满意，这在中国马术运动史上将有里程碑意义。

经过八年的不懈努力，首次参加奥运会就获得第九的成绩，包英凤和孙华东两人成功在东京奥运会上策马扬鞭，在世界面前展现了新时代中国马术运动的水平，这一切都离不开江苏体育部门和海澜集团的努力。2009 年，海澜集团与江苏省体育局、无锡市体育局、江阴市体育局四方联办江苏省马术队，飞马水城成为江苏省马术队的训练基地。配套完整的设施，专业的训练团队，都为本次能有江苏运动员入选马术国家队打下了坚实的基础。

马术不止输赢，无论名次如何，都是中国马术在奥运赛场上跨越的一大步。从比赛结果来看，此次中国马术队已经实现了历史性的突破，但相较世界马术强国依然会有很大的差距。当然，看到差距的同时，我们也看到了希望。对于包英凤、孙华东来说，近距离向世界马术强国学习，是一次不可多得的宝贵经验。

江苏健儿，用拼搏和汗水点亮东京赛场

中国江苏网　吕翔

北京时间 7 月 26 日，东京奥运会已经进入到第三个比赛日，过去的几天里，江苏健儿陆续亮相，获得 2 银 1 铜的成绩。虽然尚未收获金牌，但无论胜败，能代表中国站在奥运会的舞台上本身就是一种成功。在东京，江苏健儿用拼搏和汗水，向世界人民展示了"江苏力量"的内涵！

未来可期，他们的梦想还在继续

从资格赛第八到决赛夺银，没有人能够想到年仅 16 岁的盛李豪，射击生涯中第一场正式的国际比赛就拿到一枚银牌。站在奥运会的决赛场上，身形瘦高的盛李豪很显眼，脸上依然稚嫩，但比赛风格却有着与年龄不相符的老成。在决赛的比拼中，一个一个高手接连被淘汰，盛李豪坚持到了最后的两两对决，并在最后一枪打出了 10.8 环。

能够站上奥运会赛场，盛李豪是幸运的。由于奥运会推迟了一年，2020 年底才进入国家队的苏州小伙得以通过奥运选拔赛，并最终入选奥运阵容，初出茅庐便成为希望之星。接下来，盛李豪还将参加气步枪混合团体的比赛。希望他能带着那份简单纯粹，继续在奥运赛场上挑战自我。

和盛李豪一样备受期待的还有来自江苏徐州的张雨霏，这名 1998 年出生的小将，已经是第二次出战奥运会。在女子 100 米蝶泳决赛中，张雨霏非常了不起，以 0.05 秒的微弱差距收获银牌，要知道这是奥运会女子 100 米蝶泳赛场上，有史以来水平最高的一场决赛，前四名选手成绩都在 55 秒 73 以内。赛后，张雨霏露出标志性的甜美笑容，她对自己的表现感到十分满意。"我给自己表现打 99 分,剩下那 1 分,我希望自己的心态可以更好。"

梦想还在继续。接下来,张雨霏还将参加女子 200 米蝶泳、女子 100 米混合泳和男女 4×100 米混合泳等多个项目的比赛。对于张雨霏来说,金牌或许不会远了。

从头再来,实力才是最好的说明

17:15,赵帅战胜了李大勋,以一枚铜牌的成绩结束了本次东京之旅。作为中国历史上第一位跆拳道奥运会冠军跟世锦赛冠军的男子运动员,同时担任本届奥运会中国代表团旗手之一的运动员来说,赵帅压力之大可想而知。

里约奥运会后,为了延续"奥运梦",赵帅不断地"升级",从原先的 58 公斤级升至 68 公斤级,要知道在跆拳道项目中每升一个级别,对于职业运动员都意味着积分要从零开始,同时也是比赛打法的全新挑战。国际跆拳道历史上不乏轻量级的优秀运动员升级后就"泯然众人矣"的例子。事实上,升级后的赵帅也遭遇过不少挑战,在国际比赛中经历了长时间一轮游、两轮游的徘徊。用他自己的话说就是"有时候还想着像以前一样先把对手顶飞,结果人家一脚就把我踹出去老远……68 公斤级是综合能力,特别是对抗能力要求特别强"。

反复的失败并没有让赵帅消沉,反而变成了他不断向前的动力。直到 2018 年底,经过了一年多痛苦磨砺的赵帅终于在大满贯年度总决赛中获得了自己国际大赛 68 公斤以下级的第一个冠军。紧接着,他又在曼彻斯特世锦赛和索菲亚大奖赛上连续夺魁,一举成为东京奥运会上跆拳道男子 68 公斤级最有希望夺冠的选手之一。

无缘金牌,带着遗憾告别东京,但赵帅决定向前看。赛后他在接受记者采访时表示,回去重新准备,全力以赴备战下一届奥运会,弥补东京的遗憾，实力才是最好的说明。

无怨无悔，她也曾经攀上过高峰

34 岁的老将，吴静钰四度站上奥运会的舞台，面对一日三赛的高强度比赛，这位"妈妈级"选手最终还是输给年纪。当天的首轮比赛中，她仅用两局，便轻松战胜难民代表团选手迪娜普尔尤恩斯晋级；但在四分之一决赛中，吴静钰面对年仅 17 岁的西班牙小将塞雷佐时，却大比分落败。复活赛中，尽管一度领先，吴静钰最终依然不敌塞尔维亚选手博格达诺维奇，遗憾止步复活赛。

没有人能够战胜岁月，对于奥运会"四朝元老"的吴静钰来说，能够踏上东京赛场已经十分难得。作为 2008 年北京奥运会和 2012 年伦敦奥运会的金牌得主，吴静钰在 2016 年里约奥运会之后突然宣布退役。回归家庭成为妈妈的她竟然在三年后选择复出。在面对状态下滑的质疑下，她在 2019 年世界跆拳道大奖赛索菲亚站荣获冠军的成绩又惊艳了所有人。

无缘领奖台而告别东京奥运会赛场，吴静钰出奇地平静和释然，"我对她们的战术真的很清楚，但实施起来会有一定的难度。可能是真的老了，身体上不去。比赛打得挺无奈的，明明看到了机会，但就是上不去"。赛后，吴静钰发文：22 年的运动生涯，4 届奥运会，我把所有的激情和热爱都献给了跆拳道，现在是时候说再见了，我会带着你们的爱，开启人生新篇章。

东京奥运会，江苏健儿用拼搏和汗水向世界展示着自己的不凡。长风破浪会有时，直挂云帆济沧海。江苏健儿，你们好样的！

江苏首个世界冠军孙志安：
新国羽已经创造了历史！

中国江苏网　吕翔

5个单项全部进入决赛，截至记者发稿时为止，中国羽毛球队已经收获2金2银的好成绩。毋庸置疑，东京奥运会羽毛球项目，虽然输掉了男双决赛，但中国羽毛球队的表现着实让人眼前一亮。从里约奥运会之后跌入低谷，到东京奥运重回世界之巅。中国羽毛球队还能拿几块金牌？剩下的2场决赛怎么打？原江苏队主教练、江苏第一个世界冠军孙志安接受中国江苏网记者采访时说："大赛期间关键看心态！"

五个单项进决赛，新国羽重返世界之巅

孙志安在记者接受采访时表示："五个单项全部进决赛，已经非常了不起了，现在的这支国羽已经达到了一个新的高度。"

细心的球迷不难看出，相比乒乓球，羽毛球地位远不如国球；相比跳水，实力不如"梦之队"那么超群。然而，中国羽毛球队却历来是世界羽坛的传统强队。

5年前的里约奥运会，当时的中国羽毛球队只打进两项决赛。回来后，随着大批中生代球员的退役，中国羽毛球队跌入低谷成为不争的事实。两届奥运冠军张军和他的团队临危受命，培养新人、技战术创新、管理改革等，成为这支新国羽的东京奥运周期的主旋律。

困则思变！不得已，张军、夏煊泽等组成教练组大刀阔斧对新国羽进行了改革。军训抓队伍作风、教练组分工更细致、瞄准双打作为突破口、队员不再兼项等多项改革举措，"组合拳"使得这支新国羽发生了质的变化。

东京奥运之前，几乎没人想到这支队伍状态如此神勇，居然 5 个单项全部打进决赛。截至记者发稿时，混双包揽冠亚军、女单夺冠、男双获得银牌，女双、男单也打进决赛。对此，记者一资深同行感慨说："无论最终能够拿到几项冠军，五项全进决赛在历史上也仅在 2012 年伦敦有过一次。要知道，当年主场作战的北京奥运会都没有取得如此成绩。"

群雄并起的时代，胜败乃兵家常事

双打项目未能满额参赛，作为首次参加奥运会的两名"95 后"球员李俊慧 / 刘雨辰，虽然最终只收获一枚银牌，但环顾群雄并起的世界羽坛，做到这样已经实属不易。打个不恰当的比喻，作为首个站在奥运决赛场上的亚洲选手，没人会对苏炳添的第六名说"不"。

孙志安在接受记者采访时说："男双无缘金牌其实没什么不正常，大家水平都在伯仲之间，谁的临场发挥好，谁能将压力化为动力，谁就赢得最终的比赛。"确实，与当年的印尼、马来西亚、丹麦、中国等称霸的年代不同，如今的世界羽坛格局早已发生翻天覆地的变化，随着日本、韩国、印度等国羽毛球实力的提升，世界羽坛进入群雄并起的时代，近两年的世界大赛上，金牌被多个国家瓜分，一个国家或者代表队想在一届大赛上获得两枚以上的金牌非常之难。

释放压力是关键，赢球首先要丢掉"包袱"

林丹为何那么多年一直压着李宗伟？真的是技战术打法相克？其实，相对李宗伟而言，经历过雅典奥运会惨败的林丹更具一颗大心脏。孙志安说："奥运会这种级别的舞台，心态调整很重要。"

我们从电视转播镜头不难看出，李俊慧 / 刘雨辰似乎是太想赢球了，未能发挥出自己的特点，几乎是跟着对手的节奏在打，输球在所难免。对于两位选手的表现，孙志安分析说："奥运会决赛，双方的准备都会很充分，实力也都很强，关键在于选手的临场发挥。"

以赛前雄心壮志的日本羽毛球队为例，该队赛前号称要包揽 5 枚金牌，虽然有点夸张，但没实力底气也不敢这样口出狂言。然而，在占据"天时地利人和"情况下，日本队居然没有一个单项进入决赛，奥运赛场竞争之激烈可见一斑。从赛后日本选手纷纷致歉不难看出，主场作战的他们承受的压力显然更大。

昨晚的女单决赛中，陈雨菲顺利拿下女单冠军。陈雨菲拉吊打法一点不影响她掌控比赛，强大的心理素质帮助她发挥自己的水平，印证了孙治安的说法。目前，新国羽还剩下男单、女双两场决赛。对此，孙志安表示，接下来的比赛，关键是还是心态。"要把压力释放出来，技战术固然重要，但谁把压力转化成动力，谁就掌控主动权、谁就能掌控比赛的节奏。"

2金5银2铜!
江苏运动员东京奥运会摘9枚奖牌

现代快报　王卫

　　2金5银2铜,共9枚奖牌,是江苏运动员在东京奥运会上交出的答卷。8月8日,随着东京奥运会中国运动员比赛项目全部结束,江苏运动员的夺金、夺牌数也最终确定。本届奥运会,江苏姑娘张雨霏凭借在游泳项目的2金2银,成为中国获得金牌和奖牌数最多的运动员。尤浩和孙炜在体操男子吊环和男子团体赛中分别斩获1银1铜,盛李豪在射击项目斩获1银,"旗手"赵帅在跆拳道男子68公斤级比赛中斩获一枚铜牌,江苏花样游泳姑娘呙俐和梁馨枰在集体决赛中跟随中国队获得银牌。

"蝶后"张雨霏加冕"牌王"

　　本届东京奥运会,几个明星小将"横空出世",张雨霏就是其中之一。在游泳比赛中,张雨霏在女子200米蝶泳、女子4×200米自由泳接力两个项目上获得2枚金牌,在女子100米蝶泳、男女混合4×100米混合泳接力两个项目上获得2枚银牌、2枚金牌。合计4枚奖牌的成绩,不仅在江苏,即使放到全国,都是中国奥运健儿在本届奥运会上夺金数和夺牌数最多的。本届奥运会,张雨霏不仅加冕了"蝶后",还当上了"牌王"。

　　不仅如此,张雨霏还是本届奥运会上的"劳模"。据统计,东京奥运会游泳比赛一共进行了9天,张雨霏从第一天一直游到最后一天,加上预赛、半决赛和决赛,张雨霏9天一共游了12枪。最终,中国游泳队在本届奥运会上一共获得3金2银1铜,张雨霏一人就拿到了2金,与队友一同获得了 2 银。

回顾本届奥运会，张雨霏表示，一开始感到紧张，但到后面就是顺着感觉游，"累到极限时，想到澳大利亚、美国等队也有选手在一届赛会可以游多枪，我就坚信自己也能做到"。对于自己在本届奥运会上的表现，小"霏鱼"给自己打 99 分，欠缺的那 1 分，正是由于女子 100 米蝶泳以 0.05 秒之差遗憾获得银牌。

江苏体操摘 1 银 1 铜

体操是江苏的传统优势项目，自 1955 年建队以来，江苏省体操队在奥运会、世锦赛、亚运会、世界大学生运动会等国际大赛中，共有 30 余人次获得冠军。在奥运会上，江苏省体操队队员、中国体操队前队长黄旭摘得 2000 年悉尼和 2008 年北京两届奥运会男子团体赛金牌。本届奥运会，江苏体操队队员尤浩和孙炜分别摘得 1 银 1 铜。

东京奥运会，江苏运动员尤浩和孙炜两人入选中国体操队，其中尤浩是第二次随队前往奥运赛场，孙炜是首次征战奥运。在 7 月 26 日率先举行的体操男子团体决赛中，孙炜与肖若腾、邹敬园、林超攀一起组成的中国体操男团最终获得一枚铜牌，与冠军俄罗斯奥委会队的得分仅仅差了 0.606 分。在 8 月 2 日举行的体操男子吊环比赛中，尤浩获得一枚银牌，在 2016 里约奥运会上，尤浩曾获男团铜牌，如今，他让奖牌换了一种颜色。

除此之外，孙炜还参加了体操男子全能、男子鞍马两个项目，分别获得第 4 和第 8。本届奥运会，孙炜带伤出战，男团比赛进行到最后一个双杠项目时，孙炜的手腕伤势就已加重，坚持完成所有赛事并获得一枚铜牌，实属不易。尤浩除获得吊环银牌外，还参加了双杠决赛，最终名列第 4。综合来看，江苏体操队的两名运动员综合能力强，优势单项多，未来仍可期。

16 岁小将摘江苏首枚奖牌

本届奥运会,江苏的首枚奖牌由 16 岁的射击小将盛李豪摘得。7 月 25 日下午,盛李豪在男子 10 米气步枪决赛上,以 250.9 环获得一枚银牌。

盛李豪才 16 岁,2004 年 12 月,他出生在江苏苏州张家港。13 岁时,父亲带他到射击俱乐部玩耍,从此爱上了射击,射击场老板看到盛李豪的快速进步,便把他推荐到苏州市业余体校射击队。本届奥运会是盛李豪的首届奥运之旅。据介绍,如果不是东京奥运会受疫情影响推迟举办,盛李豪都赶不上参加这届奥运。

对于首届奥运就获得银牌,盛李豪把成绩归结于运气:"运气挺好的,挺开心的,感觉还好,没有很大压力。"

"旗手"赵帅斩获铜牌

东京奥运会,江苏运动员赵帅与中国女排队长朱婷组成双旗手,在开幕式上引领中国代表团入场,赵帅的比赛也成为关注的焦点。

作为上一届奥运会的冠军以及两届世锦赛冠军,赵帅在本届奥运会跆拳道男子 68 公斤级比赛中的目标非常明确,就是冲击个人奥运会的第二金。但在半决赛中,赵帅面对英国选手布拉德利·辛登时第三轮被逆转,最终以 25:33 遗憾落败。在铜牌赛中,赵帅击败韩国名将李大勋拿到一枚铜牌,虽然很遗憾没有收获金牌,但这枚铜牌也是中国跆拳道队在本届奥运会的首枚奖牌。

本届奥运会是赵帅从跆拳道 58 公斤级升级到 68 公斤级参加的首届大赛。"这次是我升了级别后第一次参加奥运会,能取得铜牌,也是一种突破。"东京奥运会摘铜后,赵帅这样表示,"自己打出了水平,比赛输了就是输了,没什么好遗憾。"三年后的巴黎奥运会,相信赵帅会带着更丰富的经验再次踏上征程。

花样游泳再演"水上芭蕾"

本届奥运会，中国花游队派出的八名队员中，有两名是江苏运动员——南京的呙俐和淮安的梁馨枰。在 8 月 7 日晚的花样游泳团体自由自选比赛中，呙俐和梁馨枰跟随中国队一起，以"巾帼英雄"为表演主题，展示坚韧不拔的女性形象，最终得到 97.3000 分，两场综合得分 193.5310 分排名第二，摘得一枚银牌。

花样游泳有"水上芭蕾"之称，呙俐从小练艺术体操，后来改练花游，梁馨枰从小就在淮安练习花样游泳。2014 年，呙俐和梁馨枰在亚运会上初露锋芒，她们跟随国家队获得集体项目和组合项目两块金牌。同年的第 13 届花样游泳世界杯上，两人又随队获得集体项目和组合项目两个金牌，助力中国花样游泳队首次夺得集体项目的世界冠军。

在奥运会上，呙俐和梁馨枰都参加了上一届 2016 年里约奥运会，并随队获得银牌。本届奥运会，两人随队再度斩获一枚银牌。并且，从两届奥运会的分数对比来看，中国花游队与"花游霸主"俄罗斯队的差距越来越小。中国花游队起步较晚，20 世纪 80 年代才开始组队，本世纪中国花游队逐渐缩小与世界强队的差距，其中一直有江苏姑娘的助力。